À Nicole

Bon voyage littéraire
en Aquitaine avec
Albert & Fleur.

Bonne Lecture.

Micheline
Sherbrooke, 3 juillet 2022

Sur le ventre flasque de sa mère
Gisait le nouveau-né inanimé
Rien ne troublait le silence amer
Que les sanglots longs et désespérés
Du mari malheureux et esseulé
Du père désormais sans héritier
Parfum délicieux de tilleul fleuri
Inspiré goulûment à pleins poumons
Inaudible aux humains la magie
Psalmodie d'une pure incantation
Par ces dons, créature de soleil
De ta sublimité, émerveille
Intelligence, force physique
Fier esprit créatif et musique
Empathie pour hères et démunis
Que soient passionnelles tes blanches nuits
Et remplies d'allégresse tes années
Toi et ta lignée, je protégerai.

1.

Après le départ de son nouveau partenaire financier et de son taciturne avocat, Albert Forestier retira avec un soulagement jouissif son lourd veston de lainage fin. Comme à son habitude, pour dégager ses puissants avant-bras, il roula jusqu'aux coudes les manches de sa chemise aveuglante de blancheur. En exhalant un soupir de contentement, il se débarrassa de ses élégantes chaussures en cuir italien noir. Se calant enfin dans son fauteuil pivotant, il ne résista pas à poser les pieds sur son secrétaire en acajou ciré.

Comblé par l'entente signée avec l'influent acheteur américain, le viticulteur détourna les yeux du contrat avec le sentiment du travail accompli. Il convoitait cet accord commercial depuis de nombreuses années. Son père, alors vivant, l'avait fortement appuyé dans sa longue démarche pour percer l'important marché étranger. Négocier avec les Américains n'était-il pas un gage de prospérité ?

Dès l'arrivée du gros bonhomme, il savait la partie gagnée. L'obèse sautait gauchement de l'hélicoptère personnel des Forestier tandis que blême et nerveux, son maigre avocat suivait derrière lui. Le sublime insecte d'acier bleu et argenté venait pourtant de se poser en douceur sur l'héliport à proximité de l'entrée ouest du château.

L'homme d'affaires paraissait enthousiasmé par le trajet aérien au-dessus de la merveilleuse Gironde. À partir de Bordeaux, la rivière scintillante de milliers de diamants sous le soleil de plomb s'élargissait dans son voyage vers l'Atlantique. Le relief ondulé des terres agricoles la bordant émerveillait par ses plantations harmonieuses et sa perfection bucolique. Lui-même pilote, Albert avait difficilement résisté à l'envie d'aller rejoindre son futur partenaire et avait mandaté un employé formé à cette tâche.

Le vent engendré par le mouvement des pales de l'appareil rafraîchissait à peine l'air chaud et humide de ce début d'après-midi de juin. Élégant et raffiné dans son costume Armani noir, le baron attendait avec majesté sur la terrasse du château tricentenaire. Du haut de son mètre quatre-vingt-dix, il en imposait à tout interlocuteur.

Le vacarme du superbe engin métallique décrut comme les invités arrivaient à sa hauteur. Souriant, il serra d'une poigne ferme et énergique, la main moite et molle du corpulent voyageur à bout de souffle. Avec un sang-froid acquis depuis plusieurs années à l'école de son père, le noble réprima une grimace de dédain.

Ébloui devant la magnificence des Tourelles, le cinquantenaire rougeaud ouvrait grand de petits yeux bruns réjouis. Encore une fois, Albert nota l'influence et le pouvoir attractif de l'historique demeure sur les visiteurs. Se concentrant ensuite sur l'homme de loi pour les salutations d'usage, il l'avisa simplement, dans un anglais impeccable perfectionné à l'Université d'Oxford, qu'un valet lui apporterait une eau de Seltz.

Précédant les nouveaux venus, Albert passa d'un pas résolu le seuil des immenses portes ouvragées. Il entendait le bedonnant Américain souffler dans son dos comme une locomotive à vapeur.

Le mastodonte cessa tout à coup de respirer. Le châtelain se retourna pour s'assurer que les invités le suivaient toujours et il découvrit les nouveaux venus, immobiles, la bouche ouverte devant la magnificence du hall d'entrée. Les somptueuses boiseries d'origine coupaient le souffle. L'imposant escalier de marbre menant au second niveau et les meubles Louis XV ajoutaient à l'opulence ostentatoire. La lourde armure complète de son aïeul, le premier Forestier, datant de la période de la Renaissance, les portraits flatteurs des ancêtres hautains et le faste des candélabres et chandeliers témoignaient de la richesse culturelle et historique de la grande maison.

— Mister Forrestierre, si jamais vous voulez vendre, je respecterai votre prix. I must purchase this treasure!

Albert pinça les lèvres, ennuyé par ce commentaire pécuniaire. Comme s'il s'adressait à un enfant, il expliqua avec une lenteur délibérée et affectée :

— Je ne me séparerai jamais du domaine. Ce haut lieu fait partie de ma famille depuis trois siècles. Sans les Tourelles, je ne suis rien. Un jour, mon fils premier-né deviendra à son tour baron. Je lui léguerai alors fièrement le château et une exploitation florissante.

— Nous pourrions certainement nous entendre.

Devant la mine contrite et résolue du propriétaire, l'invité haussa négligemment les épaules. Il préféra se taire pour admirer un tableau où une madone à la chevelure de jais d'une beauté stupéfiante veillait, du haut d'une tour, sur la vallée environnante et ensoleillée. Il reconnaissait les traits aristocratiques de leur hôte. *Une ancêtre collet monté du mangeur de cuisses de grenouille for sure. French aristrocrats are so snob!*

Le châtelain entraîna les visiteurs vers le bureau directorial où la modernité fournissait les équipements de haute technologie dans un cadre pourtant somptueusement historique aux moulures dorées d'une facture exquise et aux sculptures caractéristiques du siècle des Lumières.

Le financier se captiva par la présentation élogieuse des produits du terroir et du domaine par le jeune viticulteur. Ses connaissances et son expérience alliées à son charisme séduisaient toutes les assemblées. Après une dégustation de vins et de fromages, ils passèrent aux affaires sérieuses.

Pendant cinq longues heures, ils s'acharnèrent à parapher le document financier. Ils ne se laissèrent déconcentrer que pour une pause-santé d'une heure en fin d'après-midi après une visite écourtée des vignobles et de ses installations. La table champêtre avait été dressée sur la terrasse ombragée à cette heure du jour. La perspective sur la tranquille vallée traversée de boisés matures et de cours d'eau limpides et les vignes à perte de vue créait un patchwork de verts dominés par le céladon passant de l'avocat au jade.

Foie gras, fromages fins, fruits frais et vins du domaine égayèrent les palais assoiffés et affamés.

Dans son costard trop grand, le maigre avocat grignota dédaigneusement du bout des lèvres ces chaources, ces maroilles, ces crottins de Chavignol, ces rocamadours odorants et ces terrines au goût trop prononcé pour son estomac fragile. Le financier, quant à lui, se jeta sur la nourriture, sans goûter le parfum particulièrement savoureux des mets du terroir d'une région réputée pour la finesse de ses produits. Albert, excellente fourchette, dégustait tranquillement en conversant. Partager un repas n'était-il pas un pur plaisir ? Le Français se désolait : *Les Américains, même les New-Yorkais ne savent pas profiter du moment. Et moi, Albert Forestier, le sais-je ? Devant un verre de rouge et faisant bonne chère certes ; mais qu'en est-il dans les autres facettes de ma vie ordonnée ?*

L'énorme rouquin au visage porcin et ingrat le détourna de ses sombres pensées philosophiques en caressant son abdomen distendu :

— Again, your price would be mine for Les Tourelles, Albert. My wife would like living here. She's waiting for me in Bordeaux. We're planning to attend the Opera tonight. She's a beautiful young ballet dancer who just graduated. Nineteen years old! I heard that your baroness is a heartthrob. Will we get the chance to meet your lady?

Les deux hommes ne virent pas le baron se raidir. Chez Albert Forestier, tout soulignait le raffinement, de ses traits fins et aristocratiques à sa haute silhouette aux larges épaules et au ventre plat.

— Fleur ne s'immisce jamais dans nos affaires, lâcha-t-il platement en croisant les jambes élégamment.

— Oh, Fleur is a lovely name! She must be charming.

À contrecœur, Albert admit en tentant de camoufler, sous un air courroucé, les étoiles qui s'allumaient dans ses yeux :

— She's the most beautiful woman I have ever seen and, like myself, she belongs to Les Tourelles.

Je ne vais tout de même pas vanter les qualités incroyables de ma baronne française à ce mal dégrossi !

— Is she young?

Question étrange ! Qu'est-ce à voir ? Où a-t-il entendu que Fleur est si jolie ?

— As a matter of fact, she's younger than me, finit par admettre Albert en se renfrognant.

— Young women and rich men : a match made in Heaven.

Et le New-Yorkais débonnaire leva son verre et continua d'un ton tonitruant accentué par l'alcool coulant dans ses veines :

— May young women always stay devoted to our pleasures.

Avec un sourire crispé, Albert but de son délicieux cabernet-sauvignon sans relever ces propos déplacés. *J'aimerais bien, et plus que tout, que Fleur soit là, à disposition, pour mon plaisir.*

Par contre, je ne blaguerai pas avec ces idiots de la sexualité de ma femme. Décidément pas.

L'avocat gardait le nez baissé, aussi mal à l'aise que s'il se promenait nu dans la lande. La conversation se poursuivit sur les merveilles de ce monde. Selon les dires de ce trousseur de fillettes, les hommes riches méritaient les plus belles jouvencelles. Même s'il souffrait de façon évidente de la chaleur, le restaurateur riait de ses commentaires grivois sur sa danseuse à peine pubère, son ventre proéminent en tressautant inélégamment.

Ces Yankees évoquent des sangsues avides d'une culture leur faisant atrocement défaut. Ce gros lard veut tout posséder. Pour lui, un juste prix s'attribue à toute chose, à toute personne. L'argent n'achète pas tout ; je reste bien placé pour le savoir ! Albert pinça les lèvres de dépit : *suis-je si différent de cet inconnu déplaisant ? N'ai-je pas en quelque sorte acquis Fleur en l'obligeant à m'épouser ?* Il ne devait pas déformer la réalité : leur mariage représentait plutôt une alliance qu'elle avait acceptée librement.

Son interlocuteur transpirait abondamment dans son polo tendu sur sa peau moite. Désormais sans veston, le rachitique avocat nettoyait pour la énième fois ses épaisses lunettes avec une lingette odorante. *Ces Américains ne supportent ni le vin ni les hautes températures. Les numéros un mondiaux se targuent de mener le monde. Malgré leur expertise, ils affichent pourtant un stress bien palpable et un manque de classe évident.*

Seul le maître de céans résistait à la chaleur accablante, conservant veste et cravate. Pour Albert Forestier, digne héritier d'une tradition d'excellence, aucun laisser-aller n'était admissible.

Avec un détachement hautain, Albert les regardait reprendre l'hélicoptère à dix-huit heures après moult courbettes et interminables politesses. Par le hublot, le millionnaire agitait la main comme un gamin bien rondelet déjà excité par la virée aérienne le ramenant à Bordeaux et à sa femme enfant. *Je ne me secouerai pas comme une marionnette articulée. Un peu de dignité !* Décidé, il tourna les talons pour rejoindre son luxueux bureau.

Albert s'épongea le front avec un mouchoir aux couleurs des armoiries des Forestier. Vigne à la patte, le célèbre lion d'or s'y dressait fièrement, entouré de façon stylisée d'un ruban vert et bleu sur lequel était inscrite en lettres dorées la devise *Laudem honoremque*, La Gloire et L'Honneur.

Fort du travail accompli par une journée écrasante, le noble se perdit longuement dans la contemplation du panorama grandiose de la vallée. Pour lui, il n'y avait pas plus beau coin de pays dans toute la France. Les vignobles des importantes maisons viticoles Forestier et Des Marchais s'étendaient à l'horizon assombri. Le doux vallonnement de ses terres et la force des hautins à maturité en terrasses ne cessaient de lui ravir le cœur. Par-delà les champs, il imaginait la fière Gironde, tantôt rivière et tantôt fleuve, serpentant jusqu'à la mer. Le climat océanique et la nature du sol contribuaient à la qualité des vins produits aux Tourelles. Cultiver la vigne représentait énormément de travail, mais Albert n'aurait pu rêver d'une vie meilleure. Ce nouveau contrat témoignait de son ardeur à la tâche ainsi que de l'excellence raffinée de leurs cépages.

Le mercure avait grimpé en flèche au cours de cette splendide journée particulièrement humide. L'air restait toujours lourd à l'approche du crépuscule. Le paysage pastoral baignait dans une lumière surréelle teintant les vignobles ancestraux d'admirables reflets de bronze. La vallée semblait figée dans le temps avec ses nuages immobiles parsemés d'orangé, de rosé et de violet. Il appréciait cette heure du jour où la campagne devenait particulièrement tranquille, voire sereine. Avec l'impression de contempler un tableau de grand maître, Albert se pinça, car ce monde lui appartenait.

Le jour descendait rapidement et une faim de loup le gagnait. Un coup d'œil à sa Cartier en or gris lui confirma que l'heure du dîner approchait. Déjà, les domestiques s'affairaient dans la salle à manger afin de préparer la table pour le repas du soir. Il comptait bien fêter la signature de ce contrat avec un Château Des Marchais 1992.

Pour une fois, il exigerait la présence de Fleur pour célébrer, en sa compagnie, sa réussite professionnelle.

2.

Interrompant brutalement le cours de ses pensées, Madame Jacques, la vieille gouvernante, frappa à la porte du bureau et pénétra dans la pièce silencieuse. Hésitante et chétive, l'employée lui tendit maladroitement une enveloppe sans le regarder dans les yeux. Femme discrète à la chevelure chenue, elle travaillait pour sa famille depuis des années et elle ne l'importunait jamais sans raison.

— Je suis désolée de vous déranger, monsieur le baron. Madame m'a fait promettre de vous remettre ce billet dès le départ de vos invités.

Sans une parole, Albert accepta la missive. Sur le rectangle à motifs floraux étaient simplement inscrits les mots *Pour Albert* de l'écriture indisciplinée et artistique de Fleur.

Lèvres serrées et se raidissant malgré lui, il remercia la gouvernante en maugréant, lui signifiant par le fait même son congé. La sexagénaire empressée ressortit de la pièce sans bruit en refermant doucement derrière elle. Elle soupira enfin, soulagée d'avoir accompli la tâche imposée par sa maîtresse. Elle en avait redouté l'accomplissement tout l'après-midi, ce qui avait mis ses nerfs fragiles à rude épreuve. Le caractère du maître n'était pas facile. L'homme entrait souvent dans des rages folles et incompréhensibles, surtout lorsque sa femme se trouvait concernée.

Assis sur le rebord de son large fauteuil, toute détente envolée, Albert soupesa l'enveloppe et éprouva l'épaisseur du pli scellé. Le papier de qualité embaumait le capiteux parfum aux agrumes et à la fleur d'oranger de sa ravissante épouse. Le portant à ses narines frémissantes, il le respira longuement, les yeux fermés, appréciant les effluves féminins et ensoleillés qui lui rappelaient la douceur et la joliesse d'une nuque trop peu caressée. Un court instant, il rêva qu'il posait ses lèvres émues à la jonction de l'oreille finement dessinée et du cou gracile. Et dans ce songe éveillé, elle s'abandonnait lascivement lui offrant un monde insoupçonné de volupté.

Il se secoua brusquement de sa langueur amoureuse en songeant avec dépit : *rien ne changera avec Fleur. Fière, elle me refusera jusqu'à la mort. Et comme un idiot, je continuerai à l'attendre, la lippe baveuse, et à n'y rien comprendre.*

En contemplant la missive, il haussa un sourcil interrogateur :

— Ma très chère femme m'écrit maintenant ? Bah, rien dans ce geste ne me surprend, car elle déteste m'adresser la parole ! N'importe quoi pour m'éviter ! Pourquoi ne me transmet-elle pas tout simplement un message texte tant qu'à faire ? C'eût été beaucoup plus efficace, mais je reconnais qu'elle abhorre utiliser ces moyens technologiques ! Pourquoi me torturer avec un envoi aussi finement parfumé qu'un sonnet poétique ? Le jour où mon épouse m'enverra un mot doux enamouré, je me ferai moine cistercien de peur qu'elle ne porte atteinte à mon humble personne ! Quelle ânerie invente-t-elle encore ? Autant ouvrir tout de suite !

Le grommellement bas et ironique d'Albert témoignait de sa dérision teintée d'une pointe de curiosité. *Quelle idée pour le moins saugrenue d'obliger la gouvernante à me remettre une missive ! Fleur n'éprouve habituellement aucune gêne devant moi.* Si elle devait lui faire part de quelque état d'âme, elle le confrontait volontiers. Lui-même ne rechignait pas à se chamailler avec elle. *Tout pour la voir et lui parler un instant de plus !*

Se résignant au pire, Albert défit adroitement le pli à l'aide de son coupe-papier en or massif. Il déplia un unique feuillet du même papier Hollande fleuri que l'enveloppe. La calligraphie cubiste, voire abstraite, le fit sourire. Le rictus s'effaça de ses lèvres à la lecture rapide du court billet écrit dans un style froid et sans ambages.

Albert,

J'ai enfin pris une décision concernant la vie tragique que nous menons. Depuis le décès de ton père, nous devons nous rendre à l'évidence que nous n'avons plus de raison de demeurer un couple. Tu ne m'aimes pas et notre mariage ne rime à rien. Que pouvons-nous construire sur du vent? Voulons-nous vraiment édifier le monde ensemble? Pourrions-nous partager un projet existentiel satisfaisant pour les deux parties? Je me sens si incomplète que même les vignes ne m'intéressent plus. A tes yeux, je suis si sotte que tu me trompes à la face du monde. J'ai ma fierté, même si elle a été cruellement bafouée par ta bassesse. Je ne désire plus vivre auprès d'un homme aussi vil que toi. Je te méprise tant que je renonce à mes droits sur les vignobles ancestraux Des Marchais. Je choisis la pauvreté à l'aisance, voire au luxe, avec toi. J'ai décroché un emploi de conseillère chez un antiquaire et je pars. Si jamais tu éprouvais le besoin de me rechercher, résiste à cette tentation inutile. Je te contacterai au moment opportun pour les procédures de divorce.

Fleur.

Lèvres crispées, il sonna rageusement la domesticité. Madame Jacques se matérialisa aussitôt. Sous l'expression courroucée du maître, la vieille se tassa sur elle-même.

— Allez me chercher madame, tout de suite. Il suffit avec ces sottises. Je veux la voir, illico.

Le ton d'Albert claqua, sec comme le fouet. Rouge de confusion, la gouvernante bafouilla péniblement d'une voix si basse et inintelligible qu'il dut tendre l'oreille, ce qui ne lui agréa nullement. *Les domestiques doivent me faciliter la vie et non me la compliquer avec leurs simagrées ridicules !*

— Mais arrêtez donc de bredouiller à la fin ! Satané nom de Dieu, je ne vous mordrai pas, tonna Albert.

Son interlocutrice prit une profonde inspiration et ferma les yeux, évitant son regard bleu chargé de fureur. Quand il réagissait aussi froidement, il lui retirait tous ses moyens. Elle connaissait pourtant le châtelain depuis son enfance. Ne l'avait-elle pas déjà grondé alors qu'il portait la culotte courte ?

— Madame est partie au volant de la Mercedes après l'arrivée de vos invités, Monsieur. Elle a requis de vous remettre ce pli lorsque vous seriez seul.

Un moment, le noble resta interdit, comme s'il ne percevait pas le sens caché des paroles prononcées par la gouvernante. *Qu'est-ce que cette fable ? Cette folle ne peut pas dire vrai !* Glacial, Albert chassa l'employée d'un mouvement brusque du menton. *Il ne sert à rien d'abreuver de reproches la vieille.* Quand il s'adressait à elle, elle répondait comme une simple d'esprit, cherchant sans cesse ses mots ! Il connaissait assez Fleur pour s'avouer que lorsqu'elle prenait une décision, personne ne pouvait l'empêcher d'arriver à son but, encore moins une domestique dépassée et trop soumise à sa jeune et éblouissante maîtresse. *Fleur subjugue tout le monde ! Moi, le premier ! Avec elle, j'agis toujours en corniaud.*

Disparue l'ambiance détendue alors qu'il jubilait à la signature du contrat tant convoité. Il se souvenait maintenant avoir remarqué sa femme devant le château pendant que debout à la fenêtre, il discutait avec ses importants visiteurs. Elle serrait la main du chauffeur qui avait avancé la Mercedes. Délaissant ses éternelles étoffes fleuries, la tanagra en pantalon blanc et chandail marine avait hésité avant de monter en voiture. *Elle comptait ne jamais revenir !*

À travers les vitraux d'époque, leurs regards s'étaient croisés dans un adieu et non un au revoir. Il aurait pourtant dû trouver son attitude inquiétante. Il regrettait son manque de clairvoyance et son laxisme. Jamais il n'avait pensé que Fleur eut pu se résoudre à tout bêtement partir. Il avait regardé l'Allemande de l'année descendre l'allée sous la danse féérique de myriades de fleurs des cinq majestueux tilleuls bordant les jardins.

Le cœur battait lourdement à ses tempes et dans sa poitrine alors qu'il relisait le court texte avec une incrédulité grandissante. Une honte indicible le submergeait. *Ce ne peut pas être vrai ! On ne me quitte pas, moi, Albert Forestier ! Le patrimoine et la postérité prévalent avant tout et sur tout. La vie ne se déroule décidément pas comme dans un film. Exemples pour la société, les gens influents comme nous devons respecter les conventions.* Il gronda :

— Fleur ne peut pas choisir de m'abandonner aussi platement. Je ne mérite donc aucune engueulade !?

Il sortit à grandes enjambées dans le vaste hall désert. Aplati à la porte, Pirate, l'énorme berger allemand de Fleur, leva à peine sa grosse tête pour le toiser sans expression. Sa maîtresse absente, le fidèle compagnon attendait, malheureux comme les pierres, derrière le battant clos. Dès que Fleur revenait, le molosse devenait toutou et lui faisait fête. Dans ces rares moments de bonheur, Albert entendait le rire féminin qui coulait sur lui comme une caresse.

Il avait remarqué le cerbère avec le même air abattu alors qu'ils rejoignaient la terrasse avec ses invités. L'Américain lui avait même demandé si la bête souffrait de quelque malaise. Albert avait rétorqué que chaque fois que sa femme sortait, le cabot s'attristait au point de ne plus boire ou manger.

— That's true love, Albert. Only a dog can demonstrate that kind of love. Man's best friend, I tell you! If only a woman could find in her heart that kind of a feeling, I would buy!

Le baron avait souri sans un mot. *Certes, ce Grosjean mercantile trouverait sans nul doute le juste prix pour acheter ce sentiment.*

Il retourna s'enfermer dans son bureau où il marcha de long en large, comme le lion de son blason ancestral dans sa cage dorée. Il se perdit dans de sombres pensées : *Fleur connaît l'existence de ces gonzesses du passé et, pourtant, elle ne cherche pas à en tirer profit. Elle peut prétendre à la moitié de nos biens ! Elle renoncerait à tout, sans marchander ou discuter ? Elle en a assez de ma tronche !*

Depuis le début de leur mariage, trois ans auparavant, Albert ne conservait plus d'attaches avec ses anciennes conquêtes. Il se tenait à carreau. *Fleur se persuade que je suis un faux jeton et un mari infidèle, mais elle se trompe. Avant de prendre épouse, il était de notoriété publique que je courtisais la gent féminine et de nombreux jupons ont visité ma couche. En me mariant, ces galipettes cessèrent.*

Pourquoi ne lui avait-il pas avoué son tendre sentiment au lieu d'essayer de la rendre jalouse ? Pourquoi ne pas avoir laissé tomber le masque devant elle ? Lui avoir présenté la façade d'un homme calculateur et indifférent s'avérait désormais une terrible erreur.

Ces jeux puérils, et surtout stériles avaient tout gâché entre eux.

Il se sentait seul au monde. Il avait perdu son père à qui il vouait un véritable culte, et maintenant, Fleur, la femme de sa vie, le quittait. Il tenta de se convaincre de l'absurdité démente et impossible de la situation.

— Elle reviendra. Ma baronne apprécie trop le luxe et son titre pour renoncer aux privilèges de la vie de château. Elle peut prétendre le contraire, mais la réalité diffère. La pauvreté ne lui conviendra pas, marmonna-t-il avec une moue de dérision. Cette oisive est née pour l'opulence.

La petite voix intérieure d'un homme secrètement épris le tortura insidieusement : *pourquoi n'exige-t-elle rien de toi pour se séparer ? Et si tu ne la revoyais jamais ? Si dans les faits cet antiquaire se révélait son amant ? Comment pourras-tu tolérer qu'elle lui appartienne ? Elle te méprise au point de porter atteinte à son nom et à son blason et de tourner le dos à la renommée. Tu ne vaux rien, mon pauvre vieux. Tu as été incapable de séduire ta femme, la seule qui ait compté pour toi ! Ton inaptitude à conquérir Fleur n'est imputable qu'à ta sottise.*

Il s'était senti si comblé par la signature de cette entente financière. Maintenant, il allait se mettre à pleurer comme un gamin après la lecture d'un feuillet écrit par une conjointe malheureuse. La pensée intolérable de ne plus revoir le charmant visage de Fleur le bouleversait. Il serra les poings, et se redressa orgueilleusement.

Rien ne sert de m'apitoyer sur mon sort comme une lavette. Fleur est partie, soit ! Mais elle reste mon épouse légitime. Je peux la reprendre. Elle doit respecter les dernières volontés de nos pères. Ces nobles droits et honorables souhaitaient notre couple. Ils croyaient en notre mariage. Ils espéraient notre descendance, celle de nos deux grandes familles réunies.

Il engagerait un détective privé pour la retrouver. *Une aristocrate comme elle doit tenir son rang. Fleur n'est pas une fille du peuple ; elle demeurera baronne Forestier jusqu'à sa mort ! C'est écrit ! Et personne ne me refuse ! Quelle femme intelligente et saine d'esprit jetterait un homme aussi remarquable que moi ?*

Il la forcerait à lui revenir, lui prouvant intelligemment les avantages de leur union. Il en allait de leur avenir et de son nom ! Aucune ne se montrait plus digne de mettre au monde ses héritiers. Elle les lui devait ainsi qu'aux Tourelles. Elle représentait leur futur. *Triple buse. Tu sais bien comment naissent les mioches, non !? Ta noble épouse n'a pas eu droit à ta salade et à ton baratin en trois ans de mariage. Pauvre imbécile ! Tu devais l'attirer dans ton lit dès le premier soir. Tu es le seul responsable de ton malheur.*

Quelle ironie ! Ne se dévouait-il pas sans compter pour l'essor de leurs vignobles ? Que pouvait-elle lui reprocher ? Il travaillait inlassablement, à la sueur de son front, le matin aux champs, et en après-midi, dans son bureau directorial devant des traités scientifiques et des tableaux financiers.

Les femmes mentionnées dans sa lettre n'existaient pas. Sa partenaire sexuelle assidue se voulait sa main droite, alors qu'en pensée, il revoyait le dernier sourire de sa charmante bien-aimée ou il revivait leurs trop rares baisers.

Il cogna lourdement sur le secrétaire en serrant les lèvres. Résolu, bien que grimaçant, il prit une décision qui resterait sans appel. *Notre mariage n'a rien d'ordinaire et, dans un avenir rapproché, je régulariserai la situation. Je la retrouverai et elle obéira à toutes mes demandes. Je la materai. Elle pliera l'échine. Et je la soumettrai enfin.*

3.

Sa rage tomba aussi soudainement qu'elle était apparue. Prostré, Albert chialait comme un gosse parce que Fleur avait définitivement quitté Les Tourelles. Il desserra rageusement sa cravate, avec la déplaisante sensation d'étouffer.

L'angoisse de ne plus jamais la voir le désarmait. Que deviendrait-il si Fleur ne vivait plus auprès de lui ? Elle affirmait qu'ils ne partageaient rien. Issue du même milieu que lui, aucune autre femme ne pouvait davantage prétendre au titre de baronne Forestier. Bien au-delà de la condition, l'amour de la terre et la connaissance de la culture de la vigne les unissaient. *Au contraire, nous réunissons énormément de points communs ! Et du vin coule dans nos veines !*

Albert se percevait comme un homme d'action. Véritable dynamo, il répondait au quart de tour à tout stimulus, à toute problématique. Il suffisait pourtant d'une lettre écrite à la va-vite par une épouse déçue pour briser ses rêves, ou plutôt ses illusions, d'un mariage heureux.

Incapable de réfléchir de façon cohérente, il ne savait carrément pas comment contacter un privé. *Est-ce que l'on choisit un détective dans le bottin téléphonique ou sur internet ? Comment se fier au premier frimeur ainsi dégoté ?* Il ne tenait pas à étaler sa vie et ses ennuis matrimoniaux devant un inconnu sans référence, et possiblement sans scrupules.

Soudain un flash ! L'image s'imposa : un homme digne et droit aux tempes grisonnantes. Maître Pion, le vieux notaire de la famille, le conseillerait avec bienveillance. Il n'émettrait aucun jugement moral. Il connaîtrait évidemment un limier discret possédant les qualités professionnelles indispensables à cette délicate mission.

— La priorité : agir promptement. Fleur ne doit pas s'installer dans de nouvelles habitudes bien que je la vois assez mal évoluer dans un appartement minable d'une tour à logement insalubre. Je ne l'imagine pas des heures devant un four à se mitonner des bouffes insipides et à boire de la piquette. Je ne lui laisserai pas le loisir de se construire un nid douillet ailleurs qu'auprès de moi. La célérité jouera en ma faveur. Elle a agi sur un coup de tête. Évidence ! Comment pourrait-elle préférer vivre dans un taudis, comme une gueuse ? Historienne, elle quitte un castel du XVIIe pour le néant, le trou noir, et ce, à seules fins de ne plus voir ma gueule ! Il faut être patraque ! Toutes les femmes de Bordeaux jalousent sa place à mes côtés. Pour me fuir, elle invente mille excuses, mais je marche droit, les fesses bien serrées depuis trois ans. Je me comporte en gentleman avec elle. Jamais, je n'ai abusé de mon titre d'époux pour la contraindre. Pourquoi rompre alors que je la laissais agir à sa guise ?

Il marmonnait nerveusement en froissant la lettre de ses mains tremblantes. Il fixait sans le voir un tableau représentant une fête de vendanges au XIXe siècle, une des nombreuses toiles du patrimoine historique et artistique du château. Ne plus vivre les récoltes avec elle le brisait.

Décidé, il se mit à chercher les coordonnées personnelles du notaire dans son carnet d'adresses. Vestige du temps de son père dont la génération se rebellait contre toute avancée technologique, ce vieux livret n'attendait que ses doigts impatients pour lui révéler les renseignements espérés.

Concentré, Albert ne réalisa pas que Marie, la bonne, se tenait debout devant lui. Pour attirer son attention, la petite toussotait depuis un moment déjà. Il leva un œil distrait et, sans demander son reste, la domestique lui signifia un appel téléphonique. Apeurée par le regard torturé du seigneur, elle ressortit rapidement. *Ma communication avec le clerc serait retardée à cause d'un enquiquineur ! On se permet décidément de me déranger à tout propos ! Il en cuira à cet opportun !*

Il se nomma froidement au combiné.

Une voix impersonnelle, aiguë et détestable l'informa que Fleur Des Marchais reposait dans un état critique à l'hôpital de Bordeaux.

4.

En l'espace d'une fraction de seconde, le monde bien organisé d'Albert Forestier se désintégra. Il ne percevait plus les rayons du soleil couchant dans la pièce assombrie. À travers ses oreilles bourdonnantes, les sons usuels de la maisonnée ne lui parvenaient plus. Son cœur s'emballait alors que son corps se vidait de sa chaleur vitale. Les jambes devenues de coton, il allait glisser de son siège s'il ne se retenait pas.

Si je pouvais enfin me réveiller de ce maudit cauchemar !

La voix nasillarde annonçait un accident de voiture. L'employée délivra son court et sinistre message et elle ne voulut rien lui apprendre de plus. Albert raccrocha gauchement le combiné sur son réceptacle. Comme un ivrogne ayant bu trop d'absinthe, le contrôle de son existence lui échappait.

En ce jour trop long, signatures de contrat, lecture d'une lettre de rupture parfumée et annonce d'une collision impliquant Fleur se succédaient à un rythme dément. Il n'en pouvait plus de ces montagnes russes d'émotions. Il ne se maîtrisait plus alors qu'il conservait habituellement un sang-froid légendaire reconnu et apprécié à travers l'Aquitaine. Perdre son flegme ne lui apportait jamais rien. Il le savait d'expérience.

L'horrible vision s'imposa à son esprit enfiévré : Fleur ensanglantée, le corps disloqué parmi les débris métalliques et carbonisés de sa voiture de luxe. Il avait cru sa vie finie à la lecture de son message sibyllin ; maintenant, il pressentait l'emprise de la mort, une ennemie autrement implacable. Il devait combattre ces présomptions inutiles et agir. *Je ne suis pas un braillard morveux pour m'égarer en tergiversations ! La malédiction qui pèse sur notre famille depuis siècles ne peut nous viser puisque Fleur ne m'appartient pas.*

Il ne prit pas la peine de se changer. Il passa son veston sur sa chemise trempée par les sueurs froides et il noua brusquement sa cravate. Le bien-paraître à tout prix importait plus que le reste pour un être d'exception comme Albert Forestier. Aucun laisser-aller admissible en toute circonstance, son adage premier.

Dans le hall, il trouva le majordome assis à sa place, à l'entrée du grand salon.

— Henri, faites chercher Francis. Je dois sortir.

Devant la lenteur de l'homme, Albert cracha froidement :

— Prompto ! Mais nom de Dieu, dois-je le faire moi-même ? Vous me les cassez tous à la fin !

Courbé par les rhumatismes, le vieillard squelettique se redressa de son siège le plus dignement qu'il le put en tentant de cacher une grimace de douleur sous un sourire de commande. Employé aux Tourelles depuis une soixantaine d'années, il vivait à demeure au château. Des cheveux gris clairsemés parsemaient son crâne criblé de taches de vieillesse.

Excédé, et inspirant par le nez, Albert détourna le regard sans émettre de commentaire en pianotant sur une table ancienne. *Pourquoi garder ce mort-vivant à mon service ? Pourtant pas mon genre de lézarder sur la maisonnée et la discipline !*

Un jour, en privé, Fleur lui avait exigé de montrer de l'indulgence envers cet octogénaire qui avait tout sacrifié à la famille Forestier, passant à côté de sa propre vie. Il se souvenait son timbre ironique et sa réplique cinglante qui l'avait remis à sa place.

— Albert, même toi, et Dieu m'en est témoin, qui est l'être le plus détestable que je connaisse, tu ne peux pas manquer de cœur à ce point ! Comment pourrais-tu te débarrasser de ce vieillard qui a tout dévoué aux Forestier ? Il souffre d'arthrose et il n'a plus l'oreille aussi fine que jadis, et puis après ? Je t'en prie, ne le chasse pas. Quelle serait son existence hors de nos murs ? Sans famille, il tomberait dans l'indigence. Il se sent utile parmi nous ; ne lui enlève pas sa raison d'exister. Use de clémence et, pour une fois, pense à un autre que toi !

Droite sur son siège, le menton relevé en signe de défi, elle l'avait longuement toisé. Il tempêtait, mais elle avait soutenu son regard. Fleur ne cédait jamais un centimètre devant lui.

— Si tu savais comme je m'en fous de la vie de ce barbon ! J'ai bien envie de le renvoyer séance tenante, tiens ! S'il n'accomplit plus le travail, quelle utilité présente-t-il pour moi ?

— Tu es le genre à jeter les gens après usage. Rien ne peut plus me surprendre de toi, Albert.

L'intonation déçue de Fleur avait touché une corde sensible profondément enfouie en lui, à l'abri des regards. Il ne lui avouerait pas qu'elle avait trouvé, dans ses paroles et dans son ton, l'argument pour le convaincre de garder la vieille baderne. Il s'était détourné pour ne pas montrer qu'il pouvait se laisser attendrir. Aucun laisser-aller, en tout temps !

Henri revint en claudiquant péniblement, le tirant brutalement de son souvenir. La lenteur du domestique l'exaspérait au premier degré. Mais il ne le mettrait pas à la porte, car Fleur lui en voudrait jusqu'à la mort.

Le majordome lui apprit, en tentant de reprendre son souffle, que la voiture était avancée. Glacialement, Albert lui fit part de l'accident de Fleur et lui réclama d'avertir la domesticité pendant qu'il se rendait au chevet de la baronne.

— Assurez-vous personnellement de la discrétion des bonniches qui adorent cancaner.

Sans un regard pour le vieillard attristé par la terrible nouvelle, il sortit dans la moiteur de la fin de journée. D'un bond agile, il grimpa dans la Bentley impeccablement tenue et bichonnée par Francis, son chauffeur expérimenté et méticuleux. Après un salut martial auquel Albert n'accorda aucune importance, l'as du volant referma la portière sur lui.

Comme toujours, et selon ses exigences, le bar du véhicule avait été approvisionné et Albert se versa un double cognac. Sans tiquer, il avala la boisson d'un trait. Il espérait se détendre avant d'arriver en ville. Le liquide ambré recelait des vertus thérapeutiques puisqu'il anesthésia aussitôt la douleur physique qui lui broyait la cage thoracique et l'angoisse morale générée par la peur de perdre sa femme. Son désespoir visible à l'œil d'un employé expérimenté exigeait le silence et la réserve bienséante du conducteur.

Albert ne s'inquiétait jamais. Il détenait toujours toutes les cartes, en toutes circonstances. Même dans son mariage arrangé, il gérait les avoirs à son gré. Il s'enquérait à l'occasion, pour la forme, de l'opinion de Fleur, mais sans plus. Elle le défiait souvent et le boudait constamment, mais elle finissait par obtempérer et passer à autre chose faisant mine de n'y accorder aucune importance. Elle ne lui obéirait franchement jamais. Il contrôlait son existence sans lui demander son avis. Du moins jusqu'à ce qu'elle le quitte.

Perdre le contrôle le terrorisait et l'inquiétude liée à l'accident de Fleur le bouleversait. Il imaginait déjà le pire.

Le trajet se déroula en silence. L'hôpital situé en plein cœur de Bordeaux ne possédait pas d'héliport et il s'en trouvait hautement irrité. Confondu par ses idées noires, il regardait sans vraiment le voir le paysage défiler devant ses yeux aveugles.

Le centre hospitalier avait été reconstruit après la Deuxième Guerre mondiale. Érigé dans le quartier historique de la ville romaine, le bâtiment moderne et choquant de laideur ne respectait en rien l'architecture environnante. Dès le tournant du boulevard, entre deux pâtés d'édifices centenaires aux volets stylisés et aux façades admirables, le cube en béton se révélait au regard consterné du visiteur. Albert gardait un souvenir pénible de cet endroit hideux, trop souvent visité après la crise cardiaque de son père. Le coloré baron était décédé entre ces murs d'un vert fané par les années. Son successeur aurait préféré revenir en ce lieu en des circonstances plus heureuses, comme une naissance.

Dès son entrée, les odeurs mêlées et caractéristiques de la maladie, de la malpropreté, des déjections humaines et des produits chimiques lui soulevèrent le cœur. Il surmonta tant bien que mal son dégoût et il s'abaissa à demander à un commis mal rasé, responsable de l'accueil, le numéro de la chambre de Fleur.

L'ascenseur grimpa de deux étages avec des bruits grinçants peu rassurants. Plus rapidement que voulu, il se retrouva au chevet de la blessée. Il ne la reconnaissait pas dans cette étrangère inerte et fragile. Non préparé à la vision cauchemardesque de sa femme inconsciente, il inspira difficilement afin de chasser sa crainte de la perdre. La forme minuscule sommeillait, la tête au faciès égratigné bandée de gaze de coton. Blême à faire peur, Fleur ressemblait à ces vampires des films à bas budget. *Comment peut-elle reposer dans cette clarté éblouissante ? Un éclairage tamisé conviendrait mieux à la situation. Qu'on s'occupe d'elle pour qu'elle guérisse illico...*

Agité par une insoutenable angoisse, il ne pouvait empêcher ses mains de trembler. Il supportait mal la maladie chez ses proches. Des nausées incontrôlables menaçaient de provoquer un dénouement gênant. Une évidence le heurta comme un coup en plein ventre. *Elle git là par ma faute ! Si j'avais pu la convaincre de mon amour, cette tragédie aurait été évitée. La malédiction malfaisante des Forestier plane sur nous ! L'aversion de Fleur pour moi ne la protège pas. Cette maudite magie subsiste après trois siècles !*

Averti de son arrivée par une infirmière aussi invisible qu'inutile, le médecin toussota pour signifier sa présence. Il fixait Albert Forestier. Le prince charmant immobile n'osait interrompre le sommeil de la princesse endormie de peur de hâter l'issue du cauchemar vers la fin inexorable du rêve de leur heureux mariage. Résistant à se détourner de la forme inerte, il se retourna avec la lenteur et le naturel d'un automate.

Le docteur Moreau se présenta en lui tendant une main que le noble serra dédaigneusement. *Encore une poigne molle et moite !* D'un ton encourageant, l'homme en blanc aborda aussitôt l'accident avec ce mari affligé.

— Votre femme a eu de la chance, monsieur le baron. Dans 27 % des cas, c'est la mort assurée.

— Ma femme n'est pas une statistique, mais un être de chair et de sang ! Mais je m'énerve… poursuivez…

— Sa voiture a fini au fond de la ravine, mais fort heureusement, elle a été éjectée après que le pare-brise ait volé en éclat à l'impact avec le parapet. Elle présente des coupures mineures.

Quel coup de bol en effet ! Sa tête a rencontré le bitume à 120 km/heure ! Il se secoua pour écouter les commentaires de l'importun :

— Elle a subi un traumatisme crânien ; néanmoins, l'hémorragie cérébrale a cessé. Des contusions sur le côté gauche du corps ne laisseront aucune séquelle. Elle guérit bien de ce genre de blessure si on se réfère aux anciennes fractures de côtes parfaitement consolidées. Elle se réveillera dans les vingt-quatre heures. Pendant ce laps de temps, passez aux admissions pour remplir les formulaires d'usage.

Le médecin se sentit examiné par le regard critique et incisif de son interlocuteur. Le sarrau et les cheveux gris procuraient coutumièrement confiance aux patients et à leurs familles. Il en alla autrement avec le jeune noble.

Les impératifs de cette affreuse mise en scène réclament un compte-rendu exhaustif que cet affreux doit me transmettre. Illico.

— Reçoit-elle les soins de pointe dont elle a besoin ? J'exige de tout savoir de l'état de santé de ma femme. Elle ne doit manquer de rien ! Je ne quitterai pas son chevet. Je passerai remplir la paperasse administrative à ma convenance.

Albert parlait d'une voix cassante où une politesse élémentaire cédait la place au rudoiement. De haute taille, et surtout lorsqu'il adoptait ce maintien rigide, le baron en imposait. Le médecin lui suggéra mollement de ne pas s'inquiéter inutilement, que le tout rentrerait dans l'ordre rapidement. Impressionné par le silence glacial du noble, le vieux docteur lui fournit alors tous les détails de la condition de Fleur et les traitements dispensés. Il se voulait rassurant et insista sur le fait que la blessée se trouvait hors de danger.

— Que Dieu vous entende !

Le scientifique comprit que ces mots murmurés exprimaient une réelle prière. Il aurait volontiers posé une main réconfortante sur l'épaule d'un autre époux, mais il se retint avec ce nobliau déplaisant. Le baron repousserait carrément tout geste de compassion. *Aucune familiarité n'est possible avec un être aussi rigide et hautain et aucun rapprochement envisageable !*

Ils restèrent silencieux, veillant le sommeil de la belle. Il ne romprait pas le silence recueilli du mari inquiet.

L'omnipraticien avait reconnu Fleur Des Marchais-Forestier dès son arrivée aux urgences. Ses nobles ancêtres étaient des membres influents de la communauté bordelaise. Quelques années auparavant, la belle et très courtisée demoiselle épousait Albert Forestier, un des plus fins connaisseurs de vins au pays. Ce dernier succédait à son père à la direction des vignobles ancestraux Forestier. L'aristocrate représentait la tradition des vignerons du Médoc, mais également les qualités d'un agriculteur d'un nouveau genre tourné vers la modernité et la science de l'œnologie. Il croyait l'héritier Forestier plus âgé, mais le désagréable personnage avait à peine trente ans.

Une équipe composée de thérapeutes et infirmières avait aussitôt pris en charge la traumatisée. Au bout de trois longues heures de tests et de soins, Fleur Des Marchais était hors de danger. Mais à quel prix ? À son réveil, l'état réel de la patiente serait connu.

Dans le regard que le baron posait sur sa femme, le médecin discerna du chagrin, mais l'impression furtive ne dura qu'une fraction de seconde. Il pensa même l'avoir rêvée, car dans la minute suivante, le noble le congédiait sans façon.

— N'avez-vous pas d'autres vies à sauver, docteur ? Je ne voudrais surtout pas vous retenir !

Le soignant esquissa une moue vexée que le mari éploré ne remarqua pas. Le multimillionnaire se dédiait désormais à veiller la comateuse. Sans ménager les susceptibilités, Albert avait chassé le scientifique. *Ces hommes doucereux qui emploient un ton paternel me restent sur l'estomac.* Il ne tenait pas à poursuivre une conversation rendue inutile par le compte-rendu complet, déprimant et faussement positif. Fleur devait maintenant récupérer et il la protégerait comme il l'avait toujours fait. *Mais comment la consoler de la déception de notre mariage de convenance ?*

Albert rapprocha l'unique fauteuil du lit. Il hésitait à s'asseoir, habitué au confort et à une impeccable propreté. Il saisit la petite main glacée entre les siennes et, de son regard avide, il admira le ravissant visage de madone au nez adorable de perfection et à la bouche généreuse à dévorer. Il lui parla d'une voix caressante, celle qu'il empruntait dans ses rêves d'elle.

— Je ne peux pas croire ce qui nous arrive, ma chérie. La journée avait pourtant si bien débuté. Le contrat avec l'Amerloque est enfin signé ! Notre vin coulera à flots dans les grands restaurants new-yorkais ! Avec de la chance, au dîner, tu aurais été fière de moi. Nous aurions fait honneur à un Château Des Marchais, millésimé 1992, notre préféré ! Un autre point commun alors que tu prétends que nous n'en partageons aucun ! La soirée s'annonçait calme, heureuse. Après un excellent repas, et un bon cru aidant, nous aurions fait une longue promenade au clair de lune dans nos jardins illuminés. L'air parfumé par les fleurs des muriers et des figuiers nous aurait tourné la tête. Dans un rayon argenté et tamisé, nous nous serions embrassés.

Il se tut, puis ne put réprimer une moue de dérision.

— Quel beau rêve éveillé ! Voilà des mois que nous nous comportons à peine civilement. Distante comme à l'habitude, tu n'aurais pas desserré les lèvres sinon pour me jeter au visage que seul le business compte pour moi ! Ce contrat s'avère sans importance sans ta présence à mes côtés pour en profiter. Que me fout si un New-yorkais néophyte et inculte découvre notre vin dans un restaurant guindé ? Ces entrées d'argent ne représentent rien face à ce que nous possédons déjà !

Il baisa la main gelée avec une douceur infinie, puis l'appuya contre sa joue brûlante. *Si je pouvais la réchauffer !* Par l'action de sa fièvre amoureuse, il pourrait lui insuffler la vie qui lui faisait défaut. Il suivit le trajet d'un tube enfoncé dans le pli du coude jusqu'à un soluté. Le collier cervical l'empêchait de tourner la tête. D'autres appareils surveillaient son rythme cardiaque et sa tension artérielle. Les bipbips incessants et aigus meublaient le lourd silence de cette nuit hors du temps et serraient son cœur d'appréhension. Il aurait voulu enlever Fleur à ce cadre grotesque. *Il pue en ces lieux, sans musique et sans beauté. Cet endroit ne convient pas à une muse aussi parfaite. Ma reine mérite satin, fourrures et diamants.*

— Madame Jacques m'a remis ta lettre. Je me reproche amèrement de ne pas avoir su te rendre heureuse. Je présumais que tu te complaisais dans notre mariage de convenance. Comment trouver le bonheur puisque je me comportais en poltron ? Tu me rabrouais en réaction à ma conduite inqualifiable. Pardonne-moi. Je ne sais pas ce que j'espérais en agissant comme un crétin. Je refuse de te perdre, mais tu es si frêle, ma chérie. Comment feras-tu pour combattre la mort ?

Incapable de se contenir, il versa des larmes sur la femme qu'il aimait.

Les heures passèrent dans le silence pesant de la minuscule chambre. Il gardait la main froide et inerte entre les siennes et il se sermonnait intérieurement de sa bêtise, ressassant à répétition les mêmes idées noires. Il s'abîmait les yeux sur le visage figé de son ange. La peur qu'au petit matin, Fleur ne lui soit irrémédiablement enlevée lui nouait les tripes. Il ne serait pas le premier baron Forestier à perdre sa bien-aimée dans sa jeunesse. *Un filet de vie s'écoule de ses veines ! Et je ne peux rien. Malgré ma fortune, un château et un titre, je reste impuissant !*

La malédiction des Forestier !

À seize ans, à la mort de sa mère, il avait mérité une retentissante gifle de son paternel qui avait exigé qu'il cesse de déblatérer ces sornettes sur-le-champ :

— Ta mère a souffert d'un cancer, cancre. Ce drame peut arriver à n'importe qui. Ce fléau touche tout un chacun sans distinction de l'âge ou de la condition sociale. Cette damnation n'est qu'une histoire d'une époque révolue pour apeurer des imbéciles incultes et crédules. Cette indigente a pourri la vie de nos ancêtres avec cette histoire de fous !

Son père ne voulait pas prêter foi à cette fable ancienne. Et lui, Albert, encore moins ! Et surtout pas aujourd'hui alors qu'il aimait un autre être plus que lui-même ! Pourtant, aucune de ces femmes d'exception, épouses des nobles seigneurs Forestier, n'avait dépassé la trentaine. Elles avaient laissé dans le deuil des hommes défaits et eux-mêmes morts à la vie. Et combien de petits orphelins aux regards tristes et éteints qui avaient grandi sans la douceur d'une paume aimante ! À leur tour, ils devenaient aussi terribles et cruels que Julien dit le Géant, le premier Forestier de sa dynastie.

Il réprima un frisson d'effroi à l'évocation de ce mauvais sort.

Allons donc, la science aura raison de cette fable trop ancienne pour perdurer ! La magie n'existe pas ! À travers les siècles, la maladie frappait sans distinction. Les femmes mangeaient à peine pour rentrer dans leurs corsets et plaire à leurs brutes épaisses de maris mal dégrossis !

Sa baronne moderne combattait pour vivre. Et elle gagnerait.

S'il lui communiquait sa chaleur et sa force, se réveillerait-elle ? Le cas écéant, elle le regarderait et devinerait, à le voir là, brisé par la peine, à quel point il tenait à elle. Le sourire aux lèvres, elle reviendrait alors auprès de lui, sans question, sans reproche.

5.

Vers les trois heures du matin, une infirmière au pas traînant et saccadé nota les signes vitaux de la malade inconsciente. La rousse aux cheveux très courts sursauta à son entrée dans la pièce silencieuse et faiblement éclairée, car elle ne pensait plus y trouver le mari hautain de la patiente. Dès son arrivée à l'unité de soins, à sa façon de se comporter en propriétaire, elle avait compris que ce grand de ce monde n'aimait pas gaspiller son précieux temps. Contre toute attente, le désagréable bonhomme veillait toujours religieusement sa jeune épouse.

Professionnelle, l'employée consigna les informations au dossier. Refermant le document, elle jeta un regard à l'homme. Des prunelles bleu clair la surveillaient attentivement. D'une voix basse, comme pour ne pas réveiller Fleur, elle lui conseilla gentiment d'aller se reposer. Elle le rassura sur l'évolution de la malade. Elle l'informa de la procédure d'appel des proches en cas de changements à la condition médicale.

— Je sais ce que j'ai à faire. Ne vous sentez surtout pas obligée de me tenir compagnie ! Chacun son métier et les vaches seront bien gardées !

Offusquée, l'infirmière tourna les talons, sans un mot.

Albert devait cependant se rendre à l'évidence : la fatigue de cette longue journée le rattrapait et la faim le tenaillait. Son estomac vide et douloureux lui commandait de grignoter. *Si je ne me sustente pas, je tomberai dans les pommes comme une frêle et impressionnable madone.*

Il veillait Fleur depuis des heures sans qu'elle bouge un doigt. Ce statu quo rassurant le décida à revenir aux Tourelles pour dormir. Il rejoignit en un rien de temps la voiture où le chauffeur attendait patiemment derrière le volant.

Dès l'arrivée du maître, Francis sauta diligemment du siège conducteur pour lui ouvrir la portière arrière avec déférence. Képi sur la tête, irréprochable dans son uniforme noir, l'employé se montrait, même à cette heure avancée de la nuit, toujours aussi frais et alerte. Albert haussa un sourcil ironique : *Il se veut à l'image de la Bentley, une efficace machine bien huilée.* Le baron n'appréciait pas davantage cet homme discipliné que son vieux et arthritique majordome. Il détestait ne jamais pouvoir le prendre en défaut. Il se complaisait à accumuler des munitions contre ses interlocuteurs afin de ne jamais perdre le contrôle, l'ingrédient premier du pouvoir, d'où ses nombreuses réussites professionnelles. Il menait le monde d'une main de fer dans un gant de velours, et grâce à son excellente gestion financière, les Tourelles devenaient une industrie moderne et florissante.

Fleur résistait à ces avancées, le ramenant sans cesse à la dimension historique et humaine du domaine. L'âme d'artiste de sa femme n'entendait rien au profit. Et il le lui avait bien souvent reproché.

Installé confortablement, Albert se ferma à tout bavardage et il grignota des noix grillées salées du bar. Il agrémenta les friandises d'un double scotch. *J'ai besoin de m'épancher, mais pas avec le chauffeur quand même ! Que pourrais-je bien partager avec un robot ? Francis vit une histoire sentimentale avec une bagnole ! Il bichonne la Bentley comme une amante.*

Une voix narquoise ricana dans sa tête qui cognait au rythme des battements désordonnés de son cœur : *Hypocrite, tu affiches le même modèle rigide. L'autoritaire baron Forestier, un pète-sec solitaire dans son château sur le coteau ! Tu travailles des heures interminables et tu ne t'amuses plus. Et tu ignores ta femme ! Tu ne lui parlais plus. Tu ne la regardais plus. Tu exigeais qu'elle te serve professionnellement et en société, mais tu n'as jamais détenu le contrôle sur elle et cette situation t'empoisonnait la vie. Tu ne supportais plus qu'elle s'éloigne. Allez, discuter te fera du bien, même avec cette machine humaine !*

Foutaises ! La seule personne avec qui il voulait réellement échanger reposait dans un état critique dans un hôpital insalubre. Par découragement, il cala un autre double scotch d'une rasade avide. Le verre froid appuyé contre son front douloureux, il ferma les yeux pour ne plus voir le désastre de son existence. Il avait réussi à éteindre le soleil. Il avait tué sa rose n'en ayant pas pris suffisamment soin.

Anesthésié, il s'adossa confortablement au siège capitonné et se laissa entraîner par des souvenirs troublants. Des images lui revenaient, comme dans un film de sa vie, de cet été ensoleillé et sensuel où il faisait bon vivre…

Souvent, vers les treize heures, après le travail aux vignes, il rappliquait avec son père, le régisseur et ses adjoints. Les jours de beau temps, ils prenaient un repas commun sur la grande terrasse, à l'ombre d'un immense chêne bicentenaire. La vue de la vallée fertile ravissait même les habitués les plus blasés. Le vent bienfaisant les berçait mollement. Le chant harmonieux de plusieurs espèces d'oiseaux comme l'engoulevent d'Europe et le bruant proyer ainsi que le bruissement soyeux des feuilles dans les arbres séculaires les emprisonnant dans un écrin de velours vert vif inventaient la douce symphonie de la nature. Les odeurs entêtantes des fleurs à peine écloses et des petits fruits gorgés de soleil représentaient un pur bonheur pour un nez exercé comme le sien. La bonhommie de son père et surtout le contact de la voluptueuse Fleur en jeune mariée attentionnée donnaient à ces après-midis paisibles un goût de paradis terrestre où il aurait aimé croquer la pomme.

Fleur dressait toujours la table en jasant à bâtons rompus avec une bonne en livrée impeccable. Elle portait un vieux jeans élimé qu'elle affectionnait ou une tenue légère dénudant ses jambes interminables. Elle apportait cet air bon enfant, paysan et très séduisant à ces pauses estivales qui se prolongeaient souvent jusqu'au soir. Il adorait cette mini-jupe en étoffe de denim délavé qu'elle revêtait à l'occasion avec une perfection divine.

L'image se précisa et il se laissa emporter par le souvenir de ces délicieux repas champêtres dont il gardait la nostalgie. Le rire charmant de Fleur les accueillait chaleureusement alors qu'elle déposait un grand saladier de bois sur la longue table croulant sous les victuailles. Tous lui faisaient la bise, sauf lui. Ce premier été de leur mariage, ils ne se seraient jamais contentés d'une embrassade amicale sur la joue. Il avait pris la saine et excitante habitude de l'embrasser délicatement sur la bouche. Il ne tenait pas à épater la galerie. Comme Fleur n'agissait jamais en fonction des autres, il pouvait prétendre qu'elle appréciait tout autant ce tendre contact.

Ces derniers temps, ces légères caresses lui répugnaient. Elle refusait même les baisemains et tout signe de déférence. Personne ne pouvait la toucher. Elle ne riait plus. Elle ne souriait plus. Elle ne vivait plus. Pourtant, dans ce passé pas si lointain, elle rayonnait de jeunesse et de vie.

La bonne s'occupait des autres convives, mais Fleur veillait à lui confectionner une assiette savoureuse et colorée. Elle lui versait de l'eau fraîche ou du vin et, au passage, elle posait une paume caressante sur son épaule musclée, sur sa nuque dégagée, sur son avant-bras puissant et veineux. Charmante, elle s'asseyait à ses côtés, effleurant distraitement sa main au fil des conversations animées. Alors que les échanges perduraient, elle saisissait son carnet de croquis et dessinait silencieusement le baron, son père, installé au bout de la tablée, le paysage aquitanien derrière lui.

Son sujet de prédilection éclatait de rire quand il s'en rendait compte. Un jour, il avait lancé haut et fort une remarque affreusement gauloise :

— Eh la môme, tu devrais croquer à pleines dents ton chenapan de mari !

À ces paroles ambiguës, Albert s'était senti rougir jusqu'à la racine des cheveux démontrant mieux que par des mots au vieux filou que son crétin de fils n'avait pas encore goûté aux joies du mariage.

— C'est vous le chenapan, père, avait répliqué la ravissante artiste du dimanche en riant, inconsciente de son trouble. J'ai déjà dessiné des centaines d'esquisses d'Albert. Il demeure mon sujet fétiche.

— A-t-elle dit que le jeunot était son objet fétiche ?

Décidément en forme, son paternel posait la question à son voisin de table, qui ricanait bêtement, la bouche pleine de pain frais du jour. Fleur traçait alors de grands traits assurés sans se formaliser de ces boutades inoffensives.

Bien que sur des charbons ardents, Albert avait fini par en sourire, alors que son père taquinait inlassablement la jeune châtelaine. Ils étaient finalement partis, le vieux baron pour une sieste et les hommes pour travailler aux champs pendant qu'elle apportait silencieusement les dernières retouches à son dessin.

Il avait longuement admiré le profil aristocratique sur le croquis qu'elle lui avait tendu.

— Tu t'améliores. Tu devrais signer tes œuvres. Père vieillit. Je lui trouve l'air malade, fatigué. Cette chaleur n'arrange rien.

Pour illustrer son commentaire, il avait défait sans s'en rendre compte deux boutons de sa chemise laissant entrevoir ses pectoraux recouverts d'une mince toison. Rougissante, elle avait préféré contempler la vallée en s'éventant avec son large chapeau de paille. L'atmosphère opaque et accablante nimbait les vignes d'un éclat ouaté surréel. Elle s'était détournée à contrecœur de la magnificence hypnotique du paysage :

— Il ne monte plus le grand escalier aussi rapidement qu'avant. Il perd l'appétit. Il devrait voir son médecin. Tu devrais l'aborder en ce sens.

Il avait rouspété en lui tendant le dessin tracé au fusain.

— Il rétorquera que son père vécut jusqu'à cent ans. De surcroit, il claironnera que je suis trop jeune pour m'inquiéter pour lui et pour diriger sa vie. Il minimisera, comme toujours.

A-t-elle alors pris ma logique pour du désintérêt, voire de la lâcheté ?

Alors qu'elle reprenait son carnet, il avait osé lui demander, en la regardant dans les yeux :

— Et si tu lui parlais ? Incapable de te rabrouer, le vieux t'écoutera. Il t'adore. Et puis, c'est connu, les femmes réussissent toujours à obtenir des hommes ce qu'elles désirent. Cette force réside dans leur sang. Le proverbe ne dit-il pas : « Ce que femme veut, Dieu le veut » ?

— Je ne sais pas encore jouer à ce jeu, Albert. Je ne minaude pas comme la plupart des mijaurées de notre entourage. Si j'obtenais tout ce que je souhaite…

S'arrêtant net, elle avait rejoint résolument la balustrade de marbre ouvragée en lui tournant le dos. Il n'avait pas résisté à s'approcher pour l'entourer tendrement de ses bras protecteurs. Il avait murmuré à son oreille réceptive :

— Tu ne joues pas et je reste le premier à le déplorer et à le célébrer à la fois. J'apprécie ton honnêteté. Dans ce cas précis, il s'agit de réussir dans une importante entreprise, celle de préserver la santé de notre père.

Elle avait levé la tête vers lui, des larmes dans ses yeux verts pailletés d'or. Il n'avait jamais supporté de la voir pleurer.

Le cœur en émoi, il l'avait entendu avouer :

— J'aime ton père de tout mon cœur, Albert. Je ne veux pas le perdre. Je vais essayer de le convaincre, puisque tu me le demandes si gentiment.

Comment résister à l'envie de l'embrasser plus longuement pour une fois ? Ce baiser brûlant et savoureux échangé sous un soleil de plomb lui avait paru un heureux présage et il s'était alors prêté à rêver de vraiment devenir le mari de sa femme.

Malgré le sourire ravissant levé vers lui, il n'avait pas osé lui réclamer de rejoindre la chambre principale. Elle aurait prétendu qu'il profitait de la situation, que rien n'était jamais gratuit avec lui. Il craignait de se voir rejeté et d'être traité de sale porc une fois de plus ! La petite voix le rappela à la triste réalité alors qu'il regagnait le château dans cette aube naissante, seul passager d'une Bentley trop spacieuse : *idiot ! Si tu avais demandé à la belle de monter se prélasser entre tes bras dans la tranquillité de la suite nuptiale, elle t'aurait agréé. Si tu étais devenu son homme, elle n'aurait pas pris la voiture hier ! La faute de ce foutoir te revient !*

Ce premier été, tout semblait pourtant possible, accessible. Il se persuadait qu'il suffisait d'attendre le moment opportun. Convaincu qu'ils se retrouveraient, il ne ressentait pas l'urgence de poursuivre

Fleur d'assiduités explicites. L'évolution de leur histoire lui prouvait désormais le contraire.

Fleur avait tenu promesse. Avec délicatesse, elle était parvenue à amener son père à voir un médecin. Mais il était déjà bien trop tard pour le baron qui, à l'automne de sa vie, refusait de survivre en ascète. Le vin coulait toujours à flots aux Tourelles, la bonne chère abondait et le vieil homme ne renoncerait pas aux femmes.

Les fréquents gestes de véritable tendresse agrémentèrent la première année de leur mariage arrangé. Que se passa-t-il pour tout changer et pour qu'ils deviennent des étrangers froids et distants ?

Albert sauta de voiture sans attendre que le chauffeur vienne lui ouvrir la portière. Sans un mot pour Francis, il pénétra dans le hall. Il flatta Pirate qui s'était péniblement levé à son entrée, tout à fait égaré. Contrairement à son habitude, le chien ne grogna pas sur lui. Le majordome avait quitté son poste. La maisonnée dormait paisiblement pendant que la châtelaine luttait pour sa vie ! Ce manque de dévotion et d'attachement lui fit l'effet d'une gifle de la part de petites gens qui leur devaient tout. *Fleur plaide souvent la cause de tout un chacun auprès de moi. Et voilà la façon avec laquelle les domestiques démontrent leur loyauté à cette femme de cœur exceptionnelle ! Si Fleur devait mourir, je mettrais tout le monde à la porte !* Cette idée fixe le poursuivait alors qu'il dévorait un morceau de fromage à la cuisine. Contrarié, il grimpa ensuite deux à deux les marches jusqu'au palier et il entra dans la chambre de sa baronne, le chien sur les talons. Il espérait la trouver endormie, comme toutes ces fois où il venait épier son sommeil. Depuis deux ans, les nuits de Fleur se peuplaient de cauchemars, la laissant agitée et défaite. Leurs accès ouverts sur leur salle d'eau commune, il l'entendait tourner et gémir dans le noir.

Qu'est-ce qui pouvait bien la hanter ?

La première occasion où il s'était hasardé à poser une main sur son épaule pour la tranquilliser, elle s'était réveillée en sursaut. Le reconnaissant, elle s'était jetée à son cou. Des pleurs convulsifs la secouaient. Elle avait même fini par lui exiger de s'étendre auprès d'elle. *Fallait-il que la situation soit sérieuse !* Recherchant sa chaleur et la protection de ses bras, elle s'était assoupie, rassurée et confiante.

Ces nuits de mauvais rêves se répétèrent. Au bout des larmes et des tremblements, elle s'endormait pelotonnée contre lui. La tiédeur de son corps de femme contre le sien l'aidait, à son tour, à trouver le répit malgré ses questions encore sans réponse.

Elle subissait ces cauchemars si souvent qu'il la retrouvait dès le coucher, évitant ainsi d'interrompre un sommeil réparateur. Ils faisaient toujours officiellement chambre à part, n'ayant jamais directement et franchement abordé cet étrange arrangement. Ce manège inusité dura deux mois. Un soir, ils gâchèrent tout.

Elle retirait sa lourde robe de nuit quand il lança un vague commentaire sur les cousins reçus à dîner.

— Je ne saisis pas bien ce que Sophie fout avec un imbécile comme Georges. Ce trouduc l'éteint, la pauvre y perd son éclat !

Elle avait éclaté de rire et, depuis ad vitam aeternam, il adorait ce son ravissant. Le sens de l'humour lui faisait cruellement défaut, mais sa femme avait le vin gai. Et cette nuit-là, elle riait de tout et de rien. La légèreté de sa courte nuisette de satin blanc l'attirait irrésistiblement.

Tu as tellement peur du ridicule et pourtant la belle te serait tombée dans les bras si tu l'avais fait rigoler.

— Ce couple solide se retrouvera bien. Je ne comprends pas plus que toi qu'une beauté naturelle comme Sophie apprécie cette grande échalote. Les blonds fadasses dégagent autant de virilité qu'une tapisserie du Moyen-Âge.

Prête à se coucher, elle s'était rapprochée du lit. Il l'avait prise par la taille en souriant, le sang bouillant dans ses veines.

— Ainsi, tu n'aimes pas les blondinets ? Qu'est-ce que tu préfères chez un homme ? Raconte-moi ton genre.

Rêveuse, elle avait posé ses mains caressantes sur ses épaules :

— Voilà, j'en pince pour une espèce d'andouille aux yeux bleus comme un ciel de mai et aux cheveux doux comme de la soie sauvage et d'un éclat d'ébène poli. Ce grand dadais ne baise pas encore sa femme, et ce, après des mois de mariage. Cette sotte sèche au soleil implacable de la Gironde.

Le cœur en émoi, il avait balbutié très bas et tout près de ses lèvres entrouvertes en rougissant :

— Cet imbécile devrait se dévouer et honorer sa meuf pour qu'elle arrête de faner. Selon toute évidence, ce con fini ne comprend nullement l'urgence de la situation. La belle devrait lui signifier ce qu'elle veut, clairement, sans plus attendre.

Il ne bougeait pas et ses longs doigts manucurés avaient remonté jusqu'à sa nuque musclée. Elle avait pressé ses lèvres émues avec les siennes pour lui murmurer, collée contre lui :

— Ce que ta bouche est douce, bougre d'idiot ! J'en pince pour toi, Albert.

Maintenant seul dans la chambre désertée, il s'étendit sur le lit, le vague à l'âme. Après cette tendre déclaration, il lui avait presque fait l'amour. *Que s'est-il passé ? Comment ce sublime et céleste moment a-t-il si mal tourné ?*

Il ferma les yeux, se laissant emporter encore plus loin dans le souvenir de cette nuit inoubliable... Les suaves baisers se multipliaient. Il la serrait contre lui, et il la sentait complètement femme, alanguie par ce début d'étreinte amoureuse. Sensible et chaude, elle gémissait, le faisant tressaillir du plus profond de son être. Ses doigts fins s'agrippaient fébrilement à ses épaules solides.

— Je sèche, désespérément, Albert. Fais-moi l'amour.

Il n'avait pas rêvé ces mots tant attendus. Fleur ne parlait jamais à tort et à travers, surtout pas d'amour et encore moins de sexe. Il n'avait pas imaginé la chaleur de leurs caresses. Croulant sous son poids, elle frémissait entre ses bras qui l'étreignaient avec passion et sous sa bouche qui caressait la sienne et qui s'évadait vers son long cou et sa gorge satinée. Ses paumes brûlantes redécouvraient les courbes bouleversantes de féminité à travers les vêtements délicieusement légers, trop pour une nuit de mars. Il se devait de lui tenir chaud, mais tout allait trop vite.

Il s'était entièrement dégagé de l'entrave de son pyjama pour lentement diriger la main bienfaisante de sa femme sur lui. Elle n'avait pas été effarouchée par le contact de sa peau nue. Ses doigts curieux et son élan ne pouvaient feindre une soif inextinguible de le connaître. En proie à une folie inconnue, elle explorait à l'aveugle ses replis virils avec une frénésie sensuelle irrésistible. Les yeux se fermant malgré lui, il gémissait tant l'ardeur fébrile qu'elle démontrait le grisait. Entre deux baisers langoureux et haletants, et soumis à la paume exquise, il lui avait susurré à l'oreille, d'une voix rendue rauque par le désir :

— J'aime ta façon délicieuse de me toucher, Fleur. Je te découvre et ton trouble lascif à me damner me brûle tout entier.

Elle exhalait des « Oh Albert » confus qui l'excitaient corps et âme. Déjà, avant même de la posséder, il vivait l'apothéose de sa vie d'homme marié. Il lui retira sa culotte et glissa ses doigts expérimentés dans son intimité consumée d'une fièvre inconnue.

Elle était prête pour lui et il la stimula pendant qu'elle continuait son habile pétrissage. Avec un rire viril, il avait murmuré, car sa main féminine le comblait :

— Faites-vous plaisir, madame la baronne. Je suis à vous.

Se raidissant vivement, elle l'avait cruellement repoussé. Elle avait bondi du lit, comme un clown sort de sa boîte. L'effroi la défigurait. Elle lui criait de quitter sa chambre, sur-le-champ. Interloqué et encore sous l'emprise de la magie des baisers profonds, de l'étreinte fougueuse et des caresses intimes, il ouvrait de grands yeux incrédules sur la furie implacable. Le sexe dénudé et totalement déployé, il se passait les doigts nerveux dans les cheveux en se levant, les jambes tremblantes. Le cœur lui faisait mal tant ce retour à la réalité était brutal et cruel.

— Auras-tu au moins la décence de te couvrir, sale porc !

Heurté, il s'était aussitôt recouvert alors qu'elle lui hurlait de disparaître de sa vue.

— Tu es folle à lier, sacré nom de Dieu, lui avait-il asséné douloureusement. Est-ce parce que je t'ai appelée baronne ? Un jour prochain, ce titre te reviendra, que tu le veuilles ou non ! Je ne comprends plus : tu te pendais à mon cou en me parlant d'amour et en me réclamant de façon claire de te prendre. Quel est le problème, Fleur ? Je suis prêt à en discuter des heures afin que nous parvenions à une entente une fois pour toutes ! Tu n'as pas à avoir peur de mon corps; je serai un amant très tendre.

— Albert, je ne peux pas. Je ne pourrai jamais.

— Qu'ai-je donc fait ?

Il ne croyait pas au désastre qui s'abattait sur eux. L'instant précédent, il la tenait contre lui plus que consentante. Ils s'affrontaient désormais comme deux pugilistes dans une arène. *Si j'avais pu apprendre à la deviner et à la contrôler ! Hélas, je l'aime et elle me bouleverse. Je ne pense pas près d'elle !*

— Tu ramènes toujours tout à toi, Albert. Va-t'en !

Il avait longuement soutenu son regard et y avait lu, à la fois, un fatalisme insupportable et un dégoût intolérable. Elle affichait clairement qu'il ne servait à rien d'en parler et de travailler à forger un vrai mariage. Il avait claqué la porte en sortant. Il n'oublierait jamais le mépris chargé d'horreur sur le visage de sa femme alors qu'elle le chassait. Seule Fleur pouvait le blesser aussi aisément et profondément.

Ils n'aborderaient pas cet avatar cruellement malheureux, autrement qu'au petit-déjeuner du lendemain où, alors qu'il se cachait derrière son journal, il grognait un distant bonjour à l'arrivée de Fleur dans le solarium. Il comprit aussitôt qu'elle avait pleuré toute la nuit. S'asseyant lourdement, elle exigea que la servante lui apporte un expresso et un croissant avec du beurre et de la confiture de myrtilles. Plongé dans les pages financières, il feignait d'analyser avec intérêt des tableaux qu'il avait pourtant longuement parcourus. Devant un café odorant, elle avait faiblement remercié la bonne. Après une gorgée précautionneuse du liquide brûlant et une unique bouchée, elle repoussait son assiette.

Au bout de longues minutes de silence, impuissant à se concentrer sur sa lecture, il avait replié son quotidien. Posant le regard sur elle, il avait froidement lancé :

— Tu devrais te nourrir, tu affiches une mine de déterrée. Prends des forces, sinon tu tomberas malade. Déjà que du côté de la santé mentale, je me questionne à ton sujet ! Mais comme je ne suis qu'un porc incapable de subtilité, jasons plutôt du temps prévu cette semaine. On se les gèlera encore, victimes sans défense devant l'humidité et la vague de froid sévissant sur l'Europe. J'ai reçu un courriel de père. Il revient dans une quinzaine. Ces trois mois dans notre résidence en Grèce lui auront fait le plus grand bien.

Elle avait levé le regard sur lui. Il se savait à son avantage dans son veston d'une coupe irréprochable alors qu'elle disparaissait sous une affreuse chasuble mauve en épais lainage. La couleur vive faisait ressortir la blancheur maladive de sa peau et le vert indéfinissable de ses yeux injectés de sang. Elle ne s'était décidément pas habillée dans le but de le séduire.

— Je tiens à m'excuser pour cette nuit, Albert. Je comprends que tu puisses être froissé puisque tu t'es comporté essentiellement comme un mari. À ma demande. Le problème ne vient pas de toi.

Attentif, il l'examinait alors qu'elle se mordillait la lèvre, en proie à une gêne intense. *Bon Dieu, que cette femme aime se compliquer la vie !* Sur un ton radouci, il avait admis :

— J'aurais dû te faire l'amour il y a longtemps. Dans cette chaumière.

Elle avait rougi en baissant les yeux.

— Tu te souviens très bien. La vie était si simple alors !

— Nous étions si jeunes, encore pétris de nos rêves illusoires.

Sa tristesse nostalgique l'émouvait même s'il lui reprochait toujours cette nuit d'enfer. Sans pouvoir trouver le sommeil, il avait élaboré mille scénarios sur la réaction excessive de Fleur dans un moment qui augurait pourtant si bien.

Au seuil de l'intolérance, il avait grondé :

— Tu avais vingt ans et tu n'en as que vingt-quatre aujourd'hui ! L'âge n'a rien à y voir ! Ton comportement pathologique d'hier a gâché nos tentatives de rapprochement ! Il n'est pas sain de vouloir te donner une minute et l'instant d'après, me repousser comme le monstre qui se cache sous ton lit. Je ne te toucherai plus. Je ne subirai plus le rejet. Un sale porc possède tout de même un cœur !

Il ne se laisserait pas atteindre par ses larmes. Il désirait clore une discussion qui ne menait nulle part. Contre toute attente, elle lui fournissait une explication boiteuse :

— Quand je t'ai opposé un non catégorique, tu m'as respectée. Tu ne forcerais jamais personne. Même si tu te montres souvent détestable, tu restes un mari foncièrement bon, un homme honnête au fond. Tout ce qui s'est passé, c'est parce qu'un autre...

Il lui avait coupé froidement la parole, en se levant vivement :

— Cette nuit, tu as lancé que je ramène tout à moi. Je vais te dire une de tes vérités, Fleur : tu rejettes sans cesse le blâme sur autrui pour tes incapacités et tes handicaps. Nous étions seuls sur ta couchette. Si un quidam s'est glissé entre nous, il se terrait dans ton cœur.

La mâchoire contractée et les poings serrés, il lui avait asséné :

— Je ne supporte pas que tu penses à un tiers lorsque tu soupires dans mes bras. Tu n'as pas voulu continuer parce que je n'étais pas ton petit chéri. Je ne tolérerai plus, dans ce château, le bellâtre bronzé et obséquieux de tes amis musiciens.

Devant son regard interrogateur, il avait proféré froidement :

— Allons ! Tu sais de qui je parle : celui qui s'incline devant moi en disant *mizieu* !

Il s'était approché d'elle, pour la soulever de sa chaise, en la prenant fermement par le coude. Jamais elle ne l'avait autant insupporté. Elle s'était ratatinée devant son courroux. La peur déformait ses traits alors qu'elle tentait de se défaire de sa poigne de fer.

— Tu te trompes totalement.

— Je l'espère pour toi, ma belle. Je resterai ton mari jusqu'à ma mort, Fleur. Aussi bien te faire à l'idée, car jamais tu ne seras libérée de moi. Vois un psychanalyste ou tout autre charlatan, mais règle rapidement ton problème de libido. Le jour où tu cesseras tes efforts, je devrai conclure ta démarche complétée. Je patienterai tout ce que je pourrai, mais cette attente se terminera ! Rassure-toi, ma divine Aphrodite, tu ouvriras forcément les cuisses pour moi ! Consentante ou récalcitrante !

Pour illustrer qu'il userait dans le futur de la force requise pour atteindre son but, il avait fouillé sa bouche dans une caresse rude et désespérée. Ce baiser vengeur s'était lentement transformé en une exploration lente et passionnée. Fleur lui répondait de toute sa désespérance en s'accrochant à lui. Il va sans dire que dès qu'il l'avait assise sur le rebord de la table, qu'il eût glissé ses mains sous sa robe et déchiré sa culotte pour faciliter ses attouchements, elle l'avait froidement repoussé. Comment pouvait-elle se donner en l'embrassant jusqu'à toucher son âme, et se refuser la minute d'après ?

— Tu ne peux me blâmer de te croire prête. Tu frémis quand je t'enlace. Mais tu prends peur dès que nos étreintes se précisent.

Les larmes aux yeux, elle avait murmuré :

— Quelqu'un…

Il lui avait sèchement coupé la parole :

— Je ne veux pas connaître tes histoires de baise, Fleur. Je ne suis pas ces bâtards, mais ton mari. Le plus tôt tu l'accepteras, le mieux pour toi. D'ici là, tu devras éviter de t'abandonner avec cette lascivité brûlante, car je n'y comprends plus rien. Je ne m'astreindrai pas toujours à cette abstinence.

Le soir, au souper, elle lui déclarait qu'elle rejoignait le baron en Grèce pour l'accompagner dans ses dernières semaines des vacances. Il lui répondit que cette excellente idée rendrait son paternel fou de joie. Elle parut soulagée quand il avoua ne pas pouvoir partir avec elle. Il lui avait caché l'intensité de sa déception, car dès que son père avait annoncé son long séjour en Grèce, il avait cru pouvoir profiter de l'opportunité de se retrouver seul avec elle pour régulariser leur situation matrimoniale. Il ne pouvait davantage se tromper.

Il ne revenait plus que très rarement dans cette chambre. Les rares fois où il osait, ils se préparaient pour des événements mondains. Il lui ordonnait alors d'entretenir le maire au sujet des vendanges ou d'inviter un notable à un souper. Debout au centre de la pièce, elle le fixait, offusquée de son intrusion dans son monde et, stoïque, elle entendait ses demandes. Devant sa froideur, il sortait sans insister. Un fossé se creusait entre eux.

Le lieu vide et bien rangé resta silencieux malgré le tumulte de ses souvenirs. Fleur avait quitté les Tourelles avec le strict nécessaire. Sa bague de fiançailles et son anneau de mariage déposés bien en évidence sur sa commode ancienne le narguaient. Ses vêtements chics pendaient toujours dans ses placards lui démontrant mieux que par des mots qu'elle tournait la page et surtout le dos à leur existence futile.

Couché sur le lit de sa femme, réprimant des larmes à la fois de peine et de rage, il s'endormit aux premières lueurs de l'aube dans une position fœtale. Le sommeil agité, il contracta tellement les mâchoires qu'il se réveilla avec un mal de dents carabiné. Il réalisa avec contrariété qu'il ne dormait que depuis quatre heures. Il se rasa après une douche rapide. De se voir aussi cerné le consterna. Il n'avait pas faim, mais la raison lui ordonnait de se sustenter.

Le nez au ras du sol et les grands yeux tristes, le chien le suivit piteusement dans la salle à manger. Les sourires mous des serviteurs l'accueillirent. Après s'être éclairci la voix, Madame Jacques s'enquit, le regard fuyant, tout en se tordant les mains :

— Monsieur, des nouvelles de madame ?

Albert ne ménagerait décidément pas les laquais…

— La baronne n'a pas repris connaissance. Cessez votre cinéma ! Aucun de vous n'est demeuré éveillé hier, alors que votre maîtresse aurait pu mourir. Quelle déception ! Tout au plus a-t-elle dérangé vos minables petites habitudes. La partie de cartes à la cuisine se déroula en silence. Les blagues grivoises firent rire à peine discrètement.

Il soupira en s'asseyant, et esquissa un geste négligent du menton :

— Servez le déjeuner. Je partirai pour l'hôpital dès que j'aurai mangé.

Les domestiques s'exécutèrent nerveusement, dans un calme relatif puisque les plats ne cessaient de s'entrechoquer. Personne ne voulait pourtant s'attirer les foudres du maître. Les commentaires froids et injustes du baron les choquaient, car chacun espérait le retour rapide et en santé de Fleur Forestier.

Après un croissant, il s'essuya soigneusement les coins des lèvres avec sa serviette de lin. Il se leva et tourna les talons sans un regard. Sous un silence lourd, il sortit dans un matin trop éblouissant pour ses sombres états d'âme.

Le vent apportait toujours l'air salin vers les plantations. Il en savoura un court instant l'odeur dense et délicieuse et la fraîcheur sur sa peau. Le frémissement des feuilles dans les arbres lui remémorait ces bouleversantes matinées passées dans les vignobles avec son père. Il lui avait alors transmis l'amour de la vigne. Le mistral lui rappelait aussi cette dolce vita à se languir sur la terrasse en maître du monde, la femme de sa vie à ses côtés, l'espoir d'un vrai mariage encore vivant et à portée de main.

Même si la journée s'annonçait chaude, elle resterait tolérable. Les plants ondulaient doucement et les oiseaux s'en donnaient à cœur joie en poussant haut leur chant. L'existence continuait et il y vit de favorables auspices. La Lamborghini était avancée. Albert adorait ce bolide, une machine puissante avec une tenue de route remarquable. Le confort luxueux, les performances et l'élégance racée en faisaient de loin sa voiture préférée. Connaissant bien le baron, le mécanicien la gara devant l'entrée, décapotée. Le ronron du moteur emplissait l'air de sa musique enivrante.

S'enfonçant dans le confortable siège de cuir d'une riche teinte sable, il roula comme un fou pour se griser de vitesse et de soleil et ne penser qu'à la conduite stimulant ses sens. Mais cette fois, le stratagème ne fonctionna pas. Il devait sans cesse chasser l'image de Fleur morte, le corps disloqué sur ce maudit grabat.

6.

Quand Albert arriva à la chambre de Fleur et qu'il découvrit le lit déserté, il éprouva une sensation de détresse intense comme il n'en avait jamais ressenti. Toute dignité envolée et au pas de course, il rebroussa chemin vers le poste des infirmières.

Que se passe-t-il ? Fleur s'est-elle réveillée ? A-t-elle prié le médecin et tous les saints du calendrier de ne pas rejoindre son affreux mari, le tortionnaire, le sans-cœur de service ? A-t-elle déjà pris la fuite sans demander son reste ?

Elle est morte, susurra intérieurement la petite voix malicieuse. *Tu ne la verras plus jamais. Rappelle-toi la malédiction...*

— Où se trouve ma femme ? Fleur Forestier ! Qui suis-je ? Mais le baron, pardi ! Mais vous dormez, sacré nom de Dieu !

Albert répondait froidement aux questions succinctes de la garde-malade qui se dressait devant lui comme un rempart infranchissable.

— Elle a été emmenée pour des tests, finit par déclarer l'employée sans se démonter en souriant malgré son envie d'envoyer paître ce polisson. Votre épouse s'est réveillée il y a trois heures.

— Pourquoi ne pas m'avoir appelé ? Ne s'agit-il pas de la marche à suivre ?

Il parlait avec sévérité, la fureur, et surtout la peur, gonflant en lui telle la vague générée par le tsunami.

— Vous pria-t-elle expressément de ne pas me joindre ?

— Je contacte le docteur Moreau.

Le ton, bien que poli, n'admettait aucune réplique. Cette infirmière expérimentée savait désamorcer les situations difficiles. Albert Forestier, enrageant d'être rembarré par une simple soignante, ne prononça plus un mot jusqu'à l'apparition du médecin au bout du couloir. Il s'empressa à sa rencontre, écrasant le nouveau venu de sa haute taille.

— J'exige des explications nettes, succinctes, précises.

L'ordre fusa dans un silence glacé. La garde-malade haussa les sourcils : *Dommage que ce beau gaillard soit si autoritaire et hautain. Il s'agit là d'un sire influent à flatter à tout prix, mais je ne crois pas qu'il se montre ouvert aux courbettes de tout un chacun. Même le gentil Moreau ne réussira pas à l'amadouer.*

— Le bureau se trouve de ce côté, monsieur le baron.

Bombardé par mille pensées contradictoires, Albert dut se résoudre à suivre le médecin en contenant son impatience. Il devinait d'instinct que l'état de Fleur s'était aggravé. L'homme en blanc le précéda dans une salle impersonnelle conçue expressément pour recevoir les familles et leur annoncer avec ménagement de sombres nouvelles. Le docteur referma la porte et lui présenta maladroitement et, avec une gêne palpable, un siège de similicuir vert olive déchiré en plusieurs endroits.

— Le banc du condamné où j'apprendrai le sort que me réserve le destin !

La malédiction nous guette encore, même après des siècles !

Sourd au sarcasme, le scientifique s'installa au meuble en plaqué d'une extrême laideur qui faisait face au baron. Albert évita de s'y accouder ; le service d'entretien ne curait pas souvent de ce côté. Sur la surface du pupitre se devinaient des semblants d'élucubrations en braille. *La plèbe est passée par ici, sacrebleu !*

L'air était vicié et, pour un homme comme Albert, un nez incomparable, le supplice de subir cette puanteur corporelle accentuait sa nervosité et son désagrément. *Et l'autre qui prend une éternité pour annoncer les mauvaises nouvelles. Qu'il commence afin que nous puissions sortir de ce bourbier !*

— Vous deviez me contacter si ma femme se réveillait !

La remarque acerbe et irrépressible fusa des lèvres serrées d'Albert. Le médecin ne tergiversa plus.

— Comme prévu, la condition de la baronne s'améliore. Dotée d'une santé de fer, elle souffre de migraines et d'élancements, la normalité après un accident avec traumatismes cérébral et cervical et multiples fractures. Nous administrons des médicaments pour le contrôle de la douleur.

— Quand pourrais-je la voir ? L'état de Fleur nécessite-t-il des précautions médicales supplémentaires ? Parlez, l'incertitude me tue.

L'homme hésitait, en actionnant inutilement le levier de son stylo-bille. Albert prit sur lui et compta intérieurement jusqu'à dix. Il ne voulait pas se mettre le scientifique à dos, mais plutôt s'en faire un allié précieux dans sa bataille contre Fleur ! *N'effarouche pas le bon docteur plus que nécessaire.* Il regrettait maintenant sa brusquerie de la veille. L'effort requerra énormément de sang-froid, ce qui lui faisait défaut depuis perpète quand Fleur se trouvait concernée. Il se répéta l'inestimable maxime héritée de son père : *Aucun laisser-aller, en tout temps.*

— Au réveil, votre femme semblait dans une détresse inhabituelle, même si imputable à la vive douleur causée par ses blessures et à sa présence dans un lit d'hôpital. Nous vivons des situations assez diverses en post-trauma, mais la baronne s'est rapidement énervée, et au-delà de la raison. De force, nous l'avons momentanément entravée pour lui administrer un puissant sédatif.

Le médecin comprit d'instinct que le mari prenait énormément sur lui, un muscle tressautant violemment sous la peau bien rasée de sa mâchoire carrée. Incisif, le regard bleu de glace foudroyait le soignant. Il gronda sourdement :

— Que se passe-t-il donc ? J'exige les meilleurs traitements pour Fleur, et ce, dispensés de façon éthique. Je ne tolérerai aucune violence et, surtout pas, que vous l'attachiez à sa couchette !

— Nous traitons tous nos patients de la sorte, Monsieur.

— Je vous félicite, Docteur. Vraiment édifiant !

L'insolence flagrante du noble filtrait de toutes les fibres de son être tendu à l'extrême.

— La détresse de la malade le requérait.

L'urgentologue sur la défensive pinçait les lèvres. Un laïus interminable sur les traumatisés s'ensuivit et il conclut :

— Après un accident avec de possibles lésions au cerveau, de nombreuses pathologies peuvent se développer. Votre femme souffre d'amnésie.

Je rêve ! Cet abruti me fait marcher.

Le plus sérieusement du monde, Moreau l'avisa que la baronne rencontrait un neurologue expert dans le domaine. La sommité viendrait les retrouver dès l'achèvement du questionnaire et des tests d'usage. Dans le court silence qui suivit cette annonce inattendue, l'urgentiste évita le regard abasourdi de son interlocuteur trop silencieux. Albert l'entendit soupirer de soulagement quand un coup fut frappé à la porte. Le battant s'ouvrit brusquement sur un solide et grand blond en blouse blanche. L'armoire à glace entra prestement et serra la main d'Albert.

— Docteur Lambert, neurologue.

Bonne poigne énergique, intéressant pour une fois !

Il prit place dans le fauteuil à côté d'Albert. Sans plus de formalités, il attaqua le vif du sujet.

— Je vous présenterai un compte-rendu préliminaire de la condition médicale de votre femme et des examens de ce matin.

Albert ressentit des picotements désagréables le long de son échine. Le poids du monde s'abattait sur ses épaules.

Que m'apprendra ce bellâtre avec sa mine d'enterrement ?

— Après les tests d'usage, nous concluons que la partie du cerveau qui traite les informations affectives ne fonctionne plus adéquatement, malgré un rationnel intact. La cliente ne se souvient plus de son existence antérieure, nommément son nom, sa famille, son enfance et son mariage. Par contre, elle sait toujours lire ou fredonner « La Marseillaise ».

— Si je comprends bien, ma femme possède donc les notions liées à ses études d'histoire, mais elle a oublié notre vie de couple ?

Albert n'en revenait pas de leur malchance. Ces dernières heures se révélaient les pires de sa vie. Qu'allaient-ils devenir ?

— En quelque sorte, mais pas exactement. Elle se rappelle les connaissances apprises, mais pas de ses amis, de ses professeurs, de ce qu'elle a vécu et où elle demeurait.

Albert songea méchamment : *Je remporte tout de même un os pour ma compréhension du sujet. Ce médecin me traite en demeuré avec son ton condescendant et ses manières de grand spécialiste.* Albert ne tolérait pas d'être pris de haut. Le savant personnage poursuivait avec importance :

— Dans ce cas précis, elle sait ce qu'est un mari et des enfants. Par contre, elle est à mille lieues de s'imaginer mariée. Vous deviendrez un étranger pour elle, monsieur Forestier. Votre vie d'avant n'est plus envisageable. Votre femme n'est plus celle avec qui vous avez tant partagé. Comprenez-vous bien ce que je dis ?

— Quand se rappellera-t-elle ?

Albert fixait le neurologue sans aménité. Il résistait difficilement à l'envie de frapper cet avorton porteur de mauvaises nouvelles. Serrant les poings, il se retenait comme il le pouvait. La réponse reçue ne lui plut pas du tout.

— Demain, dans dix jours, voire jamais. L'amnésie reste à ce jour une grande inconnue de la médecine. Forcer des souvenirs pourrait s'avérer périlleux. Dans la littérature médicale, des cas sont rapportés de patients devenus fous, ayant recouvré la mémoire de manière inadéquate.

— J'admire votre franchise.

Albert se leva avec impatience. Il devait réprimer un sarcasme inutile dans ces circonstances effroyables. Il se sentait pris dans un piège qui se refermait sur lui pour le broyer jusqu'à la mort. Quand reverraient-ils la lumière au bout du tunnel ?

Je dois bouger avant de tout démolir dans ce cagibi où il n'y a rien à fracasser que les gueules de ces deux casse-couilles. Il se mit à marcher en long et en large dans l'espace exigu devant les deux compères alarmés. Il plaça les mains dans ses poches de pantalon pour s'empêcher de défoncer les murs.

Représenter un inconnu pour Fleur ne m'agrée nullement.

— Je me qualifie sans doute d'inadéquat dans l'équation ? Je suppose que je ne peux pas voir ma femme ?

L'ironie cinglante des propos et du ton du noble frappa.

— Votre femme est complètement désorientée. Nous ne lui avons pas appris votre mariage. Elle dort avec le recours de médicaments. Ses nerfs à fleur de peau et sa migraine tenace nécessitaient le repos complet. Par ailleurs, son état demeure satisfaisant. Ne vous inquiétez pas outre mesure. Demain, nous vous contacterons pour vous rendre compte de l'évolution de sa maladie. Nous déciderons alors que vous puissiez la rencontrer. Rentrez chez vous. Prenez des forces, vous en aurez besoin !

Seul un spécialiste peut émettre des recommandations aussi absurdes ! Dénuées de sens. Comment pourrais-je agir comme si de rien n'était ? Fleur ne se souvient pas de nous. Comment me la ramener ? Comment la forcer à vivre auprès d'un étranger ?

Albert le foudroya du regard, mais maîtrisa les commentaires acerbes qui se bousculaient à ses lèvres :

— Je viens d'apprendre que ma femme ne se considérera plus mon épouse ayant oublié jusqu'à son nom, et le mien ! Dites-moi que je rêve cette mauvaise blague !

Hélas, les scientifiques conservaient la même mine faussement attristée. Il s'enquit avec un sang-froid qu'il était loin de ressentir :

— Comme Fleur se trouve sous sédatif, ne pourrais-je pas la voir ? Je me souviens de mon état d'homme marié, moi ! Je ne peux pas rentrer chez nous en claquant des doigts, comme une machine.

Lambert, plus jeune que son congénère ne semblait pas s'offusquer outre mesure par la conduite et les propos directs du noble. Ils se ressemblaient. Tous appréciaient le travail et l'expertise de cet intransigeant dur à la tâche. Il offrait un masque à la face du monde cachant un grand sensible très secret remué par la détresse de ses patients. Sous la façade de dureté, le médecin discernait, en Albert Forestier, un individu replié sur lui-même et affreusement seul sans sa femme.

— Vous pouvez la voir, mais quelques minutes seulement.

Ils se serrèrent la main et Albert rejoignit la chambre où abrutie par les médicaments, Fleur dormait artificiellement. Il approcha une chaise en bois brinquebalante du lit. Il prit sa paume entre les siennes comme la veille. Il sursauta, car étrangement, les doigts maintenant chauds et vivants se refermèrent sur les siens. Il comprit, alors qu'il regardait son faciès rosi par les émotions de la journée, qu'elle se portait mieux et il en éprouva du soulagement.

— Tes charlatans te disent hors de danger. Quelle merveilleuse nouvelle, mon amour !

Il la couva alors d'un regard de braise et avoua :

— Hier, je contemplais une moribonde. Je me sentais mort à la vie.

Il baisa lentement le dos de sa main. Sans plus pouvoir se retenir, dès le contact de ses lèvres sur sa peau douce, il pleura comme un enfant, évacuant le trop-plein douloureux. Il sortit son élégant mouchoir pour s'essuyer le visage. Son murmure combla le silence ambiant.

— Je ne me reconnais plus. Je ne versai aucune larme à la mort de mon père. Je devais me composer l'image du nouveau baron Forestier. Solide et expert ! Tant de gens dépendent de moi. Je dois maintenant accomplir le miracle de reconstruire le prestige de notre coin de pays. Je porte ce poids sur mes épaules. Tu m'aidais comme tu le pouvais, mais je te repoussais. Je ne voulais pas de ta pitié. Prenons l'exemple de la signature de ce contrat avec les Américains ! Je le rendrais à terme sans ton support ! Je rejetais chacun de tes projets du revers de la main en arguant de sa complexité, de ta jeunesse, de ton manque d'expérience et de ton incapacité à terminer ce que tu commences. Je laissais entendre que tu n'avais même pas réussi ton mariage ; bien sûr, je n'assumais aucune responsabilité dans notre cuisant et commun échec. Au plan professionnel, comme au personnel, nous nous disputions toujours plus. J'ai enfoui mes émotions pour ne pas me laisser atteindre. Je t'ai rendue malheureuse. Tous ceux qui nous entourent sont misérables. Entre autres, madame Jacques me regarde comme un suppôt de Satan ! Ta bonne me craint comme un pestiféré. Mon majordome, s'il ne souffrait pas d'arthrose, m'arracherait volontiers la tête. Ton chien me grogne dessus. Aux champs, les travailleurs n'osent plus m'aborder. Ils se souviennent de ce jour où alors que je t'ai surprise avec un groupe de villageois à chanter au vignoble, je t'ordonnai vertement de rentrer. Tu ne riais pas avec moi. Tu ne me parlais plus. Je ne supportais pas de te voir joyeuse avec ces petites gens. Une jalousie maladive de tout ce qui peut te toucher et te plaire m'étreint depuis que je suis privé de ta tendresse. J'ai failli te perdre et je garderai désormais les yeux bien ouverts. Je ne porterai plus de masques, du moins avec toi. Pour les autres, je m'en fous.

Albert sursauta, car l'infirmière responsable entrait pour noter consciencieusement les signes vitaux de Fleur.

— Elle va mieux. Des enquêteurs voulaient interroger votre colombe à son réveil. Fortement contrariés par sa perte de mémoire, ils insistent pour vous rencontrer et attendent dans le couloir. Le bureau de l'étage est libre.

Pourquoi des policiers se saisissent-ils de cet accident ?

Comme Albert aimait tout contrôler, il détestait se trouver forcé à croiser le fer avec de petits fonctionnaires ignares. Ce qu'il ne pouvait pas mener, il le balayait sans hésiter du revers de la main. Il s'éloigna du lit après un regard appuyé à Fleur.

L'infirmière le retint :

— Vous pouvez embrasser votre femme avant de partir.

— À quoi bon ? Elle ne se souvient pas de moi.

— Elle dort. Un geste de tendresse désintéressée ne peut pas nuire. Pour vous, comme pour elle.

Son cœur battait à grands coups irréguliers et trop lourds en revenant vers l'étroite couchette. Il se sentait comme un écolier boutonneux à la vue d'un premier décolleté. Il se pencha et posa doucement ses lèvres contre celles de Fleur. Leur dernier baiser remontait à tellement loin, mais il en ressentait encore l'émoi.

Fleur aurait été furieuse de se faire ainsi voler une caresse. Si elle avait été éveillée, elle l'aurait giflé !

Le 1er janvier, aux premières lueurs de l'aube, il rentrait totalement ivre dans la chambre de Fleur. Courroucé de la conduite de la baronne, il allumait sans façon le plafonnier. À demi aveuglée par la lumière trop vive, elle sautait de son baldaquin et elle se dressait devant lui, comme un polichinelle sortant de sa boîte, en réclamant qu'il quitte les lieux aussitôt. *Pas de surprise à son cri hystérique ! Le jour de la marmotte quoi !*

Tout aussi colérique que lui, elle n'éprouvait aucune pudeur de se montrer en nuisette transparente. N'y tenant plus, il avait arrêté les paroles sifflantes de la mégère en plaquant de force ses lèvres dures et exigeantes sur les siennes. Elle luttait furieusement et de toutes les forces de son innocence pour le repousser. Comme elle cédait, il avait relâché son étreinte. Elle avait réagi comme une furie en le frappant brutalement. Il avait fini par tourner les talons pour aller panser ses plaies, seul dans le grand lit seigneurial.

Il se redressa et, rougissant, il salua gauchement l'infirmière qui venait de vérifier le soluté. Il lui rendit distraitement son sourire.

— Je ne croyais plus jamais l'embrasser.

Il cultivait décidément le don des phrases ambiguës sur fond de vérité. Cette personne calme et directe inspirait confiance, même si elle l'avait remis à sa place, et ce, sans façon. Avec elle, il n'avait pas besoin de cacher ses émotions. Depuis des années, elle côtoyait le drame humain.

— Durant votre absence, je prendrai soin d'elle. Rencontrez les policiers. Rentrez ensuite chez vous pour vous reposer. Demain, les médecins vous rendront compte de l'évolution de la santé de votre femme. Elle sera éveillée la prochaine fois.

Il grimaça un sourire. *Demain, Fleur me repoussera ! Si elle recouvre la mémoire, elle ne voudra pas me voir. Si elle ne se souvient pas de moi, elle me craindra, moi, le mari inconnu ! Dans une boucle infernale, je la perdrai bien que je l'aime comme un fou !*

Après un dernier regard à sa femme endormie, Albert Forestier sortit à regret dans le couloir pour se trouver devant les inspecteurs de police. Leurs regards sans expression le dévisageaient froidement. Albert s'avança vers eux en se redressant en signe de défi.

— Que désirez-vous, messieurs ? Faite vite, je n'ai pas de temps à perdre avec des flics de province.

7.

Après avoir serré la main ferme et énergique d'Albert Forestier, les hommes des forces de l'ordre le devancèrent dans le bureau exigu. Le plus petit referma rapidement le battant dans le but évident de mener un entretien confidentiel. Albert reprit le siège qu'il occupait alors qu'il se trouvait dans ce lieu répugnant avec les médecins. Sans se formaliser, les policiers s'installèrent sur les chaises laissées libres.

Examiné sous toutes les coutures, Albert les toisa sans un mot. Sous sa chevelure taillée en brosse, Legros ne souriait pas. Grand, bien bâti, avec un visage de malfrat, il semblait tout droit sorti d'un pénitencier à sécurité maximale. Il devait s'entraîner en gymnase, car malgré son âge mûr, il possédait une musculature impressionnante. Son collègue au crâne dégarni, un dénommé Flaubert, portait d'épaisses lunettes qui rétrécissaient ses yeux marron. Avec son air bonhomme, ce mastoc se montrait sans conteste le plus sympathique des compères. Ils dégageaient la même force tranquille et pour le moins inquiétante alors qu'Albert se trouvait sur la sellette. L'inspecteur Legros grogna sévèrement :

— Baronnet, nous voulions interroger votre femme sur l'accident. Selon toute évidence, nous devrons malheureusement attendre, étant donné sa commode perte de mémoire. Nous vous remercions d'accepter de vous entretenir avec nous entre-temps.

Après un regard à son comparse, il se lança dans le vif de leur intervention :

— Des irrégularités relevées sur les lieux du dérapage requièrent une enquête approfondie. Nos experts complètent donc des tests scientifiques sur les débris de la Mercedes. Le médecin nous confirme que votre épouse a eu de la chance d'être éjectée. Si elle avait porté sa ceinture de sécurité, elle serait morte sur le coup.

L'incisif Legros ne ménageait décidément pas les susceptibilités de son richissime interlocuteur. Les sourcils froncés, Albert le fixa en ne sachant pas où ce bougre voulait en venir avec ces détails scabreux.

De son côté, le policier trouvait le noble incontestablement bel homme. Le visage aux traits harmonieux, le nez aquilin et les lèvres pleines lui conféraient une masculinité aristocratique. Grand et mince, dans la petite trentaine, le baron possédait un corps d'athlète que l'on devinait à travers les vêtements griffés, à la carrure d'épaules, au bombé du torse, au ventre plat et aux longues cuisses fermes.

Lors de leur enquête informatique, les inspecteurs apprirent énormément sur ce jeune membre influent de la communauté, nommément l'absence de casier judiciaire. Ce diplômé ès sciences et économie à Oxford avec honneur et mention se forgeait une réputation sans tache digne de son nom et de son titre. À son entrée à l'université, le test de Q.I. dans un anglais qui n'était pas sa langue maternelle, donnait un score impressionnant, le classant au niveau d'un presque-génie. L'entreprise familiale avait fructifié du double depuis qu'il en avait pris la direction, cinq ans auparavant. L'expert-comptable de la gendarmerie avait épluché les données financières sans relever d'anomalie. Les Forestier ne cachaient rien d'illégal. Le comptable conclut que s'il possédait un pécule, il consulterait le bonhomme, car tout se transformait en or sous sa férule. Aucune habitude détestable comme le jeu ou la boisson n'était rattachée à cet homme fidèle à sa femme.

Le type parfait n'existe pas. Nous lui trouverons bien une faille. Legros ne décelait pourtant aucune crainte, mais de nombreuses interrogations dans les incroyables yeux bleus qui le scrutaient.

Et de l'ennui. D'instinct, l'inspecteur comprit que le mari n'était pas impliqué dans cette triste histoire. Attentif, le noble affichait un calme olympien, les jambes élégamment croisées.

De sa voix harmonieuse, Flaubert prit la relève alors que Legros continuait à observer le nobliau, épiant un coup d'œil ou un tic nerveux.

— Un fait indéniable et d'un illogisme flagrant nous préoccupe. Sur les lieux de la sortie de route, nous ne remarquons aucune trace de freinage sur les deux mille mètres avant le parapet.

Un frisson désagréable parcourut Albert. Les mains moites, le cœur cognant de façon assourdissante, il appréhendait déjà la suite, comme s'il avait vécu ce moment dans une vie antérieure.

— Il ne s'agit pas d'un accident, ajouta le petit inspecteur.

Et sonne le glas ! Nous partageons le bon grain de l'ivraie, songea Legros en fixant le noble de ses yeux de crotale.

— Un témoin dit que la voiture roulait à une vitesse folle et que la conductrice n'a pas ralenti sa course à l'approche du virage meurtrier. Il prétend même qu'elle a accéléré en prenant la courbe.

Un lourd silence accompagna la déclaration. Legros haussa un sourcil et commenta, après s'être fait craquer les doigts un à un :

— Baronnet, se pourrait-il que votre épouse ait cherché à se tuer ?

Albert Forestier secoua la tête en dénégation.

— Fleur se serait délibérément jetée dans le vide ? Sornettes ! Elle aime beaucoup trop la vie. Je ne veux pas croire cette théorie invraisemblable !

Quel type désagréable que ce Legros ! Il m'insupporte avec ses manies de brute épaisse. Avec un regard noir et, entre ses dents, il poursuivit, excédé par les maniaqueries de l'homme et par son propos tortueux :

— Ne m'appelez plus baronnet. Monsieur le baron suffira !

L'autre rétorqua sans prêter attention à ses simagrées :

— Que glandait votre femme sur la route de Bordeaux dans la journée d'hier ?

Albert se tourna vers Flaubert pour répondre à sa question, même s'il lui en coûtait de s'en ouvrir de sa vie privée à de simples fonctionnaires miteux comme ces deux caricatures de flics.

— Fleur m'a laissé un mot m'apprenant qu'elle me quittait. Elle prétendait prendre un nouveau départ et non de vouloir se jeter d'une falaise vertigineuse au volant de sa voiture de luxe.

— Intéressant ! Avez-vous cette mystérieuse lettre sur vous ?

Très concerné par cet élément nouveau, Legros confrontait l'aristocrate pour le pousser dans ses retranchements.

— Pourquoi me promener avec une lettre de rupture de ma femme dans la poche intérieure de mon veston ? Ce document existe bel et bien et n'a rien de mystérieux ! Fleur m'y envoie carrément paître !

Sur la défensive, Albert avait froidement répondu à la question. D'une voix sèche et cassante, il ajouta :

— Si vous y tenez, je vous remettrai cette missive. Un policier n'a qu'à se présenter aux Tourelles !

— Pour sûr que nous voulons examiner cet important papier. Flaubert vous accompagne au château. Sans attendre, baronnet, répliqua sévèrement Legros, tout aussi bourru qu'Albert en se levant pour mettre fin au court entretien.

Avec plus de cent arrestations à son actif, l'inspecteur Legros ne s'en laisserait pas imposer par cet aristocrate pincé et maniéré de vingt ans son cadet. Un petit nobliau encore vert ne l'impressionnait guère, qu'il possède un Q.I. supérieur et de l'argent à ne plus savoir qu'en faire.

Albert se leva de son siège, furieux d'être renvoyé aussi cavalièrement ! Il allait dire son fait à ce désagréable bureaucrate quand Flaubert le pria poliment, mais fermement, de le suivre. Il hésita, puis s'exécuta. La voix de Legros les arrêta sur le seuil :

— Une autre question avant de partir, baronnet ; quand exactement vous laissa-t-elle cette lettre de rupture ?

— Hier, en après-midi. Fleur a remis la missive à la gouvernante. Je ne l'ai reçue qu'en début de soirée. Ma femme avait donné la directive de ne pas me déranger alors que j'accueillais des investisseurs étrangers. Quand j'ai lu le billet, mon monde s'écroulait. Je vous assure que je n'ai rien vu venir. Malgré une vie de couple au point mort, notre mariage d'intérêt nous suffisait. Du moins, je le pensais !

Albert parlait les lèvres serrées, le regard froid et surtout amer.

— Je croyais Fleur heureuse de son existence de châtelaine. Descendante directe d'un grand vigneron de France, elle a toujours vécu dans le luxe. Bachelière en histoire et en arts, elle se passionne pour les antiquités et elle se dévoue aux causes qu'elle chérit. Je ne comprends pas ce qui s'est réellement passé pour que cette oisive décorative envisage de changer la donne.

— N'avez-vous pas ressenti de la rage ? Comment pouvait-elle laisser tomber un aristocrate comme vous ?

— J'étais anéanti et en effet, ulcéré, mais je ne lui voulais aucun mal. D'autre part, ne savez-vous pas que la famille Des Marchais est établie depuis le XIIe siècle ? S'il est une véritable dame dans le comté, il s'agit de ma femme ! Malgré mon titre, à côté d'elle je reste un roturier. Ses ancêtres sont des croisés !

— Soit, je saisis votre propos. Autre fait troublant : que pouvez-vous m'apprendre de ses anciennes fractures de côtes ?

Albert fronça les sourcils.

— Nous ne sommes mariés que depuis trois ans. Je ne connais pas tout de sa vie ! Au collège, Fleur s'adonnait à de nombreux sports, dont le ski de compétition. Elle faisait même partie de l'équipe de France.

Legros lui coupa la parole :

— Ces blessures datent de dix-huit à vingt-quatre mois !

Legros se rapprocha à deux centimètres d'Albert Forestier :

— Je mets un point d'honneur, Monsieur, à placer sous verrous, tous les batteurs de femmes que je croise !

Albert lui déclara en le regardant dans le blanc des yeux :

— Plaît-il ? Je n'ai jamais frappé Fleur !

— Votre mariage remonte à trois ans. Parlez-moi de ces fractures.

Le ton n'admettait aucune échappatoire. Albert se sentait pris dans un piège qui se refermait sur lui comme un étau.

— Nous nous parlions à peine ! Une chute de cheval peut-être ? J'interrogerai la gouvernante qui en sait sans doute plus que moi ! Et je vous aviserai de mes découvertes.

— Trop commode que vous prétendiez ne pas vous souvenir de ces blessures !

Legros affichait un air arrogant qui déplut à Albert Forestier.

— Aurait-elle eu envie de rompre si nous avions été proches au point de tout nous dire ?

— Vraiment tiré par les cheveux ! Une femme battue aurait forcément voulu vous quitter. Nous finirons bien par connaître le fin mot de l'histoire, baronnet. Nous réussissons toujours. Le terme « échec » ne fait pas partie de notre vocabulaire.

Avec un sourire circonspect, l'inspecteur vira les talons. Le viticulteur pinça les lèvres de dépit, car coutumièrement, il tournait le dos aux petites gens. Il trouvait l'inverse inacceptable et déplaisant.

Albert et Flaubert empruntèrent le chemin de la sortie en silence. Ils n'entendaient plus que le bruit de leurs pas rapides sur le carrelage gris. Une fois à l'extérieur du bâtiment, l'enquêteur s'arrêta pour s'allumer une cigarette bien méritée sur laquelle il tira longuement avec un bonheur jouissif. Le baron le fixait avec impatience. *Ce jeunot n'affiche décidément aucune tolérance et aucune considération pour ses aînés !*

— Je monte avec vous. Un gendarme nous suivra avec la voiture de fonction pour mon retour à Bordeaux. Le trajet nous permettra de parler.

Albert, qui détestait être mené par le bout du nez, choisit de rester coi.

Après trois lentes inspirations du policier, il lui ordonna vertement :

— De ce côté ! Prompto ! J'ai à faire.

Ils se dirigèrent vers le parc de stationnement de l'hôpital. Flaubert ne se pressait pas, terminant lentement sa cigarette. Il traînait exprès, alors que l'impatient mari devenait pâle de rage. Le flic siffla en admirant la Lamborghini. Il tourna autour de la mécanique, comme un enfant lâché sans surveillance dans un magasin de jouets.

— Belle voiture, monsieur le baron.

L'excédé ne tenait pas à s'enorgueillir devant l'inspecteur.

— Je pourrais vous en vanter les nombreuses qualités, mais aujourd'hui, je ne me sens pas ce jeune écervelé fou des grosses cylindrées ! Ce matin, je roulais au plancher pour venir, mais je n'ai pas retrouvé l'ivresse que me procure habituellement la vitesse. Je vous prierais d'éteindre votre clope avant de monter dans la caisse.

Le policier se débarrassa de sa cigarette, puis prit place sur le siège passager alors qu'Albert s'installait derrière le volant.

Le noble conduisait d'une manière irréprochable. Le regard tour à tour sur la route et sur le conducteur, Flaubert se bâtit une opinion positive de l'homme. Plus que son allure raffinée et hautaine, Albert Forestier offrait une autre dimension, l'efficacité et le professionnalisme.

— Vous possédez décidément de bien belles choses, monsieur le baron. Vous vivez dans un château, vous roulez avec ce genre de tires et que dire de votre sublime jeune femme !

— Fleur n'appartiendra jamais à personne. J'allais la retrouver pour la convaincre à genoux de me revenir. Au moment où l'hôpital me rejoignait, j'appelais mon notaire pour me trouver un privé. Pour me la ramener. Le domaine sans Fleur ne ressemble plus aux Tourelles.

Quelle intensité ! Que je le comprends ! Derrière ses lunettes de soleil, au volant de la rutilante automobile, l'aristocrate se détendait. Il lui parla sur le ton de la conversation, comme avec un vieil ami invité dans son salon, surprenant agréablement Flaubert.

— Votre collègue est-il toujours aussi directif ? Je n'apprécie guère les types qui tentent de m'écraser. Je résiste difficilement à l'envie de les faire rouler sous ma botte et de les forcer, sans pitié, à mordre la poussière.

Flaubert soupira en esquissant un léger sourire.

— Legros demeure un excellent détective. Nous travaillons de concert depuis vingt ans. Ses compétences surpassent ses nombreux défauts. Les fractures de côtes qu'a subies votre femme le dérangent. Son instinct infaillible ne le trompe jamais. Il vous a pris de front, car notre dernier gros dossier concernait un de vos proches voisins. Il met désormais d'emblée tous les nobles dans le même panier de crabes. Malgré ses allures de criminel notoire, il s'affiche comme le défenseur de la veuve et de l'orphelin. Il démontre beaucoup d'empathie envers les victimes. J'admire cette qualité rare chez un homme de cette trempe !

Albert se souvenait du cas abondamment rapporté par la presse locale et rétorqua vertement :

— Je n'ai rien d'un batteur de femmes. Tout autant que vous, j'espère que vous avez jeté la clé quand vous avez enfermé cette brute méprisable ! Je n'ai jamais touché un cheveu de Fleur !

La petite voix intérieure ricana : *en effet, l'eunuque !*

— Après des années à exercer ce métier, il suffit souvent d'un entretien pour connaître son interlocuteur.

Flaubert ordonna impérativement alors qu'il fixait la route devant lui :

— Arrêtez-vous ici, sur le bas-côté, monsieur le baron !

Albert détestait recevoir et surtout obéir aux ordres d'autrui. Il aurait préféré continuer le chemin afin de remettre la lettre de Fleur à la gendarmerie et de se débarrasser de ce gêneur au plus vite. Il se gara à contrecœur. Le policier sauta de la Lamborghini en lui intimant de l'accompagner.

Ils se penchèrent sur la rambarde détruite. De nombreux agents se trouvaient à pied d'œuvre au fond du précipice.

— Nous voilà sur le site de l'accident. Les scientifiques recherchent les pièces de la voiture : un travail de moine de longue haleine. Remarquez l'absence de traces de freinage. Nous devons éclaircir cette histoire.

Blême et impressionné, Albert fixait les fourmis travailleuses et les débris métalliques dans la ravine. Il leva finalement la tête pour admirer la ville au loin. Ses yeux bleus se remplirent de larmes.

— Cet endroit aurait pu devenir le tombeau de Fleur. Ma femme n'a pas désiré en finir. Bien que malheureuse avec moi, elle n'aurait jamais commis ce sacrilège ! Même athée, la vie représente un cadeau pour elle.

— Se peut-il qu'elle ait effectué une fausse manœuvre ? Aurait-elle pu être distraite par le panorama ?

— Cette excellente conductrice connaît ce paysage par cœur et elle ne se serait pas laissé déconcentrer. Nous ne nous trouvons pas sur le chemin de Florence tout de même !

Albert se détourna vers le policier, debout à ses côtés.

— Pour ma part, je préfère partir. J'abhorre ce lieu maudit.

Ils roulèrent en silence. L'inspecteur Flaubert respectait la réticence de l'aristocrate à s'approcher de la rambarde démolie. Albert réalisait la violence de l'impact. Il finit par rompre le mutisme dans lequel il s'emmurait.

— Hier, en chemin vers l'hôpital, j'ai à peine remarqué le contingent de véhicules de la gendarmerie et de la sécurité publique. J'étais tellement remué par la nouvelle de l'accident ! L'idée de perdre Fleur pour toujours me rend fou ! Était-elle consciente au moment d'être secourue ?

Craint-il des informations qu'elle aurait pu transmettre aux secouristes ?

— Les ambulanciers ont prétendu qu'elle se trouvait dans des douleurs atroces. Elle divaguait, égarée dans ses incohérences. Les accidentés souffrent souvent un mal de chien ! Sauf votre respect, Monsieur !

— Je ne supporte pas que ma femme ait pu souffrir. J'imagine sa désespérance. Bien que coriace en apparence, Fleur s'avère fragile. Je m'en veux de ne pas avoir su mieux la protéger.

— Son heure n'était pas arrivée comme on dit !

Flaubert conclut en souriant pour secouer la tristesse de son interlocuteur :

— Montrez-moi ce que cette bagnole de rêve cache sous le capot et distançons le gendarme.

— Vous ne me filerez pas une contredanse ? Et votre bleu ?

Flaubert ne put retenir un rire bon enfant.

— D'accord alors, lança Albert. Accrochez-vous !

Pendant les minutes qui suivirent, le baron poussa le bolide à fond. Il dépassait les voitures avec une facilité et un contrôle hors du commun. L'homme fusionnait avec sa mécanique, ses nerfs d'acier réagissant aux stimuli se présentant à lui. Habitué à la vitesse, Flaubert s'amusait comme un gamin à la foire.

Il ralentit pour tourner dans l'allée menant au château. Du chemin, Flaubert remarqua un charmant boisé et au-delà, les vignes à perte de vue. Ils bifurquèrent après avoir passé les grands arbres centenaires et Les Tourelles apparurent en hauteur. La voiture dévora rapidement les derniers mètres et ils s'arrêtèrent en douceur devant l'entrée principale, en face de la grandiose fontaine représentant Bacchus, le dieu romain du vin, complètement nu et s'adonnant à son plaisir favori.

Flaubert observa le puits où le bedonnant personnage, dans le plus simple appareil, buvait et laissait simplement échapper un jet. Son regard interrogateur se porta sur le noble, mais il n'osa aucun commentaire. Albert Forestier commenta :

— Surtout, ne me donnez pas une contravention pour cette monstruosité. Ma femme trouve également cette construction affreuse. Vous possédez un œil critique. Vous savez, la majorité des gens qui se présentent ici s'extasient devant cette obscénité !

Avec une moue ironique, le policier lui intima :

— Je vous reviens après un mot au gendarme.

Comme Albert fixait son disgracieux Bacchus, un souvenir s'imposa : Fleur complètement saoule au retour d'un bal. Ils étaient descendus de la Bentley à cet endroit précis. Le vent soufflait et collait sa robe de soie à son corps parfait...

Le trajet en voiture avait représenté une épreuve, alors que Fleur se pendait à son cou, l'embrassant et se moulant à lui. Elle hoquetait et ouvrait de grands yeux ronds pendant qu'il retenait une main caressante qui longeait sa cuisse d'homme.

— Rabat-joie !

Elle chuchotait, mais tous pouvaient entendre ses propos entreprenants. Les saouls murmurent souvent à tue-tête. Avec une moue boudeuse, elle marmonnait tout près de son visage :

— Cette morue te touchait ! Pourquoi ne le pourrais-je pas ? Avec moi, tu joues la vierge effarouchée ! Avec elle, tu roucoulais comme un imbécile ! Tu disais la trouver sexy, et que voilà trop longtemps que tu ne l'avais vue. Tu la faisais danser alors qu'elle bouge comme un pied. Albert, il est temps que tu t'occupes de moi !

Ne tenant pas à la brutaliser, il retenait sa main, en évitant de lui faire mal. Son père avait soupiré en fixant calmement son fils :

— Arrête de te battre avec la petite, Albert. Elle a bu par ta faute. Que pouvait-elle d'autre ? Sacrée descente quand même ! Le vin gai en plus !

— Je n'aurai pas un rapport intime avec ma femme dans la bagnole en ta présence, père. Et le chauffeur écoute !

Il immobilisait fermement, mais en douceur, sa jeune épouse :

— Oh Boo, Albert !

Il fut soulagé d'arriver au château. Le baron rentra prestement et Francis disparut avec la voiture dès qu'ils en étaient descendus. Fleur refusait de regagner l'intérieur par cette nuit étoilée et magique de septembre. Il ne pouvait décemment la laisser seule devant le porche.

— Cette sculpture m'effraie par sa laideur, Albert. Ton Bacchus présente de sérieux problèmes de retenue.

Elle rigolait en trébuchant et il la retenait gentiment de tomber.

— J'ai soif, Albert. C'EST À BOIRE QU'IL ME FAUT !

Elle chantait à tue-tête. Il murmurait en riant tendrement et en la maintenant contre lui :

— Chut, tais-toi, ma belle. Les gens dorment.

Il se détendait, car ils se trouvaient enfin en tête-à-tête.

— Chut, les amis !

Fleur chuchotait sur le ton du secret, examinant la noirceur les entourant et les arbres bruissant lentement sous une brise trop douce.

— C'est le Château de la Belle-au-bois-dormant… Oh, je m'en fous, Albert ; ils sont enchantés, ils ne se réveilleront pas… DU RHUM, DES FEMMES ET DE LA BIÈRE NOM DE DIEU, UN ACCORDÉON POUR VALSER TANT QU'ON VEUT…

Les chants reprenaient, allant crescendo. Il tentait de la maîtriser, mais elle s'accrochait à lui, puis se séparait de lui, en dansant et en chantant à tue-tête encore.

— Il fait nuit. Calme-toi. Sois raisonnable, ma divine.

Elle minaudait en se rapprochant. Très près. Trop peut-être…

— Ta divine ? Moi ? Tu es trop trognon. Quelle divine suis-je, mon petit chou à la crème ? Albert, j'exige une réponse. DE SUITE, comme tu dis. Allez, PROMPTO, le jeunot !

Fleur adoptait un ton faussement sévère. La fêtarde roucoulante baragouinait tantôt à tue-tête, tantôt très bas, complètement paf. À bout d'essayer de la retenir alors que l'anguille lui filait constamment des doigts, il s'installa sur le large rebord de la fontaine pour la maintenir entre ses jambes, les bras encerclant sa taille fine dans sa robe de soie.

— Rentrons maintenant, ma jolie. Ne fais pas d'histoire.

— Tu es mon Bacchus.

— Drôle, celle-là ! Comme cet affreux ? Je ne peux pas ingurgiter et évacuer en même temps !

Il s'esclaffait bien malgré lui.

— Exactement mon propos ! Laisse-moi t'expliquer, Bacchus chéri, murmura Fleur sur le ton des confidences. Moi, je ne boirai plus une seule goutte de la dive bouteille d'un gobelet, d'une coupe ou d'un calice ! Approche-toi.

Mais elle se rapprochait, entourant son cou de ses bras doux. Elle riait tendre et saoule comme ce n'était pas permis. Elle ne savait pas à quel point elle lui plaisait.

— Bacchus, écoute mon secret. Un serment ! Je ne boirai mon vin POUR LE RESTE DE MA VIE qu'à même tes lèvres !

— Ce destin me plairait vraiment.

Il souriait gentiment et son charme opérait sur sa compagne. La belle fixait sa bouche. Elle salivait lui démontrant mieux que par des mots sa gourmandise. Il entendit son gémissement d'envie et son innocente confession le bouleversa.

— J'ai tellement soif de toi, mon amour.

Sans pudeur, Fleur ne résista pas et avala littéralement ses lèvres, le goûtant avec tout son savoir de dégustatrice. Embrasser une Fleur ivre constituait décidément une expérience fantasmagorique, voire psychédélique. Aucune inhibition ne l'empêchait de le dévorer. Il répondait avec ferveur à cette caresse magique, s'enivrant de sa sensualité féminine.

Il murmura contre sa joue :

— Mon Aphrodite.

— Aphrodite ? La déesse grecque de l'Amour, avec un grand A, et des Plaisirs, avec d'immenses P majuscules et stylisés. Aphrodite, la cochonne de service qui se promène toujours toute nue ? Une divinité surréelle intouchable, mais qui se dévoile volontiers devant les regards avides de ses adorateurs. Une exhibitionniste de première !

Fleur affichait le petit air mutin et taquin dont il raffolait. Et quand elle rigolait, elle se montrait assez drôle, il fallait l'avouer.

— La divinité implique un culte que je t'explique avec bonheur, ma toute belle. Je vénère le sol que tu foules de ton pas léger. Je louange ton nom en une douce litanie prenante et enivrante. Je te prie de répandre sur moi tes bontés et tes largesses. Je te fais l'offrande de ma vie, de tout ce que je possède, de tout ce que je suis. Je m'explose le cœur par amour pour toi, tous les jours, toutes les nuits, depuis si longtemps. Tout ce qui compte en ce bas monde porte ton sceau, ma Fleur.

Ils s'embrassèrent longuement, affamés. Après ce baiser bouleversant, elle le toisa et il lut, dans ses yeux cherchant les siens, les affres implacables du désir.

Avant qu'il ait pu poser un geste, la robe glissait au sol. Fleur avait défait les attaches en faux diamants sur ses épaules et comme le bustier était cousu à même l'étoffe de sa tenue de soirée, elle se retrouva la poitrine nue. Elle prit la pose d'une Aphrodite comme la représentaient les sculpteurs et les peintres à travers les âges.

Il ouvrit la bouche de surprise, bavant de désir. Le clair de lune haut dans le ciel, il lui était intolérable qu'à une fenêtre, un curieux puisse la voir ainsi offerte. Il se redressa d'un bond et il la souleva dans ses bras après l'avoir entourée de sa robe longue avec une vénération et un empressement tangibles. Armé de l'élan impatient de sa passion et de sa jeunesse, il la porta vers le château.

Henri vint ouvrir. Le majordome les fixa, interloqué, peu habitué à ces débordements lubriques. Albert transporta son précieux fardeau dans les escaliers. Elle roucoulait en palpant ses muscles sollicités par l'effort :

— J'admire ta force, mon amour.

Quand ils pénétrèrent chez Fleur, elle imita un roulement de tambour :

— L'autel de tous les sacrifices !

Il la déposa sur le lit en riant. Il alluma ensuite la lampe de chevet. La robe avait glissé et elle gisait à demi vêtue.

— Ôtez mes chaussures et mes bas, roturier !

Étendue sur le dos, les seins nus, elle le narguait avec d'autres poses qui rappelaient les statues d'Aphrodite. Il jeta la soie rouge sur le sol. À genou sur le matelas, entre ses jambes bien galbées, il s'appliqua à lui retirer ses escarpins et ses bas-jarretelles. La lenteur de ses gestes caressants accentuait le trouble féminin alors que leurs regards se cherchaient. Les cuisses fermes l'attiraient comme un aimant. Un joli pied dénudé le frôlait délicatement à l'entrejambe. Il ferma les yeux, se laissant aller à ce pur délice. Il lui vit un petit air gourmand qui le bouleversa au point de perdre la tête. Le trajet en voiture avait constitué un supplice, car il devait à la fois combattre sa femme et ses propres instincts alouvis. Sans la présence de son père et celle du chauffeur, Fleur serait déjà sienne. Il n'en pouvait plus.

— Je n'ai rien d'un puceau impressionnable, ma chérie. Je t'assure que tu pourras bientôt le constater.

— Hum, délicieuses menaces…

Il retirait son veston alors que son pied délicat le stimulait avec une douceur effrontée. D'une voix rendue rauque par le désir, il lui énumérait doucereusement tout ce qu'il oserait pour qu'elle paie la torture de l'attente cruelle subie dans la Bentley. De ses doigts manucurés d'un rouge nacré, elle l'attira par la cravate en murmurant irrésistiblement :

— Viens honorer ta déesse. Dépose en elle l'offrande de ton fluide vital, mon Adonis. Que je fleurisse sous ton jet brûlant !

Il grogna, une pensée obsédante le torturant et achevant sa résistance. Leurs lèvres se pressèrent goulûment et ses paumes parcoururent les courbes gracieuses de sa femme. Sa bouche dévorante découvrit lentement la chair de son cou ravissant et de sa poitrine généreuse tandis que sa main experte s'égarait dans sa petite culotte de dentelle noire. Elle se crispa de plaisir en haletant sous la caresse de ses phalanges curieuses et précises. Il l'embrassa alors qu'elle gisait, détendue entre ses bras. Il s'écarta d'elle en réprimant avec difficulté un gémissement. La distance l'anéantissait déjà. Les reins le brûlaient et il se leva pour se déshabiller gauchement avec un flagrant manque de dignité.

Quand il s'avança vers le lit dans la clarté tamisée par la lampe de chevet, il la trouva endormie. Il tenta de la réveiller d'un baiser, mais ses lèvres vermeilles ne s'animèrent pas sous les siennes.

Affreusement déçu, il la laissa sagement cuver son vin.

Le lendemain, Fleur lui offrait un visage fermé d'après-cuite. Elle ne se souvenait pas du trajet dans la Bentley. Elle ne gardait qu'un seul souvenir de cette soirée : il avait outrageusement flirté avec Claude, son ancienne flamme.

Albert revint brusquement à la réalité alors que Flaubert s'approchait de son pas traînant. L'inspecteur contemplait le château. L'illustre et élégante demeure entièrement construite de pierres grises datait du XVIIe siècle. Huit tourelles, quatre rondes et quatre carrées, à la toiture d'ardoises bleues, se dressaient fièrement pour créer un effet stupéfiant. L'agencement des arches, des portails, des fenêtres et des lucarnes charmait par son harmonie. Le cadre naturel ajoutait à la grandeur et le chant joyeux des passereaux força un sourire sur les lèvres minces du policier.

— Originaire de la région, je m'intéresse à son histoire et à ses monuments. La beauté du bâtiment ne se devine nullement en illustration. Quelle magnificence et quelle paix ! Vous devez vous sentir le maître du monde ici !

— La solitude me pèse. L'absence de Fleur génère un vide intenable. Je voudrais vite me réveiller de ce mauvais rêve avec ma femme toujours à mes côtés ! J'ai peur que son amnésie l'éloigne définitivement de moi.

L'inspecteur toussota de malaise devant le regard éperdu et les révélations à l'emporte-pièce de l'important viticulteur.

— Elle ne se souvient pas de vous, mais elle demeure votre épouse avec tous les aspects légaux et financiers d'une situation maritale.

— Notre histoire abracadabrante nous compliquait déjà l'existence, alors je ne peux qu'envisager le pire. La vie de château anéantit toute relation. Comment rester soi-même devant les exigences de sa naissance ? Je reste le fils d'un noble Forestier et elle, une Des Marchais qui, par son féminisme, refusait ce patriarcat intolérable et surtout inconcevable dans la France du nouveau millénaire. Après son père, elle devait se soumettre à mon autorité. Quel idiot de croire qu'elle m'accepterait !

— Mahatma Gandhi a dit : l'avenir dépend de ce que nous faisons dans le présent. Ne déterrez pas le passé. Les erreurs peuvent être pardonnées.

8.

Albert Forestier devança l'inspecteur dans le hall. Déprimé par l'absence de sa maîtresse, Pirate ne réagit même pas à la présence de l'étranger. D'un geste sec et impérieux de la main, le baron arrêta le mouvement du majordome qui se levait péniblement. Le regard vif du policier s'attarda sur le vieillard qui s'harmonisait parfaitement à la vieille armure près de laquelle il semblait figé.

Quittant la magnificence de l'entrée où le marbre omniprésent coupait le souffle, Flaubert suivit le maître de céans qui claqua la porte de son bureau derrière lui. Un immense foyer en pierre granit blanche occupait un mur. Lui faisant face, une impressionnante bibliothèque croulait sous les livres de référence viticole et les photographies de famille. Des peintures représentant des scènes pastorales ornaient les pans laissés libres. À une extrémité, une torchère d'époque fournissait un éclairage étudié sur une imposante table de réunion en acajou assortie de fauteuils capitonnés de cuir noir. À l'est, de grandes portes-fenêtres offraient une vue sur les terres Des Marchais. Un somptueux bonheur-du-jour du XVIIIe siècle bénéficiait d'une excellente lumière naturelle. Une splendide lampe Tiffany diffusait la clarté nécessaire au travail administratif du châtelain qui passait de nombreuses heures devant des équipements de bureautique perfectionnés.

Albert s'assied à son secrétaire pour ouvrir un tiroir fermé à clé. L'inspecteur Flaubert attendait patiemment en observant un cliché en évidence sur le bureau du noble : des jeunes mariés le jour béni de leur union. *Il la garde près de son cœur. Combien de temps s'abrutit-il à admirer ce joli minois ?*

Le baron lui tendit sans façon une enveloppe fleurie. Flaubert, qui venait d'enfiler des gants de laborantin bleus, la prit avec délicatesse, comme un collectionneur de danaïdes rares contemple et étudie un exemplaire fragile. Il dégagea précautionneusement le feuillet. En haussant un unique sourcil broussailleux, il lut lentement et avec intérêt, le court mot d'adieu.

— Nos experts examineront la lettre. Ne vous inquiétez pas, nous saurons pourquoi votre femme n'a pas freiné dans cette courbe meurtrière. Me permettez-vous une question indiscrète, Monsieur ?

— Faites, puisque vous en brûlez d'envie.

D'un regard las, mais perçant, Albert fixa le petit inspecteur. Ce dernier le toisa sérieusement, après un coup d'œil au document et au cliché du couple souriant.

— Comment votre épouse peut-elle se tromper à ce point sur vos sentiments ?

Albert aurait voulu dire à Flaubert de se mêler de ce qui le regardait. *Son travail de policier justifie-t-il qu'il s'informe de mon union avec Fleur ? Pourquoi me mettre à dos cet homme en lui opposant une réticence inutile dans les circonstances ? Je préfère de beaucoup m'entretenir avec lui qu'avec son déplaisant partenaire.*

Il soupira et se lança :

— Mon père m'a forcé à épouser Fleur. Bien que pleinement et librement consentant, je ne l'avouai jamais à mon paternel et encore moins à ma future femme. Par testament, monsieur Des Marchais a obligé sa fille unique à m'accepter pour époux. Bien sûr, elle s'est rebellée, proférant haut et fort que nous n'étions plus au Moyen-Âge pour contraindre une innocente idéaliste à un mariage de raison. Peine perdue ! Durant nos courtes fiançailles, elle me traitait avec une hostilité non déguisée, cassante au point que je n'y comprenais rien. Voyez-vous, l'été précédant la mort du sieur du fief, Fleur et moi avions développé un sentiment amoureux, le temps des grandes vacances, à Nice. Par la suite, nos études et mon travail nous avaient séparés. Désormais, je ne représente plus qu'un vil profiteur l'ayant spoliée de son patrimoine.

D'un geste distrait, le baron désigna au policier de s'asseoir en face de lui, dans un fauteuil si confortable que l'inspecteur soupira d'aise. Les deux hommes se jaugèrent du regard. Albert avoua avec une amertume sarcastique :

— Je répondais du tac au tac à ses provocations continuelles, incessantes, véhémentes. Ces joutes verbales m'allumaient et me brisaient à la fois, mais au moins je respirais le même air qu'elle et je me chauffais sous le même soleil. Je tentais de l'atteindre par tout moyen à disposition. Tous les chemins ne mènent-ils pas à Rome ? Par dépit, pendant ces fiançailles, j'oubliai qu'elle ne m'aimait pas dans d'autres bras. Nous vivons dans un bien petit coin de pays et elle apprit les incartades que je ne prenais pas la peine de cacher. Voulais-je à dessein la provoquer ? Je ne sais plus. Elle me rend fou ! Selon toute évidence, ces liaisons condamnables perduraient dans son esprit.

Calé dans son fauteuil, Albert regarda avec une lassitude palpable la vallée ensoleillée qui lui apportait toujours tant de joie.

— Après trois ans de mariage, nous n'avons jamais consommé notre union. Un illogisme flagrant et cruel pour un homme comme moi. Je ne me suis jamais embêté à peser le pour et le contre avec les gonzesses ! Mais je ne forcerais jamais Fleur au devoir conjugal. Un concept éculé, mais hautement détestable !

Le policier demeura stoïque malgré cette dichotomie invraisemblable pour un jeune couple si bien assorti.

— Notre suite se trouve composée de deux chambres reliées par une unique salle d'eau. Nous donnions le change devant mon paternel et nos connaissances. Pour notre entourage, nous nous retrouvions à l'occasion derrière portes closes, le comble du chic, avouons-le. Fleur ne démentait jamais malgré sa réticence des situations ambiguës. Sans doute était-elle aussi gênée que moi du désastre de notre histoire ! Mon père aurait été attristé de comprendre le fiasco de notre vie ensemble. Chaque mois, il attendait avec espoir la nouvelle de la grossesse de ma femme. De son vivant, nous nous comportions à la limite aimablement, évitant de heurter un homme qui nous aimait.

Il soupira devant le silence recueilli du policier :

— Depuis nos fiançailles, je ne sais comment atteindre Fleur. Elle interprète mal mes paroles et mes gestes. Elle me prête des intentions contraires à ma nature. Devant elle, je me débats toujours à contrecourant dans un torrent qui ne peut que m'engloutir. Dans les premiers temps, nous formions presque un couple. Je le voulais tant. J'aime Fleur. Vous, qui ne me connaissez pas, l'avez pourtant saisi. Hélas, j'ai été incapable de le faire comprendre à la principale intéressée.

Il finit par regarder l'inspecteur dans les yeux :

— Nous ne nous parlons plus, nous transmettant des messages par les laquais. Je ne sais comment nous en sommes arrivés à ce point de non-retour. Depuis la mort de mon père, la domesticité me bat froid, témoin de mon attitude cruelle envers Fleur. La côtoyer pendant trois longues années, jour après jour, et surtout nuit après nuit, sans pouvoir la toucher, représente un véritable calvaire. Je bande dès qu'elle se trouve dans la même pièce que moi et elle n'en a rien à cirer !

— Peut-être ne réalise-t-elle pas son pouvoir sur vous ?

Un sourire ironique accompagna sa réponse :

— Je resterais le dernier homme sur la terre qu'elle ne s'abaisserait pas à moi ! Je vous jure que je comptais la rechercher et la ramener ici parce que, même sans intimité, elle demeure une part intégrante de moi. Je m'en veux de ne pouvoir rompre ce cercle infernal me tenant éloigné d'elle. Cette impuissance à la séduire me mine et me tue. Je n'arrangeais rien en portant le masque de l'indifférence.

Comment peut-elle ne pas lui tomber dans les bras comme un fruit mûr ? Il pourrait aisément convertir une chaste nonne ! Alors pourquoi une mariée aussi éprise repousse-t-elle les ardeurs de son sublime mari ? Que la vie des riches peut s'avérer compliquée ! Le baron doit envisager la situation avec du recul et échapper à cet engrenage insoutenable menant assurément au divorce. Flaubert exprima ses pensées en les nuançant poliment :

— À la lecture de la lettre, la châtelaine ne mentionne nullement qu'elle ne vous aime pas. Elle paraît déçue, voire jalouse de vous connaître des maîtresses. À l'évidence, elle n'en peut plus de ce semblant de mariage ! Préfère-t-elle fuir une proximité qui la déchire puisqu'insatisfaisante ?

Albert contracta la mâchoire, les yeux brillants.

— Je serais le dernier des imbéciles dans ce cas !

Le policier regarda cet homme qui possédait tout, mais qui vivait malheureux comme les pierres. L'inspecteur Flaubert avait vu le château en images. Il était sidéré que des gens évoluent dans un cadre aussi grandiose. Ce puissant magnat accumulait des richesses inestimables, nommément les vignobles ancestraux Des Marchais et Forestier et ses deux castels. Dans l'opulence obscène des Tourelles, l'aristocrate était pourtant démuni de ce qui lui importait le plus dans la vie : le bonheur auprès de celle qu'il aimait.

Devant son sourire chagriné, le cinquantenaire exposa calmement :

— N'avez-vous pas saisi qu'elle reviendra ici ? Où pourrait-elle aller ? Elle ignore tout. Sans doute ne se souviendra-t-elle pas de vous, mais elle aura oublié vos querelles et vos secrets. Vous serez un étranger, mais tout de même son unique famille. Vous la côtoierez au quotidien. Vous pourrez la conquérir.

Les paroles du petit inspecteur portaient tant d'espoir, mais Albert ne voulut pas y croire. Il ne le pouvait pas. Il devenait fou devant les écueils de l'existence dorée qu'il menait et de fausses perceptions pourraient aisément l'abattre, peut-être le détruire.

— Comment pourrais-je partager votre optimisme aveugle et votre romantisme chevaleresque ? Je possède énormément, mais la femme qui m'importe me méprise. Elle ne m'appartiendra jamais.

— Foutaises ! Heureux marié depuis vingt-cinq ans, je sais reconnaître un mari amoureux. Quelle épouse pourrait résister à un homme qui a à cœur son bonheur ? À l'hôpital, je me trouvais derrière le miroir quand la baronne a passé des tests. Dotée d'une intelligence supérieure, vous repoussera-t-elle si vous aimer s'avère le mieux pour elle ? Saisissez votre chance, pardi. De nouveau au premier jour de votre mariage, votre histoire reste à écrire. Agissez pour son bien, comme pour le vôtre.

Le châtelain offrit à l'inspecteur son vrai visage. Sa candeur naïve lui plut et le rassura quant au sort de la noble convalescente.

— Je ne sais pas parler et me comporter avec Fleur. Je sabote toujours tout. C'est perdu d'avance. Pourquoi en irait-il différemment parce qu'elle ne se souvient plus de moi ? Je demeure le même abruti, complètement subjugué par son intégrité, par son dynamisme et par sa beauté sensuelle. Elle ne m'accordera jamais rien !

— N'abandonnez pas la partie avant de l'avoir jouée, monsieur le baron ! Un homme de votre importance et qui réussit professionnellement peut et doit conquérir sa femme. Sinon quel espoir resterait-il pour les quidams comme nous ?

— Fleur, ma quête impossible. Belle et lointaine, cette intellectuelle méprisante se refusera systématiquement au poltron capitaliste, le magouilleur qui l'a piégée.

L'inspecteur secoua la tête.

— Le temps est venu pour vous de rectifier le tir et de redresser les torts. Comme le dit Legros, le terme « échec » n'existe pas ! Que vous reprochera-t-elle si vous la séduisez pour les meilleures raisons ?

— Je n'ai rien d'un Don Quichotte avec ma réputation de Casanova, mais je suivrai votre conseil. Je jouerai la partie et je me battrai pour une dernière chance de l'aimer.

9.

Après le départ du sympathique et trop romantique policier, Albert prit la direction du grand salon. Désœuvré, il retira ses chaussures, son veston et sa cravate et, à son habitude, il retroussa ses manches. Il pourrait désormais se laisser aller à une mélancolie néfaste et destructrice. Il se versa un double cognac, puis s'adossa au large fauteuil. Les pieds sur un tabouret, il ferma les yeux pour revoir Fleur lors de la fête du 31 décembre…

Il craignait ce bal au Château Braillot. Fleur et lui s'ignoraient et Noël avait représenté une épreuve, comme toutes les soirées mondaines depuis la mort de son père. Le château de taille modeste en bordure de la Gironde accueillait surtout des événements annuels et saisonniers, des congrès, des garden-partys et des mariages. Rénové à grands frais et merveilleusement mis en valeur, l'endroit appartenait maintenant à la société d'histoire de la ville. Les jardins bien entretenus et les fontaines des siècles derniers rappelaient le riche passé de l'Aquitaine et émerveillaient même les plus sceptiques.

Après ses recommandations au majordome, il attendait la baronne au pied du grand escalier. Elle apparut enfin sur le palier. Personne ne portait le vert comme elle. L'angélique et aérienne beauté flotta avec élégance jusqu'à lui. La longue robe au tissu soyeux épousait ses formes féminines délicieuses. Il y avait un monde entre cette somptueuse tenue et celle de l'année précédente, lourde, de velours bleu vif et couvrant chaque centimètre de sa peau d'albâtre. Séduit et rougissant, il dut faire un effort surhumain pour détourner les yeux du décolleté plongeant.

Sapristi, je voulais la goûter et la dévorer !

Fleur souriait, les cheveux remontés dans un chignon ravissant. Des boucles d'oreille et un pendentif de diamants complétaient sa mise. Elle personnifiait la féminité et la séduction, le laissant complètement chaviré.

— J'adore quand tu vêts le smoking.

Sa voix grave le faisait toujours frémir alors qu'elle fouillait son regard du sien. Elle avait lentement caressé son revers de veston pour y enlever une poussière imaginaire. Le cœur caracolant comme un cheval fou, une bouffée de chaleur lui montant au visage, il avait mis fin à la magie du moment en prétextant qu'ils arriveraient en retard s'ils tardaient.

Le chauffeur les attendait à la portière de la Bentley. Ils avaient roulé en silence. Il se crispait, trop conscient de la présence tranquille et voluptueuse de Fleur. S'il avait été moins empoté, il aurait pris sa main dans la sienne pour y déposer un baiser. Aurait-elle repoussé son geste ? Il était trop tard pour se poser une question devenue inutile devant l'échec percutant de leur mariage.

Au bal, il avait été accaparé par les viticulteurs de la région tandis que Fleur s'ennuyait ferme au sein d'un attroupement de vieilles mégères bordelaises. Seule sa cousine Sophie l'égayait et la déridait. L'orchestre jouait avec brio les succès appréciés dans ces soirées du Nouvel An. Une chanteuse de jazz et un chanteur populaire se partageaient la vedette. Assise sagement, elle déclinait, d'un revers de la main charmant, les invitations des tombeurs séduits par son charme aristocratique.

Albert tenta de couper court aux conversations viticoles pour la rejoindre au moment d'une rumba. Comme son père avant lui, il aimait danser avec Fleur. Intercepté par un nouveau venu, il avait serré les lèvres. La discussion reprenait et le ton montait, chacun voulant démontrer son savoir sur des cépages rustiques ou hybrides. Il s'était résolument excusé auprès de ces bonzes des grands crus aux premières mesures d'une valse lente.

— Messieurs, pardonnez-moi, mais la baronne m'attend pour évoluer sur cet air qu'elle apprécie.

Il avait rapidement parcouru la distance les séparant et avait tendu la main à sa femme. Fleur y avait glissé la sienne avec élégance. Il l'avait conduite en silence vers le plancher déserté. Lui faisant face, il avait appuyé une large paume ferme sur sa taille fine. Sous *« Some enchanted evening »*, elle s'était abandonnée. Elle fredonnait à son oreille et il en éprouvait un bonheur indicible. La communauté s'extasiait sur leur couple gracieux. La proximité de Fleur le bouleversait. Dans son visage levé vers lui, le sourire resplendissant n'était pas feint. Ravie, elle ne lui opposait aucune résistance.

— Trop brève, cette chanson. Danse encore avec moi, Albert.

Le rythme modéré d'un cha-cha-cha bien cadencé leur permit des déhanchements sensuels. Rendu souple par l'exercice du sport et les travaux aux champs, il la faisait tourner et il la reprenait ensuite entre ses bras avec joie et virtuosité. Dans des tourbillons d'étoffe, il la menait où il voulait. Ses mains larges la caressaient en la retenant contre lui. Il s'était approché d'elle et ils avaient bougé, les yeux verts dans les bleutés. Il ne pouvait avoir rêvé son regard lourd d'attente et son émoi de fausse pucelle. Au terme de la danse, sa rougissante partenaire était restée collée à lui. Les étincelantes prunelles féminines avaient glissé vers sa bouche. Sacrebleu, il ne résisterait pas à embrasser sa femme ! Comble de malchance, des danseurs éméchés les avaient bousculés.

La magie rompue, elle avait saisi le premier prétexte pour s'éloigner. Il avait été rattrapé par les viticulteurs pressés de reprendre la discussion interrompue pour des frivolités. À distance, elle sirotait une flûte de champagne en devisant avec sa cousine. Il la vit se diriger vers la chanteuse. Les premiers accords d'une ensorcelante rumba s'élevèrent. Il adorait ces rythmes latins autant que Fleur appréciait la valse. D'un œil prédateur, il la fixa alors qu'elle approchait en ondulant de façon suggestive se prêtant bien à cet air sensuel. Elle le séduisait déjà.

— Messieurs, permettez que je vous emprunte mon mari.

Ils ne perdirent pas une seconde tant il leur tardait de se retrouver. La danse se termina trop rapidement et la déception dut transparaître sur son visage, car elle murmura :

— J'ai aussi demandé ta mélodie préférée.

Danse lente et appuyée, il en profita pour la serrer. Sa peau douce et chaude sentait délicieusement bon la fleur d'oranger et la vanille. Enlacée tout contre son corps, elle fredonnait, la joue contre la sienne, créant pour eux un pur bonheur.

— À Nice, je t'ai embrassée sur cet air.

Elle croisa son regard, des larmes dans ses yeux.

Il avoua, tendrement :

— Je me ressens de la nostalgie de toutes nos caresses.

Manque de bol, ils furent de nouveau séparés par des ivrognes opportuns. Chaque fois où il voulait la rejoindre, il se voyait intercepté par des poudrées esseulées ou par des maris trop pris par leurs ennuyantes affaires. À l'approche de minuit, il ne l'avait plus trouvée. Sophie, qu'il vint questionner, lui objecta qu'elle croyait Fleur avec lui. Alors qu'il la cherchait dans les jardins, un chauffeur lui apprit qu'elle était rentrée avec Francis aux Tourelles. Ce dernier reviendrait pour le baron. Pour oublier sa rage, il but énormément de champagne.

À trois heures du matin, dans la Bentley, il cala trois doubles cognacs en monologuant sur la conduite incompréhensible des meufs.

Dès son arrivée au château, il rejoignit la chambre de sa douce moitié où, complètement ivre, il alluma brutalement le plafonnier. La lumière aveuglante ne l'avait pas privé du spectacle de Fleur debout devant lui dans son vêtement à demi transparent. Exciter un homme rond n'est pas des plus difficile. Elle lui criait sa goujaterie et prétendait qu'il faisait honte à son nom.

— Il est passé minuit, femme. Tu es partie pour éviter mon contact, mais ton subterfuge ne fonctionnera pas cette fois.

Il l'avait embrassée en utilisant la force. Elle s'était débattue un temps. Croyant la partie gagnée, il avait relâché son étreinte pour ensuite recevoir une gifle foudroyante.

— Jamais, Albert. Tu agis comme un coq au sein de la bassecour ! Je ne deviendrai pas l'une de tes poules. J'exige le respect dû à mon rang. Comment dis-tu ? Oh, oui, je me souviens bien : aucun laisser-aller en tout temps.

Les émotions exacerbées par la boisson, la joue encore brûlante, il s'était rapproché alors qu'il avait, l'instant d'avant, reculé sous le coup. Attrapant ses poignets, il l'avait renversée sur la couchette où il avait pesé sur elle de tout son poids. Il l'avait immobilisée en utilisant la force, trop saoul pour comprendre la peur dans son regard.

— Ta place reste celle de baronne Forestier, ma femme, la mère de mes futurs héritiers. Il suffit ! J'exige que nous consommions notre union. Comme je reste un porc pour toi, je me comporterai en animal.

Il s'était écarté pour assurer sa prise sur Fleur et, sans gêne, se dégager de son pantalon. Elle avait profité de ce court laps de temps pour lui asséner un solide coup de genou au bas-ventre. Il était tombé à la renverse, plié en deux, le souffle coupé et toussant sa fulgurante douleur. Quand il était revenu à lui, elle tenait le berger allemand par le collier, assise dans un large fauteuil à côté du foyer. Horrifiée et apeurée, elle posait en victime.

— Va-t'en, Albert. Si tu ne quittes pas cette chambre, je lâche Pirate sur toi. Il dévorera volontiers l'arme avilissante que tu caches à l'entrejambe !

Ulcéré, il était sorti de la pièce en titubant autant par l'effet de l'alcool que par la douleur physique et morale. Elle se moquait bien de lui et de sa virilité. Le lendemain matin, Fleur lui avait offert un visage fermé sans aborder les événements désagréables de la nuit de la St-Sylvestre.

Avec combien de femmes ai-je dansé à ce maudit bal pour provoquer une rage aussi folle et accroître ce fossé entre nous ?

Il savait qu'il ne suffisait que d'un sourire de sa part à la sulfureuse Claude Bertrame pour ruiner ses efforts pour séduire sa noble dame.

10.

Le policier avait quitté les Tourelles depuis un moment déjà quand le majordome vint annoncer la visite de François Vaillant, son meilleur ami. Albert ne tenait pas à recevoir et il se renfrogna. Il devrait éviter de s'entretenir de Fleur, car il détestait que François place toutes les femmes à un même niveau.

Le nouveau venu se dirigea sans façon et avec importance vers le bar bien approvisionné pour se servir un scotch de cinquante ans d'âge ! Désinvolte, il agissait comme à l'accoutumée en propriétaire.

— Surtout, fais comme chez toi !

L'entrée en matière grinçante et sarcastique du maître de céans ne dérangea nullement le visiteur souriant.

— Belle vie ! Tu ne bosses pas ? Je croyais te trouver glué comme toujours à ton ordinateur.

Contrairement à son habitude, Albert offrait l'image d'une mauviette sans tonus, avachi dans son large fauteuil, un ballon de cognac à la main. François portait son éternel complet brun et sa cravate à motifs graphiques. Il possédait une petite compagnie d'import-export et se donnait des airs de financier prospère. Albert remarqua pourtant ses vêtements élimés aux coudes. Les affaires de son ami ne roulaient pas aussi bien qu'il voulait le laisser paraître. Le Bordelais s'humidifia les lèvres du nectar qu'il s'était versé et soupira d'aise en prenant paresseusement place sur une somptueuse méridienne ancienne.

Originaires de la région, Albert et François avaient fréquenté les mêmes écoles privées jusqu'à dix-huit ans. Albert entrait ensuite à Oxford en sciences et François à la Sorbonne en finances. Ils se voyaient pendant l'été, pour les vacances, et à Noël. Ils avaient vécu nombre de péripéties ensemble, trop au goût d'Albert. Il aurait préféré oublier leurs aventures qui devenaient pour lui de gênants souvenirs et pour François, d'avantageux exploits.

Depuis son mariage avec Fleur, leur relation s'était détériorée. À dessein, il freinait les visites de cette connaissance déplaisante. *Si le fanfaron commettait un impair en révélant des couacs du passé à ma femme ? Fleur me méprise déjà, alors si François lui racontait nos mille-et-une fredaines, c'en est fini de notre semblant de couple.*

Quand, à la grande table, l'invité relatait les anciennes flammes d'Albert, Fleur pinçait les lèvres de dépit puisque ces poules fréquentaient toujours leur cercle mondain. Il détestait l'attitude de François, car il voyait aussitôt sa Fleur se fermer pour plusieurs jours.

Père abhorrait François. Il lui avait un jour dit :

— Selon toute évidence, ton pote espère la fin de ton mariage. Une belle et riche épouse l'arrangerait bien.

Albert avait repoussé les arguments comme quantité négligeable. Fleur ne pourrait jamais plaire à François, même en cent ans, car beaucoup trop collet monté et rigide. Son ami préférait les filles faciles. Son paternel avait répliqué qu'il n'allait pas montrer à un vieux singe à grimacer.

— François Vaillant épousera une héritière qui servira ses intérêts. Avec une walkyrie, comment s'assurer que sa descendance compte la part de gènes du conjoint ?

Sans démordre, Fleur requerrait qu'il ne l'invite plus. Il n'en avait jamais su la raison. Par esprit de contradiction, Albert rétorquait que François serait toujours accueilli à bras ouverts aux Tourelles.

Albert se secoua de sa torpeur et chassa ses souvenirs :

— Qu'est-ce qui t'amène, François ? Magne-toi, j'ai à faire.

— On le dirait bien ! Quelle tête d'enterrement ! Mec, as-tu perdu ton meilleur copain ?

En riant aux éclats et manquant de naturel, François se tapa sur les cuisses et continua avec sarcasme :

— Mais non, ton seul pote se tient bien portant devant toi !

Qu'est-ce qu'il pense ? J'ai bien d'autres amis... Simon entre autres !

Albert le toisait froidement en fronçant les sourcils et exigeant de connaître le motif de sa visite. François finit par lui réclamer une caisse du vin Les Tours Du Diable 1992. Il comptait offrir ce cadeau princier à un financier de Paris qu'il voulait amadouer afin d'en courtiser la fille.

— Tu devrais voir la poulette. Des seins sculptés par le meilleur chirurgien esthétique de France.

Albert grimaça de dégoût.

— Je sais, tu préfères le look naturel. Pourquoi ne pas aider la nature à l'occasion ? Les gonzesses ne possèdent pas toutes la perfection de ta baronne.

Albert examina son pote qui passait des heures en gymnase et sous les lampes bronzantes. *Déplorable que ce bellâtre ait perdu ce charme inné qui le caractérisait autrefois !* Sentant la soupe chaude, François changea de registre et expliqua avec sérieux :

— Une nana extra. Un excellent parti. Je devrais me ranger aussi et une petite poule aux œufs d'or arrangerait mes affaires.

Albert se secoua et jeta froidement :

— Aucune bouteille ne sortira d'ici aujourd'hui ! Que tu viennes aux Tourelles dans le seul but de quémander me rebute.

François cacha son courroux sous des manières affables. Surpris par l'aigreur d'Albert, il ravala sa hargne. *Le baron s'embourgeoise à cause de cette maudite Fleur ! Cette chipie le monte contre moi. Je le tenais bien en main avant leur mariage. J'en tirais des avantages considérables...*

— Tu deviens vraiment mal luné, vieux ! La belle châtelaine te fait cet effet dévastateur ? Décidément, ta bourgeoise te tient par les burnes ! Tu fais peine à voir ! Où s'en va le monde si un phallocrate de la plus pure lignée comme toi obéit à une sainte-nitouche de première ?!

— Je ne suis pas un phallocrate, François.

— À d'autres ! Tu aimes les poules, Albert, pour une seule chose. Nous savons de quel bois tu te chauffes. Tu ne vaux guère mieux que moi ! Sous tes dehors de fils bien né et, malgré ta gueule de héros romantique, ne considères-tu pas les poudrées à leur place, à genoux devant toi, à...

Albert lui coupa la parole tout en le foudroyant du regard.

— Il suffit avec tes inepties ! François, tu me les casses à la fin ! Tu peux bien partir, je ne te retiens pas !

— Mon vieux, je crois entendre ta bobonne. Salement atteint, mon cher. Tu me fais pitié. Mais je te connais ! Tu estimes les gonzesses inférieures aux hommes. Tu ne voulais pas agréer ta baronne dans sa vision du devenir de son château ancestral. Tu la prétendais décorative et incapable de mener à terme un projet d'envergure ! À ce propos, où se cache donc la gente dame ?

Albert déposa son ballon de cognac sur une table basse, furieux de se rappeler qu'il avait utilisé ce terme le jour même devant les policiers pour décrire Fleur. Il se reprochait le passé : il aurait dû accepter les vues de Fleur. Elle possédait la formation nécessaire pour transformer le castel en musée. *Pourquoi lui refuser une idée aussi digne d'intérêt en lui opposant le concept d'un hôtel chic ? Je la braquais avec cette ignominie à l'opposé de son âme d'historienne.* Il chassa les souvenirs désagréables qui l'assaillaient.

— Fleur a subi un accident de la route. Elle est hospitalisée.

Albert fournit ces informations à son camarade à contrecœur. Pire que la presse locale, François répandrait volontiers la nouvelle à seule fin de se rendre intéressant. Après une nouvelle rasade du liquide ambré, le visiteur compatit mollement.

— Je suis tellement navré pour toi, une femme comme Fleur, avec l'avenir devant elle !

Albert l'observa longuement avec un regard neuf. Ses cheveux gras trop longs témoignaient une négligence intolérable. Ses petits yeux ternes et froids, ainsi que son expression distante, mais faussement accommodante, lui confirmaient ce qu'il savait déjà : leur amitié durait pour les avantages que le Bordelais gardait auprès de lui. La fureur d'Albert claqua dans le chic salon des Tourelles.

— Tes paroles ressemblent à des condoléances. Ne parle pas de Fleur à l'imparfait. Elle n'est pas morte que je sache ! En battante, elle se remettra. Avec un ami comme toi, nul besoin d'ennemi.

— Des accidents n'arrivent pas tous les jours ! Difficile de formuler les mots justes dans ces circonstances tragiques. Pourquoi ne te trouves-tu pas auprès d'elle ? À te regarder agir avec toutes les souris que tu croises, je comprends que ton mariage t'importe peu. Bien que Fleur ne représente rien pour toi, sauve au moins les apparences. Les gens jaseront. Qu'adviendra-t-il alors de ta précieuse réputation et de ton blason ?

Albert ne se ressentait pas souvent d'une rage aussi vive et l'envie de foutre à la porte ce soi-disant meilleur pote le tenaillait.

— Je ne parlerai pas de Fleur avec toi, le coupa froidement Albert. Tu me parais mal venu de critiquer ma conduite. Tu séduis les femmes, et tu ne portes pas de gants blancs en les laissant tomber ! Tu butines, ne t'attachant à aucune. Comment pourrais-tu comprendre mon sentiment pour Fleur ? J'en ai assez de ta tête, décampe.

François ouvrit la bouche de surprise, mais aucun son ne passa ses lèvres devant le regard courroucé et douloureux de son ami. Tout sonnait faux chez François et Albert le voyait désormais pour ce qu'il était vraiment. Fleur ne l'avait jamais apprécié et il saisissait ses raisons de mépriser ce déplaisant personnage.

— Promets de me rejoindre si tu en éprouves le besoin. En ami, je t'écouterai.

Albert maugréa, froid et raidi par le dégoût.

— À la bonne heure, François ! Laisse-moi m'illusionner que si tu n'as rien à obtenir, tu viendras me consoler. De plus, je n'aime pas ta façon de lorgner ma femme. Même si tu te montres toujours prompt à la dénigrer, j'ai souvent surpris, dans tes regards appuyés, une concupiscence intolérable. Fleur m'appartient, ne l'oublie jamais ! Maintenant, fiche le camp ! Du vent ! Je ne veux voir personne.

— Comme un vieux clébard, tu restes seul dans ton coin pour guérir tes blessures. Soit, mais en cas de besoin, je serai là. Tu ne peux balayer trente ans d'amitié sous le tapis pour une histoire de meuf.

François posa son verre vide sur la table basse et partit après avoir susurré :

— Même si tu ne le crois pas, je compatis.

Albert ne le retint pas. Ils se quittèrent sur un bref signe du menton. Il sut qu'il était sorti quand le berger allemand cessa furieusement d'aboyer. Albert gagna le hall et s'approcha de la bête qui se lamentait, le poil encore hérissé. Il se pencha et le flatta derrière les oreilles en lui murmurant :

— Elle ne l'aimait pas. En ami fidèle, tu l'as bien compris !

Alors qu'il se redressait, Pirate lui lécha avec application la main. *Si je pouvais apprivoiser ta maîtresse aussi facilement...*

Au moment de rejoindre son bureau, il sentit le regard du majordome. Ce dernier, raidi par son arthrose, s'enquit dignement :

— Une lingette, Monsieur ?

Comme Albert haussait un sourcil interrogateur, l'employé ajouta :

— Pour essuyer la salive de Pirate !

— Laissez tomber, Henri.

Songeur, il étudia longuement l'octogénaire.

— Dites-moi, de la pièce de repos, voyez-vous l'allée ?

Le vieillard acquiesça.

— Désormais, vous pourrez y demeurer et vous présenter dans le hall lorsqu'une voiture la remontera. Si j'ai besoin de vous, je sonnerai. Si j'étais assis sur une chaise d'époque toute la journée, je ne pourrais me relever, tout comme vous.

— Je vous remercie de vos largesses, monsieur le baron.

Albert quitta le majordome sur un geste négligent de la main. Bouche bée, le vieil homme regagna la cuisine où, hébété, il croisa la cuisinière et madame Jacques. Interdit, il n'émit qu'un commentaire :

— Je ne reconnais plus le maître ! Aurait-il contracté une maladie à l'hôpital ?! Il devient humain.

11.

Au repas du soir, Albert picora dans son assiette. Madame Jacques le servit, navrée de le voir manger comme un oiseau.

Ce petit démontre toujours un si bel appétit !

Il se coucha tôt, mais le sommeil s'amusa à le fuir. Torturé par mille souvenirs, il resta étendu dans le noir. Il revoyait Fleur dans son état artificiel. Il songea aux paroles de l'inspecteur Flaubert : sa femme physiquement rétablie pourrait bien revenir aux Tourelles, à son mari et surtout, à sa seule famille. Pour leur donner une chance, elle ne devrait envisager aucune autre option. Des larmes perlèrent à ses paupières alors qu'il se rappelait la douceur des lèvres inertes.

Elle me manque avec ses qualités, ses manies et ses défauts !

Fleur détestait les événements mondains et elle le boudait souvent au retour des bals officiels. Son père la prétendait jalouse des connaissances qu'il courtisait. Comment avouer qu'il jouait ce jeu expressément pour provoquer des rapprochements au sein de leur couple ? La fière châtelaine n'admettrait par contre jamais clairement sa jalousie. Elle préférait le traiter de porc. Puis, son caractère enjoué reprenait le dessus et la tranquillité des jours en partie heureux revenait aux Tourelles.

Dans ces soirées, réalisant que la madone faisait tapisserie, son paternel l'invitait à danser, si bien qu'Albert, pris dans une spirale infernale, ne pouvait approcher sa femme. Si elle jalousait les gonzesses qu'il croisait, que dire de sa jalousie quand il la voyait rire dans les bras de son pater ? Elle souriait gentiment au chef de famille alors que rarement elle agissait aussi spontanément avec lui. Il déplorait la présence de son père au théâtre, à l'opéra, en voilier, au golf et aux happenings mondains. Il ne se retrouvait jamais seul avec la belle. Surtout pas au château. Leurs tête-à-tête, ils devaient les voler. Il n'aurait pas dû éprouver ces sentiments malsains, surtout depuis la mort de son paternel. *Mon vieux nuisait à nos rapprochements. Fleur tentait-elle de son côté de provoquer des situations intimes ?*

Ses mauvais rêves débutèrent. Il la rassurait dans la nuit. Un soir, il avait failli l'aimer. Cet épisode représentait leur dernier vrai moment ensemble. Au décès du baron, ils étaient devenus des étrangers.

Il aurait dû saisir sa chance dès la première fois où l'occasion s'était présentée à Nice, l'été des vingt ans de Fleur. Ils étaient toujours seuls à la villa Forestier alors que leurs aïeuls pêchaient en haute mer, golfaient ou s'amusaient à la pétanque. Les vieillards jouaient aux échecs ou à la belote et les jeunes en profitaient pour sortir en boîte. Ils trouvaient à s'occuper, leurs goûts se révélant assez compatibles. Ils voguaient sur les flots azurés. Ils marchaient sur la plage et ils ramassaient des coquillages. Il l'avait initiée au surf où elle excella comme dans tout ce qu'elle entreprenait. Ils s'adonnaient souvent au tennis ou complétaient un *foursome* avec les parents. Ils flânaient sur la grand-rue, dans les boutiques ou au marché. Ils s'entendaient comme larrons en foire.

Ils finirent par se flirter outrageusement. Nice, l'été de sa vie, où son sentiment pour Fleur cessa de représenter une chimère et où il comprit qu'il était salement atteint, qu'il avait découvert le grand amour. Nice, le soleil, la villa et la piscine, la majesté des lieux, la flore luxuriante, la côte majestueuse et la Méditerranée. Nice et Fleur pour lui seul égalaient le paradis terrestre. Au palier, leurs chambres se faisaient face, alors que celles de leurs pères se trouvaient au rez-de-chaussée. Ils gardaient leurs portes grandes ouvertes, acceptant l'autre comme un alter ego.

Fleur et son petit maillot à imprimés rouge et jaune. Fleur et son sourire dévastateur qui l'émouvait chaque jour un peu plus. Fleur, incroyablement innocente, lui demanda un jour de lui étendre de la crème solaire dans le dos et lui murmura ensuite :

— Albert, avec des mains aussi duveteuses et réconfortantes, tu dois faire des massages démentiels.

Il lui avait offert de la masser où et quand elle le voudrait, à seule condition qu'elle lui rende la pareille. Elle avait ri, ravie de son audace à peine déguisée en complicité amicale. Entre eux régnait alors une ambiance sereine et naturelle.

Les soirées étaient douces, les repas succulents et le vin excellent. L'air embaumait le parfum entêtant du magnolia et de la rose. La musique en sourdine agrémentait les veillées à la piscine où les conversations allaient bon train et s'éternisaient. Connaissant bien Paris, elle promettait de l'y accueillir pour lui dévoiler la Ville lumière à sa façon. De son côté, il lui montrerait l'Angleterre où il avait étudié. L'idée de passer d'autres vacances ensemble les émouvait déjà.

Ils buvaient beaucoup. Ils dansaient énormément ; des rythmes lents évidemment ! Ils découvraient les spécialités culinaires locales et, quand les pères les accompagnaient, ils cachaient tant bien que mal leur contrariété et leur déception sous des sourires factices.

Jamais, il n'osa un geste déplacé. Ils furent rapidement vus comme un couple par la communauté niçoise. Pour rire, ils jouaient le jeu. Un jeu cruel ! Quand ils marchaient sur la grande rue, nonchalante, elle prenait son bras. Dans les boîtes, elle se collait à lui. Dans les restaurants, elle minaudait, lui ravissant le cœur de son sourire angélique. Le climat se chargeait d'une tension pour le moins équivoque.

Contrairement au début de leur séjour, elle acceptait une main secourable pour descendre du voilier bien qu'elle n'en éprouve aucunement le besoin. Il ouvrait galamment les portes.

Il s'empressait pour tirer sa chaise ou pour lui chercher un verre dans un bar. Ils voyaient des films, des opéras et des pièces de théâtre. Ils se joignaient à des fêtes sur la plage ou ils dansaient dans les cabarets jusqu'à la fermeture.

Quand il enduisait son corps de crème solaire, Fleur s'offrait au soleil. Il promenait sa paume sur ses jambes, sur son ventre, dans son dos, sur ses bras. Il suivait délicatement du bout des doigts les traits de son visage et de ses lèvres. Cette lente exploration se répétait chaque jour. Albert s'était laissé toucher à son tour.

Je me suis senti le maître du monde à notre baiser interminable sur cette piste de danse. Si par malheur je l'effleurais, je me mettais à baver d'excitation comme un chiot ! Plusieurs fois, j'ai failli la posséder, tour à tour sur une plage déserte, dans sa chambre à la villa ou quand elle avait cherché refuge dans mon lit par une nuit d'orage déchaîné.

Puis, il y eut la chaumière…

À la veille de leur retour, la tension sexuelle culminait. Leurs pères improvisèrent malheureusement une fête de départ et ils ne se trouvèrent plus seuls. Regagnant Bordeaux, il n'éprouvait aucune joie à piloter le jet des Forestier et il gardait les lèvres serrées, surtout qu'elle lui avait annoncé qu'elle repartait sur Paris dès le lendemain, ses cours débutant le lundi suivant. Avant qu'ils ne passent la porte de la cabine, il lui avait murmuré en se rapprochant d'elle, envahissant son espace :

— Retrouve-moi à la chaumière à vingt et une heures. Celle sur notre terrain, à l'orée de vos bois, sur le coteau du pendu.

Elle hésitait en se tordant les mains et son regard fuyait le sien. Elle ressemblait à un animal pris au piège qui cherche un moyen de s'enfuir.

— Albert, nous devons nous dire au revoir maintenant. Tu as été le compagnon rêvé pour partager un amour d'été. Je dois retourner à Paris pour poursuivre avec ma vie. Il ne sert à rien de se peiner inutilement.

Se crispant, il lui avait durement lancé plus pour la secouer que la blesser :

— Fleur, ton père ne laissera jamais s'établir à Paris son unique enfant, sa descendante directe. Moi-même héritier, je sais de quoi je parle. Tu reviendras au pays. C'est écrit.

Il l'avait vue déglutir péniblement.

— Les vieux vont se questionner. Retrouve-moi à la chaumière. Si tu ne viens pas, je comprendrai que notre histoire fut, pour toi, un anodin flirt de vacances. Fleur, j'en ai soupé des aventures d'été et, pour moi, il ne s'agit pas d'une amourette passagère et sans lendemain. Ces beaux jours ne peuvent pas se terminer par une bise amicale sur le tarmac.

Il était arrivé tôt à la cahute qu'il comptait préparer pour ce tête-à-tête nocturne. Les corvées ménagères ne lui faisaient pas peur ayant vécu en appartement en Angleterre sans domestique pendant des années. Des bougies parfumées au miel et au thé vert éclairaient de façon romantique la vieille cabane. Deux coupes de vin et un grand cru attendaient sur la bancale table en bois. Un matelas pneumatique au plancher, sous des douillettes duveteuses et des oreillers moelleux accueilleraient leurs ébats torrides et salvateurs.

À vingt-et-une heures, il faisait le pied de grue. Les minutes s'égrenaient, longues et solitaires. Avant cette pénible soirée d'attente, il croyait impossible de souffrir si fort.

À vingt-deux heures, réaliste, il comprit que la belle ne viendrait pas. Amèrement déçu et se repliant sur lui-même, il s'écroula sur le seul siège de la mansarde. Prostré, il prenait conscience de son intense et profond sentiment.

Il n'avait jamais rien ressenti pour les autres filles.

Alors que sonnait minuit et qu'il se sentait mourir, ankylosé sur ce banc de chêne inconfortable, il entendit des pas rapides sur le gravier devant la porte qui s'ouvrit sans crier gare. Il s'était levé d'un bond, surpris de l'intrusion, ne croyant plus à sa venue. Fleur souriait, resplendissante de jeunesse dans sa courte jupe paysanne blanche et son léger chemisier à fleurs roses.

— Mon père ne me laissait pas. Quand je m'installai enfin au volant de la voiture, dans ce noir d'encre, je me suis perdue. Je suis désolée de mon retard, Albert.

Il ne parlait pas et il ne bougeait pas ; elle se rapprocha lentement en se frottant les mains. Elle se mordillait la lèvre.

— Je ne pouvais pas partir sans te revoir. Une bise amicale sur le tarmac n'avait décidément rien à voir avec nous.

Dans cette vieille chaumière, elle l'avait embrassé de toute sa douceur désespérée. Il avait oublié instantanément la blessure vive de l'attente et, affamé, il avait répondu à pleine bouche à son étreinte. Les baisers délicieux de Fleur, uniques, intenses et vrais goûtaient l'automne et les baies sauvages. Ils se serraient étroitement, chavirés par une proximité jamais atteinte et excédés par la frontière imposée par leurs vêtements. Ils s'étaient approchés du matelas en se tenant par la main.

Gauche et solennel, il avait murmuré en bredouillant :

— Nous ne pouvons pas faire l'amour en ce lieu trop moche et poussiéreux. Avant que tu n'arrives, l'endroit paraissait convenir, mais je ne peux pas aimer une reine dans une mansarde.

— Je ne retourne pas au Fief avant le jour, Albert. Je reste une fille moderne. Ce soir, cette cabane se transforme en nid d'amour secret, en palais, en refuge sur des cœurs épris.

Elle affichait un air décidé, levant le menton en signe de défi.

— Je veux respirer la nuit dans tes bras et entendre les sons d'une aube naissante témoin de notre sentiment. Je compte m'installer sur ce confortable pneumatique. Libre à toi de m'y rejoindre. Demain, je monte sur le train de midi. Le temps file, Albert. N'en perdons pas une seule minute.

Elle regroupa toutes les bougies au sol vers la tête du matelas. Puis, elle lui intima de pousser la table vers la porte pour dégager la pièce.

— Pas mal du tout !

Elle retirait déjà son chemisier et il lui murmura de ne pas agir ainsi, en se rapprochant d'elle. Elle rit :

— Ne te souviens-tu pas du monokini à Nice ?

— Comment oublier cette vision angélique ?

Il tenait ses mains dans les siennes avec sérieux et intensité.

— Déshabillons-nous lentement pour découvrir le cadeau du cœur offert avec ferveur. Fleur, quand deux êtres se donnent, il faut célébrer ce partage. À vingt-six ans, j'en ai marre des baises sportives à la va-vite. Tu ne peux pas imaginer combien de filles j'ai troussées ! Je n'ai jamais fait l'amour à une femme et, cette nuit, je veux comprendre le sens de cette expression trop souvent galvaudée. Tu vois, je suis fou de toi depuis aussi loin que je me souvienne, des siècles.

Ils s'étaient embrassés. Il lui avait retiré son bustier avec une adoration dévote. Sur les plages de Nice, c'était différent. Dans leur chaumière, il pouvait la toucher et la caresser à sa guise et il ne s'en priva pas. Sensuelle, Fleur se tendait vers ses mains exigeantes et sa bouche gourmande. Il lui murmurait à quel point elle l'émerveillait, fébrilement, tout en pétrissant sa peau qui lui faisait mal tant c'était bon. Frémissante, elle gémissait des « Oh Albert » confus.

Il s'était écarté à regret pour se débarrasser de sa chemise. Elle l'avait aidé à défaire un bouton sur deux pour accélérer le dénouement de cette nuit magique. Le contact de leurs épidermes les avait électrisés et ils s'étaient alors prêtés à mille baisers, tout en achevant de se dévoiler.

Il ne s'embarrassa d'aucune gêne au moment de faire glisser sa culotte. Fleur resta immobile, pétrifiée, quand, à genoux devant elle, il déposa ses lèvres sous son nombril, à mi-chemin de sa féminité. De ses paumes brûlantes, il longeait ses hanches et ses cuisses. Puis, il se redressa et il s'attaqua à son pantalon qu'il retira vivement avec son slip. Subjuguée, elle ouvrit de grands yeux, avec un « Oh Albert » tout tendre, agissant sur lui comme une caresse. Elle lui murmura :

— Tu es beau comme un rêve, tout auréolé du mystère de la nouveauté, de l'inconnu.

Se rapprochant de lui, d'une main, elle longeait une fesse musclée :

— Joli !

Curieuse, l'audacieuse explorait sa sexualité masculine, l'excitant incroyablement. Elle s'extasiait de la douceur de sa peau et de sa fermeté. Il l'embrassait le souffle court, séduit par son toucher et son sans-gêne. Ils s'étendirent pour mieux se serrer.

Les baisers et les attouchements impudiques ajoutèrent à leur excitation. Il l'intimidait et il était ému de la réserve naturelle, mais ambiguë de sa compagne. Il glissa ses doigts habiles dans son intimité, car elle avait fini par combattre sa gêne et desserrer les jambes. Elle s'était cambrée adorablement, le laissant vaincre toutes ses réticences. Outrageusement prête à l'amour, elle ne pouvait en cacher les signes. Il enfila gauchement un condom dans un état proche de la folie. Il se sentait halluciner le contact du caoutchouc, au bout du désir.

Il s'était agenouillé entre ses cuisses ouvertes alors qu'elle s'offrait. Comme il se penchait vers elle, il découvrit une lueur nouvelle et furtive dans son regard féminin. Avant de s'engager, il lui demanda doucement si elle ressentait des douleurs lors des rapports. Elle ne répondit pas.

— Qu'est-ce qui se passe, Fleur ? Dis-moi. Je serai prudent si tu éprouves de l'inconfort lors du coït.

— Je n'ai jamais fait l'amour. Albert, tu es mon premier amant. J'ai peur, malgré ma totale confiance en toi. Mais je le veux.

Terriblement surpris par l'aveu, il n'avait plus bougé. Vierge ? Il ne pouvait la posséder dans cet endroit sordide. Il ne pouvait pas déflorer la femme de sa vie dans une cabane et la regarder partir dans le petit matin brumeux pour cacher à son père ses agissements à l'index.

— Notre première fois n'aura pas lieu dans une cahute, à la sauvette. Tu ne rentreras pas au Fief à l'aube, comme une voleuse. Je prendrai ton innocence. Je ne laisserai personne en profiter que moi ! Crois-moi ! Mais pas comme cela !

Il avait vu des larmes de déception dans ses yeux.

— Cette virginité me pèse, Albert. Cette nuit, toutes les raisons pour te céder sont réunies et je t'aime. Je ne pourrais pas t'aimer davantage. Je trouve l'endroit romantique au possible. Nous sommes seuls avec notre sentiment entier, comme Roméo et Juliette.

Une pensée furtive lui traversa alors l'esprit : *Oui, mais les amants de Vérone finissent mal ! Et ils se cachaient pour se donner. Comme si leurs agissements étaient obscènes et sales.*

— Après les vendanges, je te rejoindrai à Paris pour un week-end en amoureux.

Il déglutit péniblement devant sa déception et il ne put s'empêcher de se sentir coupable.

— J'agis pour le mieux. Comment pourrais-je te regarder partir au matin alors que j'aurai goûté à tous tes charmes ?

Tendrement enlacés, ils avaient dormi nus sous une douillette fleurie. Dans un élan douloureux et insatisfait, ils s'étaient dit au revoir dans l'aube naissante et embrumée.

— Paris en novembre verra notre amour mûrir et éclore dans une majestueuse fleur de désir.

Quel triple idiot ! Dans ce moment magique, nous étions seuls au monde avec notre sentiment tout neuf. Comment ai-je pu ne pas aller jusqu'au bout ? Cette résistance ne me ressemble pas. Dès que nous nous sommes promis Paris, nous n'osâmes plus nous toucher ! Elle a même failli ne jamais m'épouser ! Bien que ce mariage me tue, il me prouve que je vis, sacrebleu ! Aucune ne pourrait m'émouvoir comme elle et me bouleverser à en perdre le sommeil ou l'appétit.

Elle reviendrait auprès de lui. Il la séduirait et il jouerait le rôle de tous les hommes dans son existence bourgeoise. Il n'avait pas attendu aussi longtemps pour la laisser bêtement lui échapper.

— Il me tarde de te revoir, Fleur. Tu me manques tant, mon amour. Cette nuit-là, je savais déjà que tu deviendrais ma femme. Tu représentes ma vie, ma descendance, mon bonheur. Sans toi, je ne suis rien. Je te convaincrai que ton futur se trouve à mes côtés. Et j'utiliserai toutes les armes à disposition pour te gagner à ma cause.

Albert Forestier remportait toujours ses paris et ses combats.

12.

La patiente tentait de fixer son attention sur les paroles insistantes du médecin. Le docteur Lambert espérait l'aider, mais elle ne supportait plus ces questions existentielles auxquelles elle ne connaissait pas les réponses.

— Je ne sais rien. Quelle sans cervelle ! Vous me découragez avec vos simagrées.

Elle passa la main dans sa longue crinière bouclée tout ébouriffée couleur fauve et disciplina difficilement des mèches rebelles derrière ses minuscules oreilles bourdonnantes. Le mal de tête recommençait à la tenailler. Le blanc aveuglant du sarrau de l'intervenant amplifiait la douleur. Des odeurs inconnues lui soulevaient le cœur.

— Concentrez-vous. Quel âge avez-vous ?

Elle pleurerait si cette épreuve se poursuivait encore. Elle s'en voulait de se sentir si impuissante et désemparée. Elle ne contrôlait rien, surtout pas ses émotions, et la peur l'étreignait. L'homme lui tapota obligeamment et trop paternellement l'épaule et il lui parla lentement. *Il s'adresse à moi comme à une gamine de trois ans !* Comme pour répondre à ses pensées torturées, il continua :

— Vous avez vingt-cinq ans. Vous souvenez-vous de l'accident de voiture qui vous mena à l'hôpital et causa votre perte de mémoire ? Reconnaissez-vous des éléments de votre passé ?

— Non. Sans ce foutu mal de tête, je serais convaincue qu'un trou noir interstellaire me sert de matière grise !

Ah, pas de pleurnicherie, ma grande ! Des larmes de rage coulaient pourtant sur ses joues. Elle les essuya gauchement du revers de la main, en reniflant comme une enfant grondée injustement.

— Épouvantable ! L'idiote du village ! Je ne connais rien à rien !

— Ne dites pas cela, Fleur. Vous savez déjà énormément, comme lire ou parler. Vous n'avez rien oublié de l'art, de l'histoire et de la musique. Vous ne vous souvenez pas de votre vie d'avant, mais le temps arrange tout. Cette amnésie ne durera pas toute la vie…

Elle se calma devant ces paroles rassurantes. Il osa alors porter un grand coup avec un soupir :

— Vous êtes mariée.

La traumatisée fixa longuement le médecin sans comprendre immédiatement le sens des mots prononcés qui pulsaient en écho dans sa tête douloureuse. Il la vit ouvrir la bouche de surprise à plusieurs reprises. *Un poisson rouge prisonnier dans un minuscule bocal, voilà la sotte que je représente pour tout un chacun !*

— Par ce jeu impossible, impardonnable et vraiment trop cruel, vous vous moquez de moi. Je ne pourrais pas avoir oublié mon mari quand même ! Un être humain de chair et de sang que j'aurais promis d'aimer et de chérir toute ma vie ?! Ne plus me rappeler un homme aussi important constitue un non-sens ! Je rêve assurément ; rien de cette mise en scène ridicule ne se peut !

— Pourtant Albert Forestier existe.

Le médecin étudiait les expressions incrédules du visage tendu levé vers lui. La noble se mordait la lèvre de désespoir.

— Est-ce que ce nom vous évoque quelqu'un ?

— Rien qui vaille ! Ce type ne devrait-il pas me tenir la main pour affronter cette terrible épreuve ?

Elle paraissait à bout de nerfs :

— N'est-ce pas ce que les époux font ?

L'urgentiste expliqua bêtement en évitant son regard trop insistant :

— Il tenait à se trouver à votre chevet, mais nous l'en avons empêché. Il vous a fait livrer des fleurs. Il se désespère loin de vous. Il s'inquiète de vous. Le rencontrer pourrait vous aider à vous souvenir.

— Je ne veux pas le voir ! Vous venez à peine de m'annoncer que je suis mariée et je ne ressens que de la peur. Et mon cœur se serre douloureusement !

— Un stress normal en l'occurrence.

Elle lui coupa la parole. Son effroi la défigurait.

— Je ne sais pas que penser. Ces mots ne signifient rien de concret pour moi. Ils représentent une menace. Je n'éprouve que de l'appréhension envers cet inconnu ! Dans ma tête, je ne me sens pas liée à qui que ce soit... Avouez qu'il s'agit d'une situation extraordinaire. Et si je commettais un impair !? Que faire d'un mari totalement étranger ? À quoi s'attend cet homme ? Je le blesserai inutilement par mon absence de sentiment. Rien ne sera comme avant entre nous. Le saisit-il ?

— Votre époux tient à s'assurer que vous vous portez bien !

Elle regarda le scientifique comme s'il avait émis une énormité.

— Mais justement, je ne vais pas bien du tout !

— Il reste votre unique famille. En tant que thérapeute, je vous conseille de le rencontrer dès aujourd'hui.

De fulgurantes crampes abdominales la prirent.

— En panne sèche de courage, je ne peux pas foncer aussi aveuglément.

— Je comprends. Affronter un quidam, un mari de surcroit, effrayerait n'importe quelle femme.

— J'ai mal au cœur et au ventre. Je le verrai un autre jour. Je ne veux pas me montrer méchante, mais pour l'heure, j'en ai assez enduré ! Je me sens m'évanouir…

Conciliant, le docteur rétorqua :

— Je rejoindrai le baron pour prévoir une visite demain à treize heures.

Son expression apeurée ne le fit pas changer d'avis.

— Je ne remettrai pas votre rencontre !

Après le départ du médecin, elle chercha désespérément à se souvenir de cet homme sans visage et sans substance de son passé enfumé. *Comment puis-je oublier un mari ? J'ai peur. Je pourrais m'enfuir. Mais où aller ? Et puis, ce collier cervical m'étouffe et je reste entravée par des tubes et des machines infernales. L'horreur ici !*

L'infirmière au joli faciès lunaire entra dans la chambre. Elle se cachait derrière un énorme bouquet.

— Des fleurs pour vous, Madame. Du jamais vu ! Il y a une enveloppe qui accompagne ces cent roses rouges. Cent, vous vous rendez compte !

Fleur accepta à son corps défendant la carte délicieusement parfumée que lui tendait résolument la femme en blanc. Elle lut les mots griffonnés d'une main énergique. ***Fleur, ma chérie, guéris vite. Tu me manques tant, mon amour. Albert.*** Elle porta machinalement le carré vert lime à ses narines frémissantes. Elle se secoua enfin pour contempler cette écriture puissante et décidée, remplie de personnalité et de caractère.

En arrangeant joliment les fleurs du bouquet, l'employée lui demanda :

— Avez-vous souvenir de ce parfum ?

— Vous savez bien que je ne me rappelle rien.

La garde-malade ne se formalisa pas de l'attitude défaitiste de sa patiente.

— À ce jour, les mécanismes de l'odorat restent incompris. Le pouvoir évocateur d'une odeur surpasse toujours une image ou un son. Il provoque un souvenir ou une émotion. Une fraise gorgée de soleil. La lessive qui sèche au vent d'autan. Essayer encore. Vous ne pouvez rien y perdre.

La belle rapprocha son nez gracieux du carré odorant.

— Un effluve musqué, viril et agréable qui me plaît bien. À le respirer, je me sens rassurée, voire heureuse. L'avez-vous vu ce mari dont je ne me souviens plus ?

La dame souriante acquiesça d'un signe de tête.

— Cet Albert est-il vieux, petit et chauve ?

— Jeune, le début de la trentaine. Eh bien, nous n'avons pas souvent la chance de voir un si beau morceau venir de ce côté ! Grand et avec un regard bleu comme les cieux. Des prunelles aussi bleutées représentent assurément un péché véniel.

Elle cessa d'arranger le bouquet et contempla la malade qui se mordillait la lèvre :

— Je ne l'ai pas croisé sous son meilleur jour, je le crains.

— Que voulez-vous dire ?

— Le pauvre s'énervait d'avoir trouvé ce lit vide alors que vous subissiez des tests ! Il doit vous aimer à la folie. Le genre excessif, à mon avis !

— Dois-je rencontrer ce mari si impétueux ? Le médecin le prétend, mais qu'est-ce qu'un homme peut y connaître ?

L'infirmière s'assied auprès d'elle. Elle admira longuement les roses. Puis, elle regarda la jeune femme dans les yeux :

— Vous n'avez personne d'autre et nulle part où aller. Vous devez vous rétablir. Comment pourriez-vous fonctionner seule alors que convalescente ? Votre amnésie doit être prise au sérieux.

Elle tapota gentiment la main fine aux ongles cassés.

— Demain se lèvera sur une merveilleuse journée où vous redécouvrirez votre amoureux. Je vous envie cet amant magnifique. Beau à se damner ! Et puis, cette peau de vache en pince pour vous ! Je le remarquai en le voyant s'émouvoir alors que vous étiez inconsciente et qu'il vous embrassa avec la délicatesse d'un gamin. Un homme qui rougit ne peut pas être vil ou dangereux. Quel début magique, non ?

Fleur ne trouva rien à répondre. Elle se sentait dépourvue de toute sensation, de tout sentiment. La fatigue et la douleur l'éreintaient. La peur ne la quittait plus.

Le docteur Lambert contacta Albert Forestier.

Cette tâche ne lui plaisait guère ; le noble serait furieux du délai imposé par sa femme amnésique. Il tenta de trouver les mots justes.

— Aujourd'hui, nous avons appris à la baronne votre mariage. Nous lui avons remis vos fleurs. Elle ne se sent pas prête à vous recevoir. Vous pourrez la rencontrer en privé demain à treize heures.

Que puis-je répondre ? Ma châtelaine a tout oublié et pourtant elle désire déjà me faire souffrir. Pieds et poings liés, il remercia le médecin du bout des lèvres et raccrocha froidement le récepteur. Il lui tardait de lui parler, de lui sourire. Il voulait rapidement s'engager dans cette entreprise de séduction. Incapable de se concentrer et de vaquer à ses occupations, il se dirigea vers le centre de Bordeaux au volant de la Lamborghini. Il ne visitait plus la boutique de lingerie de Claire Borin depuis des années. Ce commerce demeurait le préféré de Fleur. Jadis, il offrait des cadeaux de ce magasin à ses nombreuses conquêtes. La propriétaire le dévisagea à son entrée. Elle salua le noble avec déférence et manifesta son bonheur de le revoir. *Tiens ! Une nouvelle maîtresse séduit notre célébrité locale ?!*

— Je commanderai des vêtements de nuit pour ma femme. Vous devez conserver ses mensurations en fichier ?

— Bien sûr, Monsieur.

Elle regarda l'élégant dandy déambuler tranquillement entre les étalages surchargés de charmants colifichets. Il opta pour une robe de chambre de dentelle de soie grège avec des moufles de la même teinte très chaude, très soleil. Il choisit ensuite un léger pyjama de satin lavande, des dessous et un nécessaire de toilette, incluant brosse à cheveux, shampoing, savonnettes, séchoir et maquillage.

Après le règlement de ses achats, il ordonna :

— Je vous prierais de livrer ces effets à l'hôpital de Bordeaux dans une de ces jolies mallettes. Je compte sur votre discrétion.

La propriétaire de la boutique fit porter le cadeau dans l'heure. Un mot signé d'Albert glissé sous le ruban doré du paquet-cadeau se lisait : ***Fleur. Tu m'accompagnes à chaque instant. Je t'aime. Albert.*** Fleur lui manquait énormément. Il avait failli la perdre. Être éloigné d'elle devenait insoutenable !

Fleur découvrit avec plaisir le présent et la carte. Conquise par les tendres attentions de son mari, elle rêvassa longuement en humant les crèmes et les gels qu'il avait choisis pour elle. Comme une infirmière venait prendre ses signes vitaux, elle s'enquit timidement :

— Pourriez-vous me fournir le numéro de téléphone de mon époux ? Il m'a fait livrer cette cassette contenant un nécessaire de toilette et je tenais à le remercier. Nous pourrions discuter avant notre rencontre prévue pour demain.

Après consultation du dossier, la garde-malade griffonna l'information sur un feuillet qu'elle lui tendit froidement et sans un mot. Fleur saisit le bout de papier tout en haussant un sourcil. L'employée, frustrée, l'informa que son soluté et son collier cervical lui seraient bientôt retirés et qu'elle pourrait se doucher et se changer.

— Dégustez votre repas chaud après votre douche. En soirée, vous trouverez l'occasion de rejoindre votre bonhomme.

— Vous ne semblez pas apprécier mon mari. Vous ne croyez pas que ce soit une idée judicieuse de parler à mon époux au téléphone ?

— Mon opinion ne compte pas ! Libre à vous de l'appeler si vous y tenez ! Comme tous les riches, ce sieur déplaisant agit en maître du monde, avoua les lèvres serrées l'énergumène avant de sortir de la chambre sans la saluer.

Quelle fille désagréable ! Si j'ai épousé cet homme, il ne doit pas se montrer aussi terrible et détestable ! Et puis, ses attentions me paraissent gentilles.

Sous le jet d'eau brûlant, elle respira les flagrances inconnues. Elle trouva au noble une délicatesse rassurante. Elle le rejoindrait afin de faciliter l'épreuve du lendemain. Que possédait-elle d'autre que son instinct et son jugement ?

Advienne que pourra !

13.

Répondant à l'appel, le vieux majordome bégaya lamentablement. La baronne s'était nommée posément et, sans tergiverser, elle exigea poliment de parler à « monsieur Albert Forestier ». Le malhabile branlebas général qui s'ensuivit manquait de dignité et d'élégance, ce qui amena un sourire candide sur les lèvres charnues de la jeune femme confortablement étendue dans son lit d'hôpital. À son aise dans les vêtements moelleux offerts par son mari, elle respirait l'odeur enivrante et délicieusement sucrée des produits de qualité qui l'étourdissait. Une lampe de chevet éclairait la chambre, atténuant son aspect clinique. Le bouquet de roses rouges ajoutait une note de vie et de chaleur au lieu aseptisé.

Blanc comme un linge et à bout de souffle, Henri vint aviser le maître que « madame la baronne » attendait en ligne. Albert resta complètement interdit. Le majordome n'aurait guère agi différemment devant la menace d'une alerte à la bombe. Se secouant enfin de sa torpeur, il informa Henri qu'il prendrait l'appel à partir de son cellulaire. Le système de téléphonie moderne des Tourelles aurait fait l'envie des grandes entreprises de Bordeaux. Au bout de mois d'effort et de concentration, Henri et madame Jacques maîtrisaient maintenant la console. Malgré ses doigts gourds, le vieillard relaya adéquatement la communication.

Se prélassant au salon après un court repas grignoté du bout des lèvres, Albert sirotait un double cognac à l'arrivée inopinée du fidèle serviteur avec son annonce abracadabrante. Les mains moites d'émotion et, le cœur battant la chamade, il installa son oreillette et il clama :

— Albert Forestier à l'appareil.

Sa voix trembla lamentablement. Il préféra ne pas rompre le silence qui s'ensuivit de crainte de paraître idiot, car son ton de fausset trahirait son sentiment amoureux et son trouble. Il se traita intérieurement de mauviette pour s'affoler à la seule idée de s'entretenir avec sa femme.

— Albert.

Comment ce murmure féminin peut-il suffire à me plonger dans cet état de tendresse si entier ? Voilà si longtemps qu'elle ne murmure plus mon prénom aussi sensuellement.

— Oh, Fleur, mon amour.

Elle frémit au chuchotement comme s'il l'eût caressée. Elle ferma les yeux, le souffle court et le cœur cognant lourdement. Même à distance, cet homme la bouleversait avec sa voix à la fois rauque et suave.

— Quelle joie de t'entendre enfin, ma toute belle !

Chaque syllabe, bien appuyée, ajoutait à la musicalité de son discours et de son timbre masculin.

— Je voulais vous remercier de votre gentillesse. Vos roses parfumées égayent la chambre. Ces fleurs duveteuses me lient à vous et m'obligent à oublier ma solitude et à entrevoir un avenir heureux, voire prometteur. Bien que demeurant une inconnue pour moi-même, vous pourrez me guider dans les sombres dédales de ce labyrinthe qui ne mène à rien. Vos attentions me prouvent que vous saurez me soutenir.

Même à distance, il ressentait sa souffrance. Il ferma les yeux.

— Je te protégerai. Je t'aiderai à retrouver ta vie. Tu ne quittes jamais mes pensées, Fleur. La nuit, je rêve de toi ! Je vis un véritable calvaire. Tu me manques et je reste incomplet sans toi. Vivement que demain se pointe à l'horizon, mon amour ! Que je te vois ! Que je te parle !

Quel homme impétueux et tout feu tout flamme alors que nous ne discourons que depuis deux minutes !

À l'écoute de sa voix, elle saisissait sa force virile, son énergie contagieuse, mais surtout sa grande douceur. Le silence s'installait et elle préféra emprunter un chemin moins tortueux que celui où la dirigeait ce tendre époux trop énamouré.

— Je vous remercie pour la cassette. Aujourd'hui, les médecins m'ont permis de me lever et de me doucher. Je troquai l'informe saut-de-lit pour un des ravissants pyjamas de soie que vous avez choisis pour moi. Vous démontrez un goût très sûr.

À une autre époque, il commandait des cadeaux par téléphone, surtout pour ses anciennes petites amies. Pour Fleur, il lui plaisait autrefois de courir les boutiques pour lui acheter une robe, une tenue de soirée ou un sac à main. Avant ce jour, il n'avait jamais offert de vêtement de nuit à sa femme par principe, puisqu'il ne connaissait aucune intimité avec elle. Devant un déshabillé voluptueux, elle aurait protesté en le traitant de désaxé. Ces derniers temps, il n'osait plus lui offrir quoi que ce soit, de peur de provoquer une scène de ménage. À l'avenir, il la courtiserait outrageusement. *Autant commencer l'offensive maintenant !*

Il se cala dans le fauteuil, les jambes étendues devant lui.

— Tu demeures la preuve flagrante de mon goût très sûr. Te rendre heureuse me plaît. Trouver des étoffes assez soyeuses et fines pour ne pas abîmer le grain satiné ta peau s'avère un travail d'Hercule.

Du calme, mon vieux. Tu y vas fort avec tes gros sabots ! Tu lui feras peur si tu continues. N'oublie pas qu'elle ne se souvient pas de toi. Pourtant, il adorait parler d'amour avec sa femme et voilà trop longtemps qu'il ne s'adonnait plus à ce pur plaisir. La baronne estomaquée par les propos habilement susurrés restait silencieuse. Il ne put s'empêcher de sourire, devinant son trouble délicieux, ses grandes et candides prunelles vertes et sa bouche en cœur témoignant une fausse pudeur.

— Oh, Albert. Que dois-je faire de vous ? Vos propositions intimes me démontrent votre tendresse, mais je ne me rappelle désespérément de rien. Je ne serai nullement au diapason de vos sentiments. J'éprouve de la peine tant pour vous que pour moi ! Je déteste déjà ce que je vous fais subir.

Il ferma les yeux, bouleversé à son tour.

— Quand tu chuchotes ce lascif « Oh Albert », tu me chavires autant que si tu te souvenais de nous. Je n'apprécie mon prénom que lorsqu'il m'est soufflé de ta bouche pulpeuse faite pour m'embrasser.

Les yeux fermés, Fleur effleurait ses lèvres tremblantes. L'émotion l'étouffait. Elle se sentait à la fois perdue et arrivée à destination après une route exténuante.

L'homme murmura d'une voix séduisante :

— Désapprouves-tu mon ton trop direct ? Je peux me censurer si besoin est !

Elle répliqua en serrant le combiné si fort que ses jointures blanchirent.

— Vous ne me choquez pas ! Vos commentaires tendres et sans vulgarité me bouleversent surtout... Lorsque vous me parliez de ma bouche, j'ai touché du bout des doigts mes lèvres humides. Très délicatement. J'ai fermé les yeux. Je tentais de me souvenir de la douceur et de l'ivresse d'un baiser. Hélas, rien ne me vient.

Elle l'entendit rire tendrement.

— Je me surprends de m'épancher à cœur ouvert avec un inconnu. Il nous paraît facile de tout se dire ! Comme si vous n'étiez pas vraiment un étranger. Quelle situation impossible, ne trouvez-vous pas ?

Ma petite chérie, si je t'avouais tout ce qui me passe par la tête, tu me fuirais comme la peste. Je dois peser mes mots et te dissimuler mon ardeur à l'idée de t'embrasser et plus encore ! Non, je t'ai toujours caché qui j'étais vraiment. Cette conduite ne fonctionne pas avec toi. Je changerai. J'oserai donner au risque de tout perdre.

— Au téléphone, je n'éprouve aucunement la sensation d'être acculée au pied du mur. Ici, quand les docteurs me questionnent, je combats l'envie de m'enfuir à toutes jambes !

— Les médecins prétendent que la mémoire peut te revenir à tout moment. Ne t'inquiète pas inutilement. Nous affronterons l'avenir ensemble. Au jour le jour ! Demain, je me montrerai gentil, galant et empressé, ce que j'oubliais ces derniers temps. Trois ans de mariage : une étape critique pour un couple ! Comme tu ne te souviens plus de moi, j'entreprendrai l'opération charme et galanterie, pour te séduire. L'idée de te conquérir m'excite.

Elle se ressentait d'une chaleur intolérable trop surprenante et nouvelle pour tenter de l'analyser. Elle préféra changer de sujet.

— Que faites-vous alors que nous parlons ?

— Je savoure un cognac au salon. J'ai à peine mangé, je digère mal. Je suis trop nerveux, une rareté dans mon cas. Je conserve toujours le contrôle de ma vie, et ces jours noirs représentent une terrible épreuve. Je l'avoue, avant que tu m'appelles, je craignais le pire pour demain. Maintenant, je me sens rassuré, car tu ne balayeras pas du revers de la main, nos années de mariage. Comme si elles n'avaient jamais existé !

Il soupira et un silence plana entre eux.

— Je t'aime et je ne veux pas te perdre, ma chérie. Tes chances de retrouver la mémoire demeurent élevées. Le médecin le prétend et je le crois. Désespérément.

— Cet accident bête à mourir génère tant d'ennuis pour tout le monde. J'abhorre les problèmes que je cause à tout un chacun !

— Cesse de te tracasser. Tu es vivante et j'en remercie le ciel, mon cœur.

La voix rauque de son amant trembla et elle dut se secouer de son émoi en se pinçant. Elle ne voulait pas qu'il ressente de la peine par sa faute en se créant de fausses illusions et elle entreprit de diriger la conversation vers des détails anodins. *Parler pour parler !*

— Albert, un prénom digne, fier et masculin. Connaissez-vous son origine germanique ?

Il nia, allant de surprise en surprise. Fleur expliqua :

— ***Adal*** signifie noble et, ***Behrt*** glorieux et célèbre. Je ne sais pas par quel sombre mécanisme je me souviens de ces notions, mais heureusement pour moi. Imaginez si rien ne me passait par la tête ! Au désespoir, je discourais avec les infirmières, me questionnant sur notre future rencontre. Il faut bien admettre que la situation n'est pas banale. Je les interrogeai longuement sur vous pour finalement apprendre votre noblesse et ici, le personnel me donne de la « baronne » à m'en étourdir. Pour ce qui est du « célèbre », vous êtes déjà recherché et reconnu dans votre domaine. Votre prénom vous sied donc à merveille ! Comprendre à quel point vous êtes établi me rassure. Votre place en société démontre une stabilité non négligeable pour une bombe à retardement en post-trauma et amnésique de surcroit comme moi.

— Certes. Mais que racontent encore les infirmières ? Allez, ne sois pas gênée. Les nanas ne se contentent pas de faits aussi neutres lorsqu'elles causent des qualités et des défauts d'un homme. Je ne dois pas avoir fait bonne impression ! Je m'énerve facilement et voir sa femme inconsciente après un terrible accident s'avère un cauchemar ! Elles me trouvent exécrable, n'est-ce pas ?

Elle toussota de gêne :

— Elles avouent que malgré vos grands airs et votre ton sévère, vous êtes incontestablement fort beau ! Une m'a dit de vous, et je cite : « Le plus beau morceau à venir par ici depuis des lustres. »

Elle l'entendit rire. Sa froideur déplaisait, mais comme toujours, son charme opérait. *Les gonzesses ne changeront jamais !*

Il attaqua le vif du sujet :

— Vivement que demain arrive. Je ne comprends pas la distance que les médecins mettent entre nous.

— J'ai retardé l'entrevue. La nouvelle de notre mariage me bouleverse encore. Et puis, si vous m'aviez vue aujourd'hui, une horreur non présentable avec mes bandages et mon collet cervical. Tout au moins pour rencontrer l'homme de ma vie ! Je me sens en meilleure forme maintenant. Dommage que je ne me souvienne de rien ni de personne ! Je me questionne sur tout ! Mes parents ? Mes amies ? Ma maison ? Ma couleur préférée ? Le dessert dont je raffole ? Je découvre des bribes éparses, au compte-gouttes. Je demeure un livre dont les pages vides ne mènent nulle part et ne m'apprennent rien. Une histoire à écrire.

— Je crois saisir.

— Un exemple, ces produits de beauté que vous m'avez offerts indiquaient « Fleurs d'oranger et agrumes ensoleillés ». Je sais ce qu'est une orange, mais je ne conservais aucune idée de ce que pouvait sentir sa fleur, ou encore du goût du fruit. Aucun souvenir sensoriel, niet. Quand j'ai enfin humé l'odeur entêtante, je l'ai reconnue. J'adore le parfum vivifiant qui flotte toujours. Vous me connaissez si bien. Hélas, vous dites « mon amour », et je ne ressens que de la flatterie. Et je ne sais qu'en penser.

Elle parlait vite, nerveusement.

— Je t'aiderai, ma belle. Je ne suis pas un monstre, mais ton mari. Tu ne dois pas me craindre. Malgré la situation détestable, je ne souhaite que ton bien, et notre bonheur. Même si tu ne te souviens plus de moi, je travaillerai à notre couple avec toi. Je peux user d'une patience d'ange quand je le veux !

— Même si je ne sais pas ce que signifie d'être votre amour, Albert, je vous prie de continuer à m'appeler ainsi, tant qu'il vous plaira. J'ai peur, mais je vis à vous entendre me murmurer l'importance de la femme que je suis pour vous.

L'émotion broyait sa poitrine et il avoua tendrement :

— J'adore te parler d'amour, Fleur. Comme pour tous les vieux mariés, j'oubliais de te courtiser. L'habitude prenait le dessus ! Comme j'ai failli te perdre, je réalise pleinement que je t'aime et que chaque jour peut représenter notre dernier ensemble. Seule la mort pourra me séparer de toi, mais la Faucheuse s'avère une ennemie implacable, qui rôde pour s'emparer des innocents à l'aube de la vie. Les survivants sont ensuite laissés pour contre à vivre leur calvaire solitaire.

La terrible malédiction le bouleversait insidieusement, mais il la chassa pour se concentrer sur le roucoulement charmant de Fleur.

— Ne soyez pas triste. Je demeure bien vivante, bien qu'un peu endolorie. Nous nous verrons demain. Je n'ai plus peur. Et puis, il paraît que votre hypnotique regard bleu de mer peut faire fondre la banquise ! Je ne crois pas être un iceberg ! Pas avec les sensations éprouvées à l'écoute de votre voix chaude. Vivement que demain arrive, que je puisse vous découvrir. Et me réchauffer !

Son rire ravissant émerveilla le jeune époux qu'il était encore. Fleur flirtait. Le téléphone fonctionnait bien pour eux. Il songea qu'il aurait dû l'appeler plus souvent.

— Je me sers de mon regard à outrance, avoua-t-il, dans un élan de sincérité. Les interlocuteurs qui osent me déplaire s'écrasent devant moi. En affaires, je peux convaincre l'adversaire le plus coriace. J'obtiens toujours ce que je veux. Les gens marchent au pas à mon commandement. Mais en amour, je peux me montrer tendre et scrupuleux. Désormais, j'userai des armes à ma disposition pour te persuader que ton bonheur passe par moi.

Fleur fut interrompue dans l'écoute de sa voix mélodieuse par une infirmière qui venait lui donner ses médicaments.

— Pardonnez-moi, Albert. Je suis navrée de vous avoir fait attendre. J'ingurgite antidouleurs et somnifère à doses décroissantes.

— J'envie ton sommeil à venir. Je ne fermerai nullement l'œil cette nuit. Éveillé, je m'égarerai dans mes rêves de toi. Je suis si seul sans toi et le supplice de ton absence me tue. Sans famille, je reste un homme perdu si tu ne tiens pas ma main.

Quel chou ! Je le rencontrerais à l'instant si je le pouvais...

— Après une douche, reprenez un cognac. Étendez-vous dans notre chambre avec un roman, du Jane Austen. Avec ce bouquin, vous entreverrez la façon de devenir un vrai héros romantique. Dès demain, vous expérimenterez vos nouvelles aptitudes sur moi. Bonne nuit, Albert.

— Vivement à demain, ma chérie.

Il rêvassait quand Henri vint annoncer un appel de sa cousine Sophie. Il se nomma froidement en prenant la communication. La furie cria au bout du fil :

— Quand allais-tu nous avertir ? Espèce de dictateur !

Il lui demanda calmement et trop innocemment de quoi elle parlait. Sa parente bordelaise s'étouffa d'indignation :

— Mais de Fleur et de son accident, bougre d'imbécile. Je l'ai appris par un étranger ! J'ai appelé les frères, tu penses bien ! Nous sommes ta famille. Tu demeures le pire idiot que la terre n'ait jamais porté, Albert Forestier. Tu m'exaspères, macho contrôlant !

Sophie enrageait. Nullement impressionné par l'hystérique, Albert répliqua :

— Je dois t'avouer que je n'ai pas songé à vous rejoindre, Sophie. Depuis l'événement, il ne s'est passé que deux jours. Deux jours d'enfer ! Une éternité d'horreur ! Jusqu'à hier, je veillais une Fleur comateuse, dans un état incertain. Je craignais de la perdre, mais elle est maintenant hors de danger.

— Dieu soit loué !

Sophie se radoucissait. La Bordelaise ne demeurait jamais longtemps fâchée.

— Par contre, il y a des complications. L'amnésie. Fleur ne s'est pas rappelé notre mariage. Demain, elle rencontrera son mari depuis trois ans. Ma nervosité atteint des sommets vertigineux. Si cette rencontre se déroulait mal, que deviendrais-je ?

Sophie n'en revenait tout bonnement pas.

— Qu'est-ce que tu racontes ? Fleur ne se souvient plus de toi ? Tu me fais marcher avec ce scénario de mauvais film !

Ils abordèrent objectivement l'accident et la chance inouïe de Fleur. Sophie ressentait le chagrin de son cousin dans chacune de ses intonations, dans chacun de ses soupirs et dans ses répliques écourtées.

— J'ai peur. Si je lui paraissais antipathique et qu'elle ne voulait plus voir ma tronche ?

Sophie tenta maladroitement de le rassurer, de lui redonner confiance.

— Ta femme restera éternellement sensible à ton charme ! Des constantes de la vie ne changent jamais. Son instinct la pousse vers toi. Votre attirance physique et chimique accomplira le miracle de vous réunir. Vos sales caractères et vos fortes personnalités vous opposent, mais votre mariage demeure bien vivant.

— Quelle idiote tu es de croire en des toujours ! Dans notre société, les gens, comme les biens, sont jetables.

— Allons ! Secoue-toi. Cette attitude défaitiste ne te ressemble pas. Ta souffrance me bouleverse. Bien qu'autoritaire et hautain, avec un tempérament bouillant, tu restes après tout un assez gentil garçon. Rien n'est perdu avec Fleur.

— Mon amour pour Fleur me rendra fou.

14.

Les médecins sortirent nerveusement de la chambre de Fleur Des Marchais pour rejoindre le poste déserté de l'étage. Ils ne tenaient pas à se trouver au chevet de la malade à l'arrivée du baron.

— La patiente m'apparaît tendue, dit Lambert à son vieux collègue, mais de mon avis, cet énervement ne constitue pas un obstacle. Elle prend conscience que son mari incarne sa bouée de sauvetage. À cette étape de son parcours, lui seul peut l'aider. Elle doit plonger et elle réagit par instinct. Sa peur paraît naturelle. L'absence de ce réflexe me semblerait inquiétante.

Prononcer le nom du noble le fit se matérialiser à l'ouverture des ascenseurs et l'aristocrate s'avança vers eux d'un pas énergique et volontaire.

— « En parlant du loup, on en voit la queue », souffla sombrement Moreau à son confrère qui s'appuyait au comptoir surchargé de papiers épars.

Le millionnaire avait prêté une attention particulière à sa mise. Rasé de près et virilement parfumé, il dégageait prestance et séduction. Il portait un pantalon de teinte marine et une chemise d'un blanc immaculé sous un veston à fins carreaux dans des nuances de bleus. Une cravate de soie pervenche ajoutait une note d'élégance à l'ensemble. Son regard pâle et perçant s'arrêta sur les médecins.

À contrecœur, il serra la main du docteur Lambert, puis celle de Moreau. Scientifique de sa formation en œnologie, il jetait un œil critique sur le fonctionnement de l'unité, la salubrité déficiente des lieux et le non-respect de règles d'hygiène de base. Il haussa un sourcil narquois quand Lambert annonça fièrement que Fleur l'attendait. Sans remercier, Albert tourna les talons pour se diriger vers le 303 où il prit une profonde inspiration avant de pousser la porte. Il s'arrêta net, le battant se refermant brusquement dans son dos. Assise dans le lit, une Fleur indécise le fixait sérieusement. Comme un écolier qui doit faire un exposé devant la classe, il s'immobilisa, incapable de bouger.

Je ne croyais plus te retrouver, mon amour.

— Bonjour, Fleur. Je suis Albert, ton mari.

Quelle entrée en matière insignifiante ! Je viens de me présenter à la femme de ma vie comme une andouille... Son filet de voix manquait de virilité. Il n'osait pas sourire, de peur que son rictus ressemble à une grimace tellement il éprouvait un malaise grandissant sous l'étude dont il se trouvait l'objet. *Comment agir devant cette inconnue silencieuse au regard d'émeraude ?*

— Bonjour, Albert.

Le murmure de ces simples mots réussit à le faire trembler des pieds à la tête. Ravissante d'une rougeur intense, Fleur portait la robe de chambre en soie grège sur le pyjama de satin. Elle s'était coiffée et maquillée et, derrière ses grands yeux interrogateurs et inquiets, elle paraissait à peine quinze ans. Plus belle qu'un rayon de soleil sur la vallée, elle lui sourit alors qu'elle triturait, de ses mains agitées, la bordure fripée des draps de coton blanc. Amincie, elle le fixait sérieusement, inconsciente de son charme décuplé, lui donnant un petit air fragile particulièrement troublant. Il se ressentit d'un pressant besoin de la protéger.

Voilà tellement longtemps que je n'éprouve plus cette urgence ! Elle n'avait jamais nécessité sa protection et, quand il la lui offrait, la magnifique rebelle l'acceptait à contrecœur.

Elle se sentait mourir d'émotion devant l'homme qui se rapprochait d'elle. Il possédait tout pour plaire et elle se questionna en l'admirant : *Comment puis-je ne pas me souvenir d'un si incroyable spécimen de la gent masculine ? Grand et merveilleusement proportionné. Visage adorable d'ange ou de démon selon l'inspiration du moment. Nez aquilin et mains divines. Crinière de jais indisciplinée. Comme lui ! Ce regard appuyé me transperce de bleu et me bouleverse. Ses lèvres dessinées comme une œuvre d'art me donnent faim. L'eau me vient à la bouche ! Bon Dieu de bon Dieu, je le croquerais tout cru ! Quel genre de femme peut éprouver des envies aussi basses à un premier rendez-vous, que dis-je, à un premier coup d'œil ? Ingénue ou nymphomane ?* L'intensité ressentie lui fit peur et elle s'empourpra vivement. Elle lui trouva une allure de fauve dans la démarche alors qu'il approchait du pied du lit. *Cette fossette au menton lui confère une si grande virilité que je me sens enfin femme. Je devais être folle de lui ! Comment ai-je pu oublier ce sentiment ?* L'homme souriait et elle admira ses dents éclatantes et droites. *Des canines de carnassier ! Il pourrait me dévorer,* songea-t-elle le cœur battant la chamade.

Albert s'interrogeait sur le mutisme de Fleur. *Qu'est-ce qui peut bien la faire rougir, elle qui ne s'émeut plus devant moi depuis si longtemps ?*

Fleur fouillait son esprit en l'observant intensément. Surtout ne pas rompre l'enchantement. Il subissait cet examen visuel en silence. Immobile, il l'entendit finalement murmurer, découragée et les épaules tombantes :

— Comment puis-je ne pas me souvenir de vous ? Quel nonsens !

— Le médecin dit qu'une amnésie peut survenir après un accident comme le tien. La mémoire te reviendra au moment opportun.

Il n'osait pas bouger de peur de l'effaroucher tellement elle paraissait nerveuse. *Comme une figurine de verre, elle pourrait se casser si je la pousse à bout.*

— J'aimerais tant vous reconnaître, Albert, avoua-t-elle en insistant sur l'emploi du prénom. Et que tout se règle d'un claquement des doigts !

Après une légère hésitation, il finit par s'asseoir en souriant sur les rebords du lit. Aussi gêné qu'elle, il prit pourtant sa main entre les siennes. Elle ne résista pas et le regarda caresser longuement ses phalanges gelées de sa paume chaude. L'émoi éprouvé par le simple contact ne se traduisait pas par des mots. Survoltée, elle se sentait carrément vivre.

— Tu n'es pas seule, Fleur. Tu ne te souviens pas de nous pour l'instant. Un fait indéniable subsiste, l'inconnu devant toi demeure ton mari. Et tu restes ma femme…

— Est-ce que je dois retourner auprès de vous ? De toute évidence, oui. Où aller sinon ?

Et puis, comme il le clame haut et fort, je suis sienne et lui, mien.

— Tu reviendras au château où je prendrai soin de toi. Si tu en ressens le besoin, l'endroit permet, par son immensité, de m'éviter pendant des jours. Des employés dévoués te soutiendront au quotidien. Tu seras couvée et dorlotée, comme il se doit à une noble de ton rang.

Elle ne lui retirait pas ses doigts et il regarda leurs mains jointes en fronçant les sourcils.

— Ce n'est pas bien, Fleur. Nous sommes mariés et tu devrais toujours porter nos anneaux. Pour ne plus nous oublier.

Elle le vit sortir de sa poche de veston, une bague de fiançailles en or blanc ornée d'un énorme saphir ainsi qu'un jonc serti de diamants de la plus pure qualité. Le délicat travail d'orfèvrerie lui coupa le souffle. Il glissa lentement les bijoux à son annulaire gauche dans un moment d'éternité troublant, trop prenant. Il tentait de lui communiquer de sa chaleur, tant physique que morale. Trop près d'elle pour sa quiétude, son cœur s'affola. Elle rougit encore une fois alors qu'il la dévisageait. Après un long silence, il avoua d'une voix grave et posée :

— Porter notre anneau de mariage ne veut sans doute rien dire pour toi en ce moment, mais ce geste compte pour moi. Ces alliances t'aideront à ne plus jamais oublier que nous sommes unis. Personne ne peut te garder éloignée de moi, surtout pas toi !

Transparaissait à travers ce court laïus, la possessivité de ce mari empressé. Ce gredin se servait outrageusement de son regard hallucinant et hypnotique. Elle préféra se concentrer sur les bagues et leur signification. Si elle le regardait, elle se sentait défaillir. Ce malaise fou devait passer, sinon elle perdrait la tête et se comporterait comme une fille facile. Elle se secoua de cette transe sensuelle.

— Accordais-je de l'importance à ces gages ?

— Tu les portais, tout comme j'arbore le symbole que tu as glissé à mon doigt, il y a trois ans.

Fleur fixait leurs mains jointes. Elle toucha le splendide bijou d'or blanc serti de trois diamants d'une pureté étonnante. L'ensemble s'avérait remarquable avec les joyaux de la jeune femme.

— Incroyables de délicatesse, un travail de qualité supérieure. Votre anneau ressemble à ceux des chevaliers fortunés du XVe siècle. Souvent, l'orfèvre les assortissait, selon les moyens du seigneur, d'une à dix pierres précieuses, de tailles et de formes différentes. Le saphir, l'émeraude et le rubis se côtoyaient, les croyances populaires leur associant des pouvoirs providentiels. Le joyau bleu guérissait les maux d'estomac. Le vert comblait son propriétaire de richesses. Celui qui portait le diamant était particulièrement aimé. Il se trouvait en sécurité partout où il voyageait.

Elle se secoua de son admiration à contempler l'anneau.

— Où les avons-nous choisis ?

— Nous visitâmes les joailliers de Paris. Artiste très douée, ton goût sautait aux yeux. Tu ne voulais pas d'alliances qui ressemblent à des chaînes.

Il nomma le bijoutier. Curieuse, elle s'enquit :

— Le nom du spécialiste n'éveille aucun souvenir. J'ai dû vous parler alors des propriétés curatives des pierres ?

— Non. J'aurais été passionné par le sujet. T'écouter sur des anecdotes historiques et des mythes me subjugue toujours.

— Je pourrais vous entretenir des heures durant d'anneaux et de diadèmes, de sceptres ou d'objets sacrés, à travers les siècles d'une Europe mis à feu et à sang. Je pourrais discourir des joyaux de la duchesse de Windsor ou de la couronne de Russie. Je n'y comprends rien à cette perte de mémoire. Je regarde nos gages et rien ne me vient de nous. Avez-vous eu votre mot à dire dans ce choix ?

— Je n'y connais rien en bijoux. Je me fie essentiellement au critère du prix coûtant, synonyme de qualité. Ton opinion différait. Le snobisme m'étouffe, mais tu m'as appris que ce qui compte dans la vie ne se monnaie pas. Pour te fâcher, je rétorquais que ce qui ne coûtait rien ne valait rien.

Il éclata de rire devant son petit air consterné.

— Non, trêve de plaisanterie, parmi les symboles sur le velours, je choisis ta bague et ton jonc. Tu décidas pour le joyau à mon doigt.

Il devait lui taire son déplaisir de se voir contrainte de partir avec lui pour quatre jours. Il croyait en leur chance de se retrouver dans la Ville lumière. Ils y avaient en effet renoué des rapports harmonieux, leur laissant entrevoir un avenir prometteur.

— Je voudrais me souvenir. Ce malaise épouvantable ressenti en votre présence ne convient décidément pas alors que vous demeurez la personne dont je sois le plus proche ! Je ne sais pas qui vous êtes, Albert. Par contre, ce bijou me prouve à quel point je vous aimais. Je parie que vous auriez préféré un simple jonc d'or blanc ?

Il acquiesça, la surprise se peignant sur ses traits fins.

— Et pourtant cet anneau noble, fort, masculin et d'un grand raffinement vous sied. Une femme qui connaît la signification des pierres n'offre des diamants qu'à un homme qu'elle adore. Je voudrais me souvenir de celle que j'étais, de ce qu'elle vivait. Pour y remédier, parlez-moi de vous, Albert.

Dois-je vendre ma salade comme auprès d'acheteurs et de grossistes ou plutôt aborder franchement un sujet personnel ? Il opta pour discourir avec le cœur.

— Je suis ton mari depuis trois ans. Tu avais 22 ans le jour de notre mariage. J'en avais 28. C'était un jour de printemps paradisiaque. Les arbres en fleurs et le ciel bleu me remplissaient d'allégresse. Tu ressemblais à un ange dans ta robe de dentelle blanche. Malade d'inquiétude, j'appréhendais que tu me refuses devant le prêtre.

Il caressait ses mains tout en lui racontant très bas leur couple.

— Pourquoi l'aurais-je fait ?

Son regard s'accrochait au sien, et avec un petit sourire triste, il lui répondit avec sincérité.

— Tu aurais pu réaliser que tu épousais le dernier des imbéciles. Mais tu m'acceptas, Fleur, moi, le plus imparfait des hommes. Rien ne comptait que cet hymen ! Nous étions unis pour le meilleur et pour le pire, jusqu'à la mort ! Et la mort a failli nous séparer, mais tu m'es redonnée. Et nous pourrons nous reconquérir !

Son cœur battait à grands coups rapides alors qu'Albert déposait avec vénération ses lèvres contre sa paume. La caresse de sa bouche douce et chaude la chavirait. Elle éprouvait des sensations inconnues, mais plus qu'agréables dans tout le corps.

Il murmura, le souffle sur sa peau :

— J'ai eu tellement peur de te perdre dans ce tragique accident, mon amour. Sans toi, je serais mort à la vie. Tu me manques, Fleur. La pensée de retourner au château sans toi représente une torture intolérable.

Il trembla en croisant son regard vert pailleté d'orangé fixé rêveusement sur ses lèvres qui couvraient la main féminine de baisers. Comme un baume guérissant tous ses maux, l'essence de cette féminité l'atteignit au cœur. *N'a-t-elle jamais été aussi femme avec moi ? Réprime-t-elle depuis toujours cet aspect naturel de sa personnalité ? Mais pourquoi ?* Comment résister à ce tendre trésor humide et brillant qui s'entrouvrait déjà ? Elle entendit son léger gémissement.

— Je ne devrais pas t'embrasser, mais je ne suis pas un séraphin de pierre de nos fontaines.

Il avait parlé d'une traite, d'une voix rendue rauque par son trouble.

— Je ne suis que ton homme. Irrémédiablement.

Il se pencha résolument vers elle. Elle ressentait son urgence et sa faim à travers cet élan du corps de l'athlète et son cœur s'emballa. Ses yeux bleus la couvaient d'un regard halluciné qui la brûlait tout en la glaçant. Alors que leurs bouches allaient se toucher, elle posa doucement ses doigts sur ses lèvres au prix d'un effort surhumain.

Il prit sur lui de façon admirable, se contentant de s'écarter et de reprendre ses mains dans les siennes. Fleur s'ouvrit de ses sentiments devant sa déception qu'il tentait vainement de cacher.

— Je vous en prie, ne vous offusquez pas, Albert. Bien que je me sente attirée par vous, je crains de commettre un impair. Comment ai-je pu oublier votre visage ? Comment embrasser un inconnu ? Je ne vous connais pas. Je demeure une étrangère pour moi-même ! Avant de redevenir votre épouse, je dois savoir qui je suis. Ensuite, je dois réapprendre à vous apprécier. Vous possédez le droit d'être déçu, mais j'ai besoin de vous. Ne soyez pas fâché contre moi !

Il avait été si près de goûter à ses lèvres délicieuses. À n'en pas douter, la belle aurait consenti à son emportement. Il comprit sa détresse. *Si je joue bien mes cartes, Fleur deviendra ma femme. Nous pouvons maintenant prétendre à une vie ensemble et à un réel mariage puisque son regard sur moi a changé.*

Il murmura avec tant d'amour qu'elle faillit en pleurer :

— Je t'attendrai le temps qu'il faudra.

Il resta silencieux en regardant leurs doigts tendrement soudés. Il entendit sa respiration reprendre lentement un rythme normal. Fleur ne le repoussait pas entièrement.

— Parlez-moi de vous et de notre couple. Avons-nous des enfants ?

— Nous n'en étions pas là dans notre cheminement.

Il se félicita intérieurement d'avoir trouvé une phrase aussi ambiguë. Ils n'avaient jamais abordé le sujet. C'eût été gênant.

Albert l'examina en silence et il lui avoua enfin :

— J'adorerais des héritiers de toi. Des petits êtres avec ton air bon enfant et ton regard d'émeraude.

— Je préférerais qu'ils vous ressemblent avec de magnifiques yeux bleus et des cheveux foncés. Les infirmières avaient raison, vous êtes bel homme. Je devais vous le susurrer sans arrêter en bavant sur vous. Vous étiez sans nul doute infréquentable !

Ma nouvelle Fleur avec son franc-parler. Je t'aime.

— Tu ne me le disais jamais. Et plusieurs t'apprendront que j'étais tout de même insupportable ! C'est tout moi, le détestable et hautain Albert Forestier !

Albert l'entendit rire de son autodérision, alors qu'elle serrait sa main dans la sienne.

— Difficile à croire, vous vous montrez si charmant !

— Je ne me comportais plus en gentilhomme avec toi depuis des lustres. Tu me rembarrais tout le temps. J'agissais en réaction.

Elle accentua la prise de ses doigts sur les siens :

— J'espère ne pas vous choquer, Albert. Je ne vois pas à mal. J'apprécie votre esprit caustique. La vie ne devait jamais se révéler ennuyante avec vous. Vous êtes un étranger, mais vous demeurez aussi ce mari que je craignais énormément de rencontrer. Pourtant, je me sens rassurée, car vous m'attirez et, d'instinct, la confiance s'installe. Votre force tranquillise la femme incertaine en moi.

Comment te dire que jamais tu n'as cru en moi et que tu envisageais que je te cocufiais ? Pourquoi t'avouer cette fausseté ? Je veux que tu m'aimes, comme cette fameuse nuit dans notre chaumière. Quand une vierge s'offre avec ferveur, il ne peut en aller autrement. En idiot, j'ai détruit notre amour. Appuyée contre tes oreillers blancs, tu parais fragile. Je dois te protéger de toi-même, mais qui te défendra contre moi ?

— Je ne tromperai pas la confiance que tu places en moi, Fleur. Bien qu'il me presse de t'ouvrir la bouche avec mes lèvres, je respecterai tes inquiétudes. Mon seul besoin reste que tu m'aimes encore.

L'infirmière vint les interrompre pour lui administrer un médicament et elle ressortit rapidement sans vraiment les regarder. Elle nota tout de même au passage les paumes de la belle, prisonnières de celles du baron. *Le loup devient doux comme un agneau.*

— Je prends un antidouleur, pour mes blessures aux côtes. Mon épaule aussi me fait mal, surtout quand j'essaie de m'habiller.

— Je te fatigue. Je devrais te laisser te reposer...

Albert se sentait de trop, comme si la souffrance de Fleur l'obligeait à partir. Il réalisa qu'elle retenait sa main, insistant physiquement par cette tendre supplique pour qu'il prolonge sa visite.

— Discuter avec vous me rassure. C'est affolant de ne rien savoir de soi et de nos êtres chers. Parlez-moi de ce que vous aimez.

Ému, il avoua après un long silence indécis :

— J'adore vendanger ; cultiver la vigne. Et comme une bête de somme. Je ne peux envisager ma vie sans les ceps et la récolte. À part mon rôle d'époux, c'est ce qui me tient le plus à cœur.

Je demeure un vigneron fier de ses racines. Notre amour de la vigne nous lie. Tes ancêtres implantèrent le label Des Marchais, synonyme de très grande qualité. Nous nous complétons dans ce domaine et nos fortunes familiales prospèrent en une seule. Plus solide encore.

— Je me souviens de moult variétés de raisins et les concepts des étapes de la vinification. Des données encyclopédiques éparses comme dans un traité sur le vin. Des mots sans émotion sauf pour le désir inassouvi de me rappeler.

Elle osa continuer en le regardant dans les yeux :

— Malgré ce signe encourageant, n'espérez pas inutilement, Albert. À mon réveil, après l'accident, je m'ébrouais dans un vide total. Que la douleur, une pulsation insoutenable qui me martelait le crâne. Depuis, je retrouve des bribes d'informations que je réussis lentement à décortiquer et à placer comme dans un puzzle de cinq mille pièces. Je peux nommer des cépages. Mais pourrais-je les reconnaître à la vue ou au goût ? Mille questions restent toujours non répondues.

— Avec la vie devant nous, je te fournirai les éclaircissements dont tu as besoin, dit Albert avec cette tendresse qu'elle adorait déjà.

Elle se sentait bien avec lui. Elle savait viscéralement qu'il représentait toute son existence. Elle l'aimait, même si elle ne le connaissait plus. Ce tout nouveau sentiment surpassait tout et balayait ses réticences. *Qui est Albert Forestier ? Première réponse : une peau de vache – les infirmières le prétendent – qui peut se montrer terriblement gentil. Je le décrète. Démontre-t-il de l'empathie à mon égard ou de l'amour ? Cette tendresse presque viscérale diffère de l'empathie, un truc trop tiède pour définir cette chaleur, cette ardeur ! Il ne feint pas ; je l'éprouve dans ma chair…*

Ils jasèrent à bâtons rompus du fruit de la vigne et de son importance pour la région. Il décrivit les vendanges aux Tourelles. Il lui énuméra leurs plus grands vins et leur place enviable dans le monde. Il lui avoua fièrement la signature convoitée d'un important contrat avec les Américains.

— Avec cet argent, je comptais cultiver des champs à l'est. Une fois au château, nous nous rendrons dans les vignobles, et je te raconterai.

Il abordait son métier de façon didactique comme s'il s'adressait à une salle bondée d'experts omniscients. *Je me vante devant elle, pour l'épater. Elle préférerait assurément m'entendre sur ce que j'aime. Essayons donc...*

— Les vignes, c'est le soleil du matin et la fraîcheur de la brise marine. Et mes hommes qui œuvrent dans une bonne humeur fraternelle. Nous travaillons à un même but, comme les joueurs d'une équipe de foot. Malgré la pression économique, je rejette tout ce qui me paraît contraire à la culture saine du fruit de la treille. Nous expérimentons des pesticides naturels avec des résultats intéressants, voire encourageants. Mes employés éprouvent de la fierté au travail bien fait et à un produit fini qui vaut tous nos efforts. Tout, aux Tourelles, reste synonyme de qualité et tu demeures la reine de ce domaine, ma Muse.

L'infirmière revint et toussota pour attirer leur attention alors qu'ils se perdaient dans le regard de l'autre.

— La visite est terminée. Il ne faut pas fatiguer notre charmante malade, monsieur Forestier. Vous pourrez repasser en soirée ou demain dès midi, du moins si notre patiente le souhaite.

Fleur acquiesça en opinant vivement de la tête en rougissant comme une écolière. L'homme regarda sa Cartier pour réaliser avec étonnement que deux heures s'étaient écoulées depuis son arrivée. Aucun d'eux ne voulait rompre l'enchantement.

Après tout, une muse remplit des devoirs précis et importants et elle ne peut laisser tomber son adorateur aussi bêtement...

— Albert, vous n'êtes pas parti que nos conversations me manquent ! Votre voix chaude, enveloppante et prenante me fait déjà défaut. Il me plaît de vous écouter me raconter notre chez-soi.

Que voilà tout un cri du cœur, ma belle !

— Votre passion contagieuse pour la vigne me contamine. Je ne devrais pas l'avouer si ouvertement, mais j'adore vous entendre. Vous me bouleversez. Bon Dieu, quel bonheur de se sentir vivante !

Elle irradiait la chambre du soleil de son regard si doux et de son sourire éclatant.

— Jadis, tu parlais avec une économie de mots flagrante. Si je te chavirais, je ne le percevais pas. Tu le cachais sous des airs de femme cérébrale. Dans un château, il est difficile de se retrouver seuls et à l'aise de vivre sa folie avec une domesticité qui, sans carrément épier gestes et paroles, remarque nos disputes et nos réconciliations. J'en faisais fi, mais tu ne pouvais pas occulter la présence des laquais.

— Comment surmontiez-vous la situation ? De jeunes mariés devraient pouvoir exprimer librement leurs sentiments. Rire, crier, pleurer et s'arracher la tête au besoin !

— Rien ne compte davantage que notre couple et ces enfants que nous ferons ensemble. Ils seront une partie de toi et de moi : le meilleur de nous. Je t'aime, Fleur. Le reste n'est qu'accessoire. Si déjà tu ressens de l'attachement pour moi, je suis heureux. Aujourd'hui, nous recommençons à zéro. Je viens de te passer la bague au doigt, non ? Nous vivons notre premier jour de mariage. Nous évoluerons de là, égaux.

— Quelle merveilleuse idée, Albert ! Quel homme démontrerait dans ces circonstances impossibles votre patience et votre résilience ? Votre compréhension me prouve que vous êtes un être d'exception et me rassure quant à vos sentiments.

Elle resta un moment immobile, le regard dans le sien. Puis, résolument, elle lui retira ses mains. Elle se leva et marcha jusqu'à la fenêtre. La vue sur les édifices environnants la déçut encore une fois, car elle ne se sentait pas une citadine. Il s'excusa :

— Je pars, sinon la sorcière reviendra me jeter un sort.

— J'ai froid.

Il se rapprocha vivement d'elle jusque dans son dos, mais sans oser la toucher ou la réchauffer de ses bras.

— Toutes les fibres de mon corps vibrent et me brûlent de l'intérieur par votre faute. Je ne peux pas vous dire que je vous aime, mais je peux certainement entrevoir la futilité de ce qui n'est pas nous. Albert, je ne veux pas me comporter en femme cérébrale. Je compte vivre ! Je ne sais pas si j'éprouve ce réflexe de survie parce que j'ai failli mourir ! Les gens qui échappent à la Faucheuse agissent-ils après coup avec une urgence légitime puisqu'ils reçoivent une deuxième chance au bonheur ? Je peux refaire mon existence à ma guise ! Je redoute ce qui m'attend, mais je me désespère de mordre dans la vie !

Elle se tourna vers l'homme sur des charbons ardents :

— Ces sensations indéfinissables me bouleversent. C'est physique, pas du tout mental ! Ce trouble s'accentue à votre proximité. Pourtant, je ne veux pas que vous vous éloigniez. La pensée de vous voir partir me donne froid, comme une petite mort. Comment me comporter, Albert ?

Elle le prenait au dépourvu avec ses émotions refoulées exprimées si librement.

— Je ne le sais pas, mon amour. Je ne suis pas une femme souffrant d'amnésie. Je présume qu'il s'agit d'une pulsion sexuelle, une réaction tout simplement chimique.

Elle demeura songeuse près de lui, mais si lointaine.

L'ancienne Fleur m'aurait déjà froidement rétorqué, au lieu de rester muette : « Vous, les hommes, tout vous ramène au sexe ! »

— Vous me trouvez assurément dégénérée d'éprouver ces sensations alors que je survis à un accident mortel et que je vous connais à peine ?

Devant lui, elle se mordait la lèvre de gêne, mais ses yeux le couvaient avec tant de chaleur qu'il se ressentit également de ce trouble insensé. *Aucun laisser-aller. Ne va pas perdre ton contrôle et tout gâcher ! Respire ! Mais par Dieu, respire donc !*

— Je sais qui tu es, Fleur. Le concept de facilité ne m'effleure même pas dans ton cas. Quelle chance que tu t'en sortes vivante ! Nous nous retrouvons et, même si tu me regardes en étranger, le courant passe. Je ne tromperai pas ta confiance. Je ne profiterai pas de la situation ! Mais je reste indéniablement ton mari, devant Dieu et les hommes. Si tu veux m'embrasser, je te laisserai agir à ta guise. L'idiotie ne m'étouffe pas au point de te repousser. Suis ton instinct et tu sauras alors si ton tourment se calme ou s'amplifie.

— Vous étiez un inconnu il y a deux heures. Vous ne l'êtes déjà plus, Albert. Ne venez-vous pas de me passer la bague au doigt ?

Vivre. Choisir. Expérimenter. Éprouver. Ressentir. Voilà où je me tiens. À la croisée des chemins, j'exulte de mon attirance pour lui. J'irai où il ira. Jusqu'en enfer… Mais quelle impétuosité ! Qui suis-je, bon sang ?

— Scellons notre nouvelle union par un baiser, monsieur mon époux.

Il n'osait ni parler, ni bouger, ni opiner de la tête, de peur qu'elle change d'avis et qu'elle s'éloigne de lui, encore une fois, comme toujours. Dans un mouvement plein de grâce, elle posa ses mains à plat sur son veston qu'elle longea sensuellement jusqu'à ses épaules.

— Votre masculinité m'attire tant, Albert. Votre force et votre énergie me bouleversent. Votre charme et votre virilité m'émeuvent. Et je suis femme devant vous. L'éveil de ma féminité me survolte. Je veux vivre à cent à l'heure.

Elle détacha deux boutons de son pyjama de soie. Une bouffée de chaleur monta au visage de l'homme à la vue du bustier rouge. Son malaise s'accentua quand elle attrapa sa paume et la porta contre sa poitrine, au-dessus du sous-vêtement.

— Je ne suis pas morte dans cet accident. Sentez-vous mon cœur battre ?

— Ta peau me brûle. Une nuit, alors que tu gisais inconsciente sur cette couchette d'hôpital, j'ai tenu ta main si froide. Tu vas bien, ma chérie ; et je ne m'en réjouirai jamais assez.

— Je veux vivre pleinement ! J'ai envie de vous mordre, Albert. Ma faim et ma soif de vous me bouleversent. Mais je ne sais pas comment faire…

— Suis ton instinct, et surtout ton cœur, ma belle.

Lentement, mais résolument, la femme glissa une paume chaude et d'une douceur exquise derrière la nuque masculine. Albert n'osait pas fermer les yeux de peur qu'elle ne recule et que l'instant s'envole, à jamais. Elle effleura sa bouche d'homme, tiède et incroyablement douce, de ses lèvres légères et inexpérimentées. Le bonheur d'embrasser son mari la survolta. *Il goûte la fraise sauvage.* Il ferma les paupières sous la tendre caresse qui se prolongeait. Il ne voulait pas l'effaroucher, réalisant pleinement qu'elle ne se souvenait plus de ses baisers. Pour sa part, il se traita intérieurement de con pour s'être privé d'une joie aussi parfaite. Ses larges paumes la soutenaient. Elle ne comprit pas toute la retenue qu'il s'imposait.

Soudain, tout changea, car elle ne pouvait résister à l'envie de le savourer. Elle cessa d'analyser la situation qui devenait incontournable et un instinct animal prima. Son sang bouillait dans ses veines.

Albert la sentit se tendre et se serrer sur lui. Elle pressa sa bouche de la sienne avec volupté. Jamais elle ne lui avait paru plus exquise et possessive. Malgré lui, il perdit toute dignité. Il l'entoura de ses bras pour la coller à lui. Embrasser Fleur représentait une aventure merveilleuse. Il savait, mieux qu'avec des mots, qu'il avait jadis tout gâché entre eux. Ce qu'il espérait avec tant de ferveur s'était trouvé à portée de main. *Rien n'est aussi divin que les caresses de ma femme et, un temps, j'en avais oublié la douceur.* Ces baisers lui redeviendraient vite une drogue et il n'accepterait plus de s'en priver. Ils se goûtèrent avec une égale faim. Encore accrochée à lui, elle murmura en reprenant son souffle, tout contre ses lèvres :

— Oh, Albert, comment puis-je ne pas me souvenir de vous, alors que c'est si bon de vous embrasser ? Il me faudra ma dose quotidienne pour guérir. Goûter un autre être humain paraît étrange. Vous savourer, Albert, m'apparaît comme le summum du partage. Un homme qui embrasse son épouse avec cette tendresse arc-en-ciel ne peut lui vouloir que du bien !

— Tu flirtes avec moi maintenant ?

Il souriait, taquin, en reculant d'un pas. Elle lisait dans ce regard sur elle tant d'amour qu'elle l'attira par la cravate.

J'aime bien le séduire.

— Je suis votre femme, Albert, et vous, mon amoureux. Je dois tout apprendre de la vie, mais auprès de vous, les gestes et les circonstances semblent naturels et par trop agréables pour que je lutte. Je flirterai avec vous à outrance. Je m'aiguiserai les dents sur vous. Je profiterai de vous. Je n'en aurai jamais assez, Albert !

Son cœur allait se rompre à l'entendre lui proférer des menaces représentant pour lui de délicieuses et sublimes promesses. *Comment peut-elle déjà éprouver des sentiments pour moi alors qu'elle me quittait ?* Elle se haussa sur la pointe des pieds. Il ferma les yeux, acceptant un baiser trop bref pour son goût. L'instant d'après, il s'empressa de l'aider à se mettre au lit.

— Puis-je revenir en soirée ?

Elle acquiesça d'un signe de tête charmant et enfantin. Elle le pria de lui rapporter un volume qu'elle affectionnait. Il partait après une légère caresse de ses lèvres sur son front. Comme il se redressait, elle l'attrapa par la cravate :

— Ce geste d'au revoir ne suffit plus, Albert.

Il obéit avec toute la bonne volonté du monde. Il ne savait pas comment il avait pu quitter la chambre, évoluant dans un rêve éveillé. Il traversa le couloir en état de transe et il dévala les escaliers au lieu de prendre l'ascenseur. Dans la voiture, il resta un moment interdit. Le souvenir des doux après-midis avec Fleur lors de leur première année de mariage l'assaillait. Elle l'accueillait alors en l'embrassant. Ils se retrouvaient pour le repas du soir ou ils se laissaient sur le pas de sa porte, et elle lui tendait volontiers sa bouche savoureuse. En excursion au Fief ou à cheval dans la campagne, ils osaient ces tendres rapprochements. Il lui prêtait main-forte pour descendre de sa monture et, bien qu'excellente cavalière, elle se serrait contre lui et pressait ses lèvres.

Ils revenaient à leurs débuts, et foi d'Albert Forestier, il ne commettrait pas la même erreur. Il ne tarderait pas et il la posséderait rapidement.

Ils deviendraient un vrai couple que rien ne pourrait séparer !

Au bout d'une dizaine de minutes, l'infirmière vint voir sa malade préférée. Les yeux fermés, l'amnésique restait étendue comme si elle dormait. La garde-malade remarqua au passage le pyjama entrouvert sur un ravissant bustier de dentelle rouge, les joues rosies et les lèvres gonflées. Elle s'assied sur le rebord du lit. Des yeux lumineux de bonheur s'ouvrirent sur elle. Elle resplendissait.

— Eh bien, on dirait que vous allez mieux ! Entrevue agréable à n'en pas douter. Même le baron avait l'air de marcher sur des nuages en sortant de la chambre !

— Je suis frappée d'un coup de foudre foudroyant, excusez le jeu de mots ! Je ne me suis pas laissé caresser par mon mari. En fait, je l'ai embrassé de tout mon être.

— Encourageant.

— Il me manque, alors qu'il vient à peine de partir. Peut-on ressentir un sentiment amoureux aussi intense si rapidement ? Un contrecoup de l'accident m'affecte-t-il sérieusement ? Oserais-je une réponse facile à ma solitude ? Est-ce que je poursuis la voie tracée par une inconnue ?

— Votre tête ne se souvient pas de lui, mais vos âmes restent liées. Vos cœurs battaient à l'unisson ; pourquoi en irait-il autrement aujourd'hui ? Vos corps se reconnaissent. Trois années de mariage laissent des traces. Ces liens ne se balaient pas d'un coup de serpillère. Cet homme n'est pas le mari d'une étrangère. Pour lui, il n'existe qu'une seule Fleur Forestier.

— Je m'aiguiserai volontiers les dents sur lui. Et le chenapan capitulera, mâle jusqu'au bout des ongles. Il est trop… tout !

Il choisit une version anglaise du livre *Orgueil et Préjugés* sur la table de chevet de Fleur. Il passa des vêtements de sport pour courir. Il prendrait une douche rapide et un dîner hâtif. Il regagnerait ensuite l'hôpital. Il allait sortir au soleil quand il jeta un coup d'œil au chien. Madame Jacques surprit le regard du maître sur l'animal déprimé et l'informa que Pirate recommençait à manger.

— Tu guéris, brave garçon. Viens avec moi !

Sans bouger d'un poil, Pirate leva de lourdes paupières devant l'humeur joyeuse du coureur. Albert laissa la porte entrebâillée. Une brise légère rendait la journée confortable. La course le calmait. Il fut vite rattrapé par le molosse. Ils suivirent la ligne de démarcation des vignes de cabernet-sauvignon. Après une vingtaine de minutes, il bifurqua pour prendre la route longeant les arbres centenaires du domaine. Au bas de la montée, il s'arrêta pour boire de sa gourde. Le berger allemand fixait l'horizon comme s'il espérait voir arriver sa maîtresse. Albert se pencha pour le flatter.

— Fleur reviendra. Comprends-tu ?

Tout excité, le clébard se mit à sauter et à lâcher de petits jappements comme un chiot joueur et heureux. Albert éclata de rire.

— Ne t'emballe pas. Ce ne sera pas tout de suite. Nous devrons nous montrer patients et faire bonne figure en attendant.

Ils remontèrent l'allée avec entrain. Le monstre se dressa sur les rebords de la fontaine où il lapa goulûment l'eau fraîche. Ils se dirigèrent ensuite vers la dépendance où Albert nourrit Pirate pour la première fois. La bête resta un moment immobile, avant de décider de se jeter sur sa bouffe pour la dévorer d'un appétit enfin retrouvé.

15.

Quand Albert arriva en soirée, les policiers interrogeaient Fleur. Au premier regard, il la comprit extrêmement tendue. Elle combattait un stress autrement sévère que celui dans lequel elle se trouvait lors de leur rencontre en après-midi. Blême comme les draps sur lesquels elle reposait, son regard affolé allait de l'un à l'autre des hommes des forces de l'ordre. À l'opposé de son ravissant timbre naturel, sa voix suraiguë trahissait son émoi. Les détectives saluèrent à contrecœur Albert qui avançait vers eux d'un pas décidé. Il posa son sac à dos par terre, près de la fenêtre, et vint embrasser Fleur sur la joue.

— Bonsoir, Fleur.

Comme il se redressait, elle attrapa fébrilement sa main. Il croisa son regard larmoyant de bête traquée alors qu'elle lui murmurait, en étouffant des sanglots :

— Albert, restez à mes côtés, je vous en prie.

Sans hésiter, il prit place sur le lit à sa gauche, un bras protecteur autour de ses épaules trop frêles. Un pied bien appuyé sur le sol, il se tenait prêt à bondir sur les visiteurs trop inopportuns pour être tolérés. Flaubert contempla d'un œil surpris le jeune couple. Albert s'adressa froidement aux policiers :

— Qu'est-ce qui se passe ?

— Nous tentons d'éclaircir les circonstances de la sortie de route.

— Messieurs, je vous assure que je ne me rappelle pas de l'accident, gémit Fleur en se ratatinant sur la couchette.

Legros fixait la femme, les nerfs mis à vif par l'interrogatoire de la gamine gâtée trop impressionnable avec ses grands yeux de biche et qui répondait par des monosyllabes indistincts.

— J'ai appris essentiellement ma chance d'être éjectée. Ma ceinture attachée, je serais bêtement morte.

Dans sa recherche de réconfort, Fleur posa sa paume sur la cuisse ferme d'Albert. Surpris par le geste, Albert ne la repoussa pas. Fragile, elle se tassait contre la chaleur de son épaule. *Si ma proximité peut rassurer ma baronne, grand bien lui fasse !*

Le comportement féminin n'échappa pas aux policiers.

— Pour une épouse qui ne se souvient de rien, votre intimité avec votre mari nous surprend. Drôles de mœurs chez les nobles !

Fleur retira aussitôt sa main de la jambe d'Albert en rougissant. Mal à l'aise, elle s'écarta imperceptiblement. Albert serra les lèvres de rage. Sa voix cassante claqua comme le fouet.

— Inspecteur, je vous prierais de taire vos commentaires désobligeants. Ce geste de confiance concerne des époux.

— Étrange et, oh, combien pratique !

L'ironie déplaisante de Legros entraîna un éclat sec de Fleur.

— Arrêtez donc vos simagrées, Monsieur.

Les policiers découvriront que Fleur peut se montrer froide comme un iceberg.

— Je ne cache rien. Je ne me souviens pas d'Albert. Je l'ai rencontré aujourd'hui. Nous possédons énormément en commun. Sa présence me rassure et à l'évidence, je n'ai que lui.

J'ai de la chance d'être la femme d'Albert Forestier et il me plaît follement, mais je garderai mon secret pour moi.

— C'est votre affaire après tout !

— Oui, justement, conclut Fleur platement.

L'inspecteur emprunta un air condescendant destiné à impressionner la galerie.

— J'ai discuté avec vos médecins. Bien sûr, ils nous racontent votre amnésie et bla-bla-bla. Leurs soi-disant preuves et tests ne sont pas fiables à 100 %. Votre réputation vous précède et votre intelligence supérieure mise à contribution, vous pourriez feindre la perte de mémoire pour nous tromper. Et votre mari le premier ! Le pauvre deviendrait alors le dindon de la farce !

Elle ouvrait la bouche de surprise devant ces propos absurdes, inutiles et gratuits.

— Ça alors ! Vous y allez fort, jeta rudement Albert.

— Quel motif me pousserait à agir de façon aussi calculée ?

Les trois hommes se tournèrent dans une parfaite harmonie vers une Fleur près de la crise de nerfs.

— Nous cherchons à comprendre. Ne pouvez-vous pas trouver vous-même les réponses à vos questions ?

— Je ne saisis pas où vous voulez en venir. Ai-je commis des crimes ? Qu'ai-je à me reprocher ? Aurais-je blessé un badaud lors de l'accident ?

— Je vous rassure, Madame, fit Flaubert de sa voix douce. Vous seule avez été impliquée.

Fleur soupira de soulagement.

— Vous vouliez mourir, clama froidement l'inspecteur Legros, et vous avez raté votre sortie. Vous jouez l'amnésique pour aspirer à une vie de rêve. Vous vous réinventez une histoire pour une seconde chance avec votre richissime baron ! Nous vous prendrions tous pour une pauvre fille si vous aviez tenté le grand saut sans y réussir.

Albert se dressa d'un bond. De toute sa hauteur, il gronda :

— Il suffit ! Si vous continuez avec ces absurdités, je porterai plainte contre vous. Ne voyez-vous pas que vous bouleversez ma femme ? Au lieu de déblatérer des faussetés, occupez-vous de découvrir les véritables aboutissants de cet accident ! Faites joujou en laboratoire avec vos experts de la scientifique !

Tendu à l'extrême, Albert Forestier s'apprêtait à frapper Legros. Fleur se tassait sur elle-même dans son lit.

Flaubert était abasourdi que son collègue ait proféré cette énormité devant une malade aussi fragile. Il posa la main sur l'épaule de Legros afin de le ramener à l'ordre. L'athlétique policier n'eut qu'à contempler la baronne pour comprendre combien ses paroles trop directes l'avaient remuée. Fleur Forestier ne mentait pas.

À son tour, Albert se tourna vers Fleur.

Quelle détresse dans ses grandes prunelles vertes !

— Fleur, que se passe-t-il, ma chérie ?

Il se rapprocha de sa femme dont il serra les mains dans les siennes avec empressement.

— Je vous en prie, ne vous chamaillez plus. Vous m'apeurez.

Les gendarmes finirent par partir et Albert, qui s'était levé à l'annonce de leur départ, les salua avec distance. Après qu'ils eurent refermé le battant sur eux, Albert se pencha en silence pour ramasser son sac à dos. Il tentait d'attirer l'attention de Fleur sur un sujet anodin. Il devait impérativement lui changer les idées.

— J'ai apporté un roman laissé sur ta table de chevet.

Elle y jeta un œil distrait et le remercia avec une moue de dérision. Elle croisa l'intense regard bleu de son mari.

— Albert, que voulait-il dire ? Étais-je malheureuse au point de désirer mourir ? Pourquoi aurais-je besoin d'une seconde chance avec vous ?

— Tu n'aurais jamais souhaité te tuer. Je te connais assez bien pour te l'assurer. Nous rencontrions des problèmes conjugaux. Quel couple n'en éprouve pas en trois ans ? Cet homme tentait de te déstabiliser. Il accomplit son travail, mais je réprouve ses moyens.

— Racontez-moi ces ennuis.

Son regard confiant et larmoyant fixait le sien. Il ne pouvait ignorer sa question.

— Je déteste ce Legros. Tu ne peux savoir à quel point ! Il nous place dans une situation impossible alors que nous avons de nouveau une chance au bonheur. Je ne te parlerai pas de nos histoires absurdes et tordues. Elles n'existent plus. Je ne t'entretiendrai pas des sangsues qui gravitent autour de nous et qui nous jalousent. Tout n'était pas idéal pour nous, mais pourquoi te relater nos problèmes à ce stade de ta convalescence ? Fais-moi confiance, Fleur. Qu'est-ce qui importe vraiment dans un mariage ? Égaux, nous nous plaisons. Je t'aime plus que ma vie. Je veux passer mes jours et mes nuits auprès de toi. Nous fonderons une famille. N'est-ce pas la base d'une solide union ?

— Je vous ai déjà aimé, Albert. L'anneau à votre doigt le prouve. Par contre, est-ce que je vous appréciais toujours ?

La question faisait écho dans la chambre silencieuse et alourdissait leur joie de se retrouver. Il lui tournait maintenant le dos, contemplant par la fenêtre les lumières des édifices voisins d'une laideur hallucinante. Il ferma les yeux, enfouissant les mains dans ses poches, tentant de vaincre sa nervosité grandissante.

Il est trop tôt pour entreprendre cette conversation, ma chérie.

— L'important reste de savoir si tu pourras m'aimer dans notre nouvelle existence ensemble.

Il se retourna pour la voir se laisser aller contre l'oreiller avec découragement.

— Je ne vous aimais donc plus. Je voulais en finir avec une destinée impossible. Les inspecteurs le suggèrent à répétition. Nous nous sommes évidemment mariés par intérêt et je n'en pouvais plus. Je m'étais imaginé mer et monde, et la vie de château me décevait…

Elle lutta contre les larmes dignement, mais sans y réussir. Il revint aussitôt vers elle pour la serrer contre lui. Elle ne le repoussa pas.

— Ce n'est pas cela du tout, Fleur. Ne pleure pas. Je ne le supporte pas.

Elle s'accrocha à lui, éclatant en sanglots bruyants.

— Je te connais bien : devant l'adversité, tu lèves la tête en signe de défi. Jamais tu n'aurais souhaité en finir, car notre couple ne fonctionnait qu'à moitié. Orgueilleuse et fière, tu aurais tenu à te prouver. Et, au détour, à me faire un pied de nez. Tu ne choisis jamais le chemin de la facilité. Sans baisser les bras, tu aurais voulu secouer la torpeur dans laquelle nous nous enlisions. Jamais tu ne renoncerais au bleu du ciel, au vert de la forêt, à la douceur amère du vin sur ta langue et aux mille odeurs de la nature. Jamais tu ne te soustrairais à la douce caresse du vent sur ta peau.

Il la berça avec tant de tendresse qu'elle cessa de pleurer. S'appuyer contre lui la calmait. Quand Fleur se détacha de lui, elle essuya son visage avec ses mains. Elle leva vers lui des yeux rougis.

— J'aimerais tant cueillir tes larmes sur tes lèvres et les effacer à jamais.

Ils se toisèrent après les mots d'amour qui flottaient toujours entre eux et il ne résista plus. Il dut se faire violence et lutter contre l'envie de lui ouvrir la bouche pour l'embrasser suavement. Sa fragile épouse n'était pas prête pour des caresses aussi passionnées. La douceur convenait davantage à son état d'esprit depuis ce bouleversement provoqué par les policiers. Elle oublia tout ce qui n'était pas cette tendresse. Avec un sourire doux, il murmura :

— Je ne renoncerai jamais à nous, ma chérie.

La soirée avait fort mal débuté, mais il quitta sa femme sur un tendre baiser. Il rentra aux Tourelles à la fin des visites et se dirigea vers son bureau. Il rechercha aussitôt le site de la gendarmerie sur son ordinateur. Il composa rapidement le numéro sur son téléphone cellulaire. Il exigea de parler au chef. Après des formules de politesse écourtées, le noble se plaignit des inspecteurs qui importunaient son épouse traumatisée. Si les policiers continuaient leur persécution, il utiliserait ses contacts pour provoquer leur congédiement. Il raccrocha avec la certitude que durant sa convalescence, Fleur ne serait plus ennuyée.

16.

Le baron siffla Pirate en passant au salon. Il gratta le chien derrière les oreilles. Le berger allemand s'installa à ses pieds après qu'Albert se fut versé un double cognac.

— Quand Fleur reviendra, elle devra être entourée. Tu la protégeras en mon absence.

Ce soir, elle avait posé sur lui le regard apeuré d'un animal battu. Elle tremblait convulsivement en se serrant dans ses bras. Tout contre son corps, dans sa chaleur, elle avait fini par se calmer. Cachant sa colère contre les policiers, il fit patiemment comprendre à sa jeune femme que les enquêteurs n'accomplissaient que leur travail. Il n'avait pu s'empêcher de noter son désespoir.

Se parlant à voix haute, il vit le chien dresser les oreilles.

— Une nuit, elle affichait ce faciès torturé. Mon père voyageait en Grèce à l'époque. Ses affreux rêves débutèrent à ce moment. Elle tremblait avec cette même peur incontrôlable alors que je tentais bien vainement de la rassurer.

Malgré l'heure avancée, Albert sonna madame Jacques. Cette dernière se présenta au salon avec la crainte qui ne la quittait jamais en sa présence. *M'entretenir avec la vieille bique risque de lui causer une embolie puisqu'elle me craint comme la peste qui, on le sait, saute sur les petites gens.*

Il invita Henri à les rejoindre et il referma la porte sur eux. Albert leur ordonna de s'asseoir sur la bergère lui faisant face. Les vieillards n'osaient pas le regarder directement. Henri se voyait renvoyé sur-le-champ dans un éclat d'humeur de l'exigeant patron. Le majordome jeta un regard rapide vers la maigre femme. Les lèvres et les mains tremblantes, elle fixait le maître en larmoyant déjà.

— Ne prenez pas cet air épouvanté.

À son habitude, Albert parlait sévèrement, mais bien malgré lui cette fois. *Je ne tiens pas à leur faire peur. Je dois connaître les agissements de Fleur lors de cette soirée de septembre. Si ces demeurés s'en souviennent ! À cet âge, rien n'est moins certain !*

— Je ne vous dévorerai pas. Vous me regardez comme un ogre ! Vous n'avez aucune raison de me craindre, avoua Albert platement. Je désire vous interroger et obtenir des réponses claires. Alors que je rendais visite à la baronne à l'hôpital, il me revenait en mémoire un événement que j'aimerais éclaircir.

Les serviteurs demeurèrent silencieux et évitèrent d'interrompre le maître de céans.

— Il s'agit de la nuit de la fête de septembre aux Tourelles. Ma femme se trouvait souffrante et vous, Henri, avez enterré sa chienne dans les jardins.

Les domestiques se tassèrent nerveusement sur eux-mêmes et les épaules de la vieille s'affaissèrent encore davantage.

— Je suis monté très tard à notre suite. Votre maîtresse vomissait je ne sais quelle saleté. Elle m'expliqua qu'elle avait dû manger un aliment périmé. Comme un idiot, j'ai gobé cette vaseuse explication jusqu'à aujourd'hui. Je lui ai vu ce regard tourmenté alors que la gendarmerie venait l'interroger. Elle se sentait traquée. J'élève ici un parallèle avec sa condition d'alors. Que s'est-il passé lors de ce bal ? Il m'apparaît maintenant évident que ce fut plus qu'une indigestion et, qu'à partir de ce moment, en rétrospective, la baronne ne se révéla plus jamais la même avec moi ou au quotidien, dans les activités de la maisonnée. Exit la joie de vivre ! Je me souviens bien sûr de son attachement à sa chienne, mais quand même ! Vous devez me fournir les détails manquants afin que je comprenne et que je puisse l'aider. Vous savez toujours tout dans cette baraque. J'exige de connaître cette histoire à mon tour. Je reste le maître ici. Ne vous permettez pas de l'oublier.

Henri évitait le regard du châtelain. Il cherchait ses mots :

— Je ne saisis rien aux trucs de bonnes femmes, mais madame n'a pas seulement glissé sur une flaque d'eau ce soir-là. Je l'avais vue partir en sanglots à toute vitesse avec sa Roxy dans les bras alors qu'elle revenait du jardin. Plus tard, vous êtes rentré de la roseraie avec madame Claude, du rouge à lèvres sur votre col.

Une bouffée de chaleur lui monta au visage sous le reproche à peine voilé. *Le vieux ne peut se montrer plus clair ; il ne peut pas m'encadrer !* Albert fit mine de ne pas noter le ton accusateur du majordome.

Le regard du vieillard reflétait son opinion. *Trop coureur pour un homme marié !*

— Tenez-vous-en aux faits. Votre avis sur le reste ne m'intéresse pas, Henri. En grand garçon, je gère ma vie comme il me plaît. Et je me promène dans mes jardins selon mes envies.

Henri serra les lèvres.

— La maîtresse n'aime pas la Bertrame, Monsieur. Quand cette femme est invitée aux Tourelles, vous vous disputez avec la châtelaine.

Madame Jacques prononça le mot « femme » de façon à ne laisser aucun doute sur son jugement. Henri finit par rompre le silence gênant qui s'installait après la déclaration de madame Jacques.

— Je me trouvais dans le hall quand madame revint, après deux heures. J'appelai aussitôt madame Jacques.

La vieille dame se secoua d'une triste torpeur :

— À l'étage, dans la salle d'eau, Marie et moi tentâmes de calmer la baronne. J'ordonnai à la bonne d'aller vous chercher sur-le-champ, mais la maîtresse a refusé net. En pleurant, elle suppliait de ne rien vous dire. La pauvre murmura pendant des heures en litanie « Je ne veux pas qu'Albert sache. Jamais ! »

Alors qu'Albert espérait des éclaircissements à cette entrée en matière, la gouvernante resta silencieuse en croisant et en décroisant les mains convulsivement sur les genoux et en tirant sur sa jupe noire. Son regard fuyait le sien.

— Parlez maintenant, nom de Dieu, gronda Albert.

Il pressentait l'importance de cette soirée sur le comportement mystérieux de Fleur. Avec une voix d'outre-tombe, madame Jacques avoua alors qu'Henri hochait tristement la tête :

— Cette nuit sans lune, la baronne fit une mauvaise rencontre dans les champs, une très sombre histoire. Sa chienne a été battue et est morte en protégeant sa maîtresse.

— Quelle protection ma femme nécessitait-elle ?

Devant le silence qui s'installait, Henri prit la parole.

— Madame fut brutalement frappée. Pendant le mois qui a suivi, travaillant aux vendanges du matin au soir, vous n'avez pas remarqué ses bleus au visage, aux bras, au ventre et aux jambes.

— Qu'elle s'est efforcée de vous cacher sous des tonnes de maquillage ! Elle vous évitait. Elle mangeait dans sa chambre tous les soirs et, comme en temps de récolte les horaires sont chamboulés, vous n'avez pas requis sa présence à dîner. Elle nous menaça de nous renvoyer si nous vous parlions, termina la vieille en se ratatinant sur son siège.

— Aurait-elle subi des fractures de côtes alors ?

Les serviteurs acquiescèrent d'un signe de la tête. Albert frappa sur la table avec rage.

— Il suffit avec ces cachotteries. J'exige de connaître ce qui se passe sous mon toit. Tout de suite ou il vous en cuira.

Ils se mirent à baragouiner en même temps. Il dut les interrompre pour les ramener à l'ordre.

— Ce jour de septembre, la joie de vivre disparaissait définitivement des Tourelles, gémit la gouvernante en étouffant un sanglot. Il n'y eut plus de dîners romantiques sur la terrasse. Madame transforma sa garde-robe pour se vieillir de trente ans. Elle ne se maquillait plus, ne se coiffait plus, pour s'enlaidir et éviter votre proximité. Le cœur n'y étant plus, elle ne s'adonnait plus à la musique. À son retour, votre père se questionnait, mais nous ne lui avons rien dit. De votre côté, vous ne remarquiez jamais rien !

Toujours le nez dans vos maudits traités de bioécologie !

Il ne manqua pas de noter le reproche. Le regard colérique d'Albert interrompit les commentaires acerbes. Les serviteurs restèrent ensuite silencieux. Aux abois, Albert les remercia du bout des lèvres et les congédia d'un geste de la main.

Madame Jacques s'arrêta sur le seuil :

— Ce soir-là, Marie, la bonne, lui a donné son bain et elles ont parlé. Je peux vous l'envoyer pour que vous l'interrogiez.

— Oui.

Madame Jacques ne revint pas et Marie apparut sur le chambranle de bois ouvragé. Elle referma la porte du salon sur elle. Elle traînait du bout des doigts un grand sac de papier. La servante de l'âge de Fleur paraissait intimidée. *Je n'ai jamais vu ce regard égaré et douloureux à un homme. Surtout pas à celui-là. En pleine possession de ses moyens, il ne perd jamais son sang-froid et rien ne l'atteint.*

Elle lui tendit le paquet et expliqua :

— Je désobéis à madame quand elle a exigé que je les brûle.

Sur une indication de la main d'Albert, la bonne s'assied et elle ne prononça plus un mot. Albert répugnait à ouvrir le pochon. Se résignant, il fouilla le contenant pour découvrir des chaussures de bal. Dans leur entourage, seule Fleur portait des Gianmarco Lorenzi. Dans un état lamentable, les ravissants escarpins se transformaient en godasses enduites de boue séchée, les attaches rompues et un talon pendant lamentablement. Il trouva ensuite des bas de soie en lambeaux et maculés de terre. Son trouble allait grandissant et l'effroi le prenait aux tripes. Il ne s'était jamais ressenti d'une peur aussi prenante, viscérale. La petite culotte et le bustier semblaient heureusement intacts. Il jetait des regards interrogateurs à Marie, qui retenait son souffle alors qu'il sortait la tenue de soirée du sac. La robe rouge clair était déchirée en de nombreux endroits et couverte de souillures.

— Que signifie cette farce ?

Il regardait Marie sombrement, un muscle tressautant furieusement sous la peau de la joue bien rasée.

— Les taches foncées, le sang d'une sérieuse entaille à la lèvre de madame. Les claires, un autre fluide corporel…

Albert approcha le tissu de son nez et le retira aussitôt, dans un geste démontrant un dégoût violent.

— Pouah, du sperme ! Racontez cette abomination, Marie ! Il n'est plus temps de vous taire. D'où viennent ces immondices sur la robe de ma femme ? Un fait, je ne suis pas responsable de cette cochonnerie.

Marie se ratatinait devant le maître dont les yeux lançaient des éclairs. Il gronda et alors, elle déballa ce qu'elle gardait secret depuis de trop longs mois. *Comme la baronne ne se souvient de rien et que le patron l'exige, je dois parler.*

— En douleur, notre belle dame tenait des propos incohérents et elle pleurait en se lamentant. Je réussis à saisir qu'un invité l'avait suivie dans la nuit. Le monstre a tué sa chienne alors qu'elle la protégeait bravement. Il se rua ensuite sur la maîtresse pour la battre cruellement et la menacer. La brute l'a obligée à une fellation.

Je cauchemarde. Ce que cette mijaurée raconte ne se peut pas !

— Que dites-vous ? Un convié aurait forcé ma femme à le sucer ? Sur NOS terres ?

La voix étrangement calme d'Albert Forestier fit craindre le pire à la bonne. Le grondement sourd se pressentait derrière cette fausse bienséance.

— Madame a employé d'autres termes. Je lui ai lentement lavé les cheveux pour enlever l'odeur âcre qu'elle ne supportait plus. Des nausées et des vomissements lui déchiraient la gorge. Elle passa une bouteille entière de rince-bouche. Elle but scotch sur scotch pour s'anesthésier l'esprit et se nettoyer la trachée et l'estomac.

Il s'était levé et faisait les cent pas comme un lion en cage. Marie le voyait serrer les poings.

— Qu'a-t-elle dit de plus ? Des indices de l'immonde rat qui a agi avec cette préméditation intolérable ?

— Après le dénouement que l'on sait et après lui avoir asséné trois ou quatre coups de pieds au ventre, le type rentrait bien pénard aux Tourelles. Je la soignai alors qu'elle pleurait comme un enfant souffrant un grand chagrin. Incohérente, elle gémissait qu'elle aurait dû apprendre ce geste avec vous, dans une chaumière. Qu'avec vous, ç'aurait pu être beau !

Marie ne ment pas si elle évoque cet intermède secret. Quelle raison aurait-elle de fabuler d'ailleurs ?

L'employée continuait en reniflant pour combattre les larmes :

— Madame racontait que malgré vous, vous éleviez les femmes tandis que le monstre les rabaissait. Elle s'est brisée cette nuit-là. Je devins le témoin muet de la fin de votre couple. Sa peur des hommes s'accrut. Elle se confie à moi. Cette brute l'a bafouée et a détruit sa timide féminité. Même si la maîtresse vous aime toujours, elle ne peut plus vous appartenir… S'abandonner avec confiance lui est désormais impossible. Elle a essayé, vous savez. Chaque fois qu'elle a tenté de se rapprocher de vous, les réminiscences du passé l'empêchaient d'aller jusqu'au bout. Elle pleurait alors toutes les larmes de son corps pour ce qu'elle appelait ses « insuffisances » d'épouse.

— Qui la força, Marie ? Je réglerai cette histoire vitement, proprement ! Vous ne serez nullement inquiétée. Si vous connaissez l'identité de ce criminel, vous devez me le dire !

Devant le visage courroucé du maître, Marie chuchota :

— Un personnage très mauvais à n'en pas douter. Madame, hélas, ne l'a pas nommé. Elle s'est refusé de prononcer le nom de ce chien. Comme pour le rayer de sa mémoire !

Anéanti, il ordonna à la bonne de sortir. Marie décampa sans demander son reste. *Incapable de me faire confiance, elle a tout enduré toute seule. Elle ne pouvait pas affronter mon regard. Oh, Fleur, pourquoi ne me parles-tu jamais ? Pourquoi tenir à me cacher ton désespoir et ta souffrance ?*

Il resta longuement prostré à revoir le film de cette soirée, la robe, preuve de l'acte de violence subi par Fleur, à travers les genoux. *Parmi nos invités, lequel se permettrait de frapper et de violenter ma baronne ? Qui méprise les femmes à ce point ? Qui voudrait détruire ce que je possède de plus cher ?*

L'image de François souriant, narquois, levant son verre de champagne s'imposait à lui. Il disait « ta salope, ta suceuse, ta pompeuse » quand il abordait Fleur. Il tenta de se débarrasser de cette idée absurde. *Non, François ne peut pas l'avoir touchée ! Il traite toutes les nanas de suceuses. Les gonzesses ne servent qu'à son plaisir. Dans le cas de Fleur, il ose ces commentaires à la blague pour m'exaspérer. Ma baronne demeure mon no man's land. François, assurément provocant et vulgaire, connaît mes sentiments pour Fleur. Ce coureur ne battrait jamais une fille. Un autre homme s'est permis de la suivre dans la nuit. L'intouchable demoiselle Des Marchais a éconduit plusieurs soupirants au fil des années. Je découvrirai bien l'identité de ce scélérat et je lui passerai le désir de violenter des femmes.*

Il ne pourrait connaître le nom de cette brute tant que l'amnésie de Fleur perdurerait. Bien que ses soupçons se fussent initialement portés sur François, il ne pouvait envisager l'implication de son meilleur ami dans cette sordide histoire. Albert étouffait d'un chagrin enragé. Il combattait l'envie de pleurer et aussi de tout détruire. Une pensée obsédante le menait irrémédiablement à ce voisin viticulteur récemment emprisonné. À l'époque, l'ignoble soudard courait les soirées mondaines laissant sa femme martyre seule et blessée dans leur manoir. Il aimait mettre la main aux fesses des servantes et peloter les jouvencelles dans des valses ou des swings. Fleur l'évitait comme la peste et elle refusait depuis toujours son contact.

Quand la sourde colère éclata, toute la maisonnée entendit le noble crier sa détresse. Personne n'osa intervenir et la porte demeura résolument close. Les longs sanglots d'un homme défait meublèrent ensuite le silence des Tourelles assoupies. Dans le hall, le chien se lamentait.

Albert Forestier s'endormit aux limites indécentes de l'ivresse dans son fauteuil de cuir. Avant de sombrer dans l'inconscience, dans la nuit noire peuplée de fantômes aux allures de prédateurs, une pensée obsédante ne le quittait plus. *Fleur devient tout bonnement chaleureuse, car elle ne se souvient plus d'un inconnu rencontré dans les champs et qui a détruit en elle sa féminité. Elle a oublié le pire épisode de sa vie, et il ne s'agit pas de notre mariage.* Cette condition lui fournissait un répit à la souffrance éprouvée depuis cet acte de barbarie. Elle redevenait une belle innocente acceptant les hommes comme des êtres humains et non comme des brutes méprisables.

Cette amnésie lui apporterait, avec ses tendres efforts assidus, la liberté de l'aimer et de ne plus s'affoler d'un geste ou d'une parole. Il s'emploierait à séduire sa femme. Quand elle retrouverait la mémoire, une mariée guérie de tous ses maux affronterait l'existence avec sérénité à ses côtés.

Il connaîtrait alors l'identité du fourbe responsable de ses larmes. Il verrait à agir pour le mieux pour rayer définitivement cet épisode de sa vie. Il la soutiendrait à travers les épreuves. Il lui tiendrait la main pour générer un sourire sur ses lèvres délicieuses.

Que ces lourdauds de policiers ne s'approchent plus d'elle pour la bouleverser ! Foi d'Albert Forestier, aucun malheur n'arrivera plus à ma baronne, ma reine, mon amour. Je finirai par rendre justice et je vengerai son innocence perdue.

17.

L'infirmière interpela vertement Albert alors qu'il passait devant le poste. Il se hérissa, furieux de se faire aborder comme un manant. *Que me veut cette employée jouant les offusquées ? Qu'ai-je encore fait ? L'état de Fleur s'est-il détérioré ? A-t-elle recouvré la mémoire ?*

Insensible à son charme, la femme dit entre ses lèvres pincées :

— Le docteur Moreau aimerait vous parler au bureau, avant que vous ne voyiez madame Des Marchais.

Elle osa un geste du menton vers le local au bout du corridor. *Chaque fois, cette gourde nomme Fleur par son nom de jeune fille. Je ne goûte pas sa façon de prononcer monsieur et de me congédier du revers de la main comme un insecte nuisible.* Albert, qui détestait les contretemps, chargea, comme à l'infanterie, dans la direction indiquée. Il retrouva le médecin concentré sur un dossier. *Prends sur toi ! Aucun laisser-aller ! Surtout pas à cause d'une sorcière frustrée croisée dans sa mauvaise semaine ! Encore l'antichambre de l'enfer ! Un placard à balai, ma parole !*

L'homme en blanc se leva précipitamment pour lui serrer la main. Maintenant habitué à ne pas perdre son temps en formules de politesse inutiles avec le noble interlocuteur désagréable et maniéré, l'urgentiste ne tergiversa pas. Le plus court serait l'entretien, le mieux. D'un geste de la main, le scientifique lui présenta un siège et il s'installa devant une feuille noircie au stylo-bille.

— Votre femme a connu une nuit terrible. Nous avons dû augmenter sa médication. De ce fait, quand vous la verrez, elle ne sera pas aussi alerte qu'hier et je le déplore. Je trouvais son évolution encourageante, malgré l'amnésie il va sans dire.

Le baron prenait sur lui devant le pompeux personnage qui ne pouvait s'empêcher de ramasser et de reposer son stylo.

— Que se passe-t-il encore ? Aurais-je mal agi selon les sacro-saints critères de je ne sais quel bonze ? La porte de la chambre de Fleur m'est-elle de nouveau défendue ?

La voix exaspérée trancha dans le silence du petit cagibi insalubre. Il s'était relevé aussitôt assis, redoutant ce que le médecin voulait lui apprendre.

— Les policiers ont bouleversé votre femme. Ce matin, Lambert et moi l'avons questionnée pour réaliser que votre présence s'avère salutaire pour elle. Malgré l'amnésie, elle tient déjà à vous. Heureusement que vous vous trouviez avec elle hier soir.

Ces paroles rassurantes entraînèrent les confidences d'Albert.

— Ils l'interrogeaient à mon arrivée. Elle paraissait au désespoir. Je n'ai pas mâché mes mots, mais il était trop tard. Ils semaient le doute dans son esprit.

— Le suicide la hante.

Le directeur médical tripotait un dossier à bordures arborant des chiffres plastifiés colorés. Son regard fuyait celui du mari.

— Je lui ai juré qu'elle ne se montrait pas encline aux idées suicidaires, déclama Albert en se passant la main dans les cheveux.

— Elle présume qu'elle ne vous racontait pas tous ses états d'âme puisqu'elle voulait en finir avec un mariage désastreux.

La dépression guette souvent les patients amnésiques. A-t-elle déjà été dépressive ?

— Intellectuelle et cérébrale, solide comme le roc, Fleur possède les ressources pour se défaire d'un époux détestable et snob sans plonger dans une ravine. Elle ne pleure jamais.

Certes, la nouvelle baronne me paraît bien différente.

— Ma femme me dissimulait ses sentiments. Comment la blâmer ? Me collant d'emblée l'étiquette de mari infidèle, elle me méprisait. Elle se montrait méchante et distante. Mais, je l'aime depuis toujours. Je la sens prête à mordre à pleines dents dans la vie. Aucun profil suicidaire là-dedans !

Et la Fleur amnésique est attirée par moi, comme le papillon par la lumière, au risque de se brûler les ailes.

— Les détectives sont avertis de la laisser tranquille pendant sa convalescence. J'ai déposé une plainte officielle au chef de la gendarmerie. Les inspecteurs termineront leur enquête discrètement. Selon l'avis de leur patron, ces lascars demeurent les meilleurs éléments à disposition.

L'homme se tracassait en fronçant les sourcils ; Albert n'allait pas lui ouvrir la voie à toute discussion déplaisante. Le baron fixa froidement le médecin en avouant :

— Ils insinuent que nous vivions le mariage le plus boiteux de tout le pays ! Je connais personnellement plusieurs ménages en difficulté. Quel couple peut se vanter de ne rencontrer aucun aléa ? En ce moment, pourquoi lui apprendre tout de notre vie d'avant ?

Le scientifique toussota :

— Elle pourrait retrouver la mémoire à tout moment. Il vaudrait mieux que vous ayez abordé vos problèmes maritaux au préalable.

Je compte donner son congé à votre femme d'ici deux jours. Êtes-vous prêt à l'accueillir ?

— Les Tourelles demeurent son foyer, répondit Albert laconiquement en croisant les jambes.

— Monsieur Forestier, je dois imposer une importante recommandation. Primordiale. D'absolue nécessité !

Albert haussa un sourcil interrogateur devant la gêne du médecin. *Voilà, le vieux va enfin vomir ce qu'il garde sur le cœur, ce qui lui fera le plus grand bien ! Tout vient à point à qui sait attendre !*

Les lunettes glissant sur le bout du nez, l'homme soupira, mais finit par dire tout de go :

— Au retour chez vous, vous devrez éviter les rapports intimes.

Après cette courte déclaration pour le moins déplacée de l'avis du noble, l'air se raréfia comme chargée de la froidure de l'Antarctique alors qu'Albert détaillait son interlocuteur sans aménité. Il gronda, les lèvres pincées :

— J'estime prématuré d'aborder le sujet. Je ne sauterai pas ma femme dès son retour au château.

Le médecin toussota encore, réajustant ses verres. Il transpirait abondamment. Albert ne put cacher complètement une moue de dégoût devant ce manque de sang-froid.

— Il n'est jamais trop tôt pour envisager toutes les facettes d'un problème et prévoir les coups, Monsieur.

Mal à l'aise, le scientifique s'intéressait de nouveau à son document. Il ne croyait pas qu'entretenir de sexualité avec un homme aussi jeune le gênerait, mais il devait se rendre à l'évidence, il ne savait pas présenter adéquatement ses recommandations. Parler de relations personnelles avec un baron représentait une nouveauté à laquelle il n'était pas préparé. Le regard fermé de son interlocuteur l'avertissait de ne pas transgresser la frontière ténue du secret de l'intimité entre un mari et sa femme.

— Je n'ai pas du tout envie de discuter de ce sujet avec vous !

Le commentaire sec se répercuta sur les murs. Moreau tenta d'apaiser son vis-à-vis. Du plat d'une main aux doigts boudinés, il lissait son dossier.

Cet affreux me répugne.

— Il le faudra bien pourtant. Émotionnellement une enfant fragile, Fleur a tout oublié de vos rapports. Sans repère, elle navigue à l'aveugle.

Un muscle tressauta sous la peau de la mâchoire carrée du noble, signe de sa patience mise à rude épreuve.

— Il me déplaît de parler de sexualité avec vous, docteur. Je ne suis pas un adolescent boutonneux, mais un grand garçon qui n'a pas besoin d'une démarche pas-à-pas.

— J'ai à cœur la santé de ma patiente !

Albert coupa froidement :

— Et moi, celle de MA femme ! Ce que je vous apprendrai doit rester entre nous. Je refuse que vous consigniez ces renseignements sur les feuillets que vous tripotez si gauchement et que tous pourraient lire dans ce bouge où rien ne semble sacré ou confidentiel. Promettez.

Le médecin finit par acquiescer de la tête.

— Nous ne partageons aucune intimité. Loin de moi, l'idée de coucher avec Fleur dès le premier soir de notre retour au château ! Je ne suis ni un riche désaxé ni une bête en rut ! Nous faisons chambre à part depuis le début de notre mariage. Concept en vogue et très in dans notre milieu !

La dernière phrase avait été lancée par dérision par un mari malheureux. Albert rencontra le regard ahuri de Moreau. *Cet imbécile s'imagine que je lui fais du pipeau.* Il se détourna en avouant à son corps défendant :

— Nous n'avons jamais consommé. Assez clair pour vous ?

Albert s'appuya au dossier de son siège et croisa les jambes dans un mouvement sec, impatient et rageur. Le médecin le regardait, la bouche grande ouverte. Albert s'essuya les mains sur ses cuisses – seul signe de sa nervosité – et trancha aussi platement que s'il passait une commande dans un restaurant :

— Dans un mariage de convenance, les petites choses de la vie ne se déroulent jamais simplement. Je ne suis pas le genre à forcer une femme. Je ne soumettrai pas ma baronne au devoir conjugal ! J'abhorre cette expression d'ailleurs et préfère employer le terme de « plaisirs conjugaux » ! Hélas, je n'ai jamais goûté ce délice avec elle.

Il confia à son vieillissant vis-à-vis :

— Je voulais que Fleur se donne, librement. Hélas ! L'idée ne lui est jamais venue ! « Tel est pris, qui croyait prendre. » Selon elle, j'avais acquis malhonnêtement son patrimoine ; j'avais récolté amplement de cette union de raison ! La vie et ses écueils nous ont éloignés. Très cruellement. Du moins pour moi.

— Mais votre femme n'est plus la même. De fil en aiguille, la nature agira sur vous comme un baume… Avouons-le, monsieur le baron, vous êtes merveilleusement bien assortis !

Le docteur laissa sa phrase en suspens en fronçant les sourcils et en regardant l'homme dans les yeux.

— Nous n'en sommes pas là. Fleur ne se jettera pas sur moi. Je ne connais pas ces appétits à cette intellectuelle. Son essence ne peut pas changer à ce point. Vous devriez voir sa garde-robe de vieille fille sexagénaire ! Des complets austères, des tenues dignes de la cour d'Angleterre de l'époque victorienne et des pyjamas en flanelle beige et vieux rose. Pas de déshabillés osés avec elle ! Comme j'adore le rouge, elle n'en porte jamais. Avant, je la complimentais sur ses superbes jambes, eh bien, elle me les cache depuis deux ans ! Je rêve depuis des années que ses cuisses saines enserrent mes hanches nues lors de nos ébats torrides. Mais il ne me sert à rien de fantasmer puisque ma baronne ne présente pas de libido.

— Normalement constitué, vous réagissez assurément ?

Albert décida de poursuivre sur le ton de la conversation faisant fi de la question.

— Bien qu'universitaire, Fleur n'affectionne que des lectures des grands dramaturges du siècle dernier. L'histoire l'attire. Musicienne, elle ne joue que du classique parce que bon chic bon genre. Cette femme coucherait-elle avec un inconnu, fût-il son mari ? Fleur navigue au-dessus de ces miasmes de vulgarité et de singularité. Je la désire, mais elle s'en moque.

Le médecin exposa son point de vue calmement :

— Je n'ai aucune idée de la façon dont votre épouse amorcera sa nouvelle vie avec vous. Cette sylphide de vingt-cinq ans ne cumule pas les expériences et les émotions qui la modelaient. Bombardé d'informations et de sensations, cet être neuf aspire à vivre, passionnément. Hier, une infirmière relatait avoir participé à un piquenique aux ruines du palais. La baronne lui raconta l'histoire complète de l'amphithéâtre Gallien avec une vivacité d'esprit et une merveilleuse précision dans le détail. Son interlocutrice en a démontré le plus vif intérêt. De vrais souvenirs ne lui reviendront pas sans conséquence et la désorienteront.

Albert interrompit l'homme en jurant et en se levant afin de clore une fois pour toutes cette discussion qui ne menait à rien.

— Nous ne partageons aucun passé intime que je vous dis ! Je connais Fleur, aussi bien celle d'avant que celle ici hospitalisée. Rien ne sert de se perdre en conjectures farfelues ! Je n'y vois aucune utilité !

Le scientifique insista.

— La physiologie des mâles de trente ans ne nécessite aucunement de petits comprimés bleus. Dans la fleur de l'âge, vous avez beau être un baron et vivre dans votre château sur la colline, vous êtes exactement bâti comme vos contemporains. Le meneur hautain qui obtient tout quand il le veut se transforme au contact de sa femme. Vous la désirez ! Vous l'admettez !

— Je me contrôlerai.

— J'ai surpris le regard de la belle sur vous. Prêtez-y une attention particulière et vous y décèlerez bien plus que de la politesse ou de la bienséance. Saurez-vous la maîtriser ?

Albert haussa les épaules.

— Pourquoi rêvasser sur le futur ? Le courant passe, je vous l'accorde. Elle avoue que je lui plais et qu'elle se sent à l'aise en ma compagnie. Chez nous, nous nous embrasserons, mais sans nous faire l'amour, car Fleur n'en ressentira pas le besoin. À des années-lumière d'une relation sexuelle consentie, je ne tiens pas à me bercer de ce genre d'illusions. Je l'ai trop souvent fait. Je ne peux pas l'envisager.

— Au niveau des émotions, de toute évidence, elle n'est plus la même. Lorsque seuls chez vous, elle voudra retrouver la mémoire et sa vie d'avant. Elle cherchera à se rapprocher de vous. Pourrez-vous résister à la tentation ?

— Vous imaginez une chimère ! Cet exercice ne rime à rien. Si je poursuis votre pensée, pour se souvenir, Fleur se jettera sur moi dès son arrivée aux Tourelles ! Risible de la part d'une dame de cette qualité.

— Que lui direz-vous quand elle vous questionnera au sujet de votre intimité ? Un climat s'installera, et...

Obtus, Albert lui coupa la parole.

— Si jamais nous en venons à nous désirer, nous devrons nous faire violence et nous refuser ? Qu'est-il de plus sain qu'une relation sexuelle consentie ? Si Fleur en a envie, devrais-je la frustrer ? Je vous préviens que si Fleur me veut, je ne la repousserai pas. Voilà des années que je l'attends ! Je peux vous garantir que je saurai la satisfaire, car je demeure un excellent amant.

— Mais cette femme n'est plus réellement la vôtre…

— Si jamais elle ne retrouve pas la mémoire, devrions-nous nous morfondre en vain tout ce temps ?

— Mais non, mais laissez-vous une période d'adaptation, un mois ou deux tout au plus. Vous contrôlerez aussi ses fréquentations. Elle doit redécouvrir sa vie lentement, en commençant par rencontrer des connaissances sans importance.

Albert comprenait fort bien les recommandations du médecin. Il garderait volontiers les invités à distance. *Si jamais je dois repousser les ardeurs de Fleur, ce sera la cata. Inimaginable !*

Albert put ensuite passer au chevet de Fleur qui dormait. Il prit place sur le bord du lit et prit sa main dans la sienne. Il posa ses lèvres sur sa paume. Il parla très bas.

— Je promets solennellement que rien de négatif ne t'atteindra plus. J'en fais mon affaire.

Après un long moment à l'observer, il la quitta sur un baiser.

Le lendemain, elle subissait des tests médicaux. Le médecin le rencontra par la suite et ils discutèrent encore une fois dans le bureau.

— Fleur recevra son congé demain. Elle termine ses examens. Nous nous reverrons à une visite de contrôle dans un mois. Je vous remets ce pense-bête afin de ne pas oublier le rendez-vous. Vous pouvez passer la chercher vers treize heures. Elle aura besoin d'un vêtement de ville pour sa sortie de l'hôpital.

Ils se quittèrent sur une simple poignée de main sans aborder la pénible discussion de la veille.

Albert lui apporta le soir même des habits et chaussures préparés par madame Jacques. Il fut contrarié de trouver les policiers à son chevet. Dès son entrée, Albert nota la convalescente sur la défensive. Les traits tirés, elle affichait un air malheureux qui le chavira. Albert tonna aussitôt avec une froide importance.

— J'ai pourtant été clair avec votre chef. Faudra-t-il que je contacte le préfet, un ami de la famille ? Sortez d'ici immédiatement !

Pour éviter le courroux du noble, l'inspecteur Flaubert entraîna son collègue vers la porte. Après leur départ, Fleur remercia Albert d'une voix atone. Il déposa le sac de voyage sur une chaise près de la fenêtre en l'avisant qu'il s'agissait de ses effets pour sa sortie. Elle garda les yeux fermés. L'inquiétude le rongeait et elle expliqua, pour le rassurer avec une générosité qu'il ne lui connaissait plus :

— Ce que le médecin me donne tape fort. Je lutte constamment contre les nausées. J'ai toujours sommeil. Je prendrai ces comprimés un mois ! Selon lui, je dois dormir. L'autre nuit, j'ai subi un cauchemar affreux. Je dois vous le raconter.

— Pas si cela te déprime, ma belle. Les cauchemars ne sont que des rêves ; ils ne représentent pas la réalité.

— Je ne sais pas. Les rêves ne peuvent-ils pas être prémonitoires ou refléter un malaise persistant ? Dans ce rêve, les policiers et vous, Albert, vous vous moquiez de moi. Je portais un énorme nez rouge de clown et des larmes coulaient sur ma face peinturlurée de blanc.

— Je ne me rirai jamais de toi, ma chérie.

Fleur réprima avec peine une moue découragée. Elle bâilla à s'en démettre la mâchoire. Elle s'assoupit en tenant sa main. Avant de partir, il déposa ses lèvres au coin des siennes, mais elle pionçait déjà.

18.

Les Tourelles se rajeunissaient pour le retour de Fleur Forestier. Toute la maisonnée en effervescence se préparait à accueillir la maîtresse de maison. Un bouquet de fleurs sauvages – les préférées de la châtelaine – trônait sur une table devant la fenêtre panoramique de la chambre aérée. La fébrilité régnant dans la grande demeure faisait sourire les uns et stressait les autres. Comme toujours angoissée au moindre changement, Madame Jacques transféra ses états d'âme à la cuisinière, au majordome et aux servantes.

À vingt-deux heures, quand Albert revint de l'hôpital, aucune particule de poussière n'avait échappé au raz-de-marée domestique. Une bonne polissait encore, malgré l'heure tardive, des pièces d'argenterie anciennes sous l'œil attentif et sévère de la gouvernante. Entre les croisées nettoyées, les planchers cirés, le chien shampooiné et les uniformes empesés des serviteurs, Madame Jacques surveillait, en véritable despote, le travail des subalternes exténués.

S'arrêtant sur le seuil de la salle à manger, Albert jeta un rapide regard à une bonniche à cheval sur un échelier à frotter le lustre de cristal suspendu au-dessus de l'immense table en acajou. Le tyrannique maître de céans surprit les employés qui se dévouaient corps et âme pour satisfaire ses attentes élevées en les remerciant humblement.

— Il est temps d'aller se reposer. Demain, la vie reprendra aux Tourelles avec le retour de notre baronne. Bonne nuit à tous.

— À vous aussi, Monsieur, salua Henri avec déférence.

Ils se toisèrent, conscients que malgré ses paroles encourageantes et son air faussement affable, Albert Forestier craignait le lendemain. Il cachait sa tension sous un sourire d'emprunt. L'apathique noble monta à l'étage d'un pas traînant.

Le sommeil demeura cruellement hors de sa portée. Un coup d'œil à son réveille-matin lui indiqua trois heures dix ! Il tenta posément de cibler les origines de sa tourmente. *Sombre crétin, tu ne vas tout de même pas commander un brainstorming pour réaliser ce qui t'empêche de sombrer dans les bras de Morphée ! Seule ta ravissante châtelaine peut ainsi te tenir éveillé toute la nuit !*

Depuis que le médecin lui avait donné ses directives concernant la convalescence et le bien-être de Fleur, l'agitation ne le quittait plus. Il ne savait à quoi s'attendre. Voilà deux jours que les médicaments l'assommaient. Avant ces traitements, l'intensité amoureuse montait d'un cran à chaque baiser. *Et si je devais vraiment combattre les ardeurs de ma belle ? La situation deviendrait vite intenable, car je rêve d'elle depuis si longtemps.* Quand elle lui avait demandé de raconter l'histoire de leurs alliances et qu'il lui avait appris qu'ils avaient visité les bijoutiers de Paris, il avait été surpris de ses révélations. *Fleur m'aime-t-elle depuis toujours ? Et la nouvelle Fleur est-elle si attirée par moi ?*

Mille interrogations se bousculaient dans son crâne douloureux depuis qu'il avait quitté Fleur. Son regard vert avait fui le sien et ils avaient échangé des banalités d'une affligeante bêtise toute la soirée. Après les baisers du premier jour à l'hôpital, elle ne démontrait plus d'attirance pour lui. *Fleur a souvent présenté des voltefaces. Devrais-je encore subir un recul dans nos relations. Exit l'harmonie de notre rencontre ! En ira-t-il comme à notre retour de Paris ?*

Fleur l'épousait à son corps défendant pour agréer les dernières volontés de son père. Elle desserrait à peine les lèvres alors qu'il pilotait leur jet privé pour rejoindre la Ville lumière. Elle adorait pourtant voler avec lui. Une Mercedes avec chauffeur les attendait à l'aéroport. Ils ne se voyaient guère depuis la nouvelle du mariage et il comptait profiter de leur séjour pour nouer des liens solides. Afin de ne pas froisser la susceptibilité de sa dulcinée, il avait réservé une suite au luxueux Hôtel Le Bristol. Après le choix de leurs alliances, il espérait visiter le Paris qu'elle avait appris à apprécier pendant ses études. Le soir, il l'emmènerait dans les plus grands restaurants et il la ferait danser jusqu'à l'aube. Dès leur arrivée à l'hôtel, elle avait été soulagée de réaliser qu'ils ne dormiraient pas dans la même chambre.

Par malchance, trois jours auparavant, elle l'avait croisé dans un bar de Bordeaux, une ravissante blonde à son bras. La gonzesse se pâmant contre lui aimait le karaoké. Avec des copines de son âge, Fleur l'avait toisé en haussant un sourcil ironique et puis elle l'avait ignoré. La fille qui l'accompagnait était montée sur scène. Cette petite qui se prenait pour une vedette ne pouvait chanter plus faux. Bien plus tard, Fleur, poussée par ses amies, atteignait le microphone. Elle portait un jeans serré qui la moulait comme une seconde peau et un bustier de dentelle d'une élégance raffinée. Sa voix juste émouvait les ivrognes. Elle récolta des applaudissements nourris et des commentaires d'une grivoiserie intolérable. Des hommes la courtisèrent. Elle riait et elle dansait loin de lui. Il décida alors d'en finir avec les autres nanas. Il ne verrait dorénavant que sa future fiancée.

Il la savait furieuse contre lui. Lors de leur premier dîner à Paris, Fleur répondit par monosyllabes à ses questions. Le lendemain, ils visitèrent les bijouteries. Il glissa solennellement une splendide bague à son doigt. Elle allait retirer le bijou, mais il arrêta son geste.

— Un somptueux joyau, trop pour moi, Albert.

— Rien n'est trop royal pour toi. Ne l'enlève pas.

— Albert, nos fiançailles officielles ne sont prévues que samedi !

— Du décorum ! Tu es ma promise depuis si longtemps, Fleur. La nuit des temps en fait ! Aujourd'hui, un seul rêve subsiste pour moi : devenir rapidement ton mari.

Il l'avait alors embrassée et, le cœur en émoi, il avait senti sa timide réponse. De façon surprenante, le dernier jour de leur séjour arriva trop tôt.

Elle se procura une époustouflante robe du soir bleu lune dans une boutique chic. Le vêtement rappela au viticulteur une parure de saphir entrevue chez leur bijoutier. Alors qu'elle se préparait à l'hôtel pour leur soirée en tête-à-tête, il retourna à la bijouterie finaliser cet achat qui lui importait.

À l'heure de dîner, il l'attendait assis à proximité du foyer du boudoir de leur suite. Le feu y crépitait prêtant au moment gaieté, vie et romantisme.

— Je suis prête.

Fleur lui souriait du seuil de sa chambre. Elle lui coupait le souffle. Il se déplia et s'approcha pour déposer un baiser au coin de ses lèvres après lui avoir dit combien il la trouvait éblouissante. Il lui remit le cadeau. Bouche bée, elle découvrit les parures de diamants et de saphirs. Elle ne pouvait pas accepter un présent aussi somptueux.

— Laisse-moi gâter ma fiancée, ma reine.

Dans le restaurant de l'hôtel, Fleur demeurait, à ses yeux, la plus raffinée des femmes. Avec grâce, elle avait pris place à table. Ils conversèrent avec courtoisie. Excellente fourchette, sans complexe, elle prenait plaisir à se délecter de mets succulents. De grands crus furent servis et les deux convives leur firent honneur.

Fleur avait le vin gai et elle lui proposa de rejoindre le charmant bistrot à l'ambiance feutrée. Ils prirent une consommation avant de se diriger vers le plancher déserté. Un groupe offrait un son jazzé.

Ils bougèrent sur tous les rythmes. La soirée se termina sur une chanson d'amour et il la serra dans ses bras. Avec une moue, elle lui murmura tout près de l'oreille, alors que sa joue s'appuyait contre la sienne :

— J'attends cette danse depuis la semaine dernière. Ne suis-je pas celle qui t'aida à perfectionner ton coup d'approche sur un slow ?

Il entendit son rire plein de sensualité. Excités et légèrement ivres, ils montèrent se coucher après deux heures. Contre toute attente, elle lui souhaita une bonne nuit avec une bise et referma doucement la porte de sa chambre sur elle.

Il enrageait de ne pas s'endormir. Il sursauta à la vue d'une silhouette sur le seuil. Il reconnaissait la femme qui avançait dans le noir à sa perfection. Il s'étira et alluma sa lampe de chevet.

— Qu'y a-t-il, Fleur ?

Il la fixait le cœur battant d'inquiétude, alors qu'elle le charmait dans son léger vêtement. Elle se mordillait la lèvre. Elle agitait les mains en parlant :

— Albert, je tiens à te dire que, sans mes règles, je me trouverais au lit avec toi, à t'aimer. Je croyais important que tu le saches. Je maudis la situation, je t'assure. Parce que même si tu ne le démontres pas, tu sais que moi aussi je suis une femme.

Comment occulter une réalité si divine qu'elle me rend fou ? Vêtu de son unique boxer, il se leva et elle fut emprisonnée entre ses bras solides. Il l'embrassa longuement, à lui couper le souffle. Il avoua finalement contre ses lèvres résistant à sa faim intolérable :

— Je peux te faire l'amour, même si tu saignes ! À moins que ce soit les chutes Victoria !

Il la tenait contre son grand corps délié et brûlant ne lui cachant pas qu'il la posséderait dans l'instant.

— Je ne me sentirais pas à l'aise, Albert. Notre première fois devra être parfaite.

Il comprenait.

— Dors avec moi. Nous ne sommes pas obligés d'aller jusqu'au bout. Viens me faire la tendresse. Unissons nos deux solitudes.

Il l'entraîna sur le lit, contre lui. Il connaissait la physiologie féminine. Ses seins ultrasensibles et gonflés par les hormones généreraient mille sensations délicieuses chez sa fiancée troublée. Il la caressa alors d'une main chaude, tout en lui dévorant la bouche. L'attentif amant épiait le bouleversement sur le visage offert aux baisers. Il aurait voulu lui murmurer ses sentiments, mais il ne pouvait plus articuler une parole. Il la débarrassa de son slip notant au passage l'évidence d'un tampon. Il la fit jouir délicieusement d'un doigt expert. L'indécente le frôlait de sa hanche et de sa cuisse au moment où il la stimulait. Sa promise n'était pas froide du tout. Elle lui prouvait son émoi en fouillant dans ses boxers.

Le souffle court, il fermait les yeux sous la douceur d'une paume curieuse. Elle ne s'offusqua pas quand il retira son vêtement, leur laissant toute la liberté pour des caresses. Elle aimait le découvrir. Dans un instant hors du monde, il se perdit dans le plaisir.

Il n'avait pas trompé sa confiance. Elle décidait et il ne franchirait pas les limites qu'elle imposait. Dans des conditions idéales, elle aurait réclamé qu'il la possède avec l'ardeur qu'elle lui connaissait. Après de longs baisers subliminaux et des attouchements audacieux et à demi satisfaisants, il enlaça l'amoureuse droguée et, de façon surprenante, ils s'endormirent d'un sommeil paisible. À son réveil, elle dormait tout contre lui et il l'admira longuement. Il murmura contre sa tempe :

— Nous prenons un nouveau départ dans la vie.

Comme il se gourait. Après trois jours, ils s'étaient revus aux Tourelles pour un dîner en préparation de leurs fiançailles. Ils s'étaient retenus de s'embrasser en présence de son père. Albert la raccompagnerait au Fief et il verrait à remédier à la situation en mordant à ses lèvres. Devant la sombre demeure ancestrale, elle lui avait offert de rester jusqu'au matin. Sonné par son offre généreuse, il avait toussoté comme une femmelette toute tourneboulée pour rétorquer qu'ils se fiançaient le samedi. Ensuite, ils deviendraient amants. La bienséance l'exigeait.

Hélas, la soirée des fiançailles officielles avait tourné à l'aigre. Leur mariage représentait encore à ce jour un échec cuisant. *Je me comporte souvent en imbécile maniéré avec elle. Combien de rendez-vous ratés comptons-nous ? Je n'en peux plus !*

Sera-t-elle toujours en état de quitter l'hôpital à treize heures ? Les médecins pouvaient changer d'avis si jamais elle connaissait une mauvaise nuit malgré les sédatifs. *Comme elle se tiédit à mon égard, aura-t-elle envie de partir pour une destination moins menaçante pour une femme sans passé ? Et si elle retrouvait la mémoire ?* Le froid le glaça dans la moite chaleur de juin. *Elle me jettera comme un malpropre, alors que des infirmiers la retiendront de force de m'arracher la tête.* Du seuil de sa chambre, il entendait déjà sa voix vociférer contre lui et tous ceux de son sexe, lui crachant avec mépris sa soi-disant infidélité au visage. *Mais cette conduite incompréhensible ne se trouve-t-elle pas un mécanisme de défense après ce qu'elle a vécu le soir de ce bal des horreurs ?*

Le temps constituait son principal allié. Fleur ne devait pas se rappeler du passé de sitôt. Il ne provoquerait rien en ce sens. Aucun invité ne passerait les portes du château. La trentaine d'employés représentait déjà un risque accru.

Albert la convaincrait que leur couple pouvait fonctionner. Son objectif primaire consistait à rendre Fleur follement amoureuse de lui. Il lui deviendrait totalement indispensable. Après, si elle retrouvait ses souvenirs, ils pourraient certes rire de cette mésaventure. Elle resterait sa femme, totalement conquise et sous son emprise. *Dommage de ne pouvoir me glisser rapidement dans son lit ! Gare à moi si je lui cause du tort ! Je m'en mordrais les doigts jusqu'aux coudes.*

Les recommandations du médecin lui revinrent en mémoire et il serra les dents de dépit. *Il m'a parlé comme à un homme du commun, avec des pulsions de mec ordinaire ! Je ne me jetterai pas sur ma baronne comme un ouvrier rentrant chaque soir saoul comme un Polonais chez bobonne !*

Il respecterait sa maxime : aucun laisser-aller, en tout temps. *Pète-sec, tu as déjà essayé ce dada sur elle ! Et au lieu de te rapprocher de la belle, tu l'as bêtement éloignée ! Grand dadais, laisse tomber le sang-froid et aie enfin le sang chaud avec ta femme.*

Il se réveilla tôt, ayant à peine dormi à cause de mille scénarios d'horreur échafaudés dans la calme nuit de la campagne aquitanienne. Son imagination le menait trop loin ; il ne servait pourtant à rien de se torturer inutilement.

Pour cesser de broyer du noir et surtout pour chasser ses démons intérieurs, Albert s'acharna pendant deux heures dans les vignobles. L'immobilisme surréel du petit matin s'évanouissait dans une journée de canicule estivale au rythme du travail obstiné des hommes aux muscles bandés par l'effort. Le terreau se réchaufferait rapidement sous la force bénéfique d'un soleil de plomb. Pour l'instant, il restait encore frais entre les doigts du viticulteur penché sur la source de vie. L'odeur crayeuse et subtile du sol des Tourelles lui rappelait les soins constants de ses ancêtres. L'œnologue moderne savait d'instinct quand accomplir les gestes millénaires du vigneron. Les passereaux paressaient toujours dans une aube indolente. Hors du temps. L'humidité opaque se perçait comme le voile de pureté de la mariée rougissante par l'ardeur de l'amant éperdu et tendre.

Après un copieux déjeuner, il s'installa au volant de l'Aston Martin. Malgré sa nervosité grandissante, il se sentait le cœur plus léger à l'idée de retrouver Fleur.

En descendant l'allée, une bourrasque de vent salin provoqua la chute de centaines de minuscules fleurs blanc-jaunâtre odorantes. Leur majesté non altérée, les grands tilleuls du domaine se dressaient fièrement pour accueillir leur reine.

19.

Le matin de sa sortie de l'hôpital, Fleur se réveilla avec le poids du monde sur les épaules. Aujourd'hui, elle passerait les portes de ce milieu ouaté et protégé pour gagner un univers inconnu et trouble. *Le ciel m'attend, et Albert ! Mais je ne peux m'empêcher de craindre cet extérieur qui vit à cent à l'heure et cet homme énergique et trop viril. Pourrais-je répondre à ses attentes et lui offrir ce qu'il exigera de moi ?*

La veille, après le départ de son mari, elle avait visionné le journal télévisé avec des infirmières venues prendre leur pause avec elle. Elles jasaient à bâtons rompus, commentant allègrement les nouvelles du jour. Rejoindre ce monde violent la terrorisait. Il pouvait arriver tant de malheurs hors de ces murs décrépits, mais sécurisants. Un accident, un acte de violence, contracter une maladie, survivre à une catastrophe naturelle ou climatique et bien d'autres aléas existentiels inimaginables et terribles paraissaient inévitables.

Mais où se situe la sécurité ? Je pourrais développer une infection mortelle nosocomiale dans ces couloirs hospitaliers nauséabonds. Autant ne pas y penser !

Peser le pour et le contre l'exténuait. À l'hôpital, si elle ne réussissait pas à dormir, elle avalait sans rouspéter un cachet. Les décisions se prenaient sans intervention de sa part et elle suivait la caravane quand elle passait.

Son mari venait la chercher en début d'après-midi. Elle ne rebrousserait pas chemin. Elle quitterait cette chambre exiguë, le seul lieu qu'elle connaissait et elle affronterait le monde. Elle ne doutait pas de la capacité d'Albert à la protéger. Depuis le premier jour, il démontrait, surtout devant les policiers, une autorité incontestable. Ce solide gaillard se dressait en barricade infranchissable contre la menace. *Et il gronde. Comment le percevoir puisque les preux chevaliers n'existent plus depuis des siècles ? Il possède néanmoins les qualités d'un homme remarquable, un genre de héros des temps modernes.* Elle en savait trop peu sur ce mari attentionné, mais elle ne pouvait se tromper totalement sur lui. Elle ne rêvait pas sa force.

Aux Tourelles, elle ne prendrait aucune décision, le baron y régnant en maître absolu. Durant sa convalescence, elle serait protégée : il le lui avait promis. Il préserverait son bien-être et sa santé. Si elle tenait à se retrouver seule, elle pourrait s'isoler et éviter les menaces et les soucis. *Fuir ma vie et mon destin ?! Ou plutôt affronter ma vie et mon destin ?!*

Aucun autre choix ne s'offrait à elle que de foncer en ralliant son unique foyer et Albert, sa famille. Elle devait redresser ses frêles épaules et relever courageusement le menton.

Après une douche rapide qui la rasséréna, Fleur ouvrit le sac de voyage laissé la veille par Albert. Elle grimaça malgré elle, hautement déçue par son contenu.

Elle passa l'informe jupe de gabardine noire et le chemisier de soie à motifs floraux sur ses charmants dessous de dentelle rouge livrés de la boutique de lingerie. Elle chaussa des ballerines noires dignes d'une adolescente boutonneuse. Elle s'observa dans la glace de la salle de bain. *Une nonne cinquantenaire dans des vêtements trop amples et non seyants. Dieu du ciel, que le reste de ma garde-*

robe diffère de cet accoutrement déprimant ! Rien ne va plus : de la hauteur du talon de la chaussure à la longueur démodée de la jupe. Quel mauvais goût ! Ces oripeaux ne peuvent m'appartenir !

Comment croire qu'elle avait sélectionné ce chic chemisier d'une laideur effarante ou que ce fut son mari au goût indiscutable ? Albert se pointait toujours bien mis et les tenues de nuit et dessous choisis par lui à la boutique de Bordeaux lui plaisaient.

La vue dans la glace de cette grande et blême échalote mal fagotée à la chevelure châtain-foncé et aux immenses yeux verts larmoyants ne lui donnait pas confiance. *Le vilain petit canard insignifiant de tous les contes. Comment Albert Forestier peut-il avoir épousé cette laideronne ?* Elle aurait voulu se montrer à son avantage devant son époux, mais ce serait pour une autre fois. Consternée, elle grimaça nerveusement à la grotesque vision et elle se détourna vivement, le cœur lourd d'une amère déception. Le mouvement rapide lui rappela ses fractures douloureuses. Horribles à regarder, les ecchymoses adoptaient lentement les couleurs de l'arc-en-ciel. Seule qualité de l'accoutrement affreux qu'elle portait, il n'en laissait rien paraître.

Assise sur le bord du lit étroit, une agitation grandissante l'envahissait. Elle se forçait pourtant à l'immobilité. Mille questions restaient sans réponse. Où allait-elle ? Qui étaient vraiment Albert Forestier et Fleur Des Marchais ? Devait-elle se fier à son instinct et faire aveuglément confiance à son mari ? Sans passé, leur relation homme/femme serait-elle la même ? Serait-il possible de s'apprivoiser ?

Tout récemment, elle apprenait qu'elle avait vingt-cinq ans et qu'elle s'appelait Fleur Des Marchais-Forestier, un nom qui ne voulait rien dire pour elle. En se mordillant les lèvres, et malgré sa migraine, elle avait éclaté de rire quand le médecin le lui avait révélé.

— Fleur ? Vraiment ? Ridicule ! À quoi mes parents ont-ils bien pu penser ?

Se contentant de sourire, l'homme aux cheveux blancs lui avait confirmé le trouver très joli ce prénom.

— Quand même, il faut le faire ! Ma mère est-elle une espèce de hippie versée dans le New Âge et le tarot ? Affubler une enfant d'un prénom pareil !

Le jour suivant, il lui confiait succinctement qu'elle était mariée à un noble du lieu, Albert Forestier. Qui était-il ? L'aimait-il ? Pourquoi ne se tenait-il pas à son chevet ? Était-elle une femme éperdument amoureuse ou désespérément malheureuse ?

Ses parents décédés, le baron représentait sa seule famille. Il tardait à ce mari inquiet de la revoir, avait nerveusement avoué le docteur Moreau. Cédant aux pressions des experts médicaux, elle avait rencontré Albert. Elle avait été immédiatement séduite par sa prestance et sa gentillesse. Il avait pris ses mains dans les siennes et son existence entière s'en trouvait transformée à jamais. Devant lui, elle se sentait désespérément vivante. D'entrée de jeu, Albert Forestier avait passé avec sérieux son anneau de mariage et sa bague de fiançailles à son doigt. Un annulaire nu à son réveil ! Elle avait bien failli s'évanouir d'émotion alors que son cœur cognait lourdement dans sa poitrine oppressée. Quand ses paumes chaudes serraient les siennes, elle devenait maîtresse du monde. Pendant les deux heures que dura sa visite, il lui raconta les Tourelles et leur vie ensemble avec une patience attendrissante. Avant son départ, ils s'embrassèrent, victimes impuissantes d'une attirance impérieuse. Fleur ne savait pas ce qu'il en était pour son fringant époux, car il n'avait pas précisé sa pensée. Par contre, elle comprenait fort bien de quoi il retournait pour elle ! *Je veux l'embrasser à en perdre la tête et à m'en abîmer le cœur. Une pulsion irrésistible me pousse vers ce dandy.* Le baiser ne lui avait pas fait retrouver la mémoire, mais par tous les saints, ce délice lui laissait entrevoir le futur sous un nouveau jour. *Auprès de lui, un avenir merveilleux et gourmand s'offre à moi.*

Avancer et continuer en ne sachant rien sur soi n'avait rien de banal. Chaque jour, elle en découvrait un peu plus sur elle et sur son couple avec Albert. Les enquêteurs soulevaient des questions certes troublantes, mais quelle autre option avait-elle que de se fier à son mari ? Ne pas lui faire confiance signifiait inéluctablement de renoncer à cet époux auquel elle s'attachait. Un baiser par jour d'Albert Forestier lui paraissait un destin très doux auquel elle ne voulait pas se soustraire. Thérapeutique ! Aujourd'hui, il la ramenait à la maison et elle trouvait de nombreux pour et peu de contre à cette décision. *Un traitement de choc d'un mec chic pour apprivoiser le bonheur. Un baume sur nos existences mises en jachère.*

Elle rangea tranquillement son maquillage, ses effets personnels et ses vêtements de nuit dans le sac de voyage Prada en cuir noir laissé par Albert la veille. Nurse Labonté entra dans la pièce. Dans la quarantaine, cette femme bien en chair et très humaine demeurait sa préférée. Elle lui souriait avec empathie.

— Je venais vous aider avec vos bagages, mais vous avez déjà terminé. Votre mari arrive. Les Tourelles, votre domaine, est de toute beauté en ce temps de l'année. Vous y trouverez le bonheur. La tristesse n'est pas de mise quand on vit dans un château. Vous connaîtrez le destin d'une princesse de conte de fées avec votre prince charmant. Il faudra lui sourire à son arrivée. Les gens parlent, mais n'écoutez pas ce qu'ils racontent, car cet homme vous aime entièrement. Je n'ai jamais vu un couple mieux assorti.

— J'ai peur. Dans le vrai monde, je devrai tout réapprendre. Comment y arriver ?

— Votre nobliau vous accompagnera et vous guidera dans les épreuves.

— Je me sens trop affaiblie pour affronter une tâche aussi ardue ! Je pourrais être malheureuse, même dans un palais. Que deviendront mes rapports avec mon mari et sa maisonnée ? J'ai confiance en lui bien sûr ; il dégage une force de caractère inébranlable.

Elle se dirigea vers la fenêtre pour contempler la vue déprimante de Bordeaux.

— Pourquoi partir vers cet extérieur qui ne présente aucune avenue attirante ?

Elle enchaîna, révélant ses craintes :

— Albert reste un étranger. Un bel homme, certes, mais un inconnu quand même ! Je ne sais à quoi il s'attend de moi. Certainement, je l'embrasserai encore et toujours. Pour le reste, je ne pourrai pas. Comment agir s'il compte redevenir intime avec moi ? Je ne me souviens de rien, et je me sens comme une enfant ! Je veux découvrir les différentes saveurs de glaces, le bonheur de pratiquer du vélo ou du ski, les odeurs de la nature, le murmure du vent et sa douce fraîcheur sur ma peau.

Son débit rapide et sa gestuelle exagérée témoignaient d'un mal de vivre intolérable. Elle revint vers l'infirmière :

— Vous êtes mariée, je vous prie, conseillez-moi.

— Les vrais hommes ne se comportent pas comme des bêtes sautant sur tout ce qui bouge. Ce mari agira pour le mieux, j'en suis bien certaine. Un type bien, avec des principes, une rareté en ces temps modernes ! Je le remarquai à votre chevet un soir alors que vous gisiez inconsciente. Il démontrait de la tendresse à votre égard. Il est hautain, mais vous savez de quoi il retourne.

Elle prit délicatement les mains de Fleur entre les siennes ; cette chaleur maternelle généra un torrent de larmes.

— Écoutez votre cœur ! Dans un mariage, on gagne à donner.

20.

Assise sur le bord de son lit, une Fleur angoissée attendait Albert Forestier. Le noble lui tairait que dans une autre vie, il aurait envoyé un employé la chercher à seules fins de la blesser et de la confronter par la suite.

Mais il s'agissait d'une Fleur bien différente, tenace et froide. Celle-ci compte sur moi et je ne raterai plus le bateau.

Comme toujours, Albert était si bien mis qu'il lui coupa le souffle. Un pantalon noir d'une coupe impeccable et une chemise noire sous un veston à carreaux noirs et ivoire accentuaient sa carrure. Elle le voyait pour la première fois sans cravate. Le vêtement décontracté détaché de deux boutons laissait entrevoir une légère pilosité foncée. Il lui parut plus viril que dans son souvenir. Elle ne pouvait s'empêcher de le comparer à un mannequin professionnel alors qu'elle dégageait le charme inexistant d'une aubergine.

Petite fille triste se cachant derrière des frusques trop grandes, tes immenses yeux apeurés m'atteignent en plein cœur. L'évidence le bouleversa tandis que sa détestable voix intérieure le torturait devant la tête d'enterrement de sa châtelaine : *Elle ne part plus avec toi ! Tu ne la posséderas pas ! Ni aujourd'hui ni demain. Elle se souvient de ton imbécilité ! Elle se rappelle tout, surtout qu'elle te quittait.*

Ces idées noires le rongeaient depuis le réveil. Au lieu de se sentir heureux de ramener sa femme à la maison, il se voyait rejeté de nouveau.

— Allons-y, si tu veux bien. Rien ne sert de repousser le moment du départ ! « À la vie comme à la guerre ! »

D'un sourire charmant et engageant, il l'encourageait à quitter les locaux nauséabonds. Il mit son sac de voyage à l'épaule et prit le coffret par la poignée en s'assurant auprès d'elle qu'ils n'oubliaient rien. Elle resta assise en se tordant les mains :

— J'ai peur de partir. Je ne connais que la sécurité de cette chambre.

— Je demeurerai auprès de toi, à chaque instant.

Il réalisa sa faiblesse quand elle se redressa péniblement. Indécise, elle progressa lentement vers lui en évitant son regard. Il attrapa délicatement son menton entre ses doigts chauds. Elle devait lever la tête pour le regarder dans les yeux. Après une bise au coin des lèvres et un gentil sourire, il lui murmura :

— Tout ira bien. Ne t'inquiète pas.

Elle finit par pousser un profond soupir résigné et il la devança résolument vers la sortie. Galamment, il se hâta d'ouvrir et de lui céder le passage. Il la suivit dans le couloir avec un découragement croissant au fil des mètres parcourus.

Elle avance comme si elle marchait à la potence !

Rassemblés au poste, les membres du personnel s'empressèrent de saluer leur patiente préférée. De haute taille, Fleur devait constamment se pencher pour donner l'accolade. *Ces imbéciles me l'exténuent avec leurs simagrées interminables ! Sapristi, du vent ! J'abhorre l'hypocrisie de ces lèche-bottes.*

Fleur les remerciait pour leurs soins avec grâce. Même si elle avait perdu la mémoire et qu'elle se sentait nerveuse à l'excès, il se dégageait d'elle la classe innée qu'Albert lui avait toujours connue.

Derrière sa femme, il serrait les mains tendues, masquant son impatience dédaigneuse sous un sourire de commande d'un naturel d'automate. Il écourtait ses répliques à la limite de la politesse dans le seul but de quitter rapidement cet endroit laid, avec sa peinture écaillée, et nauséabond avec ses relents de misère humaine et de maladies contagieuses.

Vivement partir avant que ma douce ne change d'avis et que je me retrouve de nouveau sur la touche, seul comme un chien.

Ils grimpèrent dans l'ascenseur pour rejoindre le rez-de-chaussée. Silencieuse, elle contemplait avec une distance imperturbable la série de voyants lumineux indiquant les étages au fur et à mesure qu'ils les franchissaient à rebours. Durant la descente, Albert ne parla pas de peur de commettre un impair forçant le refus de la jeune convalescente de le suivre. Ils évitaient de se regarder.

Devant la porte coulissante de l'entrée principale, elle le toisa, la peur au ventre. Il lisait toute la détresse du monde dans ses grands yeux larmoyants. Il murmura un encouragement, cachant la crainte qui le gagnait sous un ton faussement joyeux :

— La voiture se trouve à trente mètres, sous la passerelle. Attends, je vais la chercher.

Elle agrippa fébrilement sa main avec une force qu'il ne lui soupçonnait pas :

— Je ne suis pas invalide et je marcherai, Albert. Je ne veux pas me séparer de vous. Seule votre présence assurée peut me convaincre de tenter ce saut dans le vide. Je ne peux réussir qu'en tenant votre bras secourable.

Vraiment ? Oh, ma belle, ces paroles me forcent à entrevoir notre avenir sous un nouveau jour : le futur que j'ai rêvé pour nous !

Après une profonde inspiration de la jeune amnésique, ils sortirent au grand jour. La chaleur humide et les bruits ambiants quotidiens assaillirent aussitôt Fleur de toutes parts : concert cacophonique de klaxons de véhicules en tout genre, rugissements des moteurs, voix s'interpellant fortement, babillages d'enfants, chants et pépiements d'oiseaux et portes et fenêtres se refermant à tous les vents. Après le silence surnaturel et le blanc omniprésent et rassurant du centre hospitalier, elle perçut tout, d'un coup. Les couleurs vives de l'été – bleu azur, vert forêt, rouge sang, jaune citron – la bouleversèrent à foison. Le soleil haut dans un ciel sans nuages la dardait de ses mille rayons implacables. Elle agrippa avec force son bras solide et, inquiet, il s'arrêta tout près de la voiture :

— Que se passe-t-il ?

Il contempla le ravissant visage levé vers lui pour y déceler ce besoin de sa protection, ce qui l'émeut au plus profond de son être.

— Après l'atmosphère ouatée de l'hôpital, tous ces coloris, ces sons, ces odeurs épicées ou florales représentent un coquetel carrément explosif. Impossible de tolérer autant de stimuli ! J'étouffe. Retournons vivement à l'intérieur.

— Notre campagne t'attend, Fleur. Tu t'y trouveras bien mieux qu'ici où le béton nous emprisonne et nous brûle.

Depuis une semaine, elle vivait à l'air conditionné du centre hospitalier et elle suffoquait dans son chemisier de soie à manches et sa lourde jupe trop chaude. Elle ne savait pas à quel point elle était belle, avec ses joues rougies par la moiteur, l'émoi et la peur.

— La chaleur accablante m'enveloppe et, pour un peu, je retirerais mes vêtements tellement je transpire.

Contre toute attente, et de façon plus que surprenante, elle vit Albert rosir. Il la pria avec une feinte nonchalance :

— Résiste à la tentation pour le bien de tout un chacun et surtout afin d'éviter un carambolage monstre sur la grand-rue.

Il agrémenta son commentaire d'un sourire goguenard qui la laissa pantoise. Le jeune homme tenait à tout prix à détendre l'atmosphère, mais il s'y prenait mal pour la rassurer. Grand et bien bâti, il se trouvait trop près d'elle pour qu'elle puisse combattre son charme dévastateur. Ses palpitations ne relevaient plus seulement de la température excessive. Ses prunelles bleutées et caressantes la couvaient avec une tendresse séductrice. Conscient de son effet sur elle, il déposa un léger baiser sur son front et il se détourna rapidement, en prétextant que la canicule se supporterait mieux en roulant. Il la devança vers l'Aston Martin. Elle hésita devant la rutilante voiture. Il lui ouvrit la portière et, après un regard dans sa direction, elle accepta de s'asseoir sur le siège passager, impressionnée par l'élégance racée de l'automobile. Après avoir laissé le sac Prada et la cassette dans le coffre, Albert rejoignit le fauteuil du conducteur. Démarrant à l'aide de la commande vocale de ce modèle unique, la berline émit des ronrons rassurants. Il aimait énormément conduire la Vanquish, surtout avec sa femme à ses côtés, une rareté dans la dernière année. Quand ils devaient sortir ensemble, il choisissait toujours la Bentley.

Désormais, il réclamerait rarement les services du chauffeur, à part pour se rendre dans des événements majeurs où il boirait plus que de raison. Il comptait se retrouver seul avec sa belle épouse le plus possible. Il protégerait ces moments précieux partagés en tête-à-tête.

— Noue ta ceinture de sécurité, Fleur.

Albert parlait d'une voix posée, sans la brusquer. Sa nervosité tombait maintenant, à pic. Ils prenaient un nouveau départ.

— Pouvez-vous me venir en aide, Albert ? Je manque de force.

Il s'en voulut un instant de son manque de courtoisie pour avoir oublié ses blessures. Il se pencha pour attraper prestement la sangle à demi sortie de son socle. Elle huma avec bonheur l'odeur suave de son eau de toilette sucrée et musquée. Cette soudaine proximité la troubla.

Dans une autre existence, à bord du jet privé des Forestier, il avait sécurisé Fleur à son siège. Il piloterait avec la belle à ses côtés pour vivre ensuite l'été de sa vie. À Nice. Cette Fleur de vingt ans espérait-elle son baiser ?

Après cinq ans, il prenait conscience du regard appuyé chargé d'attente et lourd d'expectatives. Il évita tout contact visuel en bouclant consciencieusement sa ceinture ; elle se trouvait trop près de lui pour sa quiétude. Comme il retraitait, elle le retint en glissant une main caressante sur sa nuque puissante où des mèches d'ébène dépassaient le col amidonné.

Elle désire être embrassée. Il l'avait compris dès son entrée dans la chambre, mais il avait joué l'imbécile efficace, pressé par le temps et prétextant la première excuse pour quitter cet endroit détesté sur une bise fraternelle. *Je la kidnappe pour provoquer chez elle un tendre syndrome de Stockholm. La belle captive deviendra mon esclave d'amour. J'abattrai mes cartes pour la gagner haut la main à ma cause. Il s'agit de la partie la plus importante de mon existence de couillon.*

Elle prenait l'initiative et il ne leur refuserait tout de même pas ce petit bonheur sans conséquence. Comme il entrouvrait les lèvres, les yeux maintenant fixés sur sa bouche vermeille, elle n'hésita pas. Bien qu'affolée par ce que pouvait lui réserver l'avenir, elle désirait pourtant mordre à la vie ! La langue de Fleur, tour à tour timide, caressante et hardie, frôla sa lippe veloutée avec une lenteur délicate et une sensualité toute féminine. Elle ne résista pas. La caresse d'une tendresse sans pareille mit du baume sur leurs cœurs blessés. Après cet échange trop bref, mais si tendre et sensuel, il resta sans bouger, le regard dans le sien, dans ce lieu secret hors du temps qui leur appartenait. D'une voix rauque, il murmura en fermant les yeux :

— Délicieux. Pardonne-moi pour ce que je vais oser, mais j'en veux plus.

Il lui ouvrit avidement les lèvres avec les siennes pour la goûter et la savourer. Il la dévorait férocement, mais elle ne le craignait pas. Mû par son instinct, il comprit qu'elle se tendait à lui avec une égale passion. La douceur du baiser précédent ne paraissait plus qu'un lointain et trop tiède souvenir. Albert exigeait tout, et ce, avec une ardeur virile et irrésistible qui plut à sa femme.

Quel homme vorace ! J'aime...

Telle une déferlante inondant les grottes secrètes, heurtant les à-pics rocheux et balayant les plages sablonneuses des lagons désertés, la caresse de leurs bouches unies dans un tendre et langoureux va-et-vient n'en finissait pas. Ils oublièrent tout dans cet instant magique et éternel où leurs âmes se touchèrent.

Il rompit le charme en se détachant d'elle à regret.

— Cela fait mal, souffla douloureusement Fleur, en fermant les paupières s'enfonçant dans le siège de cuir clair.

— Le baiser ?

Sa sollicitude toute masculine réchauffa son cœur et elle crut enfin à l'avenir auprès de ce noble. Troublée, elle murmura, en cherchant son regard :

— Non, que vous vous éloigniez, Albert. Que vous me retiriez vos lèvres délicieuses qui goûtent la fraise sauvage.

Le souffle court, il resta longuement sans bouger, les mains sur le volant et les yeux bleus la fixant intensément. Cette femme lui offrait déjà davantage que la Fleur épousée. Elle lui partageait son bonheur de l'embrasser et sa détresse s'il cessait. Elle lui permettait ce pouvoir sur elle, celui de savoir ce qu'elle ressentait quand il l'approchait. Elle se dévoilait alors qu'avant elle ne lui parlait plus.

Elle l'observait toujours, le feu aux joues. Sa fièvre la rendait encore plus belle. *Ces couleurs lui vont tout à fait bien. Gamine irrésistible, je n'ai aucune envie de te résister. La petite voix intérieure susurra : Aucun laisser-aller, Albert ! Prudence ! Ne brusque pas la belle. Ta réussite à long terme en dépend.*

— Je passerais la journée entière à t'embrasser si je le pouvais. Ce désir me poursuit inlassablement. Par contre, je préfère rentrer chez nous pour respecter les conseils avisés de ton médecin et te soumettre à une sieste en après-midi. Bien que ce soit ennuyant, je me montrerai inflexible quant à ta santé, ma chérie !

Avec une musique en sourdine, ils roulaient lentement en longeant les grands boulevards dégagés. Étrangement, elle reconnaissait de nombreux monuments et vérifiait l'exactitude de ses souvenirs auprès d'Albert. L'Opéra-National, le Palais Rohan ainsi que le clocher à proximité de la basilique défilèrent. La passion qu'elle éprouvait pour l'architecture lui faisait oublier ses craintes.

Elle relatait mille faits captivants à propos des bâtiments anciens, des données éparses dont un profane comme Albert n'avait aucune idée, mais qui, en le distrayant, calmèrent ses angoisses.

Que ces connaissances lui reviennent ne me rassure pas le moins du monde. Mais qu'y puis-je ? Autant profiter de sa conversation au demeurant instructive !

— Cette sensation grandiose et totalement inconnue de faire partie de l'histoire me bouleverse. La ville pittoresque attire les touristes et les gens rient dans les rues… Je ressens aussi une forte émotion à contempler ces merveilleux édifices du quartier historique de Bordeaux. Ces gargouilles fabuleuses me ramènent en mémoire celles de Notre-Dame-de-Paris qui datent de 1225. J'en raffole. Elles excitent mon imaginaire. Je devine que j'adore les films d'horreur et me raconter des peurs.

— Oui. Et tu as toujours aimé les ruines…

Il conduisait en souriant, empruntant le chemin qui les rapprocherait du château. Ils prenaient désormais de la vitesse. Fleur appréciait tour à tour le paysage et la conduite automobile expérimentée de son mari. Elle s'en remettait entièrement à lui. Quand elle le regardait à la dérobée, elle le trouvait plus intéressant que séduisant. Elle ne pouvait oublier les baisers échangés et son cœur battait à se rompre.

Je ne dois pas fixer sa bouche sinon je deviens folle !

— Le mot gargouille vient du latin ***garg***, signifiant gorge et de l'ancien français ***goule***, gueule. Elles servent essentiellement de gouttières. Mais je les estime indéniablement plus extraordinaires que leur fonction première.

Le vent dans les cheveux et sur son visage lui apportait une fraîcheur salvatrice. Elle avait envie de retrousser les manches de sa blouse et de relever sa jupe. *Mais ce je-m'en-foutisme ne se peut pas en roulant dans une voiture de luxe à côté d'un aristocrate !*

L'excellente chaîne stéréophonique égrenait des airs populaires et, sans qu'elle le réalise, elle battait la cadence. Le chemin ne lui rappelait désormais rien et elle regardait partout à la recherche d'indices. Ils longèrent la falaise. Quand ils passèrent la courbe maudite, site de l'accident, Albert l'observa avec une inquiétude insistante. Elle restait assise bien tranquille, sans sourciller, en dévorant l'horizon de son regard attentif. Ils empruntèrent enfin la route des vignobles.

— Le médecin a réduit ma dose de médicaments hier soir, avoua Fleur sur le ton de la conversation. Il se voyait désolé de s'être trompé dans ses dosages. Une erreur mathématique ! Dix fois la dose nécessaire !

— L'incompétence m'exaspère !

Les lèvres serrées et un muscle tressautant sous la peau bien rasée de sa joue, Albert émit un grognement sourd. La colère l'étouffait à la pensée que sa femme ait pu souffrir par la faute d'un incapable. Il accéléra rageusement ; la voiture dévorait le bitume.

— Ces derniers jours, tu ressemblais à une poupée de chiffon. Tu te trouvais nauséeuse au moindre effort. J'aurais été furieux de connaître la survenue de cette bourde à l'hôpital ; le bonhomme m'aurait entendu !

À n'en pas douter, mon mari aurait sermonné ce vieux docteur Moreau. J'ai bien fait de me taire.

La tension d'Albert décrue alors qu'il se concentrait sur la conduite et qu'Aznavour entamait « *Et pourtant* », après U2 et Plastic Bertrand.

— Méchant mix ! J'adore. La musique adoucit les mœurs.

Le baron était fabuleusement conscient de la présence souriante de sa femme, de sa curiosité et de ses découvertes, mais surtout du fait qu'elle se mettait à fredonner cette chanson jadis appréciée. Ces derniers temps, elle n'écoutait plus que du classique, mais à l'époque de Nice et du début de leur mariage, elle préférait les airs populaires. Avec nostalgie, il se rappela sa joie de vivre à vingt ans, bien avant cette affreuse nuit de septembre.

Elle ne réalisait pas qu'elle chantait assez fort le « *Paparazzi* » de Lady Gaga pour qu'il l'entende. Elle se sentait à l'aise du seul fait que la musique détendait l'atmosphère. La mélodie l'entraînait, le paysage défilant devant ses yeux à grande vitesse l'émouvait et le vent sur son visage la rassérénait. *Quel bonheur qu'elle chante de nouveau !* Le timbre de sa voix le remuait autant que par le passé. Son anglais sans accent le surprenait encore. Il ne prononça plus un mot de peur de gâcher ce moment où la baronne se comportait enfin comme une femme de son âge. Il percevait son entrain au mouvement du corps, des épaules et des cuisses. *Seigneur, elle m'excite même si elle est vêtue des pieds à la tête comme une vieille fille.*

Fleur lui sourit. En plein contrôle de la puissante voiture, il en goûtait de façon évidente la force motrice.

— Tes chansons préférées sont sur ce CD. Tu aimais bien Lady Gaga en promenade et tu adorais Aznavour tout le temps.

Le vent la décoiffait. Sans son accoutrement d'une autre époque, elle aurait paru quinze ans. Il finit par lui apprendre que les vignobles à perte de vue leur appartenaient. Après deux airs d'Édith Piaf, ils bifurquèrent sur la gauche pour pénétrer dans l'allée menant au domaine et au logis seigneurial.

Après le petit bois, le bâtiment s'offrit à leur regard. Fleur en ouvrit la bouche d'émerveillement. À l'instar des demeures historiques de Bordeaux, elle connaissait de nombreuses statistiques sur le monument. Par contre, elle préférait entendre son mari lui raconter son héritage familial. Albert lui en relata gentiment la construction commandée par son ancêtre Julien Forestier en 1690. Elle s'extasia devant ce château de conte de fées merveilleusement proportionné avec ses tourelles et sa toiture d'ardoise bleue. Il gara la voiture à l'entrée. Rapidement, il s'empressa vers la portière pour l'aider à descendre en lui prenant la main qu'elle accepta le cœur battant.

— Nous ne pouvons pas vivre dans un endroit pareil ! Personne ne vit plus dans des castels aussi fastueux ! Grandiose ! Je devrais me rappeler ce lieu de rêve, mais rien ne me vient. Que de lointaines connaissances encyclopédiques ! Quelle frustration ! Je pensais apercevoir notre maison et me souvenir miraculeusement, d'une chiquenaude. Tsik !

Fleur paraissait à la fois navrée et éblouie. Il trouvait l'expression étrange de son visage difficilement déchiffrable.

— Nous vivons pourtant ici, ensemble, avec des employés à demeure. Mais ceux-ci, à part madame Jacques, la gouvernante et notre majordome, Henri, crèchent dans les quartiers des serviteurs dans une petite villa à l'orée de la forêt.

Suivant son geste de la main vers le nord, elle remarqua à distance un bâtiment rectangulaire de deux étages de belles proportions en pierre grise. Elle contempla la vue en contrebas, s'extasiant sur sa majesté et sur la douceur du climat de cette journée estivale lourde au cœur de la cité. La chaleur paraissait moins oppressante qu'à Bordeaux ; le vent voyageait de loin. L'odeur entêtante de la mer lui tournait la tête. Le silence des lieux apaisait son esprit en surchauffe après le tumulte de la ville. Un serviteur s'empressa à leur rencontre pour chercher ses effets dans le coffre de la voiture. Ils passèrent d'impressionnantes portes ouvragées sans accorder un regard à ce dernier.

Le majordome les accueillit dans l'immense hall en s'inclinant bien bas pour son âge. Il retenait tant bien que mal un énorme cabot. Elle salua l'homme et, en désignant l'animal, demanda à qui appartenait le berger allemand. D'instinct, elle connaissait déjà la réponse. Albert lui apprit qu'elle possédait ce molosse depuis deux ans. Elle approcha pour le flatter et le chien fêta son retour en caracolant gaiement. Elle éclata de rire en lui grattant le ventre quand il se roula tout excité à ses pieds. La gouvernante était apparue entre-temps et elles furent présentées. Madame Jacques osa une révérence, ce qui gêna Fleur de la part d'une dame aussi âgée. Le maître cassa net le mouvement de gêne de sa ravissante épouse en annonçant :

— Je monte avec toi. Pirate, reste.

Obéissant, le toutou s'étendit tout heureux. Fleur regardait partout, cherchant à se souvenir. Le grand escalier l'impressionna, mais ne lui rappela rien. Bien docilement, elle atteignit avec Albert le palier sous l'œil surpris d'Henri. *Jamais le maître n'a tenu ainsi la main de madame dans la sienne. Et la châtelaine se laisse faire !*

Des peintures ornaient les cloisons lourdement décorées. Elles représentaient des hommes et des femmes guindés en vêtements d'apparat de toutes les époques :

— Ici, le passé se lit sur les murs, murmura la belle en contemplant un bossu avec une belle tête de séducteur. Quel adonis !

— Le boscot, unique rejeton du premier baron.

Albert n'ajouta pas un mot, comme si un ancêtre souffrant une légère infirmité le condamnait à une damnation éternelle.

— Traits nobles, généreux. Vous lui ressemblez. Cette toile incroyable le rend si vivant et si fort.

Albert s'impatientait de son étude de l'œuvre.

— Rolland. Le premier vrai vigneron de la famille. Il peinait à monter à cheval, mais il aimait vendanger. Il a eu trois fils et contrairement à son père qui agissait comme une brute, il était adoré par ses hommes. Tu fantasmais souvent devant cet idiot. Rien ne change !

Elle délaissa la peinture et s'avança vers Albert. Contre toute attente, elle se colla à lui et attira son visage pour effleurer ses lèvres. Elle murmura en soufflant doucement contre sa bouche :

— Assurément, je fantasmais de vous. Vos ressemblances me bouleversent. Quelle riche histoire que la vôtre, Albert !

— Certes. Passons à la chambre si tu le veux bien.

Pourquoi me presse-t-il de la sorte ? Je le croyais plus flirt.

Elle suivit la direction qu'il lui indiquait pour pénétrer dans une grande pièce lumineuse. La décoration dans le plus pur style français avec dorures des boiseries, murs ivoire écru et vieux rose et meubles authentiques lui plut malgré ses allures de Versailles. Elle marcha jusqu'à la fenêtre. La vue imprenable sur la vallée permettait de deviner la rivière serpentant au loin dans des miroitements argentés à travers le lourd couvert forestier.

— Le paysage est splendide.

Elle ferma les yeux en espérant qu'il se rapprocherait d'elle comme à l'hôpital, le premier jour de leur rencontre. Il anéantirait la distance entre eux plus qu'insupportable depuis qu'ils évoluaient dans l'enceinte de la fastueuse résidence.

— Le médecin a requis de t'imposer une sieste en après-midi. Ta penderie, si jamais tu désires te changer.

Albert avait parlé avec une raideur sombre et angoissée. Déçue, elle se détourna du panorama et elle le rejoignit pour examiner l'immense placard de type walk-in où vêtements, chaussures et colifichets se disputaient chaque centimètre.

Il s'éloigna d'elle pour passer une nouvelle porte.

— Notre salle d'eau commune.

Elle le suivit dans une pièce aussi vaste qu'une salle de bal. Elle ouvrit timidement des tiroirs pour y découvrir ses nécessaires de beauté et des produits de toilette masculins. Une spacieuse douche en verre de Venise occupait la moitié d'un mur et dans ce qui devait se trouver une tourelle, trônait une grande baignoire à remous entourée de fenêtres peintes donnant sur la forêt. Leur faisant face, elle remarqua des armoires, des glaces en pieds ou à demi, des comptoirs et des lavabos. Un bidet et un cabinet d'aisances étaient soustraits à la vue par un trompe-l'œil en vitrail représentant de blondes lavandières aux robes multicolores et stylisées et aux décolletés plongeants sur de généreux attributs laiteux. Les teintes vives et en relief la séduisaient.

— Ravissant ! Une salle d'eau fabuleuse digne d'un château de rêve… Bien différent des W.-C. de l'hôpital.

Une gêne palpable se dégageait de ce mâle accompli.

— Vous éprouvez la nostalgie des heures que nous passions ensemble ici ? Je suis désolée de ne pas me souvenir et de vous imposer cette souffrance.

À l'extrémité de l'entrée, elle franchit, avant qu'il ne puisse l'arrêter, une énorme porte en tout point identique à celle empruntée précédemment. Le sombre pressentiment de Fleur se confirma : une chambre d'homme à ne pas en douter à la décoration austère et dépouillée. Un immense lit occupait l'espace. Étourdie, elle ouvrit une penderie et y trouva les vêtements haute couture du noble. Elle poussa l'audace à fouiller un tiroir pour découvrir ses sous-vêtements.

Appuyé au chambranle, il feignait la détente bien que sur des charbons ardents. Il ne souriait plus et il n'osait interrompre le silence.

— S'agit-il de votre chambre, Albert ?

Il nota le reproche à peine voilé dans la voix féminine.

— Oui, avoua-t-il plus sévèrement qu'il ne le souhaitait. Le médecin m'a fait promettre d'éviter les rapports intimes jusqu'à ta prochaine visite à son cabinet. Nous ne devons pas dormir ensemble, Fleur. Si nous partageons la même couche, je ne pourrai pas rester sage. Je ne suis pas bâti en bois après tout.

Albert parlait les lèvres pincées. Il détestait se justifier ou s'expliquer, même à Fleur, et surtout dans ces circonstances.

— Je prends les moyens pour respecter mes engagements.

Voilà pourquoi il n'a pas répondu à mon baiser sur le seuil de ma porte ! Elle répliqua froidement, les yeux doux démentant par contre son ton :

— Où dormions-nous avant l'accident ?

— Tu te tiens dans la chambre principale.

Il se détournait sans répondre directement à sa question. Il se dirigea vers la sortie pour lui signifier son congé. *J'agis comme un sombre imbécile avec ce décorum guindé. Elle me reprochera ma conduite trop froide. Et elle aura raison.*

Elle chassa les sinistres pressentiments qui l'étouffaient et elle câlina :

— Je pourrais faire ma sieste ici avec vous.

— Je ne m'adonne pas à la sieste.

— Nous pourrions nous étendre et parler. Je pourrais m'endormir entre vos bras, sagement. La solitude me pèse. Je me sens égarée dans ce nouvel environnement. Je vous en prie, Albert ; ne me repoussez pas.

Il prit sur lui ; il voulait désespérément accepter, mais au contraire, il devait l'éloigner.

— Du travail en retard m'attend. Je te raccompagne chez toi.

Son ton sévère n'admettait aucune réplique. Des éclairs dans ses yeux la mettaient au défi de l'affronter. Elle n'osa pas le confronter, car elle perdrait. La soudaine froideur de l'homme qui, une heure plus tôt, la caressait de sa bouche très douce la désolait.

Ange tutélaire, pourquoi te comportes-tu en tyran ?

Comment avouer à Fleur que s'il s'étendait à ses côtés, il l'embrasserait ? Incapable d'oublier leurs baisers troublants, il interromprait les mots sur ses lèvres, les étouffant un à un, sous son souffle chaud. Il se permettrait les caresses dont il rêvait depuis trop longtemps et, comme il avait envie d'elle, il la posséderait enfin.

— Ne prenez pas cette peine, Albert. Je ne voudrais surtout pas déranger, surtout si vous cumulez autant de retard. Les priorités de la vie restent entières pour un patricien de votre importance. Je comprends. Douée d'une excellente orientation spatiale, je retrouverai le chemin de mes quartiers.

Oh, ce ton froid et distant, ma chérie. Non ! À quoi m'attendre d'autre quand je la dirige d'une main de fer et que je la confronte malhabilement ? Elle m'enverra paître avec raison. Il tenait à la retenir, mais il la regarda disparaître derrière le battant discrètement refermé.

Il demeura immobile au centre de la pièce. Elle le prendrait pour un fou s'il la rejoignait. En se traitant d'idiot, il descendit en vitesse à son bureau afin d'éviter toute tentation. *Pourquoi tout va-t-il de travers depuis notre arrivée ? Pourquoi être si emprunté avec Fleur ? L'influence néfaste de la demeure ancestrale Forestier nous affecte-t-elle si déplaisamment ?* Depuis Julien Forestier, aucun descendant n'avait vécu longtemps heureux en couple. La tendre épouse de cet illustre ancêtre se jetait au bas de la falaise après avoir accouché d'un fils difforme représenté sur ce portrait que Fleur avait admiré.

De nature romantique, les hommes de la famille se mariaient par amour. Ils avaient perdu leurs épousées après un accouchement difficile ou une des nombreuses maladies infectieuses de l'histoire.

Une fut tuée par les Anglais au moment des guerres territoriales. Depuis trois cents ans, la liste des dames Forestier n'ayant pas dépassé l'âge de trente-cinq ans s'allongeait.

Albert serra les poings. *Fleur a bien failli mourir à vingt-cinq ans dans un stupide accident de voiture ! La malédiction empoisonne la vie des barons depuis bien trop longtemps ! Comment conjurer le mauvais sort ?*

Mais le destin n'avait pas provoqué la réaction ulcérée de sa femme qui lui revenait en mémoire alors qu'il essayait de se concentrer sur une lecture scientifique à l'ordinateur. Le temps se traînait sans Fleur enfin assoupie selon les dires de madame Jacques.

Pendant leurs fiançailles, il lui avait fait visiter la suite alors en pleine rénovation. Fier de l'intelligence des plans, il n'anticipait pas la rage de sa promise. Il n'y comprenait rien.

— Que crains-tu ainsi pour te construire une palissade contre moi ? D'où te viennent ces scrupules ? Je te connais, Albert ; je dois vraiment te déplaire pour que tu m'éloignes à dessein du baldaquin seigneurial ! Avec Claude, tu ne présenterais aucune réticence ! Qu'est-ce qui cloche chez moi ?

La consternation se peignait sur son visage cramoisi et ses yeux verts le fustigeaient. Il avait dû se défendre.

— Que racontes-tu ? J'agis de la sorte pour ménager ta sensibilité. Tu m'épouses par testament interposé. Je ne me forcerai tout de même pas dans ton lit ! Le jour où tu me voudras, je serai là à t'attendre.

Provocante, elle avait éclaté de rire.

— Quel grand seigneur ! Je ne frapperai jamais à ta porte ! Plutôt mourir ! Le mariage blanc me convient, Albert. Tu en as décidé ; il en ira ainsi ! Tes désirs sont des ordres, Monseigneur !

Le glaçon ironique n'avait pas continué la visite puisqu'elle en avait assez vu. Elle avait rejoint son père au salon pour l'ignorer royalement. Elle cessait complètement de parler ou de rire, quand Albert prenait part à la conversation. Malgré sa fureur, il l'avait raccompagnée au Fief. Il aurait pu la forcer à rentrer avec Francis et la Bentley, mais il prolongeait le moment. Dans la nuit d'encre, le château Des Marchais paraissait aussi lugubre qu'à l'habitude. Il ne pouvait s'empêcher de grimacer. Il avait réprimé un frisson alors que le vent se levait conférant une allure menaçante à la noire forêt entourant la place forte. Il lui avait réitéré ses recommandations sur sa solitude dans ce lieu sinistre.

— Je n'aime pas te savoir ici sans chaperon, sans employé à demeure. L'endroit me file la chair de poule.

— Je suis une grande fille, Albert. Tu me traites comme une enfant. Tu m'horripiles avec tes agissements fraternels. Si je me souviens bien, quand j'avais dix ans, tu n'affichais pas ces scrupules.

La fière baronne se dressait et changea de sujet en cachant mal son exaspération :

— Je ne suis pas idiote et fragile au point d'avoir peur de dormir dans ma chambre, dans mon château.

— Ce manoir est hanté !

— Allons donc ! Le puissant Albert Forestier craindrait les fantômes ? Eh bien, moi pas ! En homme terre à terre, efficace et omniscient, comment peux-tu envisager une présence surnaturelle au Fief ? Risible ! Ridicule ! Au revoir, Albert !

Il n'aimait pas se voir traité de peureux. Il s'apprêtait à riposter, mais elle déposa un léger baiser sur sa bouche et, l'instant d'après, elle trouvait refuge loin de lui. Seul dans la nuit, le sang bouillant dans ses veines et le cœur en émoi, il rentra en maudissant son nom et le jour où ils s'étaient rencontrés.

Il ne savait que faire de ce château qui lui déplaisait, mais assurément pas un hôtel. Personne ne viendrait y séjourner tant le lieu lugubre et reculé donnait des sueurs froides. Pourtant, l'endroit recelait d'une histoire glorieuse et témoignait de la grandeur et de la force de l'Aquitaine. Laisser ce bastion à l'abandon représentait un sacrilège. De hauts faits régionaux et de chaudes batailles avaient été tenus devant le pont-levis, sur ces terres rouges du sang de ses enfants soldats.

Un jour, avec Fleur, ils se pencheraient sérieusement sur le futur le plus indiqué pour le Fief-de-la-rose et ses deux preux chevaliers de pierre emprisonnés par les sureaux, les saxifrages et les gentianes. Ces immenses endormis sous l'orseille et les lichens gardaient toujours l'entrée de l'ancien royaume Des Marchais.

21.

Après une reposante sieste de trois heures, Fleur rencontra la bonne dédiée à son service. Quand la minuscule brunette entra dans la chambre, elle trouva l'incrédule baronne, les bras croisés et sans expression, à contempler les rayons surchargés d'étoffes fleuries, de colifichets gris ou noirs et de lourdes robes de taffetas et de velours. Souriant gentiment, la servante à la crinière bouclée et au visage en forme de cœur vêtue de sa livrée traditionnelle se présenta dans une respectueuse révérence.

— Maîtresse, quel bonheur de vous retrouver en si bonne santé ! Quel soulagement de vous voir aussi énergique et en beauté !

Devant la mine défaite du viticulteur à l'annonce de l'accident, elle avait cru que la châtelaine serait défigurée, diminuée intellectuellement ou qu'elle se déplacerait en fauteuil roulant !

— Bonjour, Marie. Comme j'ai perdu la mémoire, vous m'excuserez si je ne me souviens plus de vous. Une situation étrange à n'en pas douter ! Je ne sais plus comment agir avec une bonne, mais je compte sur vous pour me guider aux Tourelles. Comme nous sommes du même âge, nous ne pourrons que bien nous entendre.

Intimidée par la dynamique incroyable entourant ces retrouvailles, l'employée acquiesça d'un hochement de tête.

— Je viens vous aider à vous préparer pour le dîner.

Fleur se sentait reposée. Après avoir boudé une demi-heure dans son lit, elle avait sombré dans un sommeil réparateur.

— À propos, existe-t-il une étiquette vestimentaire dont je ne sois pas au courant associée au titre de baronne ? Que voilà une garde-robe de prix ! Mes cheveux se dressent devant cet étalage de mauvais goût ! D'entrée de jeu, apprenez-moi pourquoi je m'habillais comme une nonne.

Fleur détourna le regard des affreuses guenilles pendues dans le vaste placard pour toiser sa bonne silencieuse. Marie éveillait sa curiosité en se tordant les mains et en évitant de parler. Elle cherchait une échappatoire pour dévier son attention, mais elle ne trouva pas. *Je la gêne ! Cette petite est-elle une simple d'esprit ?*

Marie rompit le silence abruptement en s'exprimant dans un débit rapide :

— Pour paraître laide, madame. Du moins, je le suppose…

Fleur haussa un sourcil interrogateur.

— Pourquoi vouloir se montrer repoussante à ce point ? Une baronne dans la vingtaine qui porte de pareils habits, je le conçois difficilement !

La servante feignit l'ignorance sans émettre une opinion. Elle détourna les yeux du regard franc et inquisiteur de sa maîtresse, qui finit par soupirer. *Je n'apprendrai rien même si je l'interroge jusqu'aux calandres grecques.*

— Ne possédais-je aucun vêtement de mon âge et, bonté divine, s'il vous plaît, des chaussures à talons ?!

Marie la dépassa et lui désigna une étroite section de la penderie qui combla aussitôt son interlocutrice. Fleur fouillait déjà les rayonnages en s'exclamant de joie. La bonne expliqua en souriant :

— Ce qui reste de votre garde-robe de jeune fille et de première année de mariage ! Elle sera à votre taille puisque vous avez minci.

En s'arrêtant, elle raconta à Marie d'un ton vif et excité :

— Avant de m'étendre pour la sieste obligatoire décrétée par mon autoritaire, mais somme toute si charmant mari, j'ai découvert ce petit chandail et ce short dans un tiroir.

Elle indiquait l'ensemble qu'elle portait.

— Avec les fringues fournies par ce cher Albert pour ma sortie de l'hôpital, je bouillais littéralement. Quelle chaleur oppressante ! Dès que possible, je ciblerai les frusques les plus légères sinon je mourrai de touffeur. Marie, une autre requête, je ne veux plus voir cette affreuse jupe noire et cette blouse à fleurs qui me donnent l'air d'une gouvernante de l'entre-deux-guerres. Sont-ce les vêtements de cette sévère madame Jacques ? Je vous en prie, au débarras ou aux bonnes œuvres ! Trouvons des habits pour le repas de ce soir. Je prendrai ensuite une douche.

Marie se tortillait sur place, dansant d'un pied à l'autre et se rongeant l'index jusqu'au sang. Sa patronne haussa de nouveau un sourcil inquisiteur qui entraîna une réponse aussi nerveuse qu'apeurée.

— Il est déjà tard, madame la baronne. Monsieur insiste pour que le dîner soit servi à vingt heures précises. Évitez de contrarier le maître en descendant en retard.

Fleur jeta un coup d'œil à l'horloge murale, une merveille d'antiquité avec ses chiffres stylisés et ses feuilles d'or :

— Une heure devrait me suffire amplement. Cette chaleur me rend poisseuse. L'impeccable Albert se présente toujours en complet/cravate. Ce chou doit se raser trois fois par jour parce que je ne lui vois jamais l'ombre d'une barbe. Un chérubin à la peau douce comme le derrière d'un poupon rose. Il sent l'indécence sucrée et sensuelle ! Je veux m'élever à ses standards. Préparez la douche. Inutile de discuter ; je ne changerai pas d'avis.

En balbutiant des commentaires inaudibles, Marie acquiesça à sa demande en sortant les serviettes et les savons avec empressement. Fleur se déshabillait déjà dans la salle d'eau. Elle pénétra sans tarder sous le jet brûlant pour se soustraire au regard appuyé de l'employée. Bien que remarquant les bleus spectaculaires sur les côtes et à l'épaule de la châtelaine, Marie remercia le ciel devant sa jeunesse et sa vitalité irrésistible. Elle retrouvait son impétueuse patronne !

Fleur Forestier ne combat plus l'attirance la poussant vers son homme. Elle ne traîne plus cet affreux souvenir… S'ils peuvent devenir un vrai couple ! Que de merveilleux surnoms elle a pour lui !

La domestique repoussa ses pensées à l'index. *Enfin, les maîtres se tournent vers l'avenir ! Voilà longtemps que ma maîtresse s'est émue à côtoyer le baron. Avant son accident, elle mangeait depuis des mois à la chambre, ne croisant son mari que pour le nécessaire. Ils ne partagent aucune activité depuis des lustres. Je provoquerai des rapprochements entre eux ! Le caractère d'Albert Forestier pourrait passer d'impossible à débonnaire.*

Marie se secoua et trouva un chemisier américain et une jolie veste agencés à la minijupe rouge. Puis, elle chercha des chaussures seyantes. Elle s'affaira ensuite à choisir des dessous charmants qu'elle déposa avec sa capiteuse flagrance sur le comptoir de la salle d'eau.

Marie rejoignit la baronne après sa sortie de la douche. Pieds nus et vêtue du slip et du soutien-gorge de satin blanc, la châtelaine se séchait les cheveux. Marie prit le séchoir pour la coiffer et elle lui plaça impérativement une trousse à cosmétiques dans les mains en lui présentant un fauteuil.

— Vous ressemblez à un lion. Asseyez-vous devant la glace. Je m'occupe de votre coiffure pendant que vous vous maquillez. Essentiellement un échange de bons procédés, Madame.

Tout en disciplinant la chevelure épaisse et bouclée, Marie humait le délicieux parfum féminin que la maîtresse ne portait plus.

Hi ! Hi ! Le préféré de monsieur !

Contente de sa ruse, elle réalisa un chignon romantique à souhait. Un maquillage léger des doigts habiles de l'aristocrate complétait pour le plus bel effet.

Juste ce qu'il faut pour le rendre fou. Hourra, milady !

De retour dans la chambre, alors que la baronne enfilait en vitesse sa jupe, Marie choisit à dessein une chaînette, des boucles d'oreille et une montre en or. Elle connaissait l'importance de ce bijou dans leur histoire et elle espérait que le châtelain le remarquerait au cou de sa femme. Quand elle se tourna vers sa maîtresse, elle ne put retenir une exclamation de consternation et elle s'empressa vers elle :

— Madame, vous devez montrer de si charmants dessous, surtout quand vous vous trouvez en tête-à-tête avec le maître. À peine, mais tout de même ! Il faut profiter de la sève qui monte chez votre mâle.

De la sève chez un homme ? Albert n'est pas un arbre après tout ! Parle-t-elle cochon ? Soupçonneuse, elle toisa la servante qui jouait l'innocente en se concentrant sur les deux premiers boutons du chemisier qu'elle détachait de sorte à dégager le pendentif et le satin blanc du soutien-gorge pigeonnant.

— Êtes-vous certaine, Marie ? J'en offre peut-être trop ?

— À peine beaucoup, maîtresse. Vous lui plairez.

Fleur apprécia le travail de la bonne en se contemplant dans la glace et elle oublia aussitôt les commentaires équivoques de la jeune impertinente. Elle se trouvait assez jolie. Acceptable pour ce soir.

— Suis-je suffisamment bien mise ?

— Certes, baronne.

— Ma gentille Marie, une perle. Je vous remercie. Je ne sais pas ce que j'aurais fait sans vous. Vous apparaissez, et comme une fée marraine, d'un coup de baguette, vous accomplissez une magie, avoua-t-elle après un rapide coup d'œil à l'horloge. Deux minutes avant les vingt heures… À temps pour le bal ! En espérant que le prince ne se soit pas transformé en grenouille entre-temps…

Les jeunes femmes se regardèrent et elles éclatèrent de rire avec des moues comiques. La gaieté revenait aux Tourelles sous les traits d'une pétillante brune aux prunelles vertes vêtue d'une minijupe rouge et d'un petit chemisier américain.

Albert s'impatientait : vingt heures. Fleur ne le rejoignait toujours pas. Les lèvres serrées, le regard lançant des éclairs, il exigea vertement à madame Jacques de s'enquérir sur-le-champ de la raison de cet inacceptable retard. Il ne savait à quoi s'attendre après la façon dont ils s'étaient quittés en début d'après-midi. Par contre, il n'admettrait pas que Fleur prenne le repas à la chambre. *Je ne reviendrai pas en arrière ! Si elle ose une crosse dès le premier soir, elle m'entendra ! Je ne permettrai pas qu'elle me boude.*

La gouvernante s'arrêta sur le seuil en admirant la châtelaine qui descendait le grand escalier de marbre blanc. Même si elle relevait d'un sérieux accident, Fleur Forestier paraissait étrangement sereine. Elle posait un œil nouveau et curieux sur tout.

À la nervosité de la vieille employée, Fleur saisit que la salle à manger se situait précisément de ce côté et qu'Albert s'impatientait. Le soulagement lu dans ce regard fatigué et éteint lui laissait présager qu'elle représentait la cause de son tourment. La baronne comprit que son mari pouvait se comporter en despote absolu et cruellement en faire baver à sa maisonnée ou à quiconque l'empêchait d'obtenir ce qu'il voulait.

Elles se saluèrent d'un léger signe de tête et la sexagénaire ridée s'effaça. Alors que la pendule sonnait le premier de ses huit coups implacables, Fleur se présenta devant le propriétaire du logis, un sourire de commande sur les lèvres. Incrédule et admiratif, Albert oublia instantanément son impatience enragée. Elle entrevit un instant son courroux qui se mua en cette gentillesse naturelle qu'elle lui connaissait depuis sa première visite à l'hôpital. Madame Jacques sortit discrètement de la pièce pour aviser à la cuisine que les maîtres s'apprêtaient à dîner.

Dans ce cadre somptueux, Fleur s'avança timidement vers Albert. Debout devant les larges portes-fenêtres ouvertes sur la nuit d'encre, le baron s'empressa à grandes enjambées à sa rencontre, perdant totalement son air revêche. Son cœur de femme, encore bien fragile, battit plus vite et fort.

Sa coquette minijupe rouge dénudant ses longues jambes galbées, un veston d'été Chanel à motifs pieds de poule et le léger chemisier américain en crêpe chiné de la plus pure blancheur soulignaient le doré de sa peau de pêche. Albert trouva Fleur belle à se damner avec son maquillage soigné, ses cheveux châtains cuivrés montés en chignon et ses discrets bijoux. Ses immenses yeux verts lui dévoraient le visage et ses cernes s'atténuaient. *Petite fleur éclatante de candeur et d'innocence.*

Albert revêtait un complet noir sur une chemise immaculée. Une cravate de soie bourgogne rehaussait le bleu de ses yeux. Son séduisant baron de mari menaçait sa paix intérieure. Mais plus que sa joliesse, sa force et son énergie plaisaient à Fleur. L'allure bourrue entrevue à son arrivée prêtait quelques défauts à cet homme.

Il remarqua sa distance, alors qu'elle lui offrait la joue pour un rapide baiser de bienvenue. Dans cette fraction de seconde, elle huma le parfum sensuel et masculin renforçant son pouvoir de séduction. *Albert Forestier : le magnétisme personnifié. Est-il tout aussi bouleversé par moi ?*

Il respira avec ivresse les effluves épicés mêlés de bois de santal de sa fragrance préférée, tout en la retenant doucement contre lui.

— La faim m'a réveillée. La sieste de trois heures m'a fait du bien. Comme toujours, vous aviez raison d'insister pour ce somme, seule dans mes quartiers. J'apprécie la chambre mise à ma disposition, Albert. Votre délicatesse égale votre gentillesse. Je ne vous remercierai jamais assez de vous efforcer de me faire sentir chez moi et de me ménager ainsi des espaces où je puisse vaquer en privé.

Bon sang de bonsoir, mais elle est chez elle et non une invitée ! Elle ne le réalise pas encore et je lui complique la vie avec mes simagrées de grand seigneur.

Albert se secoua de sa torpeur et il l'invita galamment à prendre place. Il s'installa ensuite face au couvert dressé pour lui. Il saisissait la pointe ironique sous ses propos anodins. Son cœur rata un battement à la pensée qu'elle se trouve si bien dans cette chambre aux rideaux roses et au baldaquin à frou-frou, à faire joujou de moult façons, qu'elle ne veuille nullement partager un jour prochain la couchette du maître du logis. *L'avenir nous le dira, mais je ne laisserai pas s'accomplir un destin contraire à ma nature. Je veillerai au grain. Elle ne m'imposera plus cette distance intenable. Un mois. Jusqu'au contrôle médical...*

Après un discret signe de sa part, le valet s'empressa de servir.

Fleur admira la table magnifiquement dressée avec sa nappe de dentelle blanche, le volumineux bouquet central constitué de roses trémières, les couverts en argent, le cristal et la porcelaine fine aux armoiries des Forestier. L'immense candélabre en or ouvragé avec ses perles transparentes brillait de mille feux. *Ce luxe ostentatoire me coupe le souffle. J'existe dans la vie d'une autre. Une riche héritière du XXe siècle inutile et complaisante.*

Un serveur guindé présenta une bouteille à Albert. Curieuse, elle suivit sa dégustation élaborée visant à s'assurer de la qualité du nectar.

— Robe limpide. Liquide brillant, grenat.

Le nez à la cheminée de son verre, le dandy ferma les yeux. Puis, il remua la coupe et respira de nouveau le contenu odorant.

— Arômes fruités : framboises et cassis.

Elle ironisa intérieurement : *Les arômes à la mode sans doute ? On dirait des phrases toutes faites !* Il prit une quantité du breuvage en bouche en émettant un bruit de langue répugnant et en malaxant énergiquement. Le dégoût chassa la curiosité de Fleur alors que le viticulteur répétait encore une fois le manège.

Il annonça simplement :

— Un vin ample, excellent. Versez.

Elle soupira, soulagée de ne pas subir une autre fois cette gymnastique buccale de mauvais goût. Le serveur emplit sa coupe, puis celle du maître et déposa la bouteille à la gauche d'Albert. Le noble leva son verre pour un toast.

— À ta santé, Fleur.

Le cristal tinta joyeusement. Il la regarda humer délicatement à la cheminée, puis agiter et respirer à nouveau le liquide. Les yeux fermés, elle garda une petite gorgée en bouche. Elle avala le puissant breuvage avec volupté. Le souffle court et les joues rougies devant la sensualité de la démarche, il comprenait que tant dans la vie se trouvait inscrit dans la génétique ou dans une identité plus primale que celle conférée par la mémoire. *Un acquis instinctif ! Elle savoure le nectar des dieux comme en prélude à une orgie des sens.* Il éprouva l'envie irrésistible de lui dévorer la bouche alors qu'elle passait sa langue sur ses lèvres bien rouges.

— Délicieux ! Un soupçon de cannelle et de chêne ?

Il se détourna de ses pensées secrètes et à l'index :

— En effet ! Seul un palais raffiné peut goûter ces notes délicates à ce Bordeaux puissant. J'adore déguster des vins en ta compagnie. Ta féminité et ta délicatesse dans ta manière de percevoir m'émeuvent. Pour ma part, je dois démontrer mon savoir et mes connaissances à grand renfort de claquements de langues ou de gargarismes. Cracher constitue le summum pour un expert.

— Ce que vous êtes bien sûr…

Ma petite femme se moque de moi ! Non, je la subjugue, voilà tout ! Comment pourrait-il en aller autrement ?

Fleur lui dédia un charmant sourire contredisant ses réflexions intimes. *J'espère ne pas subir trop souvent l'exhibition de ses talents de dégustateur, et surtout, qu'il ne se mette pas à crachoter comme un papi du Midi.* Elle préféra observer avec ravissement la grande pièce.

— C'est beau chez vous, Albert. Le mot juste : somptueux.

Une discrète servante en livrée versait un potage odorant pour les laisser enfin en tête-à-tête. Après son départ, Fleur avoua :

— Je ne sais pas ce que je fous ici. Ce faste, cette chambre de princesse, cette table royale, la grandeur historique du château, et même vous, tout n'a rien à voir avec moi. Je suis dépassée. Je me sens comme une usurpatrice et une intruse. Je vis dans l'existence dorée d'une Fleur oubliée.

Son malaise le désorientait. Il caressa sa main pour la rassurer et il déclara avec une emphase grandiloquente qui la gêna :

— En tant que baronne Forestier, tout t'appartient aux Tourelles, Fleur ! Surtout moi.

Il laissa planer une note troublante dans un silence lourd, mais délicieux, où son regard trouvait le sien. Elle se maudit de s'empourprer encore.

— L'utilisation de cette chambre de fillette avec sa décoration surfaite se veut une mesure transitoire, ma chérie. Cette démarche durera le temps de ta convalescence. Pas une seconde de plus !

Il prononça ces derniers mots comme une douce et exquise menace.

Elle se sentit rougir maladivement jusqu'à la racine des cheveux. *Surtout ne pas m'évanouir à la pensée de le posséder. J'ai du mal à concevoir la portée du concept de possession...*

— Ce savoureux potage au fumet appétissant me ravit.

Elle détournait l'attention de l'homme qui finit par hausser les épaules et déplier sa serviette de table pour la poser élégamment sur ses genoux. Elle l'imita en contemplant le blason des Forestier brodé sur le lin du ravissant tissage et sur la porcelaine fine. Le goût et la classe d'Albert Forestier se dénotaient partout aux Tourelles.

Le vilain petit canard du célèbre conte n'a rien à voir avec cet environnement raffiné ! Où se trouve ma place dans ce château ? Étrangère dans le monde, je n'ai nulle part où aller. Mais surement pas ici ! Pourtant, quand elle leva les yeux vers son mari et qu'il lui sourit, elle se sentit réconfortée. *Nenni ! La position à côté de cet homme séduisant me revient de droit. Il m'aime et il compte sur moi ; que je redevienne celle d'avant ou non ! Pourquoi m'inquiéter inutilement ? Saisir le moment... que sera sera...*

Ils firent honneur à l'excellent potage de concombre à la menthe en jasant à bâtons rompus. Albert demanda à ce que soit servi le plat principal, un succulent mijoté d'agneau avec sa jardinière de légumes. Perdue dans ses pensées, Fleur but son vin dont elle apprécia le goût à la fois fruité et puissant.

Il l'observait à la dérobée, affreusement conscient de son décolleté vertigineux. Il entrevit le satin blanc de son bustier et la courbe harmonieuse d'un sein. *Délicieuse et naïve beauté, tu me bouleverses les sens.* Il se souvenait de ce moment à l'hôpital où elle avait entrouvert son pyjama et forcé sa paume consentante contre son cœur. *Depuis combien de temps n'ai-je pas admiré un centimètre de sa chair ? Elle me génère d'autres appétits que ceux de la table. Je la baiserais vite et bien, ici même !*

Son regard se fixait sur l'échancrure du fin chemisier. Il en oubliait de déguster son repas. Comme elle se penchait, l'éclat brillant d'une chaînette portant une bague ancienne en pendentif se dévoila à sa vue. Il cessa de respirer d'émoi. Fleur recula et l'anneau retourna se nicher entre ses seins laiteux. Troublé et indécis, il se détourna, le sang bourdonnant à ses oreilles brûlantes.

Des mois auparavant, il avait lancé à la châtelaine la remarque acerbe qu'il aimerait revoir cette chaîne à son cou.

Elle disait avoir perdu ce bijou et s'en foutre complètement !

— Cette vieillerie ne compte pas pour moi. On ne parle pas ici d'un joyau de la couronne d'Angleterre.

Comme elle l'avait blessé alors ! Il lui avait pourtant donné ce gage d'amour après Nice. Des étoiles dans les yeux, elle avait promis de toujours le porter contre son cœur. La baronne avait froidement rétorqué pour le moquer :

— Ces niaiseries sentimentales m'insupportent, Albert.

Pourquoi lui avait-elle jeté au visage qu'elle avait égaré le pendentif alors qu'en réalité, elle le lui cachait ? Pourquoi vouloir le provoquer ou le briser ? Pourquoi tant de mépris et de hargne ? Leurs caractères bien trempés les obligeaient à s'affronter, mais était-ce suffisant pour générer sa rancœur ?

Aujourd'hui, l'idéaliste frustrée renaissait sous les traits de cette Fleur pure et sans passé. Il se secoua pour se dédier à sa charmante compagne et à son alléchant décolleté. D'autres faims s'éveillaient chez lui que celle de la bonne chère. Des faims de chair gorgée de soleil à la couleur de la pêche à peine mûrie.

Fleur ne parlait plus.

Il n'appréciait pas ses silences perturbés qui lui rappelaient trop les derniers mois avant sa fuite. *Je crains de la perdre alors que tout débute si bien entre nous !*

Inconsciente du tourment intérieur d'Albert, Fleur mastiquait avec application. Elle se concentrait sur les aliments sous sa fourchette, ébahie et ravie par les saveurs agrémentées d'épices fines et adaptées aux mets. Albert remplissait volontiers sa coupe.

— Ce décorum représente-t-il la norme au château ? Chaque jour à vingt heures précises et en grande tenue ?

— Les repas constituent un partage. Je travaille dur dans les vignobles dès le petit matin. Quand je rentre vers les treize heures, nous prenons un goûter informel au solarium, à la piscine ou sur la terrasse. Je m'enferme ensuite dans mon bureau pour m'abrutir sur de nombreux dossiers et les problématiques invariablement soulevées chaque jour. Nous nous retrouvons à vingt heures. Ma soirée t'appartient et j'exige ta présence pour échanger avec toi. Ce cérémonial me tient à cœur, ma chère. Je préserverai à tout prix notre intimité et nos rendez-vous. Ton baron se dévouera sans compter pour ton plaisir dans nos tête-à-tête privilégiés.

Elle préféra changer de sujet en sentant la chaleur lui monter au visage.

— Qu'est-ce que je fais pendant que vous travaillez ?

— Tu récupères de ton accident. Ta santé reste la priorité.

— D'accord, mais une fois rétablie…

— Le moment venu, j'aborderai avec toi tes activités quotidiennes.

Ce décorum obligatoire et l'idée de passer ses veillées en privé avec cet homme élégant la ravissaient. Il veillerait sur elle ; elle pouvait lui faire confiance. Pourquoi se tracasser inutilement ? La vie ne lui offrait pas d'autre choix que de se trouver sous les toits pentus et protecteurs de ce château du XVIIe siècle.

— La table s'avère-t-elle toujours aussi excellente aux Tourelles ? Cet agneau fond dans la bouche, dit-elle pour prolonger la conversation sur une note plus légère pour chasser l'impression de contrôle du maître de céans.

— Nous demeurons de fines fourchettes, alors une nourriture de première qualité s'impose. Manger et boire demeurent des plaisirs terrestres.

— La bouffe d'hôpital ne se compare pas à ce repas. Albert. Oh, si je vous racontais ! Chaque aliment dans la gamelle goûtait comme son voisin. D'une totale fadeur ! Miam, je salive à déguster ces verdures croquantes à la perfection !

— La cuisinière se souvenait que tu en raffoles. Par contre, ici, tu restes incontestablement l'experte en salade composée. Tu aimais tenter des associations souvent surprenantes, mais toujours savoureusement goûteuses.

Depuis qu'elle avait appris qu'elle était une femme mariée, elle se creusait les méninges afin de retracer un détail du passé, mais sans succès. Elle avait oublié son foyer, son entourage et surtout son mari. Cet homme représentait désormais l'essentiel de sa vie, de son parcours, de sa route.

— Je trouve cette perte de mémoire ennuyeuse. Possédai-je une expertise en quoi que ce soit ? L'excitation que j'éprouve à découvrir la diversité du monde ne se décrit pas. Exaltant, mais apeurant également ! À la sortie de l'hôpital, les bruits de la rue, les gens s'interpelant à qui mieux mieux, les oiseaux piaillant ou poussant très haut leur chant, tout paraissait étrange. Oui, affolant, mais fascinant !

Entre deux gorgées de vin, il l'admirait sans déposer sa coupe.

— J'avais peur de me sentir aussi vivante !

Elle lui parlait enfin et voilà si longtemps qu'ils n'échangeaient plus. Ses yeux verts brillaient alors que leurs regards se croisaient.

— Dès notre arrivée, après ce trajet trop court dans votre voiture incroyablement confortable soit dit en passant, la vue du château me coupa le souffle. Le panorama de votre campagne émerveille. Je ne vous cacherai pas ma contrariété que vous mettiez une chambre complète à ma disposition, mais je comprends que cette démarche s'inscrit dans un processus de guérison. Cette pièce se voulait-elle un boudoir auparavant ?

À dessein, le baron acquiesça d'un signe de tête distrait et laissa sa femme continuer. Il s'empourpra sur son évidente sottise. *Les gens de mon entourage doivent me traiter de corniaud dans mon dos. Faire chambre à part avec une épouse aussi bandante ! Je suis maboule, ma parole.*

— J'apprivoise donc le concept de mesure transitoire et j'apprécie votre explication, Albert. Je suis rassurée quant au devenir de notre couple. Faire chambre à part n'augure rien de bon, à mon humble avis. Ma vision d'un mariage réussi diffère.

— J'en suis fort aise, ma belle.

— Des époux ont des obligations l'un envers l'autre, non ?

Il dissimula son trouble sous un sourire de commande.

— De nombreux engagements en effet. Le respect et l'obéissance. Le partage. Pour l'homme, la protection. L'empathie. La procréation.

— Et l'amour ?

— Bien sûr, petite fille.

Elle captait sous le sourire bienveillant, la condescendance de l'homme.

— Toutes les femmes rêvent d'épouser l'homme de leur vie. Je saisis au moins cette réalité…

— Et les messieurs cherchent l'âme sœur qui leur procurera une descendance.

Elle soupira en se détournant de son regard exigeant.

— Je regrette de ne plus me souvenir de rien.

— Tout ira mieux demain. Tu apprivoiseras lentement ton existence aux Tourelles. Tu découvriras tes goûts et tu apprendras à m'apprécier.

— Ce soir, cette table somptueuse, la découverte de ce vin incroyable et ces mets divins me comblent. En prenant conscience de ces nouveautés, je réalise que j'aspire à vivre pleinement ! Tout voir ! Tout goûter ! Il me tarde de découvrir ce que j'aimais. Racontez-moi ce que vous savez de moi, Albert.

Elle l'émouvait tant elle se passionnait, le rouge aux joues, les yeux incroyablement brillants. *Que lui répondre ? Elle devenait une étrangère pour moi.*

— Par où commencer ? Fan finie de théâtre classique ou expérimental, nous courions les premières. Petite fille, tu suivais des cours de danse. Comme toutes les jouvencelles du milieu, les bals demeurent une de tes réalités.

— Je ne me crois plus une midinette avec nos trois ans de mariage.

— Tu représentes l'aristocratie. La haute société nous oblige à assister aux événements mondains : opéra, ballets, vernissages, et j'en passe. Un mal nécessaire pour des gens de la noblesse comme nous. Tu te réalisais en bénévolat. Tu agissais à titre de présidente d'honneur dans diverses compétitions sportives. Nos occasions d'être seuls s'avéraient rares ; je demeure très occupé. Je profiterai de ta convalescence pour rattraper le temps perdu.

22.

Ils savouraient des fromages fins accompagnés de fruits. Se trouver en tête-à-tête avec lui l'enchantait.

— Lorsque tu seras remise, nous nous entraînerons ensemble au gymnase. Entre-temps, tu profiteras de la piscine, une activité plus modérée. Tu liras tes grands classiques littéraires au salon. Je tiens à te voir lézarder au soleil…

Leurs regards s'accrochèrent. Elle se sentait faiblir. Le sang pulsait à ses oreilles douloureuses.

— Il fait chaud, non ?

— La soirée est agréable.

— Je ne me sens pas bien du tout, Albert. Je crains de m'évanouir. Ou pire, de rendre mon dîner. Je manque d'air.

Le noble remarqua son teint rougeaud alors qu'elle se levait maladroitement. Des gouttes de sueur perlaient sous sa frange bouclée par la crainte occasionnée par le malaise. Complètement désemparée, elle hésitait. Il saisit qu'elle avait besoin de sortir et il l'entraîna rapidement à l'extérieur par la porte ouverte sur la nuit. Il la soutenait avec un empressement inquiet alors qu'elle s'accoudait à la balustrade en inspirant et en expirant à répétition. La légère brise du soir lui permit de respirer profondément.

Elle tentait de retirer sa petite veste et il se hâta de l'aider. Son chemisier dénudant son dos, il remarqua ses ecchymoses dans la pénombre. Il ne bougea plus et elle s'appuya contre son épaule musclée et son bras puissant alors qu'il l'entourait de sa chaude protection. D'une main distraite, Albert caressait doucement les bleus apparents sous la peau claire. Il renforça son étreinte en déposant une paume rassurante sur son ventre plat. Il y a longtemps, sa proximité savait l'apaiser. Après de longues minutes où il monologuait lentement et très bas sur les Tourelles et les lumières diffuses d'un lointain village, il offrit de rentrer croyant à son désintérêt silencieux, mais elle refusa.

— Restons encore, je vous prie. Je commence juste à me sentir bien. L'air me rafraîchit. Votre chaleur achève de me convaincre que je me trouve à ma place auprès de vous, dans ce château de rêve, à vivre une existence de princesse fragile.

Mon trésor, je ne ferai qu'une bouchée de toi si tu t'affiches aussi tendre que du pain frais du jour. L'autre Fleur ne se dévoilait plus devant le grand méchant loup.

— Allons à la piscine. Nous pourrons relaxer en prenant un dessert et un digestif.

— Je ne souhaite qu'une eau de Seltz. Je serais incapable d'avaler une bouchée de plus.

Il s'absenta pour donner ses ordres. Quand il revint, elle n'avait pas bougé et il lui offrit galamment le bras.

Cette splendide soirée chaude de la fin de juin s'illuminait de milliers d'étoiles dans un ciel noir et sans nuages. La lune bien ronde semblait sourire à la douceur de leur sentiment naissant. Planait le parfum entêtant des rosiers en boutons et subsistaient toujours les effluves éphémères des tilleuls en fin de floraison. Des grenouilles chantaient dans le soir.

Les breuvages les attendaient déjà sur une table basse en marbre italien. L'endroit charmait sous ses petites lumières blanches comme autant de galaxies au firmament. La piscine éclairait de bleu les massifs floraux et les rhododendrons. La forme de l'immense bassin rappelait une fabuleuse grappe de raisin à maturité. En sourdine, une musique enivrante s'élevait.

Albert l'aida à s'asseoir sur une chaise longue dans laquelle elle s'enfonça avec un soupir de contentement. Il déposa la veste Chanel sur le dossier d'un fauteuil de rotin. Le visage dans l'ombre, il admira à loisir les jambes superbes de sa compagne. Elle se trouva rapidement réconfortée par une gorgée d'eau pétillante.

Il retira son veston, défit négligemment sa cravate et prit place à son tour, sur un transat à l'épais coussin bleu. Fleur ne ratait aucun des mouvements félins. Il but de son cognac. Il se détendait. *Ce mari me plaît. Je vais le garder ! Je ne peux tout simplement pas lui tenir rigueur longtemps. Je lui pardonnerai toujours tout !*

Distraitement, il remonta ses manches sur ses avant-bras puissants et veineux, puis il ne bougea plus, sirotant sa boisson.

Le liquide gazéifié accomplissait son miracle. Elle balança ses chaussures dans un geste naturel.

— La sensation désagréable disparaît. Ma tête ne tourne plus.

— Le vin est responsable de cette bouffée de chaleur. Tu tolères habituellement fort bien le fruit de la vigne, ne crains rien ! Tant que tu prendras des médicaments, il faudra cependant éviter les excès. La faute me revient, je n'ai pas cessé de remplir ton verre. Je suis désolé. Je ne pensais pas à mal.

Elle commenta en souriant pour le rassurer et le distraire de ses soucis :

— Ici, nous nous trouvons dans un monde protégé où il n'y a que nous ! Un lagon bleu, désert, paisible, inviolé.

Il offrit gentiment en désignant le bassin toujours déserté :

— Aimerais-tu plonger ?

— Non.

— Tu nages pourtant comme un poisson. Personne ne viendra nous déranger et tu raffoles des bains de minuit…

— Oh, vraiment ? Comment vous croire ?

Il lui répondit par un sourire goguenard. *Me baigner toute nue ? Maintenant ? Devant lui ? Dans cent ans peut-être ! Nenni, jamais je ne pourrais...*

— Mon bras gauche élance encore. Écoutons plutôt la musique. J'adore.

Elle ferma les yeux et profita des accords poignants.

— J'ai pensé que cette compilation de ton cru te plairait. En affreux snob, je préfère le jazz.

Elle lui dédia un sourire chaleureux, qui le laissa sans voix.

— Votre snobisme est une façade, Albert. Sous vos grands airs, je cerne l'amant de la terre, de la vigne et du bien-vivre.

Il n'osa pas rompre le silence qui suivit cette surprenante déclaration, car elle appréciait ces mélodies populaires. Les minutes passèrent dans une détente totale. Il éprouva du plaisir à écouter son rire. Pendant tout le repas, il n'avait pu s'empêcher de reluquer les charmes attendrissants de sa ravissante compagne. Du bout des doigts, il caressa son joli bras nu accentuant la tendresse du moment. Elle tressaillit sous la légère caresse, mais ne se soutira pas à son toucher.

Elle respira à pleins poumons la brise vivifiante du soir.

— Cette musique me donne envie de balancer. Je devais aimer danser !

— Certainement.

Il utilisait une économie de mots à dessein. Il ne voulait pas lui laisser entendre que la majorité de leurs agréables souvenirs se situaient sur une piste ou dans une salle de bal. La beauté en minijupe se leva et marcha jusqu'à la piscine éclairée. Elle se mit à onduler doucement au rythme d'une chanson de Billy Joel.

Le spectacle de la sensuelle et nonchalante naïade l'hypnotisait savoureusement. Depuis son tout jeune âge, la gamine avait été soumise à des cours de danse moderne, classique, latine et sociale. Le résultat faisait plaisir à voir.

Elle se tourna lentement vers lui et tendit la main.

— Venez danser avec moi, Albert. Il n'y a rien de malsain à évoluer dans le noir avec sa femme sur un rythme aussi entraînant ! Allez, vieux croûton !

Il finit par se lever en riant devant cette ensorceleuse tentatrice. Il retira ses chaussures en désignant les pieds nus de sa jolie compagne :

— Je ne souhaite pas t'estropier.

Il l'enlaça dans une position beaucoup trop protocolaire pour un cha-cha-cha si paresseux. Leurs regards s'accrochaient dans le clair-obscur. Elle souriait tout en appréciant la carrure de son épaule et le confort d'un muscle bien dessiné. Il tenait avec une douce fermeté sa main droite alors que son bras la soutenait légèrement.

Il n'oublie pas mes blessures ; son attention prévenante m'émeut.

Il attrapa délicatement la chaînette nichée dans son décolleté, tout en effleurant, du bout des doigts, sa peau hypersensible. Faisant fi de son tressaillement électrisé, il avoua lui avoir offert ce bijou alors qu'ils n'étaient pas encore fiancés.

— Je vous en prie, Albert. Racontez.

Il se raidit. Aborder le passé et l'intimité rarissime partagée avec elle le gênait. Son bras retomba.

— Je te conterai cette tranche de vie une autre fois. Monte te coucher.

Une moue émouvante de jeunesse la transfigura. Elle ne voulait pas le quitter déjà.

— Oh, Albert, il est tôt. Continuons à danser. Racontez-moi ce bijou qui vous tient, de toute évidence, à cœur. Comme un conte à un enfant.

Sa douceur de femme l'enivrait. En prendre conscience le bouleversa et il resserra son étreinte. Troublé par cette requête, il accepta finalement de lui relater l'histoire, reprenant la chaîne d'or entre ses doigts tremblants.

— C'était au retour de Nice où nous avions passé un été entier avec nos pères, veufs et amis depuis des décennies. Nous séjournions à la villa Forestier. Nos bonshommes osaient les cent coups, nous laissant souvent, voire toujours, en tête-à-tête. Nous nous en accommodions fort bien, je t'assure. Je n'allais pas m'en plaindre. Depuis le temps où je souhaitais sortir avec toi, ou à tout le moins, te voir, te parler !

Il soupira en continuant à évoluer avec cette épouse attentive.

— Nous avions vingt et vingt-six ans. Je terminais tout juste mes études et je revenais aux Tourelles pour prendre la succession familiale. Mon père vieillissait et comptait rapidement me remettre les rênes du domaine.

— Vingt-six ans, un trop jeune âge pour tant de responsabilités.

— J'avais vécu mes années de folies. Je regagnais le bercail pour m'assagir. Pour travailler. Pour me réaliser.

— Oh…

Si je l'interroge sur cet Oh équivoque, elle s'enfuira, mais cet interlude doit durer encore…

— Nice et la dernière saison d'insouciance où nous avons développé un profond attachement. Notre naïveté s'accompagnait de nos toujours empreints d'une saveur d'éternité. Nous évoluions au présent en refusant le concept de la fin inéluctable des vacances.

Sa mélancolie la bouleversait. Cet homme riche et puissant se révélait sévère, mais aussi sensible. Il ne souriait plus quand il murmura :

— Tout passe dans nos existences éphémères. Une journée, Nice et le premier grand amour. Le lendemain, nous nous retrouvons des vieillards avec un pied dans la tombe. Et puis, la mort… Terrible réalité pour un athée.

Certes ! Que répondre à cela ? Dois-je parler maintenant ? Pourquoi ne dit-il plus rien ? Il se perd encore dans ses souvenirs…

— Je ne sais même pas si je crois en Dieu, en Jésus… Un jour, sans doute, je me préoccuperai de ces questions existentielles, mais pas ce soir, alors que je danse dans vos bras sécurisants. Il me semble ressentir la douceur de ces nuits niçoises.

Il ne put que sourire devant elle. Elle lui retirait ses moyens.

— Je t'ai respectée plus que toute autre, à cause de l'importance que tu prenais pour moi. Je n'avais jamais aimé avant, et plus que tout, je ne voulais pas te déplaire et oser un geste mal venu. Nous avions la vie devant nous. Tout nous poussait l'un vers l'autre ! Vinrent les derniers jours d'un été trop court et d'un amour tout juste éclos ! Le soir de notre retour, tu m'apprenais devoir partir le lendemain sur Paris où tu poursuivrais tes études universitaires. Le temps avait filé à la vitesse de l'éclair ; le bonheur nous désertait, nous laissant désemparés. Le soleil s'éteignait sous nos yeux incrédules cédant le pas à une nuit sans lune !

Albert tient à s'en défendre, mais j'ai épousé un grand sentimental...

En lâchant le bijou, il resserra son étreinte et continua son récit d'une voix rendue rauque par l'émotion :

— Avant ton départ pour la Ville lumière, nous avons prévu un rendez-vous nocturne, dans une chaumière, à l'orée commune de nos terres ancestrales. Un moment de pur romantisme dont je me souviendrai à mon dernier souffle, murmura-t-il égaré.

Il la regarda fixement.

— Une escapade hors du temps ! Jamais plus nous ne fûmes aussi insouciants et vivants. Alors que nous gisions nus, je t'ai offert ce gage de mon amour. Tu l'as accepté, des étoiles dans les yeux. Cette bague appartenait à ma mère et tu connaissais son importance pour moi. Tu as promis de toujours la garder contre ton cœur.

Elle ne vit pas son regard s'assombrir dans la pénombre. Sa mâchoire se contracta alors qu'il lui apprenait froidement :

— Depuis des mois, tu ne la portais plus. Tu prétendais l'avoir perdue.

Il remarqua sa surprise et expliqua du mieux qu'il le put :

— Je ne peux concevoir la raison de tes mensonges.

— Je suis navrée.

Sa douceur l'émut et il lutta contre l'amertume de ces cruelles réminiscences. Il se pencha et l'embrassa délicatement, effleurant à peine ses lèvres des siennes. Elle ne savait pas ce qu'il en avait été pour leurs derniers jours ensemble avant l'accident, mais le début de leur nouvelle relation se comparait à celui de tout jeune couple.

Il la sentit se tendre à lui dans un élan amoureux alors qu'une danse lente débutait. Il murmura :

— Tu ne détiens pas de responsabilité dans cette histoire puisque tu ne te souviens plus. L'autre Fleur me reprochait mer et monde et elle se jouait de mes sentiments.

— Mais pourquoi ces méchancetés dans un mariage ? Je ne comprends pas. Moi, je veux vous embrasser, sans me battre.

Elle se redressa sur la pointe des pieds et sa bouche pressa la sienne. Albert cessa de penser. Fleur prenait des initiatives et elle risquait gros. Après ce doux baiser, elle se colla à lui, la tête contre son épaule. Son geste d'un naturel désarmant l'émouvait dans sa réalité d'homme. Elle ondulait et les mouvements de ses hanches l'excitaient. La musique accentuait l'état lascif qui s'emparait lentement d'eux. Son sens du rythme lui rappelait des cadences troublantes connues avec de trop nombreuses femmes. Sans le vouloir, l'amnésique l'émoustillait. Dans son innocence, elle ne réalisait pas son émoi. *Que ce morceau se termine pour pouvoir me détacher d'elle sans paraître grossier. Si je lui faisais mauvaise impression ? Elle pourrait prendre peur... Je n'éprouve que très rarement des pulsions aussi fortes. Son parfum me prend les reins... Et sa chaleur m'achève...*

Hélas, une autre pièce lente débuta. Elle murmura qu'elle adorait cet air. Il la garda contre son corps en surchauffe. Conquise par la ballade, elle se laissait imprégner par les paroles et discrètement, il tenta de mettre de la distance entre eux. Mais elle longeait tendrement sa nuque de ses doigts fins et il frissonnait des pieds à la tête sous ses caresses.

Oubliant la bienséance, il plaqua ses paumes puissantes sur ses fesses rondes et fermes à travers la jupe trop légère et il la colla solidement sur lui. Complètement interdite, elle ouvrit de grandes prunelles alarmées. En l'immobilisant, et sans faux-semblant, il lui fit comprendre l'état épouvantable dans lequel il se trouvait. Consciente de son tourment d'homme, elle voulait s'écarter. Il la maintint sans effort contre son corps délié.

Elle appuya les mains sur son torse pour l'éloigner. Ses yeux fuyaient les siens. La peur s'emparait de tous ses sens en éveil.

— Albert ? Je vous en prie, laissez-moi.

Elle paraissait indignée de la tangente que prenaient la soirée et la danse. Elle exigeait qu'il la lâche, pourtant, elle s'accrochait à lui.

— Je ne suis pas un eunuque, Fleur. Tu l'as remarqué ! Je tiens à ce que tu prennes conscience de ta chance, car je resterai sagement dans ma culotte. Si le médecin ne m'avait pas fait promettre de ne pas te faire l'amour durant ta convalescence, tu m'appartiendrais déjà, ici et maintenant. Je meurs d'envie de te renverser sur ce transat et de déchirer ton string !

Les mots trop lourds et trop directs d'Albert flottaient désormais dans la nuit aquitanienne et créaient un climat de sensualité autour d'eux la laissant désemparée. Il avait desserré l'étreinte qui l'emprisonnait, mais elle le sentait encore palpiter et vivre contre son pubis qui pulsait d'un désir inconnu et intolérable. Émue par la virilité vigoureuse de l'inconnu qu'était toujours son mari, elle avait chaud et froid et elle avait peur tout en voulant le goûter.

— Cet après-midi, ta proposition de m'étendre à tes côtés pour parler avant que tu ne sombres dans le sommeil ne faisait aucun sens. Je t'aurais empêché de discuter à force de baisers troublants qui nous auraient poussés vers des caresses voluptueuses et des élans salvateurs ! Nous devons cesser de jouer au chat et à la souris. Comment tenir le coup quand, belle et désirable, tu te frottes à moi ? Me raisonner s'avère difficile. Je croyais pouvoir me répéter que tu relevais de ce terrible accident pour que mes ardeurs se calment. Hélas, il en va tout autrement ! Je dois résister à mon désir, mais tu ne devras plus me paraître aussi délectable. Ton mari adore ta jeune féminité.

Il desserra son étreinte et ses mains passèrent sensuellement de ses fesses à sa taille. Il reprenait le contrôle de ses émotions et il ne se pressait plus sur elle.

— Il ne faut pas provoquer les hommes de cette façon, Fleur. Je reste ton mec, un faible mortel quand tu te trouves concernée. Comprends-tu seulement ce que mes paroles impliquent ? J'ai mal tant je te désire !

— Albert, je ne veux pas que vous souffriez par ma faute !

— Je le sais, ma chérie.

Ils reprirent le rythme et après une inspiration, elle avoua fermement :

— Bien que je ne me souvienne pas de l'amour physique, je tiens à vous aider. Ma confiance vous est acquise. Vous souhaitez le meilleur du monde pour moi et vous me protégez. Je ne savais pas que me serrer contre vous générerait ces débordements. Laissez-moi calmer votre douleur, si je le peux. Je me reproche d'avoir éveillé vos envies.

Sa voix féminine et émue le fit tressaillir.

— Oh, petite fille courageuse qui monte au bûcher se sacrifiant sur l'autel de la libido masculine, tu m'offres déjà tout.

Incapable de se retenir, le baron l'embrassa à pleine bouche. Un baiser de mâle au bout de désir. Instinctive, sensuelle et réceptive, Fleur comprit sa faim. Le repousser s'avérait contraire à sa nature de femme. Elle ne put s'empêcher de répondre à son étreinte avec une égale passion. *Albert me désire. Il s'abreuve à mon souffle comme à la fontaine de la vie ! Et je veux vivre et surtout le goûter.* Les policiers avaient beau dire, leur couple redeviendrait vite soudé malgré sa perte de mémoire. Ils s'épanouiraient dans tous les aspects d'une existence commune.

Au prix d'un effort surhumain, il se détacha d'elle et il murmura d'une voix rauque :

— Il m'en coûte de ne pas te prendre ce soir ! Je me blesse le cœur et surtout le corps à te résister. Mais ce n'est que partie remise. À partir du moment où ton docteur me donnera son aval, tu auras intérêt à bien te comporter. Dès lors, j'irai jusqu'au bout de nos pulsions, pour toi, pour moi, pour le devenir de notre mariage.

Elle déglutit devant son ton résolu, voire militaire.

23.

Silencieux, ils montèrent ensemble au palier et se séparèrent sans un baiser de peur de mettre le feu aux poudres. *Quelle mine déçue, ma douce ? Tu ne comprends pas ce que tu génères et je tiens à m'assurer de tes désirs avant d'oser plus. Mais par le divin, je me sens enfin VIVANT.* Malgré ses sentiments bienséants, Albert regagna lentement son antre, le cœur lourd de regret et le corps encore brûlant d'une ardeur inassouvie.

Couché sur le lit, il tenta de s'expliquer ce qui venait de se passer à la piscine. Il avait cru l'effaroucher, mais au contraire, il avait fini par réaliser Fleur au diapason de ses émotions et surtout de ses envies. Il lui avait parlé d'amour sans se cacher. Il lui avait avoué sa passion au moyen des mots intimes provoquant la survenue de fantasmes explicites. Il lui avait fait saisir physiquement son besoin d'elle, tombant le masque derrière lequel il se terrait depuis trop longtemps.

Il portait tant de masques. Partout ! Il se camouflait derrière l'image du baron digne successeur de son père, le fils prodigue d'un grand viticulteur ayant tant accompli pour la région. Il se trouvait le mari d'une belle aristocrate que bien de fortunés confrères et voisins courtisaient ! Riche à ne plus savoir comment dépenser son argent, l'indifférent blasé possédait tout ! Il revêtait surtout le loup de l'homme comblé, derrière lequel pleurait un garçonnet solitaire et orphelin de mère. Il ratait son mariage. Pourtant, il tenait à cet hymen ! Il aimait et il désirait sa femme à en devenir fou !

Il ne l'avait jamais montré, mais sans mascarade, la principale intéressée apprendrait à quoi s'attendre. Il ne porterait plus de fard avec Fleur. Même si elle retrouvait la mémoire, il ne lui cacherait plus ses nobles sentiments et ses intentions souvent malhonnêtes. Il devrait la protéger dans sa manière de lui rappeler le passé, mais ne jamais la tromper ou l'induire en erreur, car elle ne le lui pardonnerait pas.

Par le souvenir de la nuit où il lui offrit le bijou de sa mère, il avait exposé des faits réels. Elle supposait qu'ils avaient fait l'amour alors ; il n'allait pas lui confesser leur mariage blanc. Il devrait se montrer probe dans son désir d'elle, mais aussi jouer de prudence. Il devrait lui parler, comme jamais il n'avait osé.

Il avait failli la perdre. Il avait déjà tant pleuré cette dernière semaine : de soulagement à son chevet alors qu'inconsciente, elle avait échappé à la mort ; sous la douche, après ces veilles de solitude et la terrible nouvelle de son amnésie, et ; à courir sous la pluie avec Pirate exultant des démons le ramenant à sa culpabilité devant l'accident. Elle lui manquait comme l'air qu'il respirait, comme le vin qu'il coulait, comme le soleil ou une ondée sur les vignes !

Mais elle m'est redonnée…

Depuis dix minutes, il ne l'entendait plus évoluer dans la salle d'eau. Il en profita pour s'y préparer pour la nuit.

Fleur frappa discrètement et passa le nez dans l'entrebâillement.

— Albert, puis-je entrer ? J'ai oublié mon somnifère laissé sur le comptoir, avec mes effets personnels.

Il acquiesça et elle poussa lentement le battant. Devant son lavabo, il se brossait les dents. Il ne portait plus qu'un boxer bleu. Vêtue de son tout petit pyjama short très serré sur un T-shirt assorti, Fleur évita de le regarder. Distraite par sa presque nudité, elle examina sans les voir ses bouteilles de comprimés et en avala rapidement deux. Dans le grand miroir, elle réalisa qu'il l'observait. Elle ne sut pas déchiffrer son expression.

D'un rapide coup d'œil, il nota les jambes interminables, les fesses bien dessinées dans le tricot de coton, et surtout, la poitrine nue sous le chandail moulant. *Bon sang de bonsoir, appétissante baronne à dévorer toute crue.*

Elle hésitait à le quitter. Il haussa un sourcil interrogateur. Son sous-vêtement accentuait à la fois sa sveltesse, mais aussi cette force brute et masculine. Il possédait toutes les qualités morales et le physique dont une femme pouvait rêver. Il ne la repoussa pas quand elle l'attira par la nuque. *Sa réalité de mâle me séduit !*

Elle déposa un baiser d'une tendresse infinie sur ses lèvres. La douceur de sa bouche féminine le combla. Il prit sur lui et répondit sagement à ce tendre geste qu'il écourta sans brusquerie. Elle garda ses paumes à la jonction des larges épaules et des pectoraux bien dessinés. Elle minauda devant lui.

— La prochaine fois, je subirai les conséquences de mes actes. Je suis une grande fille, Albert. Par contre, je ne réalisais pas à quel point vous étiez un grand garçon. Un charmant et beau jeune homme juste pour moi ! Je goûte avec un plaisir décuplé nos différences... Je les découvre, et quel bonheur !

Une note de taquinerie dans sa voix chantante le fit sourire. *Petite chasseresse féroce, où te cachais-tu toutes ces années ?*

— À ma décharge, je ne suis mariée que depuis une semaine, mais je vous promets d'exceller rapidement à notre mariage et à ses délicieuses activités. Je deviendrai la baronne que vous espérez, la femme digne, l'amante passionnée et la mère de vos enfants. Je vous embrasserais vraiment tout le temps ! Votre désir ne me fait pas peur ! Il m'a surprise. Je ne croyais pas pouvoir éveiller ces sensations chez un homme ! Je demeure ignorante de la genèse de ces pulsions. Et je ne reconnais pas encore ce que je ressens. Est-ce que je vous veux ? Ce trouble face à votre proximité s'apparente-t-il à une saine sensualité ? Comment le saurais-je ? Comment puis-je oublier une partie si importante de notre vie ?

Elle restait contre lui, ses doigts caressant ses pectoraux joliment poilus et effleurant ses mamelons durcis. Elle se noyait dans son regard. Bien bâti, le châtelain aux muscles d'acier se révélait dans une forme physique hors du commun.

Il paraît si jeune soudain, mais il l'est après tout !

Il ne résista pas à cueillir un nouveau et savoureux baiser sur sa bouche offerte. *Elle me dévore des yeux et elle me parle d'amour en employant le vouvoiement ! J'adore ces rapprochements faussement polis, à peine bienséants. Impossible de promener ses paumes aussi sensuellement sur un mec sans le tournebouler... Mon audacieuse à moi ! Je deviens fou d'elle.*

Il n'hésita plus à susurrer amoureusement ce qu'il rêvait de lui dire depuis toujours.

— Je jouerai tous les rôles dans ta vie, que tu retrouves ou non la mémoire. J'ai choisi de t'épouser ; personne n'aurait pu me forcer à agir contre mon gré. Au pied de l'autel, un homme amoureux t'attendait. Tu ne l'as jamais su, tu m'aurais ri à la figure ! Cette honnêteté que nous nous montrons aujourd'hui n'existait plus. Je ne pouvais pas me livrer à toi, tu m'aurais démoli ! Si tu y tiens, je te parlerai chaque jour de la Fleur de jadis et de notre relation de couple, mais te raconter notre histoire me terrifie. Je ne comprends toujours pas nos incompréhensions. Plus encore, j'ai peur du jour où tes souvenirs te reviendront en masse. Tu n'hésiterais pas à me jeter.

Parce que tu m'as abandonné en quittant les Tourelles ! En mettant fin à ta fuite, ce terrible accident te ramène.

— Je saisis cette occasion de réussir notre mariage, ma belle.

— Pour me convaincre de vous garder, vous m'embrasserez, comme aujourd'hui dans la voiture.

Elle le rappelait à leur nouvelle réalité, anéantissant ses sombres pensées.

— Vous n'aurez qu'à entraîner cette mégère dans ce lieu secret où nos âmes se touchent. Elle ne pourra pas résister à votre chaleur et elle pardonnera vos bêtises. Je ne pourrai jamais renoncer à notre proximité. Comment désunir deux parties indissociables d'un tout ?

— Alors, si tu le penses vraiment, un bienheureux mari se tient devant toi.

Ils échangèrent un autre baiser pour sceller ce pacte salvateur. Il prit énormément sur lui pour conserver cette étreinte chaste. Il n'y réussit pas. Leurs corps se serraient alors qu'il lui ouvrait la bouche avidement. La légèreté de leurs habits exacerba leur désir. Inconsciemment, son être recherchait sa virilité tendue et, délicieuse, elle se liquéfiait contre lui.

Petite fille perdue, je ne ferai qu'une bouchée de toi ! Sans savoir comment, il s'arracha aux caresses pourtant bienfaisantes.

— Dans un mois, ma chérie, nous nous réveillerons amants. Dès le soir où tu verras ton médecin, je te ferai l'amour. Que je ne devienne pas fou entre-temps…

— Et si je n'étais pas suffisamment remise ? S'il prolongeait cette attente ?

Il la fixa longuement avec une incrédulité grandissante. Entre ses dents, il promit :

— Tu te présenteras à ton rendez-vous médical en pleine forme, quitte à dormir dix-huit heures par jour. Je t'attacherai même au pieu pour que tu te reposes.

Il prétexta son besoin de sommeil pour lui souhaiter une bonne nuit en grondant. Il la salua manu militari et il disparut dans sa chambre sans tarder. Leurs corps se comprenaient déjà si bien ; ils se retrouvaient parfaitement. En s'écartant aussi brusquement, il voulait éviter la tentation de l'entraîner avec lui pour oublier l'absurdité de sa vie.

Ce mois deviendra un enfer si elle s'offre si candidement chaque jour... Il tiendrait sa promesse de ne pas soumettre la convalescente à des rapports intimes pendant le cycle trop long d'une lune. Son sang-froid légendaire lui fournirait l'outil essentiel à l'accomplissement de cette tâche ardue. *Je devrai mettre de la distance entre nous pour résister. Je sortirai mes vieilles astuces pour l'éloigner à dessein.*

À l'aide du somnifère, Fleur trouva rapidement le sommeil alors qu'Albert tourna toute la nuit, cruellement en manque de chaleur féminine. Il tenta sans succès de se masturber. Ses petits bonheurs solitaires ne représentaient plus aucun intérêt. Marié à celle qu'il aimait, il ne voulait que sa femme. Sa patience avait assez duré. Il rêvait de la posséder corps et âme.

Une pensée obsédante le torturait : elle avait voulu soulager sa douleur ! La voix désincarnée ricana : *Mauviette, tu devais exiger qu'elle te caresse jusqu'au bout de ton plaisir ! Elle te l'offrait !*

Enragé, il se tourna sur le ventre se refusant à profiter de sa crédulité comme une brute sans cœur. Mille questions demeuraient sans réponse à propos de Fleur. Pourquoi le détestait-elle au point de lui cacher le bijou de sa mère ? Pourquoi lui assurait-elle se moquer de ce symbole ? Il se souvenait d'une réplique, un soir, alors qu'il ruminait encore sa rage qu'elle ait « perdu » la bague.

— Tu aurais dû l'offrir à ta précieuse Claude. Cette greluche tient énormément à toi et surtout au titre de baronne.

— Je t'ai épousée. Je me contrefous de Claude.

— À d'autres, Albert ! Je comprends de quoi il retourne. Je le sais depuis longtemps. Quel choix possédais-tu ? Pris au piège, nous devions nous marier. Cet anneau lui revenait, comme ton cœur.

— Cette bague et mon cœur n'appartiennent qu'à toi. Point barre. Je ne veux plus jamais t'entendre sur le sujet, Fleur. Je demeure maître d'aimer à ma guise. Et tu auras beau te montrer la pire chipie, tu ne contrôleras pas mes sentiments pour toi.

La colère la défigurant, elle avait craché en bavant sa rage :

— Tu n'aimeras toujours que toi. Je te connais...

Il chassa l'image de la femme ulcérée qui lui criait son ressentiment à la tête. *L'ancienne Fleur n'existe plus... Dans un mois, après le rendez-vous au centre hospitalier, nous deviendrons un couple.*

Cette pensée le rassura et il sombra enfin dans un sommeil réparateur.

24.

Fleur se réveilla de bon matin. La bouche pâteuse, elle passa à la salle d'eau pour ses ablutions matinales et un rapide brossage de dents. Par le battant ouvert sur la chambre d'Albert, un bref coup d'œil lui apprit que son mari était déjà descendu. Elle haussa les épaules : *Bien sûr, l'avenir appartient à ceux qui se lèvent tôt ! Ce cher baron doit dormir les chaussures aux pieds pour pouvoir démarrer au quart de tour, dès le chant du coq !*

Après une douche chaude, elle s'habilla d'un short et d'un T-shirt bleu clair. À sa sortie sur le palier, elle remarqua Marie et une aide occupées à ranger chez Albert. Elles la saluèrent avec déférence.

Fleur emprunta l'immense escalier sans se presser en examinant les peintures représentant les membres de la lignée Forestier. Une bonniche qui époussetait l'armure dans le hall lui apprit d'une voix éteinte que monsieur déjeunait dans la verrière. Évitant son regard interrogateur, elle lui indiqua une porte ouverte d'un doigt tremblant. *Pauvre petite anémique qui travaille à la sueur de son front !*

À l'approche de la véranda, Fleur entendit le chien aboyer joyeusement. Une énorme boule de poils apparut et s'élança à toute vitesse vers elle. Elle se pencha et flatta l'animal qui lui faisait fête.

— Salut, toi ! Ce que t'es chou, mon gros loup ! Oui, un toutou mignon comme tout ! Viens, que je te gratte ton bedon tout rond.

Le berger allemand sur les talons, elle déboucha finalement dans un spacieux solarium. L'endroit évoquait la terrasse d'un grand hôtel où les riches du siècle dernier s'adonnaient au farniente. En se levant poliment, Albert la gratifia de son plus splendide sourire. Réprimant un frémissement de plaisir, elle se sentit fondre sous son regard caressant. Après une bise, il l'aida à prendre place dans un fauteuil en vannerie blanche assorti d'un moelleux coussin bleu de France.

La table, avec sa nappe de lin naturel, le bouquet de marguerites roses et la cafetière d'où s'élevait une alléchante odeur achevèrent de lui mettre l'eau à la bouche. Elle se ressentait de la faim.

— Que me disais-tu à l'instant sur mon bedon rond ?

Le baron feignait une surprise distraite. Elle éclata de rire en continuant à flatter le cabot.

— Quoi ? Tu parlais au chien ? Dommage ! J'aimerais bien que tu me grattes le ventre moi aussi. Quel chanceux !

Elle riait avec bonheur de l'amusant quiproquo. Affichant une mine de découragement, il soupira en regardant Fleur et Pirate se faire encore la fête. Sa femme ne lui avait jamais paru aussi jeune et heureuse. Sa joie faisait plaisir à voir. Elle s'enquit de l'âge de l'animal.

— Pirate compte deux ans. Mon père te l'a offert pour ton anniversaire après la mort de ta petite Roxy, un west highland white terrier. Inconsolable, tu disais ne plus jamais vouloir de compagnon canin, mais mon paternel te déchiffrait bien mieux que moi et il passa outre tes jérémiades et ton cinéma.

Comme s'il comprenait que ses maîtres parlaient de lui, le molosse restait tout à coup bien tranquille, les oreilles dressées et les grands yeux mouillés allant de part et d'autre de la table.

— Inutile d'espérer une gâterie, le chien. Ta pâtée t'attend à la cuisine, jeta le baron d'un ton faussement sévère.

L'animal s'écrasa sagement. Interdite, Fleur tentait de se souvenir, mais, hélas, l'évocation du père d'Albert ne lui rappela rien. Plongé dans un souvenir désagréable, le viticulteur ajouta sombrement :

— Si je t'avais fait cadeau du cabot, sans doute ne l'aimerais-tu pas ! Tu refusais tous mes présents. Tu n'acceptais plus rien de moi.

Dur à suivre, le châtelain ! Cette détestable Fleur voulait le rendre barge ! À un moment, il riait gentiment et la taquinait. L'instant d'après, rembruni, il ressassait de pénibles réminiscences. Déçue par ce changement d'humeur surprenant, elle soupira en admirant le bouquet. *Qu'est-ce que je cherchais à prouver en le provoquant ?*

Une bonne vint lui présenter une lingette désinfectante afin qu'elle se nettoie les mains après avoir flatté l'animal. Elle préféra ne pas discuter et, avec un sourire figé, elle s'exécuta. Elle se tourna ensuite vers Albert.

Il la regardait fixement en silence, sans plus sourire. *Qu'ai-je encore fait ?* Se secouant de son mutisme prolongé, il lui apprit qu'il avait déjà déjeuné. Devenant cynique et cinglant, il prétexta :

— L'ancienne Fleur ne se levait jamais avant midi. Je ne pouvais guère savoir que tu te pointerais au petit matin.

Surprise du mordant de son timbre, elle grimaça devant cette remarque acerbe et superflue. *Peut-être que je ne tenais pas à voir sa tête le matin alors qu'il affiche une humeur si joyeuse !*

Une nouvelle servante vint s'enquérir de ce que la maîtresse mangerait.

Fleur opta pour des tartines et de la confiture de myrtilles. Elle regarda la petite s'éloigner après une révérence rapide et un « oui, madame » déférent. Combien pouvaient-ils engager de personnel ? Henri et madame Jacques supervisaient tout. Marie s'occupait des deux chambres de la suite des châtelains avec l'aide d'une toute jeune apprentie. Deux servantes se dévouaient au solarium, une troisième époussetait dans le hall et le soir, comme la veille, une servante, deux garçons et Henri avaient servi à table. Albert lui avait appris que quatre personnes officiaient en cuisine. Les Tourelles, une grande maisonnée !

Pendant qu'elle attendait son repas, elle se versa un café. Se concentrant sur son quotidien, Albert garda le silence. Fleur n'osa pas l'interrompre et elle sirota son délicieux café au lait. *Pourquoi poursuit-il sa lecture? Dois-je rompre ce silence gênant?* Empruntée, elle ne savait que dire, comment agir et où regarder.

La servante réapparut à la hâte avec le petit-déjeuner. La baronne remercia gentiment l'employée, qui se sauva, intimidée. Les jambes croisées, en levant les yeux du journal financier, Albert déclama avec importance :

— Tu n'as pas à démontrer de la gratitude aux laquais, ma chère. À l'avenir, tu exigeras d'entrée de jeu qu'elle te verse ton breuvage. Ces basses besognes ne te reviennent pas. Ne t'éreinte pas sur ces tâches subalternes. La bonniche est bien payée pour te servir. Son travail lui tient à cœur, et tu la mets mal à l'aise avec tes courbettes et ta sensiblerie. Elle ne fait pas partie de notre milieu.

— Cette employée appartient à notre maisonnée, Albert.

Il se rendit compte trop tard de son erreur au regard désapprobateur et scandalisé de Fleur.

Pardi, des constantes ne changeront jamais avec elle ! Amnésique ou pas !

— Sacrebleu, ne joue pas la catastrophée. Alors qu'étudiant au collège, j'effectuai un intéressant calcul. Si je devais remercier la domesticité à chaque corvée – grassement rémunérée en passant –, je perdrais trente mois de ma vie. Mon importance ne me permet pas de gaspiller mon temps qui représente beaucoup d'argent !

Elle faillit s'étouffer sur sa première bouchée et les larmes lui montèrent aux yeux alors qu'elle toussait avec un total manque d'élégance. Elle but une longue rasade de son eau de source. Albert lui plaisait énormément, mais elle n'était pas aveugle au point de ne pas remarquer sa morgue et sa sévérité.

Ce baron constipé pue le snobisme.

Elle préféra ne pas le braquer et se tourna, sans un mot, vers le spectacle saisissant de la tempête sur les vignes. Le ciel bas se chargeait de nuages aux tonalités de gris tourterelle à l'anthracite et se confondait à la forêt et au paysage de la vallée. Les éléments se déchaînaient et les grands chênes majestueux de l'allée s'ébattaient dans tous les sens sous les brusques bourrasques impétueuses.

Cette purée de pois affecte-t-elle son caractère ? Un homme totalement différent de celui d'hier se tient devant moi !

Négligemment, Albert lui expliqua qu'il recevait son banquier dans l'heure et qu'il ne pourrait s'occuper d'elle. Il lui suggéra de lire au salon, de ne toucher à rien et de ne pas s'aventurer dans le château. Son timbre déplaisant et contrôlant la fit tressaillir de rage. D'instinct, elle comprit qu'assurément l'attitude contentieuse de son conjoint les opposait dans ce litige dans lequel s'enlisait leur couple et que les policiers avaient souligné à l'hôpital.

La convalescente courroucée serra les lèvres. *Finalement, je dois me terrer dans mon coin et le laisser tranquille. Je déteste sa façon de traiter ses employés ! Il n'agira pas de la sorte avec moi, même si, de bon matin, je ne me montre pas tirée à quatre épingles comme Sa Seigneurie. Pour qui se prend-il à me parler avec cette condescendance puante ? Comme s'il s'adressait à une subordonnée !*

Elle paraissait incongrue dans son short alors qu'il était si bien mis dans son habit trois-pièces et sa chemise blanche. Sur le ton neutre de la conversation, il lui raconta l'emploi du temps de ses journées de baronne : télévision, lecture et magasinage, essentiellement. De son côté, le maître incontesté des lieux parcourait, les matins ensoleillés, les vignobles et, en après-midi, il travaillait dans son bureau aux affaires urgentes et financières du domaine. Les obligations domestiques gérées par madame Jacques rencontraient son précieux aval chaque mercredi. Pendant une heure, ils décidaient des menus, des factures et des comptes, des besoins des employés et de la maisonnée. Il lui tut que cette tâche lui incombait du temps de son père, mais qu'il la lui avait retirée au décès de ce dernier. Il avait voulu la provoquer et la punir, mais elle s'était murée dans une indignation de reine, s'éloignant de lui.

Fleur Des Marchais Forestier ne sert donc qu'à être décorative, à pondre le plus tôt possible un héritier et à amuser le sieur du logis ! Quelle vie de merde !

Elle se concentra sombrement sur son déjeuner ne sachant plus que dire. Après trente minutes, il lui tendait la feuille de chou lui en suggérant la lecture. Ils aborderaient les grandes lignes de l'actualité au dîner. Il lui baisa gentiment le front empruntant une attitude paternaliste qui la fit grincer des dents. Il l'abandonna finalement à ses réflexions pour rejoindre son invité de marque. Avait-il seulement conscience que, depuis son arrivée, elle avait conservé un silence poli et ennuyé ? Il avait monologué en déclamant, avec force tambours et trompettes, les règles de la maison et leur emploi du temps. Elle n'avait plus qu'à s'y conformer sans le déranger. *Autant lire le quotidien pour trouver un sujet intéressant pouvant divertir le Saint des Saints !*

Seule la présence du fidèle Pirate tenait compagnie à Fleur Forestier. À peine arrivée, elle se sentait déjà cloîtrée et étrangère dans cette trop grande demeure. Sans intérêt, elle feuilleta des journaux et des revues jusqu'à treize heures, moment où ils prirent un léger goûter. Albert en avait terminé avec son visiteur, mais il paraissait soucieux. Il réprimanda vertement une employée qui renversa du potage. Après le départ de la jeune fille, il grommela :

— Mais quelle conne ! Elle a failli me brûler. J'en conserverais des marques à vie. En affaires, tout débute par une poignée de main. Il ne faut jamais rater sa chance de faire une première impression en force. Satanée bécassine !

Fleur serra les lèvres. Elle détourna le regard quand il la toisa furieusement. Se concentrant sur son plat, elle ne pipa mot. *Il converse aisément tout seul. Il pose les questions et fournit les réponses exactes.* Après un long silence, il explosa :

— Tu ne vas pas me bouder en plus ! Qu'est-ce qui se passe avec les gonzesses aujourd'hui ?

Elle le confronta en tentant de garder son calme :

— Il demeure que ce qui peut se passer ne vous est pas étranger. Le monde tourne autour du maître. Vous agissez en despote, Albert.

Il rétorqua froidement :

— Je ne tolérerai aucune incompétence. Je ne discuterai nullement de ce sujet avec toi puisque la maisonnée reste mon problème et qu'il n'y a rien à redire.

Après avoir déposé sa serviette à côté de son assiette, elle conclut :

— J'ai terminé. Je dois faire ma sieste. À vingt heures donc !

Elle se redressait quand il jeta cruellement :

— Je te dirai quand tu auras fini ta soupe, Fleur.

Les sourcils froncés et le regard sévère, il serrait les lèvres. Elle le toisa longuement avec la folle envie de s'enfuir en pleurant. *Ai-je le choix ? Certes, je peux obéir à cet autocrate comme une enfant grondée et manger en silence les yeux baissés. Je peux aussi monter pour mon somme comme annoncé au préalable.*

Elle lança d'un ton qui n'admettait aucune discussion :

— À vingt heures, Albert.

Sidéré, il la regarda quitter la pièce. *Pourquoi tout va-t-il toujours de travers entre nous ? Pourquoi ne saisit-elle pas les lourdes responsabilités qui m'incombent au quotidien ? Pourquoi me complique-t-elle à dessein la vie ? Qu'elle foute le camp, dormir lui fera du bien.*

Il travaillerait tout l'après-midi dans son bureau, mais il regrettait déjà sa présence féminine alors qu'il retirait son veston avec un découragement palpable.

À son réveil, elle s'occupa au tri des vêtements de sa penderie. Les frusques trop amples ne convenaient tout bonnement pas à une femme de son âge.

Quand elle descendit pour le repas du soir, elle portait une jolie robe turquoise avec des sandales blanches. Affreusement conscient de sa présence féminine, de ses longues jambes dénudées et de sa saisissante beauté, un trouble gênant le prit.

La conversation survola des sujets plus gais que le monologue du sieur du logis du matin. Ils savourèrent les excellents mets. Il n'aurait pu soutenir une discussion sérieuse, tant le charme de sa compagne lui faisait perdre sa concentration.

Il ne comprenait pas qu'elle évite son regard. Depuis le petit déjeuner, il avait cruellement conscience de la décevoir. Elle désapprouvait sa façon de traiter les employés et sa perte de mémoire n'y changeait apparemment rien. Jadis, elle abhorrait qu'il la contrôle et la nouvelle Fleur le confronterait encore s'il dépassait les limites. Elle dédia un sourire sincère à la bonne servant le dessert, sans la remercier verbalement. Il détestait que sa femme le boude à cause d'un tiers, surtout dans le cas inintéressant des domestiques.

Comme il pleuvait à verse, ils passèrent la soirée devant la télévision à regarder France-1. Elle prit place à ses côtés sur le divan de cuir, mais aucun d'eux n'osa un geste vers l'autre. Elle étouffa rapidement un bâillement.

— Je préférerais de la musique.

Il lui suggéra de choisir un CD pendant qu'il se versait un cognac. Les premiers accords d'un air de Coldplay emplirent la pièce. Elle revint vers le sofa, renversa la tête sur le dossier et ferma les yeux. Il se rapprocha d'elle, mais elle ne réagit pas. Elle fredonnait de sa voix superbe. Il l'écoutait avec bonheur, la dévorant du regard. Aujourd'hui, il n'avait réussi qu'à déposer deux petits baisers rapides sur sa joue et son front. *Impérativement, goûter ses lèvres !* Jamais il n'avait tant désiré une femme, mais il craignait sa réaction. Il la sentait distante alors que la veille, elle lui parlait d'amour. Il ne comprenait plus rien, car il n'avait pas rêvé l'attirance qu'il exerçait sur elle. Il détestait cette distance entre eux qu'il avait pourtant espérée avant de s'endormir.

Il ne pouvait plus attendre. Il se pencha et il prit sa bouche. Elle répondit à sa caresse du bout des lèvres. Il se redressa, surpris de cet élan trop tiède, voire dédaigneux, alors qu'elle l'avait habitué à des baisers passionnés. Avec sollicitude, il lui demanda si elle était fatiguée. Elle ouvrit les yeux pour le toiser, puis opina machinalement tout en se mordillant la lèvre. Il la regarda se lever et elle annonça avec raideur qu'elle tombait en effet de sommeil.

Il souhaitait abattre cette frontière invisible, mais bien palpable se dressant entre eux, et qui le torturait cruellement. De peur de se voir repoussé ou qu'elle se moque, il ne la retint pas.

Elle lui murmura de passer une bonne nuit et disparut sans un regard.

Quel couard !

Il monta après avoir terminé son cognac. Il espérait la croiser dans la salle d'eau. Il lui parlerait à cœur ouvert et ils crèveraient l'abcès qui empoisonnait déjà leurs relations. À regret, il réalisa qu'il n'y avait plus de clarté chez Fleur. Il maugréa en se détournant pour regagner sa chambre où il se retrouverait encore une fois seul :

— Elle doit déjà dormir, comme toujours, comme avant, indifférente à mon tourment.

25.

Les jours maussades et pluvieux se succédaient. Sans surprise. Les époux évitaient désormais tout rapprochement et surtout, toute discussion. Aux repas, ils abordaient l'actualité et elle méprisait – crescendo – sa froideur envers la domesticité. Elle ne pouvait contrôler son ressentiment contre ce déplaisant trait de caractère d'Albert. Un bon employeur traitait bien ses salariés.

D'humeur exécrable en matinée, Albert se transformait en homme du monde à compter de vingt heures. Autant il manquait de gentillesse et de charme le jour, autant le soir venu, il aurait fait s'extasier la Joconde pourtant figée pour la postérité.

Grâce à ses somnifères et ses relaxants musculaires, les états d'âme de Sa Seigneurie n'atteignaient heureusement plus Fleur. La châtelaine vivait les événements comme dans un film. Soûlée, dopée ou anesthésiée : termes adéquats à ces limbes enfiévrés. Elle enrageait contre lui, mais sans perdre son calme.

Fleur l'avait déjà habitué à de brûlants élans et Albert se brisait le cœur devant ce reflet de son ancienne épouse. Il craignait de ne plus retrouver l'ange de douceur à peine entrevu depuis l'accident. Après des jours entiers de ce régime à peine digestible, il entendit sa baronne lui avouer, alors qu'après un excellent repas ils écoutaient de la musique au salon :

— Albert, répondez-moi sincèrement : ai-je toujours mené une existence aussi monotone ? Est-ce parce que je suis convalescente qu'il ne se passe strictement rien dans ma vie ? Voilà des jours que je séjourne aux Tourelles et, à part pour Pirate qui m'égaie, je me sens m'éteindre. Je me démène pour me sortir de la crypte mortuaire où je suis enterrée vivante. Le personnel m'évite comme si je souffrais de la peste. Étais-je une mégère acariâtre, votre reflet miroir, respectant en tout point votre code de déontologie envers nos gens ?

Trop heureux qu'elle lui parle enfin, il confessa :

— Pas du tout, allons donc ! Contrairement à moi, tu te montrais bienveillante. Cet affreux temps atteint tout un chacun. Surtout moi qui ne peux me dépenser aux champs ! Ne t'inquiète pas inutilement. Demain, le soleil brillera sur la nature et sur ta vie. Tout paraîtra différent.

Je veux bien le croire. En fait, j'y tiens désespérément.

— Je repense aux interrogatoires des policiers. Se pourrait-il que j'aie voulu fuir une existence aussi vide de sens qu'inutile ? Si notre couple rencontrait des difficultés, je devais broyer du noir, voire me débattre ou m'enfoncer en pleine dépression.

— Mais non ! Ne te tracasse pas avec les suppositions abracadabrantes de ces jean-foutre. Tu dois te remettre et guérir des séquelles de ton accident de la route. Ensuite, tu pourras reprendre ta vie.

Il n'appréciait pas ses pensées noires et qu'elle imagine à tort qu'elle eut pu désirer en finir. Il devait se montrer gentil avec elle, moins intransigeant. Les soucis quotidiens le perturbaient. Avec ce gros temps, il craignait pour les vignes. *Dois-je m'en ouvrir à Fleur ? Pourquoi l'importuner de détails auxquels elle ne saisira rien ?*

— Depuis ton arrivée ici, tu dors d'excellentes nuits. Tu évolues lentement vers la santé. Demain, tu te promèneras dans les champs avec ton chien qui n'attend qu'un rayon pour s'ébrouer et courir comme un forcené. Tu te baigneras. Tu te sentiras bien mieux. Les jardins te plairont assurément. Tu commenceras de la gym. J'ai beaucoup travaillé à mes dossiers ces derniers jours et j'ai négligé les visites de la piscine intérieure, le spa et le gymnase.

Elle haussa les épaules avec indifférence malgré le programme qu'il lui offrait. Elle se redressa avant qu'il ait pu la retenir. Elle prétexta sa fatigue pour monter. Il esquissa une moue de dérision après un coup d'œil à sa Cartier qui ne lui échappa pas.

— Vous avez certainement plus important à votre horaire que me parler pendant des heures, Albert. À demain, vingt heures, au moment du repas donc ! Je compte m'adonner à la grasse matinée. Je comprends pourquoi la baronne ne se levait qu'à midi : il n'y a rien à faire et votre humeur matinale ne présente rien de bien intéressant. Je préfère l'éviter !

Après le départ de Fleur, Albert demeura prostré. Il se prit un autre double cognac qu'il cala d'un trait. Il ruminait les paroles sèches et précises de sa dulcinée. Elle lui imposait une distance qu'il ne supportait plus. *Je ne tolérerai jamais plus que ma femme s'éloigne de moi, surtout sous prétexte de mon caractère au lever du jour ! Et elle se trompe carrément sur moi. Je suis frustré, je le sais. Je le sens. Quel mari amoureux ne le serait pas ? Je suis marié depuis trois ans et la chatte de ma femme m'est inaccessible comme le K2. Encore là, je pourrais sans doute tenter l'ascension sans risque de mordre la poussière alors qu'elle m'interdit même un vrai baiser.*

À grandes enjambées, l'athlétique châtelain grimpa à l'étage. Aucun bruit ne lui parvenait de la salle d'eau qu'il finit par traverser. Il frappa à la porte close de la chambre de Fleur. Il n'attendit pas qu'elle réponde et il poussa le lourd battant pour la trouver à lire dans un de ces inconfortables fauteuils d'époque qu'il détestait. Elle affichait un visage fermé ressemblant fort à celui de l'ancienne Fleur quand elle s'adressait à lui. Son expression excédée ne le rassurait guère. Elle s'enquit froidement, attisant son sentiment d'impuissance et sa rage :

— Que voulez-vous, Albert ? Retournez donc vaquer à vos importantes occupations.

— Mes obligations de soirée te concernent. Je t'en ai avisé dès le premier jour. Je nous ménage du temps en tête-à-tête à dessein que nous puissions entretenir notre jardin secret. Nous devons nous ressourcer et travailler à notre couple. Rien n'est jamais gagné dans une relation interpersonnelle, mais je tiens à ce mariage. Le premier jour de ton retour, tu me parlais d'amour. Ne subsiste-t-il déjà plus rien de cet élan irrésistible ?

Elle leva le menton par défi pour affronter sa sévérité.

— De mes récentes lectures, je réalise que rien ne résiste à la modernité. Nous vivons dans la société du jetable, Albert.

Elle referma lentement son livre qu'elle déposa sur la table basse. Elle toisa l'étranger en chemise blanche et en pantalon Armani noir. Elle aimait ce look d'enfer alors qu'il remontait ses manches sur ses solides avant-bras veineux. La cravate négligemment défaite et les cheveux ébouriffés, il dégageait un charme fou, et son cœur battait trop vite sous le regard colérique qui la scrutait. Vêtue uniquement de sa tenue de nuit et les jambes repliées sous elle, elle donnerait difficilement le change. L'affrontement lui demanderait assurément un cran dont elle se sentait déficiente.

— Tu m'échappes, ma belle. Je ne le tolérerai pas.

— Et vous décidez de tout…

— Je reste le maître dans la demeure de mes ancêtres, Fleur.

Il combattait le désir de la tirer de sa chaise et de la serrer dans ses bras. Il l'embrasserait de force et il la gagnerait à sa cause. *Ne m'a-t-elle pas conseillé d'oser ces caresses si nous nous écartions l'un de l'autre ?*

Il prit sur lui, mais sa patience s'émiettait considérablement.

— Rien ne se répare plus. Quand un objet devient défectueux, ou que l'armure étincelante du preux chevalier s'égratigne, aux rebuts ! Ainsi va la vie à l'ère d'une réalité virtuelle ! L'intérêt subsiste le temps d'un clic et l'amour – s'il existe encore – s'effrite rapidement ! Construire sur des bases solides relève d'une utopie sur notre planète « gruyère ».

Fleur avait beau parler comme si elle s'en moquait, elle se blottissait tout de même dans son fauteuil pour y puiser un semblant de sécurité. Du haut de son importance, Albert siffla furieusement devant l'enfant gâtée qui divaguait :

— Plaît-il ?

— Vous décidez de tout de votre hauteur seigneuriale, sans reconnaissance pour personne. Vous possédez un égo de la taille de votre gigantesque tête, à ne plus passer dans le chambranle de la porte du hall d'entrée !

Soulevée par la poigne de fer d'Albert sur son coude, elle se retrouva contre son grand corps musclé. Les dents serrées et la maintenant solidement, il murmura près de son visage :

— Répète-moi ces bêtises si tu trouves le courage, Fleur.

Il l'écrasait fort entre ses bras. Elle cracha d'un ton suraigu qui démentait l'héroïsme inébranlable dont elle tentait de faire preuve :

— Snobinard, chauvin et condescendant. Vous me suggérez de lire les actualités pour que nous puissions discourir intelligemment. Vous ajoutez que je ne perde pas de temps avec les pages financières, trop compliquées pour mon entendement ! Et vous m'imposez une conduite contraire à ma nature. Je ne traiterai jamais les gens qui nous servent comme des sous-hommes ou du bétail !

Elle voulait paraître forte et tentait, comme un brave petit soldat, de garder la tête haute sous son regard froid. Il la dominait de sa prestance. La dentelle légère et immaculée de sa chemisette décolletée et le pendentif niché entre ses seins libérés de l'entrave des sous-vêtements le bouleversèrent. Combattant l'envie furieuse de l'embrasser, il grinça entre ses dents :

— Satanée sorcière, tu embellis à vue d'œil. Harpie.

Elle fronça les sourcils devant cette insulte. *Inusité de me comparer à une divinité grecque de vengeance ! Cette étrange créature à tête de femme, à corps d'oiseau avec d'énormes griffes acérées dévastait tout sur son passage alors que je demeure aussi inoffensive qu'un nouveau-né.* Il grognait :

— Tu me boudes depuis des jours à cause de ces futilités domestiques ?

— Je…

— Tu mériterais une fessée.

— Non, je vous en prie…

— Par le passé, j'ai toujours répondu à ta froideur en me braquant, de glace. Quatre jours, sans un sourire, sans une caresse ! Fleur, tu es cruelle ! Tu me jettes à terre, totalement K.O. Je suis tout ce que tu as dit, et pire encore. Une peau de vache même ! Comme avant, tu me méprises promptement pour mes nombreux défauts, sans essayer de voir au-delà de l'image. Tu me juges sans entendre tous mes arguments. Mais personne n'atteint la perfection, même pas toi !

Il se tut subitement. Il ne pouvait plus parler, car il la contemplait avec avidité.

Le souffle court et s'accélérant, lourd, pénible, elle saisissait d'instinct son émoi. *Il va m'embrasser. De force. Oui, contre mon gré !*

Solide, il la maintenait contre lui avec une facilité déconcertante. Intelligente et sensée, elle ne combattrait pas cette énergie brute. Il ne servait à rien. Elle pria du fond du cœur : *S'il ose me brutaliser, subirais-je son baiser ou au contraire, répondrais-je à son étreinte ? Mon Dieu, donnez-moi le courage de résister ! Du sang-froid, de l'amour propre et de la fierté que diable ! Surtout ne pas céder à ses charmes virils...*

— Tu réagis encore en gamine boudeuse. Dans un cul-de-sac, je ne discerne aucune façon de régler notre problème. Puisque la nuit porte conseil, ma grosse tête et mon égo surdimensionné dormiront là-dessus. Au revoir, Fleur.

Hélas, il la lâcha aussi brutalement qu'il l'avait empoignée, la laissant frustrée et insatisfaite. Doublement châtiée. *Il devait m'embrasser pour me punir ! Oui, quelle peau de vache ! Vraiment !*

Il partit en claquant la porte.

Elle éteignit furieusement pour se coucher sous son baldaquin rose. Malgré sa dose quotidienne de somnifères, elle ne s'endormit pas immédiatement. Les paroles d'Albert la persécutaient. Pour la première fois, la déception et la frustration l'étreignaient dans des serres déplaisantes de cruauté. *Le pauvre et généreux sire se retient de me braquer en m'énumérant mes défauts ! Hautain, snob et despote, voilà les qualificatifs qui lui siéent...*

Elle avait découvert son autoritarisme le premier jour de son retour aux Tourelles alors qu'il la forçait à une sieste d'après-midi et à l'évidence de faire chambre à part. *Il contrôle tout au château sans perdre son si précieux temps. Les gens ne discutent pas les décisions du seul maître à bord.*

Elle ne pourrait même pas remercier un serviteur s'il lui en prenait l'envie. Selon Sa Seigneurie, les subalternes recevaient leur dû et ce traitement constituait le remerciement auquel ils pouvaient s'attendre. Malgré tout, bien que ces employés le craignent, ils le servaient avec dévotion.

Je ne peux pas lui en vouloir ma vie durant pour sa façon de se comporter avec ses domestiques ! Le rôle d'épouse me plaît et je ne me vois pas vivre sans lui. Je lui donnerai mon opinion en espérant trouver un terrain d'entente tolérable pour toutes les parties. Je supporterai ses travers à seules fins de demeurer auprès de lui. Je l'aime déjà et je continuerai d'éprouver du sentiment pour lui malgré ses imperfections, et surtout à cause d'elles !

Par contre, en attendant, elle se sentait démunie.

Mais il y avait plus frustré qu'elle aux Tourelles !

26.

Fleur compléta le rangement de sa penderie avec Marie. Elles trièrent les vêtements par saison et par style. Comme elle avait minci, la majorité des toilettes ne lui allaient plus. De toute façon, elle ne garderait pas d'antiquités fleuries.

Elle découvrit de nombreux jeans et des ensembles sport qui seyaient parfaitement à sa silhouette longiligne de jeune adulte. Selon la bonne, elle s'adonnait jadis à l'équitation, aux activités nautiques, au ski et à la natation.

— Avant de vous marier, vous gagniez chaque année les régates avec le sieur Des Marchais, votre père. Au début de votre mariage, les week-ends de golf avec les deux Forestier étaient un must.

Fleur préféra ne pas interroger Marie, car elle répondait toujours par monosyllabe à ses questions trop personnelles. Elle gagnait à la laisser se souvenir librement des années de bonheur. Marie babillait à tort et à travers :

— En joueuse de tennis accomplie, vous disputiez de captivants matchs avec le maître. Depuis la mort de monsieur le baron-père, les excursions en mer ou aux sports d'hiver font, hélas, partie du passé. Vous adoriez vos longues promenades dans les vignobles avec le père du maître. Quand le patriarche disparut, le climat se frigorifia aux Tourelles.

Fleur venait de trouver un bikini blanc à pois noirs au fond d'un sac de voyage et alors qu'elle le contemplait sous toutes les coutures, elle émit en apparence distraitement :

— Même s'il accumulait beaucoup de travail et des responsabilités accrues, me retrouver seule avec Albert aurait dû réchauffer l'ambiance. Je ne comprends pas.

Le silence de Marie ne la surprit pas. Elle s'acharnait désormais avec une ardeur décuplée dans une malle pour en sortir des jupes droites et courtes, des chemisiers de soie et des tenues d'été ravissantes de soleil et de jeunesse. Elle déposa aussi des pantalons et des shorts de toile, dans les tons de blanc, de marine, de rouge sur le lit à baldaquin dans le but d'un essayage.

— Selon la taille, ces vêtements devraient vous aller.

La jolie servante tentait de changer de sujet, mais Fleur insista :

— Albert se montre souvent peau de vache, mais il reste toujours un homme jeune et très ardent. Je ne saisis pas qu'après la mort de son père qu'il aimait et qu'il respectait, notre couple ait eu des problèmes. Nous aurions dû au contraire nous retrouver pour nous aider dans le deuil, pour pleurer et pour guérir ensemble.

La bonne annonça avec une fierté mitigée et trompeuse en tendant la main vers un coin du « walk-in » :

— J'ai proprement aligné vos espadrilles, vos sandales pour toutes les occasions et vos escarpins de danse sur la tablette du fond.

Fleur suivit son regard. Elle ne put que saluer le dévouement et l'efficacité de son employée :

— Beau travail. Des chaussures seyantes à talons hauts deviennent une priorité pour accompagner ces magnifiques robes ou ces pantalons de coupe classique.

— Les boîtes cadeaux des grandes boutiques de Bordeaux et de Paris contiennent des déshabillés et des robes de gala. Des présents du maître lors de votre première année de mariage. Tout vous ira et vous plaira. Les goûts aristocratiques du baron vous satisferont.

— Je n'ai jamais croisé un homme mieux habillé. Même les mannequins dans les magazines n'affichent pas son allure.

Le silence accompagna sa surprenante déclaration. Pendant que Fleur passait les vêtements sur son lit, la bonne rangea les tenues encore dans leurs emballages sur des cintres, puis elle se débarrassa efficacement des cartons. Quand elle revint dans la pièce, elle apprécia la rapidité avec laquelle la maîtresse avait réglé les derniers essayages.

Elles alignèrent à la porte cinq énormes sacs-poubelle remplis à ras bord d'atours fleuris ou noirs, en tissus épais, bouffants ou dont la taille ne convenait pas, des godasses basses sans style et des dessous de cotonnade. Ces vêtements seraient remis à la paroisse du village où des bénévoles les distribueraient aux démunis.

Elles riaient aux éclats alors que Fleur se regardait avec dérision dans sa psyché en acajou. Autour du miroir ovale, les remarquables sculptures du bois précieux représentaient des feuilles de vigne et des grappes de son exceptionnel et juteux fruit. En son centre réfléchissant, Fleur grimaçait à la réflexion dans une horrible robe longue de lourd velours bleu.

Attiré par le rire joyeux et communicatif de sa femme, Albert choisit ce moment pour pénétrer dans la pièce. Prises en défaut, les deux complices cessèrent instantanément de rigoler. Le sourire d'Albert s'arrêta sur ses lèvres devant l'ambiance tendue. *C'est le bouquet, je me sens désormais inopportun dans ma propre maison. Elles me regardent comme un casse-pieds, un enquiquineur interrompant leur bonheur bon-enfant et moqueur.*

Les sourcils froncés comme toujours, il portait un jeans serré et un polo dans les tons de marine. Il venait de terminer sa tournée des vignobles. Elle ne l'avait jamais vu aussi décontracté et elle le trouva beau avec sa chevelure en bataille et son teint rosi par le soleil du matin.

Marie s'esquiva prestement en refermant la porte derrière elle. Fleur ne se formalisa pas de l'air sévère d'Albert. Elle s'y habituait.

— Albert, je déteste les tissus à fleurs, annonça-t-elle tout de go. De plus, j'ai en horreur le velours bleu ! Je ressemble à un énorme gâteau de garden-party !

Il s'avança vers elle en retrouvant un sourire ironique, mais charmeur :

— Depuis ton retour, j'ai remarqué que tu t'habillais différemment. Heureux changement vraiment !

Il se promena ensuite longuement dans le placard dégarni en examinant les vêtements. Le cœur battant, il admira les tenues qu'il lui avait offertes en évidence sur des cintres alors qu'elle ne les avait jamais revêtues. *À seules fins de me peiner, Fleur évitait-elle sciemment de porter ces robes que j'avais spécialement sélectionnées pour elle ?* Il la toisa dans son accoutrement trop grand comme elle retenait une manche de glisser et il expliqua gentiment :

— Tu l'étrennais au jour de l'an il y a deux ans. Je ne sais d'ailleurs pas pourquoi. L'an dernier, tu déambulais dans celle-ci.

Elle regarda la merveille verte, surprise qu'il conservât des souvenirs des vêtements qu'elle vêtait en toute occasion.

Bah ! Je me souviendrais aussi de cette horreur bleutée.

Il tut le fait que lorsqu'elle avait choisi cette atrocité, il venait pourtant de lui offrir une robe longue rouge en soie sauvage maintenant suspendue sur un cintre à côté des autres somptueuses tenues. La verrait-il porter cette splendeur un jour prochain ? Il l'espérait. Il adorait ce tissu et il raffolait du rouge sur elle : une combinaison diabolique pour le perdre ! Ou pour le gagner !

— Mes goûts vestimentaires doivent se modifier avec les années. Albert, vous qui êtes toujours si bien mis, vous deviez détester vous présenter avec moi dans des événements mondains où le gratin ne pouvait que vous jugez bien malheureux en mariage.

— À ton bras, je me sentais le plus fier des hommes. Même mal habillée, tu demeurais la plus belle femme de l'assemblée.

Ses paroles prononcées gravement surent l'émouvoir. Il évita son regard en quittant la penderie et en passant près d'elle. Après un coup d'œil à sa Rolex, il ordonna simplement sur un ton qui n'admettait aucune discussion :

— Il n'est que onze heures. Pourquoi ne pas dévaliser les boutiques de Bordeaux ? Il te manque un tas de petites babioles et je tiens à te combler. Nous mangerons en route. Un joyeux intermède à la monotonie des jours derniers ! Nous le méritons bien après toute cette pluie qui nous déprimait...

Sortir avec lui faisait plaisir à Fleur. Elle pourrait passer du temps avec Albert à distance des Tourelles et de la domesticité. *Pourrons-nous retrouver l'entente vécue à l'hôpital ?* Il la rappela à la réalité alors qu'elle rêvassait en lissant l'épaisse étoffe de velours dans laquelle elle cuisait déjà :

— Enfile des vêtements pratiques et légers.

Le défiant, elle redressait le menton alors qu'il lui offrait si généreusement une virée de magasinage.

— Je me changerai aussi. La chaleur étouffe ; donc exit le veston et la cravate. Bah, une fois n'est pas coutume ! Cette escapade avec toi me plaira énormément.

La jeune femme n'en revenait pas : Albert se sentait coupable de ne pas porter le complet en après-midi. *Le baron ne décroche donc jamais !*

— Et ma sacro-sainte sieste ?

Si elle cherchait la querelle, elle ne la trouverait pas à cause de lui. La nuit précédente, pendant de longues heures sans sommeil, il avait fini par se convaincre de ne plus se chamailler avec elle. Il mènerait leur couple comme il le voudrait, d'une main de fer dans un gant de velours.

— À mon avis, tu peux t'en passer pour une journée, dit-il ironiquement. Ton trop-plein d'énergie déborde puisque tu la dépenses en me cherchant noise sans arrêt. Ne discute pas ; moi et mon égo en avons décidé ! Allez, change-toi, nous partons dans une demi-heure.

Contre toute attente, il la vit sourire. *Ce ton paraît le bon à employer avec elle. Je reconnais bien son sens de l'humour et son esprit caustique.*

Voilà six jours qu'elle était revenue aux Tourelles. Elle rouspétait, mais l'idée de cette sortie avec son mari la ravissait. Elle le trouvait autoritaire et soupe au lait, mais elle s'aiguiserait volontiers les dents sur lui. Quand elle se tenait devant lui, l'air se chargeait d'électricité et de tensions sexuelles. Elle rêvait de se coller à lui, de sentir son désir d'homme et de réclamer sa bouche, même si au fond de son cœur, elle voulait le mépriser. *Mais le reste, et ces autres, importent-ils tant dans notre couple ?*

Depuis le premier jour de son retour, alors qu'ils s'étaient embrassés plusieurs fois et où il lui avait signifié son envie d'elle, ils ne s'étaient pas beaucoup vus. Il travaillait énormément, s'enfermant de longues heures dans son bureau. Le mauvais temps l'affectait. Aujourd'hui, son humeur agréable la ravissait.

Les matins ensoleillés, il partait tôt dans les champs pour y accomplir les tâches liées à l'exploitation de la vigne. Vers treize heures, elle l'entendait se doucher. De son côté, elle s'endormait après le repas pour une sieste récupératrice. Vers les dix-huit heures, il revenait dans la suite. Attentif aux bruits dans la salle d'eau, il y pénétrait pour se raser lorsqu'elle avait terminé. Le soir, ils dînaient en se montrant courtois. Elle prenait ensuite ses cachets et pionçait du sommeil du juste.

Il ne semblait pas vouloir aborder les propos échangés ces derniers jours et elle ne s'en trouva que mieux.

27.

Albert prit une douche rapide alors que Fleur enfilait un short de toile immaculé et un débardeur à rayures aux couleurs du drapeau de la France. Sa luisante chevelure nouée en une queue-de-cheval et de légères sandales blanches aux pieds, elle dégageait un air de grandes vacances, d'école buissonnière. Juillet pointait son nez. Il était temps d'étrenner des vêtements de saison.

Elle se maquillait quand il la rejoignit. Il portait un pantalon de teinte marine d'une coupe impeccable sur un polo d'une blancheur éclatante accentuant le hâle de son visage anguleux et l'ébène brillante de sa crinière abondante. Il chaussait des mocassins de cuir souple. Le baron affichait le charme, l'aisance et le raffinement d'un homme habitué en société et auquel le succès ne tournait jamais le dos. Au regard lumineux et admiratif qu'il posa sur ses longues jambes, elle comprit que la vue lui plaisait et elle se sentit rougir jusqu'à la racine des cheveux.

Les querelles et les écarts verbaux des jours précédents paraissaient oubliés et, même si Albert présentait certes de nombreux défauts, la rancune n'en faisait pas partie. Elle tenterait de s'amender et de passer outre leurs différends.

Ils descendirent ensemble le grand escalier de marbre. Elle lui fut reconnaissante de gentiment prendre sa main dans la sienne. Elle ne voulait pas repousser ce premier geste après plusieurs jours de distance irrespirable.

Elle resta sidérée devant la Lamborghini bleue et argentée. Albert ouvrit la portière et l'aida à s'installer avec empressement. Il avisa le majordome qu'ils ne rentreraient pas pour le dîner. Elle attacha sa ceinture de sécurité comme il se glissait du côté conducteur. Elle ne remarqua pas sa vive déception de ne pouvoir lui prêter main-forte. Après un regard, il se détourna sans mot dire.

Comme à son habitude, il conduisait vite. La puissante voiture avalait les kilomètres avec facilité. Après des jours entiers de pluie incessante, Fleur retrouvait le moral. Puccini ajoutait à la magnificence de la journée. À l'approche de Bordeaux, Albert bifurqua sur une route secondaire. L'allée sinueuse s'enfonçait dans un boisé laissant à peine filtrer les rayons du soleil de midi. Une verdure oppressante régnait sur l'étroit corridor. Ils débouchèrent sur la Gironde, devant une villa d'époque abritant un restaurant chic, La Halte du Bossu.

Fleur attendit qu'Albert vienne galamment lui ouvrir la portière en aile de mouette. Elle accepta sa main tendue pour descendre du véhicule. Elle lui dissimula son trouble grandissant à ce seul et trop sage contact. Ils passèrent l'enceinte de l'établissement, sa main sur sa taille.

Fleur saisit aussitôt qu'ils représentaient des habitués. Obséquieux, les employés gavaient Albert de compliments exagérés et de courbettes serviles. Ils ne tarissaient pas sur leur bonheur de les revoir. Albert se comportait comme un roi à Versailles. Elle détesta d'emblée l'ambiance collet monté du lieu et les grands airs de son mari. Richement décoré, mais de façon ostentatoire, le restaurant agressait le bon goût. *Comment peut-il se plaire dans un bouge aussi surchargé ?*

Albert réclama froidement qu'ils soient installés à la terrasse, à proximité de la rivière et de sa cataracte. Comme les désirs d'Albert Forestier étaient toujours obéis, les effectifs de la Halte du Bossu auraient déplacé des montagnes pour contenter le noble et célébrissime couple.

Le propriétaire, un mastodonte portant moustache et favoris impressionnants, se pointa aussitôt pour s'enquérir de la santé de ces messieurs-dames. Il fit immédiatement part des nouveautés à la carte. Il s'adressait essentiellement au baron. Fermement ennuyée par la présence insistante de l'homme, Fleur se concentra sur le menu se fermant à la voix désagréable et suraiguë du personnage maniéré à la peau graisseuse et aux cheveux gris ternis par les longues années de tabac. L'énorme fanfaron ne lui accorda qu'un bref regard.

Plus snob encore, l'obséquieux serveur vint prendre leur commande. À la courte description fournie en italique pour chaque plat, Fleur put choisir ce dont elle avait envie. Albert acheta évidemment le vin le plus cher avec hauteur.

Pourquoi éprouve-t-il le besoin de s'adonner à quantité de simagrées ridicules alors qu'il ne daigne même pas remercier ses fidèles employés qui le servent à demeure avec une extrême diligence et un savoir-faire irréprochable ?

Ne le supportant plus, ainsi que tous ces affreux lèche-bottes, Fleur s'abîma dans la vue de la paisible rivière en contrebas de la cascade en paliers et, bien au-delà, des vignobles ancestraux. Isolés des autres convives, ils ne parlaient plus. Albert détestait se voir ignoré. Le silence devenait gênant.

Elle ne m'adresse la parole que par monosyllabes. Qu'elle me fasse connaître la raison de son courroux une fois pour toutes !

Un nouveau garçon se présenta avec le grand cru interrompant sa réflexion. Le sommelier se déplaça pour l'occasion exceptionnelle : une dégustation de la sommité, le viticulteur Albert Forestier. Professionnel, le baron goûta et cracha dédaigneusement dans un réceptacle en cristal.

Par ses agissements, il lui soulevait le cœur et elle se détourna.

Cette pratique constitue assurément le comble du chic !?

Avec une moue de déception, le caviste demeura muet quand l'expert déclara le pinard inadéquat. Albert s'enquit froidement des conditions de la cave et donna les conseils pertinents au pauvre homme qui perdait de sa superbe. Le serveur s'empressa d'apporter une autre bouteille que le célébrissime œnologue qualifia tout au plus d'acceptable. Devoir supporter ce manège à deux reprises éprouva la femme déjà horripilée par le lieu – un musée des horreurs – et les gens y évoluant – des phénomènes de foire ambulante.

Les yeux si verts de Fleur délaissèrent le paysage et se posèrent sur son mari.

Abandonnant définitivement son maintien rigide et son allure coincée, Albert souriait doucement, la couvant de son regard de ciel d'été. À l'aise dans ce genre d'endroit, le baron affichait le raffinement extrême de la noblesse et le charisme incontestable d'un mâle alpha. Cette dangereuse combinaison représentait un coquetel explosif générant moult sensations exquises et encore inconnues chez Fleur. Elle commençait à peine à se découvrir, mais elle saisissait d'entrée de jeu sa jeune féminité sensible à l'aplomb incroyable et à la virilité de son époux. Ces atouts l'appâtaient indéniablement, comme la lumière attire le papillon de nuit et entraîne sa perte. Avec une difficulté démesurée et une gêne croissante, elle détourna les yeux de son trop séduisant compagnon.

L'air exhalait l'été. Le parfum entêtant des pivoines, des fleurs de tilleul et des roses lui tournait la tête. Un parasol leur offrait une ombre bienfaitrice par cette journée trop chaude balayée par une brise tiède.

Il l'examinait avec insistance. Elle surprit une interrogation dans le pénétrant regard qui faisait battre son cœur.

— Je me questionne sérieusement sur ta façon de te comporter quand nous venons dans ce restau. Je ne saisis pas ce qui t'y déplaît tant, mais tu n'as jamais aimé, et ce, d'aussi loin que je me souvienne.

— Le propriétaire, un misogyne doublé d'un hypocrite, ne m'accorde aucune déférence, malgré mon titre. Dans son intérêt, il se montre attentif à vos besoins ! Il empeste le cendrier. Intolérable dans un boui-boui affichant ces prix exorbitants ! Et puis, un dicton anglais ne dit-il pas « Less is more » ? Cette courte phrase s'applique bien ici, dans ce décor tout droit sorti d'un mauvais film hollywoodien des années cinquante. Que voilà une caricature américaine d'un grand restaurant français !

Albert ne put s'empêcher de sourire devant les descriptions emportées de sa femme. *Elle n'a pas tort !*

— Certes, ils en mettent plein la vue. Et puis, seuls un triste idiot patenté, ou une lopette, peuvent négliger ta beauté. Je comprends qu'il me lèche les pieds, mais je ne saisis pas qu'il n'en fasse pas de même avec toi ! Il perçoit sans doute ma jalousie et ma possessivité. Je garde précieusement ce qui m'appartient ! Il n'est pas un homme dans tout le bassin de la Gironde qui ne le sache pas…

Ne détournant pas son regard du sien, elle haussa les épaules, les lèvres serrées. *Oui, je lui appartiens comme tout le reste aux Tourelles ! Ses gens de maison, ses équipements agricoles, chaque pierre des murs du château et sa femme. Dans cet ordre… Je voudrais le frapper. Et pourtant, malgré tout, il me plaît bien.*

— Admets que le site est enchanteur avec la cascade et ces essences d'arbres.

Ils restèrent silencieux et elle admira la nature environnante et, certes, la terrasse merveilleusement aménagée contrastait avec l'intérieur surchargé. Il se détendait et elle appréciait la compagnie de son vis-à-vis.

— À notre arrivée, vous vous comportiez désagréablement. Manants, regardez le grand Forestier et sa précieuse femme qui daignent se pointer dans votre bouge ! Je retrouve enfin l'homme raffiné et non le bouffon maniéré et son attitude méprisable !

N'entrez pas dans le jeu de ces imbéciles. Vous valez davantage. Du moins, je le souhaite ! Je vous connais à peine. Je ne sais toujours pas si vous êtes aimable ou ignoble.

Elle vit un muscle tressauter à sa mâchoire sous l'effet de la rage et il se crispa sous l'insulte.

— Je vous préfère en homme du monde qu'en pauvre sire hautain et crachant.

Elle soupira, démontrant une exaspération qu'il ne lui connaissait pas depuis son réveil à l'hôpital et qui lui rappelait la Fleur d'avant. *Ma présence l'insupporte !* Pour confirmer son impression, elle jeta négligemment en dépliant sa serviette de table d'un coup sec :

— J'espère les mets à la hauteur de l'attente qu'ils nous imposent. Vous qui n'avez pas de temps à perdre, vous devriez pourtant être furieux de mariner aussi longtemps pour un simple risotto !

La réplique cinglante de sa femme le laissa sans voix même si Fleur avait souvent présenté de l'esprit et de la répartie. Leurs assiettes leur furent finalement servies, et ils se concentrèrent sur la nourriture. Fleur souligna l'excellence de son poisson. Il mâcha avec application sa bouchée et but une gorgée de vin en se délectant.

— La bouffe ambrosiaque de ces snobs bouleverse les sens, conclut Albert de façon impersonnelle. Un repas fin, un grand cru et ta charmante compagnie, qu'exiger de plus ?

Il mangea ensuite en silence, puis il finit par déposer tranquillement sa fourchette. Alors qu'il la fixait sérieusement, elle leva la tête et rencontra son regard interrogateur.

— Nous devons parler. Es-tu encore mécontente de moi, ma belle ? Le premier jour de ton retour aux Tourelles, tu semblais de meilleure disposition à mon égard. Je t'ai imposé plusieurs contraintes, mais pour ta santé seulement ! Es-tu fâchée à cause de ce qui s'est passé à la piscine ? Je me suis montré trop direct, plus que je ne l'aurais dû. Le petit intermède de la salle d'eau n'avait-il pas achevé de te convaincre de mon profond sentiment pour toi ? Le lendemain, quand je t'ai embrassée, je tenais dans mes bras un bloc de glace. Explique-moi.

Cette nervosité incontrôlable ne lui ressemble guère. Se comporte-t-il en goujat par maladresse parce que je lui plais ? L'esbroufe ? La possessivité ? Le contrôle ? Quel est son problème ? Il ne sait pas agir avec moi. Je l'attire, mais il se torture à me repousser... et aussi à réclamer mer et monde. Cette perte de mémoire le tourneboule assurément. Autant que moi !

— Depuis des jours, tu m'offres ta joue avec distance, voire du dédain. Tu appréciais pourtant mon contact ; je ne peux pas me tromper à ce propos. Je ne te blâme pas pour tes reproches d'hier. J'assume mes défauts, mais je ne changerai pas.

Comme ils se trouvaient seuls à la terrasse, il osait aborder un sujet délicat et elle s'en voulut de s'être laissé piéger. À la maison, elle prétexterait un malaise intolérable pour éviter cette discussion conflictuelle. La migraine menaçait et elle repoussa sa coupe pour boire une gorgée d'eau.

— Je n'aime pas que tu me regardes autrement que raffiné et charmant ! Ne peux-tu différencier l'homme en ce moment devant toi et celui que j'affiche pour la galerie ? Je me fous des courbettes des sous-fifres, mais je ne possède aucun contrôle sur leur façon de se comporter. J'avouerai mes torts, mais pas ceux de ces petites gens ! Je suis ton mari et tu dois m'accepter avec mes défauts et mes qualités. Ne m'attribue pas tous les maux de l'univers, pardi !

— Devons-nous vraiment parler ici ?

— Pourquoi pas ? Les vieux barbons qui fréquentent l'endroit ont peur d'attraper un cancer de la peau et bectent à l'intérieur, conclut-il vertement.

— Comme vous voulez, Albert, mais ce repas deviendra vite indigeste, dit-elle avec distance en détournant le regard vers sa coupe de rouge qu'elle caressait délicatement.

Elle leva enfin la tête et admit :

— L'épisode de la piscine ne m'a pas fâchée. J'ai été flattée, même si vous insinuiez qu'il ne s'agissait que d'une réaction physique devant mon libertinage. Certes, le doux intermède de la salle d'eau a tout ramené en perspective. Hélas, notre premier petit déjeuner m'a fait déchanter. Pour la première fois, je cernais en vous l'homme distant et calculateur ! À l'hôpital, je rencontrais un chevalier servant sur son blanc destrier. Même les commentaires des infirmières qui clamaient votre snobisme ne m'atteignaient pas. Quel amer désenchantement !

Il serra les lèvres et ses yeux lancèrent des éclairs, mais il ne l'interrompit pas.

Elle prit une lente inspiration après une gorgée de vin :

— Les jours suivant ce petit-déjeuner, votre conduite envers votre domesticité se confirma. Vous ne fanfaronniez donc pas ! Pour n'en nommer que quelques-uns, ma bonne Marie vous craint comme la peste. Madame Jacques, bien qu'elle vous chérisse, se sauve de vous et rase les murs quand elle vous croise. Que dire d'Henri ? Le pauvre ankylose dans son coin ! Et sans cesse, vous lui criez dessus pour qu'il accoure et exécute sur-le-champ une bagatelle sans importance. Votre temps si précieux vous empêche de remercier vos gens, car il vous en coûterait trente mois de votre vie ! Quelle honte, Albert ! Jamais je n'aurais cru qu'un être humain puisse s'estimer à ce point supérieur ! Vous vous voyez tellement inégalable face au commun des mortels, que vous comptabilisez les remerciements que vous vous abaissez à dispenser à vos laquais, des bêtes de somme ! Quant à moi, je demeure votre égale et non une demi-personne. Je n'accepterai pas votre condescendance. Jamais.

Après son discours incisif, il lui parla d'un ton sévère.

— Je traite ma domesticité comme je le veux, ma chère. Je paie bien mes employés. Croulant sous les responsabilités, je ne commencerai pas à me soucier des états d'âme de mes valets de pied. Que tu soulèves le sujet des domestiques comme un problème dans notre ménage me hérisse au plus haut point !

Il but une longue rasade de son vin. Quand il la toisa à nouveau, elle trembla des pieds à la tête sous l'acuité foudroyante du regard de l'homme.

— Je suis snob, mais jamais avec toi !

— Si, vous l'êtes. Paternaliste aussi. J'ai perdu la mémoire, je ne suis pas devenue idiote.

— Ton attitude minimaliste de petite fille m'agace. Tu demeures leur patronne et j'exige que tu te comportes comme une baronne. Pour ma part, je ne remercie pas mes valets, et après ? Je suis autoritaire, eh bien, je n'en ai rien à cirer ! Je travaille fort et je mène tout de front. Notre monde roule au quart de tour grâce à mon génie visionnaire et à mes constants efforts que je ne ménage pas ! L'homme que je présente devant mes domestiques ne concerne nullement notre couple. Le sujet est clos, Fleur. À l'avenir, tu l'éviteras, à moins que tu ne tiennes sérieusement à me mettre en colère ! Tu n'apprécierais guère mon courroux.

Il contenait difficilement son irritation.

Fleur rétorqua sur le ton arrogant de la conversation mondaine :

— Vous êtes une personne importante, Albert. Pour vous ménager un temps précieux, ce dont vous manquez si évidemment, je m'adonnai également à de savants calculs. Je ne désire pas vous faire perdre une seule minute en foutaises inutiles. Après tout, je représente une charge pour vous. Si j'établis la somme de nos baisers à vingt minutes par jour, vous gaspilleriez sept mille minutes en un an. Trop pour un homme aussi occupé que vous ! J'évalue nos rapports sexuels à dix minutes par semaine, pour un total approximatif après un an, de cinq cents minutes. Cent dix jours sur vingt ans ! Tout à fait non négligeable ! Après tout, le temps égale de l'argent, n'est-ce pas ?

Elle se remit à déguster son poisson comme si de rien n'était. Fière d'elle, elle lui avait déballé ce qu'elle gardait sur le cœur, d'une traite, sans élever la voix. Affreusement consciente de sa présence, elle attendait avec impatience sa réaction qui ne tarderait pas. Après un moment de silence, elle le regarda bien en face.

L'expert financier à l'œuvre ! Tente-t-il de suivre mon raisonnement et de corriger mes chiffres ?

Perdu dans ses pensées, Albert se concentrait sur un quelconque calcul mental. Quand enfin il posa ses prunelles bleutées sur elle, elle n'y vit aucune trace de colère. Esquissant une moue de dérision, et après une bouchée de son risotto, il but tranquillement son vin en le savourant à dessein avec lenteur.

— J'apporterais des correctifs à tes prévisions. Autant tout comptabiliser puisque nous envisageons le problème dans son intégrité !

Le diplômé en finances d'Oxford vient de parler. À quoi s'attendre d'un homme muni d'une calculatrice intégrée au cerveau ?

— Tiens donc !

L'interjection sarcastique avait fusé. Albert afficha un sourire ironique dissimulant davantage qu'un simple calcul mathématique. Elle ne sut définir cette expression énigmatique qui la fit tressaillir malgré elle. Elle connaîtrait sa pensée dès qu'il ouvrirait la bouche pour cracher le morceau. Du haut de son importance, Albert ne gaspillerait pas de temps pour river le clou de son cercueil.

Fort désireux de provoquer sa femme, il lui offrirait des chiffres revisités à la hausse à l'exemple des administrateurs des comptes publics. *Ma petite chérie pourrait bien s'enfuir à toutes jambes devant ce programme ambitieux !*

— Vingt minutes par jour de baisers et activités connexes représentent une sous-évaluation flagrante et désolante, ma belle. Je multiplie ce nombre par trois, amenant à vingt-deux mille minutes par an. Quant au sexe, ta supputation insultante de dix minutes par semaine me renverse. J'établis une évaluation réaliste de soixante minutes par jour, sept jours sur sept, soit quatre cent vingt minutes hebdomadairement pour un total de vingt-deux mille minutes à l'an. Je double ce dernier chiffre, compte tenu des imprévus de la vie et du fait que je n'ai que trente-et-un ans. Donc, nous en arrivons à un calcul de quarante-quatre mille minutes de sexualité débridée par année ! Au moins ! En transposant soixante-six mille minutes sur vingt ans, nous voilà à un million trois cent vingt mille minutes de baisers, activités connexes et érotisme. En nombre d'années, je me retrouve à deux ans et demi, sans tenir compte d'aléas de tout genre. Je cite ici nombre d'impondérables, comme les piqueniques dominicaux, les promenades au clair de lune, les nuits blanches, les bains de minuit et les très très longues vacances – où je rêve de me perdre dans tes bras. J'en passe, puisque je ne peux tout de même pas penser à tout ! Jouons prudemment ; multiplions ce total par deux pour nous emmener à cinq ans. Bien que ce chiffre me paraît toujours une sous-estimation de notre réalité ! Alors tu comprendras mon manque de temps pour Henri et ses courbatures ! Mes priorités diffèrent et je ne négligerai nullement nos activités conjugales. Foi d'Albert Forestier, tu deviendras une épouse comblée et je me dévouerai. Ton bonheur me tient à cœur.

— Et mon bonheur passe dans un lit avec vous ?

— Tu peux en être assurée.

Après une nouvelle bouchée de son repas, il posa distraitement le regard sur sa femme, maintenant rouge de confusion. Elle s'éventait frénétiquement avec son petit sac à main. Il admira en silence ses prunelles vertes et brillantes, levées vers lui. Elle cala d'un trait son verre d'eau fraîche. Elle balbutia lamentablement :

— Vous ne trouvez pas qu'il fait chaud ? Le vin tape fort.

— Pourquoi rougis-tu ? La vinasse n'a rien à y voir. Mes calculs suscitent des interrogations. Veux-tu partager des commentaires ? Il est temps ! Ou jamais !

— Le sujet s'avère certes brûlant. Comme je ne me souviens pas du passé, je ne peux critiquer vos supputations à l'évidence exagérées. Du moins, je l'espère !

Il aimait qu'elle joue à la fausse ingénue. Au gré des saisons, Fleur le surprenait avec son puritanisme, alors qu'elle pouvait se saouler pour oser des propositions carrément indécentes en se dévêtant devant une fontaine au clair de lune. Les joyaux de ses prunelles émeraude fuyaient nerveusement son regard scrutateur et trop perspicace. Sur le ton courtois de la conversation, il asséna :

— Et pourquoi donc espères-tu mes chiffres excessifs ? Ces tâches et obligations méritent d'être parfaitement remplies. Notre mariage et notre couple revêtent la plus haute importance et je ne lésinerai jamais sur la quantité ou sur la qualité. Voilà une raison supplémentaire expliquant que je n'ai guère de temps à perdre à ménager les susceptibilités des subalternes.

Elle paraissait tellement découragée avec ses épaules tombantes qu'il se montra bon prince. Il murmura avec un charmant sourire :

— Par contre, je m'exercerai à la gentillesse à l'avenir, pour te faire plaisir. Essentiellement. Je veux t'agréer, ma baronne. Et tu m'agréeras en retour !

Alors qu'elle restait la fourchette en l'air, il ironisa en souriant, une dernière phrase pour le moins équivoque.

— Mange et prends des forces ; tu en auras bien besoin, ma chérie.

Consternée, Fleur sentait l'appétit la quitter. Albert savourait les réactions de sa femme à l'écoute de ses énoncés arithmétiques. *Fleur n'ose pas préciser sa pensée, mais elle se tracasse forcément. Que peut-elle bien s'inventer ? Quelles images traversent sa jolie caboche ? Quelle expression accablée !*

— La seule idée de ces longs corps-à-corps torrides te déplaît-elle autant ? Ta mine catastrophée de chaste pucelle me laisse supposer que tu n'apprécies guère ! Je t'assure que je compenserai mes lourds défauts en te comblant. Je ne te veux que le plus grand bien…

Non prête pour les allusions grivoises d'un homme si sûr de lui et de ses moyens, aussi fort et élégant, noble de surcroît, elle aurait glissé sous la table et fermé les yeux, pour se réveiller aux Tourelles après son somme salutaire d'après-midi. Fleur devait se rendre à l'évidence : elle avait cherché à le provoquer. Et le proverbe ne dit-il pas « Tel est pris, qui croyait prendre » ?

— Rien ne me préoccupe. Je vous sais gré de votre bonne volonté face au devenir de notre couple, Albert.

— Que voilà une épouse conciliante !

Ses pensées taquines vagabondèrent. *Délicieuse réponse franchie de si pulpeuses lèvres !* Elle le remerciait avec la même bienséance que s'il lui tenait la porte. Embarrassée, elle évitait son regard inquisiteur en fixant les arbres centenaires se balançant au gré des vents.

Qu'est-ce que je fous avec ce mâle, moi qui ne connais rien de la vie ? Qui est-il vraiment ? À quoi me soumettra-t-il dans le secret de notre alcôve ? Comment lui faire réaliser que je ne me souviens que de notions théoriques apprises au CM1 ?

Elle le craignait, car elle ne doutait pas qu'il maîtrisait tous les trucs, les astuces et les jeux scabreux des hommes à maturité sexuelle.

Intimidée, elle lui murmura d'une petite voix pitoyable :

— Albert, est-ce que j'aime le sexe ? Dans le cas contraire, mon existence auprès de vous deviendrait vite intolérable…

Elle se sentait attirée, voire éprise d'Albert, mais en réalité elle ne savait rien de ses penchants vicieux. Albert la trouvait carrément splendide et il aurait pu la prendre à même la table. La joute verbale l'avait amplement excité. Les joues rouges et les yeux smaragdins larmoyants de son irrésistible compagne l'ensorcelaient et, d'une voix étrangement rauque et troublée, il osa lui avouer :

— J'ai envie de toi, ici, maintenant, à tel point que j'en deviens fou. Tu ne peux pas comprendre, mais je te veux encore et toujours. Vivement que nous revoyions ton maudit médecin. Ensuite, tendre Fleur, je te promets que la vie te paraîtra savoureuse en diable ! Que de pain sur ta planche, ma petite chérie ! Je préfère ne pas répondre à ta question sur tes intérêts et tes aptitudes pour nos jeux érotiques et te laisser découvrir cette facette insoupçonnée de notre couple. Nous pourrions bien devoir revisiter nos chiffres à la hausse, car ta passion rivalise avec la mienne.

Saisie d'une confusion extrême, il la regarda rougir et se détourner comme une biche prise au piège d'un chasseur expérimenté. De ses doigts tremblants, elle repliait gauchement la serviette de table qu'elle venait de déplier pour la énième fois depuis le début de leur indécente conversation. Elle repoussa résolument son assiette à peine entamée. La discussion et les manières rabelaisiennes de son mari lui avaient définitivement coupé l'appétit.

28.

Au moment de quitter le restaurant, Albert fit exprès de passer galamment son bras à la taille fine de Fleur. Continuellement attentif, il accentua son élan vers sa jeune femme malgré la crispation évidente de tout son corps. Courtois, il tint la portière de la voiture. Ils roulèrent en silence jusqu'au centre-ville de Bordeaux. Affreusement conscient des longues jambes saines offertes au soleil de l'été, il accéléra pour arriver rapidement à destination. Dans ce climat chargé de tension sensuelle, il respirait la féminité de Fleur comme les vapeurs obsédantes d'un philtre aphrodisiaque.

Dès leur entrée dans la boutique luxueuse avec pignon sur la réputée artère commerciale, elle saisit le goût de son mari pour les fringues hors de prix. Son aisance en société transparaissait dans chaque geste. La propriétaire et les deux vendeuses se mirent aussitôt à leur disposition. Très heureuse de la revoir, l'élégante modiste cinquantenaire la complimenta sur sa silhouette.

— Votre garde-robe ne doit plus convenir, Madame. Notre couturière peut se rendre aux Tourelles pour les retouches. De nouveaux arrivages vous plairont à coup sûr avec les fleuris à la mode cette année !

Albert coupa la parole à la marchande.

— Ma femme ne se vêt plus d'étoffes à fleurs. Elle amorce un virage à 360 degrés. Sa minceur lui permet tous les tissus et toutes les coupes. Nous désirons tout voir.

— Demeurerez-vous avec nous, Monsieur, ou visiterez-vous votre tailleur pendant ce temps ?

— Je reste. La baronne le souhaite et je suis son chevalier servant.

Il n'allait décidément pas rater le spectacle de sa ravissante épouse défilant en chic robe de soirée, en maillot de bain ou en sous-vêtements affriolants. Il contempla Fleur avec défi, puis passa son bras à sa taille, dans un geste amoureux et possessif provoquant sa rougeur. Fleur le dévisagea sans un mot, en clignant joliment des paupières. Il admira longuement les yeux de biche effarouchée accentués par ses longs cils bruns. Son regard descendit vers les lèvres charnues et il murmura en résistant à l'envie de l'embrasser :

— Abonnée à la volupté, laisse-toi désirer et je te gâterai, outrageusement, de toutes les façons imaginables et à ma portée. Nous commençons dès maintenant, ma mignonnette.

Happée dans un tourbillon de parures multicolores et de frou-frou d'étoffes somptueuses, Fleur ne sut bientôt plus où donner de la tête. Le baron attrapait tout ce qui lui plaisait et, à un moment, elle posa une main conciliante sur son avant-bras dénudé. Interrogateur, il se pencha vers elle.

— Albert, sommes-nous vraiment aussi riches ?

— Honteusement, ma belle ! Enfile ces oripeaux ! Ne discute pas ! Allez, hop ! Passe dans la salle d'essayage. Prompto ! Je poursuis vers ces rayons colorés.

— Je n'ai pas besoin d'autant de vêtements chics.

— Nos charges sociales occupent la majeure partie de nos week-ends et imposent une penderie bien fournie. Laisse-moi m'amuser…

Le choix éclairé d'une garde-robe d'une dame de la haute société justifiait les commentaires intelligents et les élans instinctifs d'Albert. *Qu'il a dû me trouver mal fagotée toutes ces années !* Il éclata de rire devant son expression découragée et ses épaules tombantes. Avec une humeur au beau fixe, il s'écria :

— Courage, madame la baronne. Dans la vie, il y a pire que de porter du Chanel !

Des glaces aux bordures ouvragées couvraient trois murs de la luxueuse salle d'essayage haute de plafond et décorée dans le plus pur style français. Un paravent ancien offrait la discrétion nécessaire aux clientes raffinées. Deux bergères Louis XV et une table basse permettaient aux richissimes accompagnateurs d'attendre confortablement.

Fleur essaya de la lingerie et des maillots de bain qu'elle ne défila pas, comme Albert évoluait toujours au hasard dans la boutique. *Grâce au Ciel !* Une vendeuse empilait les légers et élégants chiffons soigneusement pliés sur un large comptoir.

— Que faites-vous ?

La question d'Albert avait fusé, alors qu'il passait à proximité. La commis bredouilla, impressionnée que l'aristocrate lui adresse la parole :

— La baronne a terminé avec ces dessous. Tout allait.

— J'aurais bien aimé la voir dans cette nuisette. Une autre fois alors. Concentrons-nous sur les robes de soirée, Madame, dit-il énergiquement en se tournant vers la propriétaire.

Ayant enfilé un tailleur de soie ivoire sur une blouse rouge, Fleur accepta une paire de chaussures vermillon à talon aiguille. Elle entendit son mari se pointer dans la vaste salle d'essayage. Une coupe de vin lui fut offerte une fois qu'il se fut installé. Munie d'un bloc-notes, la directrice prit place à ses côtés, tandis qu'il feuilletait une revue de mode de son air distant de dirigeant de ce monde en lui réclamant un accessoire ou une tenue qu'il n'aurait pas vus, mais qu'il savait en magasin.

Quand Fleur apparut, elle comprit qu'elle lui plaisait. Appréciateur, il hocha la tête sans prononcer un mot, les yeux fixés sur ses longues jambes. Un geste discret de la main en direction de la propriétaire confirma l'achat.

Prise dans une rafale incessante, Fleur en oubliait ses soucis. Se succédèrent les tailleurs, blouses, tenues de cocktail et de bain de soleil, fuseau noir ample avec tunique à paillettes, fourreau en soie sauvage prune, robe princesse en satin et taffetas, des robes de bal, des peignoirs et des kimonos soyeux affreusement dispendieux. Les vendeuses l'assaillaient en pépiant comme des poulettes surexcitées. Albert détaillait Fleur avec ce signe négligent qui signifiait que, même si un colifichet s'avérait affreusement cher, il portait à son compte.

Ces femmes sont-elles conscientes de son regard dévorant ? Grands dieux, que les pensées de mon époux leur demeurent secrètes ! Cette attention sensuelle lui donnait chaud, dans tout le corps. Après le dernier ensemble essayé, elle se rhabilla en silence. Elle sursauta en voyant Albert apparaître derrière le paravent.

— Ces dames s'affairent. As-tu besoin de l'aide de ton humble serviteur ?

Le ton caressant de sa voix et l'œil tendre dont il la couvait provoquèrent un mutisme pathologique chez la jeune mariée. Depuis une heure déjà, elle ressentait le poids de ses prunelles bleu ciel d'azur sur ses cuisses, sur ses seins, sur son visage, comme une lente prise de possession. Son cœur battait trop vite.

— J'enfile mes sandales.

— Laisse-moi t'aider.

Avec la souplesse d'un fauve, il s'agenouilla et, délicatement, lui passa les chaussures aux pieds, alors qu'elle appuyait une main nerveuse sur son épaule pour y prendre appui. Ses paumes larges, chaudes et douces sur ses jambes nues la brûlaient vive. Elle avait follement envie de caresser du bout des doigts son épaisse chevelure.

Avant que mon baron ne perde ses cheveux, il en coulera de l'eau sous les ponts de Paris ! Elle résista, bien que difficilement, à poser ce geste trop lourd d'intimité. Quand il se redressa, il se tenait si près d'elle qu'elle recula par trop d'émotions et se retrouva le dos au mur.

— Je vous remercie de votre générosité, Albert.

Mal à l'aise de la proximité de son mari, Fleur cherchait à détourner son attention et à rompre le charme dans lequel ils s'oubliaient. Son visage tout près du sien, il murmura :

— Je ne veux que te plaire, ma chérie.

Il attendait depuis trop longtemps de la serrer contre lui et il n'allait pas se priver. Au lieu de calmer ses ardeurs, ce défilé de mode improvisé lui galvanisait les sangs. Il emprisonna sa taille fine de ses mains brûlantes, laissant un espace bien mince entre eux. Il la toisait sérieusement et elle le trouva trop imposant pour sa quiétude. Il la découvrait farouche et il s'interrogea avant d'en saisir la raison.

— Albert, ces dames pourraient nous voir…

— Elles n'oseront pas nous déranger. J'aimerais tant t'embrasser malgré ta réserve, mon amour. Je ne la comprends pas. As-tu peur de moi ? Tu ne peux me tenir rancune pour ma façon de traiter la domesticité ! Je promets de m'amender.

— Je suis reconnaissante d'accepter mon opinion sur vos employés, mais si je partage un baiser, vous croirez que j'obéis parce que vous m'avez acheté des habits !

Les mains contre ses bras musclés, le visage levé vers le sien, elle ne savait plus que penser. Il la sentait tiraillée.

— Que vais-je faire de toi ? Cet argent nous appartient, à tous deux. Nous sommes indépendants de fortune. Je n'ai pas abordé le sujet avec toi, car je n'en voyais pas l'utilité. Laisse tomber les détails pécuniaires sans importance pour te concentrer sur le nécessaire. Voilà des jours que tu ne m'as pas embrassé, et je n'en peux plus d'attendre.

Ils ne résistèrent pas à ce besoin impérieux. Elle ouvrit la bouche avec délice sous la pression exploratrice de celle d'Albert. Rien n'existait plus que ce bonheur de le goûter. Ils partagèrent un vrai baiser d'amour, comme si la cruelle privation durait depuis une éternité. Plus femme que dans ses souvenirs, elle gémissait avec ravissement.

Il avoua, à bout de souffle, ses yeux cherchant les siens :

— Ma déesse ! Je ne pourrai jamais m'en passer. Je t'en supplie ; ne me fais plus souffrir ainsi !

Il jouait la carte de l'humilité. Jamais, lui, le noble Albert Forestier, n'aurait cru prononcer ce genre de paroles et paraître crédible. Il la vit pourtant se transformer en tigresse. Femme irrésistible, elle se collait en murmurant contre ses lèvres :

— Bientôt, mon trésor, je panserai tes blessures. Je commettrai tous les péchés de la chair pour toi, mais je le ferai si bien, qu'ils deviendront des chants divins.

Il ne résista pas à sa bouche délicieuse et exigeante. Incommodé par une masculinité gênante et épanouie, il s'écarta d'elle à regret.

Il se passa la main dans les cheveux en évitant son regard. *J'espère qu'elle n'a pas connaissance de mon braquemart au garde-à-vous !*

Au lieu de la braquer, ce désir et son attitude la rassurèrent. *Il réagit comme un mari. Mon amnésie ne le torture plus autant ! Nous guérirons ensemble de cette cruelle épreuve. L'avenir n'est pas si sombre puisqu'il fait soleil sur nos sentiments.*

Ils gagnèrent le comptoir en silence pour compléter les formalités d'achat. Au moment de quitter la boutique, Fleur remercia la dame. Albert ne s'en formalisa pas.

29.

Fleur se laissa guider vers un spa de renom. Albert lui promit de venir la retrouver après une visite chez son tailleur. Elle fut soumise aux mains expertes d'Esméralda. L'esthéticienne la soumit à des gommages, des soins du visage, des applications corporelles avec des substances poisseuses aux odeurs à la fois salées et aromatiques, une manucure et une pédicure. Elle ferma les yeux pour profiter de ces traitements vigoureux.

Sur le ton de la conversation, Esméralda l'avisa que le baron avait commandé, pour dix-huit heures, un massage pour deux. Nue sous son peignoir blanc, une Fleur récurée sous toutes les coutures suivit une jeune employée vers une salle de massothérapie. Deux tables en occupaient le centre. Une musique d'ambiance baignait les lieux d'une aura paisible.

Étendu à plat ventre et recouvert d'un léger drap à hauteur du bassin, Albert subissait déjà un énergique massage suédois. Avec émoi, elle remarqua son dos et ses épaules musclées. Les masseuses la saluèrent avec déférence.

— Bonjour, Albert.

Il la regarda longuement avec chaleur. Elle trembla d'excitation devant son bonheur de le retrouver. Absent à peine deux heures, il lui avait cruellement manqué.

— Bonjour, mon amour.

Se pliant aux directives précises de la spécialiste, elle retira son peignoir pour se glisser sous une couverture immaculée alors que les deux femmes se détournaient scrupuleusement. Se sentant observée, elle se tourna vers Albert. Assombris, ses yeux de prédateur perdaient toute gentillesse. Sa nudité le bouleversait. Elle tenta d'oublier ce regard trop émouvant pour s'adonner à une complète détente.

À entendre les propos échangés par la belle avec sa massothérapeute, il comprit les blessures de Fleur beaucoup moins douloureuses. Sa convalescence se déroulait bien. *Maudit sois-tu, baron de mes deux, d'avoir osé épier ta dulcinée à s'étendre. Sa plastique à peine entrevue m'obsède. Exit paix intérieure et sérénité.*

De toute la durée du massage, il ne put raisonner clairement ou, tout simplement cesser de cogiter. Elle avait pris son temps pour se coucher. *Voulait-elle me provoquer et me séduire ? Je ne sais plus qui elle est.*

Elle somnolait quand sa masseuse l'avisa d'une voix douce que la procédure était terminée. Reposée, elle regarda Albert. Comme il se sentait observé, il se tourna vers elle et il se mit doucement à rire de son air détendu. *Après l'amour, elle affiche assurément cette tronche hébétée. J'aimerais bien lui voir ce faciès égaré par trop de sexe...* Il valait mieux orienter ses pensées vers un sujet moins lubrique.

— J'ai choisi une robe pour toi dans une boutique. Une babiole ! Après une douche, la coiffeuse et la maquilleuse te prendront en charge.

Le regard enamouré de Fleur acheva de le convaincre qu'elle appréciait sa journée. Par délicatesse, et pour ménager sa sensibilité, il se leva le premier en prenant soin d'enrouler soigneusement son drap sur ses hanches. *Fleur demeure une enfant. Mais bon sang, une gamine excitante au possible qui apprend à jouer de ses atours ! Comment résister à ce puissant appel des sens ; autant fuir les jambes au cou.* Il promit de l'attendre dans le hall et quitta la pièce promptement.

Une Fleur ravissante parcourut la distance jusqu'à Albert, déjà impatient de la retrouver. Sans le cacher, il admira les jambes mises en valeur par la coupe de la somptueuse robe du soir. D'une légèreté exquise, l'étoffe dans des tons de vif-argent chatoyait à chaque mouvement sensuel de la belle épousée aux courbes délicieuses de sensualité. Il était ému devant sa beauté à la fois pure et audacieuse ; elle demeurait son paradoxe.

Avec une élégance naturelle, il portait un habit gris acier, une chemise immaculée et une cravate en soie prune. Les cheveux fraîchement coupés, le mâle rasé de près apprécia le regard gourmand de sa juvénile épouse. Ils s'effleurèrent d'un léger baiser fortement en désaccord avec leurs pensées secrètes.

Il l'escorta galamment à la voiture. Ils empruntèrent la route du grand boulevard. En bordure du canal, il se gara au Blues Bistrot. La musique parvenant de l'intérieur les attira irrésistiblement. Plusieurs têtes se tournèrent à leur entrée dans le restaurant-bar. Albert salua discrètement des inconnus, sans la présenter. Une clientèle des plus respectables aux tempes sel et poivre en habits trois-pièces et en robes de soirée fréquentait le lieu huppé. Installés à proximité de la piste, ils contemplèrent, par les fenêtres en accordéon, une vue imprenable de Bordeaux. Les couleurs du couchant évoquaient un lendemain ensoleillé. La ville revêtait lentement des tonalités nocturnes avec ses longues avenues illuminées de lampadaires modernes, ses boutiques et commerces agrémentés de leurs ampoules multicolores et ses bâtiments historiques savamment éclairés pour mettre en relief la patine dorée du temps.

Albert commanda du champagne à un discret serveur.

— Je choisis pour nous deux, de suite. Je meurs de faim.

Il opta pour la bisque et ensuite un Tartare de saumon. Dans une ambiance agréable, ils trinquèrent à leur santé et à leur avenir. Affreusement conscients de l'autre, ils écoutaient distraitement le groupe musical. Ils respiraient la légère et bienfaisante brise du soir sur leur peau déjà brûlante. Elle tentait de se détendre, malgré la proximité de l'Adonis qui dégageait des effluves subtils d'une virilité exquise. Elle tombait en pâmoison devant son raffinement indiscutable.

— Veux-tu danser cette valse lente ?

— Il n'y a personne sur le plancher !

Ne souhaitant pas attirer l'attention, elle opposait avec une moue timide. Elle ne savait pas si elle connaissait cette danse. À contrecœur, elle le suivit sur la piste. Son trouble s'effaça aussitôt qu'Albert l'enlaça. Elle se laissa entraîner dans des tourbillons harmonieux. Leurs jambes se croisaient avec virtuosité. Il n'eut pas besoin de lui dire qu'ils aimaient évoluer ensemble, elle le comprit d'emblée. Ils partageaient un pur enchantement alors qu'il variait les mouvements, les virevoltes et les haltes pour son plus grand bonheur. Quand la valse se termina, sa déception prit toute la place.

Ils revinrent à leur table et la bisque fut servie. Ils dînèrent tranquillement. Ils dévorèrent ensuite un excellent Tartare suivi d'un sorbet à la framboise. Perturbé par le décolleté plongeant de Fleur, surtout quand elle se penchait pour lui parler à l'oreille, Albert perdait le fil de la conversation. Il n'oserait aucun commentaire critique, car la joliette se morigénerait sur sa bévue et se soustrairait à son regard affamé.

Ils savourèrent enfin une assiette de fruits de mer et une exquise mousse au chocolat avec une gourmandise propre à ces fines fourchettes. Il commanda une bouteille de Veuve Clicquot. Albert portait bien la boisson, mais elle n'était pas rassurée sur leur façon de regagner les Tourelles.

— Si je me saoule, tu conduiras.

— Je ne me souviens plus. J'emboutirais ta puissante voiture dans un arbre !

— Tu es une excellente conductrice. Mais comme je compte te faire danser jusqu'à la fermeture, nous aurons cuvé notre champagne depuis longtemps.

Les convives avaient reconnu les Forestier. Ils paraissaient si évidemment amoureux que personne n'osa les déranger. Tout Bordeaux découvrait déjà avec bonheur que le couple chéri de la région était observé en tête à tête. Albert espérait bien que la nouvelle parviendrait aux oreilles des chipies qui le couraient encore malgré leurs trois années de mariage.

Après le repas, il l'entraîna dans un tango sensuel, un triple swing bien cadencé et un joyeux fox-trot. À travers ces rythmes, il lui apprenait le monde. Fleur s'évada entre ses bras solides pour une majestueuse valse viennoise. Pendant cette mélodie ensorcelante, il se retint difficilement de frôler ses lèvres. Un cha-cha-cha enlevant suivit.

— J'adore ces chants latins suggestifs en diable. Je ne pouvais rêver d'un aussi excellent partenaire pour me guider et m'émouvoir : quel plaisir coupable ! Je veux mordre à la vie et danser toutes mes nuits avec toi !

— À la bonne heure… J'aime te plaire…

Alors qu'elle reprenait son souffle, il laissa son veston à leur table. Il revint en chemise blanche en retroussant ses manches et en dénouant sa cravate. Elle lui trouva un look d'enfer. Les airs endiablés se succédèrent tout au long de cette soirée de rêve. Ils évoluèrent au sein des couples amoureux sans se lasser. Le cœur battant à toute vitesse aux premières gammes d'une rumba provocante, il l'attira à lui dans une position de départ classique. La nouvelle Fleur bougeait avec une ardeur troublante. Elle ondulait souplement du bassin. Ses mains fermes rejoignirent ses hanches de femme pour en savourer le mouvement. Les sens exacerbés par ses paumes chaudes sur ses flancs, elle jouait de son corps, à son exemple. Rien ne semblait désormais réglementer leur étreinte. Elle fredonnait la chanson. Grisée par le rythme et la proximité d'Albert, elle entrouvrait les lèvres, invitant au baiser. Affreusement conscient de la sensualité de sa belle, il ne résista pas à effleurer sa bouchc dans une caresse de la douceur d'une aile de papillon. *Elle n'a rien oublié de la danse et elle perd ses inhibitions, surtout celles qui l'empêchaient de vivre sa féminité depuis cette fête tragique de septembre.* Un triple swing fou en diable les entraîna. Elle s'accrochait à lui en riant aux éclats dans des virevoltes étonnantes. Son rire contagieux ajoutait à la joyeuse ambiance de la nuit étoilée. L'époustouflante danseuse attirait les regards masculins. Pour une rare fois de sa vie, il ressentit une pointe de jalousie vite remplacée par la fierté de se trouver à son bras.

Ils se gavèrent de musique, de chaleur et de sensualité. Une dernière note termina la soirée en beauté et les couples comblés applaudirent puis quittèrent lentement le bistrot devenu silencieux.

Albert l'escorta dans l'aube naissante après le tumulte de ces rythmes entraînants et surtout, de leurs émotions. Ils approchèrent de la Lamborghini et il lui ouvrit la portière. Au lieu de s'asseoir sur la banquette, elle lui fit face et s'adossa à la voiture. D'une voix douce, elle lui susurra des mots d'amour.

— Je me sens saoulée de toi, mon chéri. J'ai mal tellement je manque déjà ton étreinte.

Trop heureux du fait qu'elle continuait le tutoiement employé dans la journée, franchissant cette étape cruciale de l'intimité, et alors qu'elle quémandait ses lèvres, il s'exécuta avec toute la bonne volonté du monde. Ce n'était pas un baiser chaste, mais plutôt une caresse lourde d'un appétit inassouvi.

Il avoua brutalement :

— Je ne pourrai pas attendre le rendez-vous mensuel avec le docteur, Fleur. De chair et de sang, j'irai au bout de mes forces, mais retarder le moment de te posséder pendant un mois reste une utopie !

Le désir couvait dans son regard appuyé. Elle identifiait maintenant cette intensité fixe dans ses beaux yeux. Jour après jour, il la regardait souvent avec cette expression douloureuse. Elle ressentit une bouffée de chaleur dans tout son corps. Elle lui tendait ses lèvres et il l'embrassa savamment, exacerbant leur voracité. Quand il réussit à se détacher d'elle, ils se trouvaient seuls dans le stationnement.

Trop chavirés pour parler, ils rentrèrent en silence. Une musique de détente ajoutait au romantisme de cette aube tranquille. À son arrivée aux Tourelles, elle tombait de sommeil. Son mari la transporta dans ses bras pour rejoindre l'étage et elle nota qu'il remerciait Henri de les avoir attendus. Elle esquissa un sourire ravi. Quand il la déposa sur sa couche moelleuse, elle murmura :

— Tu te montres souvent si gentil, Albert chéri. Mon héros si fort…

Elle étouffa un bâillement et ferma les yeux. Le jeune homme debout à côté du baldaquin fixait cette tentante offrande.

— Comment feras-tu pour te rendre aux champs, demain ?

— Le samedi, j'effectue une brève tournée. Quand je reviens, je passe une heure à vérifier mes courriels. Le dimanche, je ne travaille jamais. Ce premier week-end ensemble nous reposera. Nous paresserons à la piscine ou sur la terrasse.

Il s'agenouilla sur le lit, entre les jambes de la femme, pour lui retirer ses chaussures. Elle le laissa faire en l'observant.

— Albert, regardais-tu quand je m'installais pour le massage ?

— Oui. Juste assez pour me mettre l'eau à la bouche et le diable au corps ! J'ai payé pour cet accroc à la bienséance ; je n'ai pu me détendre l'heure durant !

Dans la pénombre, elle riait et il frémit d'excitation. Il aimait ce rire – prélude à tout ce qu'il y a de meilleur dans la vie d'un couple. Elle le fixait sans bouger, perdue dans ses pensées. *Que dirait-il si je lui exigeais de rester ?*

Il choisit ce moment pour se redresser. Il devait partir pendant qu'il le pouvait encore.

— Tu tombes de sommeil.

À la porte, elle l'arrêta :

— Albert, par tes calculs mathématiques, tu espères m'effrayer ? Tu n'es tout de même pas une machine de sexe ? Tu ne penses pas qu'à la bagatelle, non ?

— Te moquais-tu de moi avec tes dix minutes par semaine ? Une heure par jour peut s'avérer réaliste. Mais ne te tracasse pas inutilement ; je ne suis pas une mécanique ! Dors maintenant, jolie marmotte. Tu découvriras bien assez vite ce que la vie de femme mariée te cache !

30.

Son premier samedi ! Vers les onze heures, Albert n'était toujours pas de retour des vignobles. Il lui avait pourtant promis que le week-end, ses activités à l'extérieur ne duraient que deux heures.

Elle opta pour une promenade avec Pirate. Enjoué, le chien s'élançait, gambadant dans l'allée et la retrouvant à toute allure par des chemins de traverse.

Les oiseaux chantaient sans se lasser, l'air embaumait le parfum enivrant de milliers de fleurs sauvages ainsi que l'odeur entêtante des roses des grands jardins. Les feuilles bruissaient tranquillement dans les arbres séculaires. Dans les champs, des hommes s'interpelaient gaiement et elle imagina Albert parmi eux, couvert de sueur, et les muscles bandés par l'effort. Elle se sentit rougir et tenta de chasser ces perturbantes images.

Alors qu'ils remontaient vers le château et dépassaient l'héliport où l'impressionnant appareil volant attendait silencieusement un prochain envol, elle remarqua l'immense potager en contrebas de la terrasse principale. Elle descendit lentement vers une plantureuse jardinière et deux adolescentes qui s'affairaient sous le soleil cuisant au zénith. Le berger allemand bien dressé s'écrasa en bordure d'un églantier pendant que sa maîtresse circulait entre les rangs serrés et bien entretenus. Les femmes riaient aux éclats en se racontant mille histoires farfelues. Elle leur lança un bonjour souriant et rieur. Elles s'arrêtèrent de jacasser en levant la tête. La maraîchère vêtue d'une longue robe d'été à pois jaunes sur fond violet se redressa souplement pour sa corpulence. Elle s'approcha de Fleur à la vitesse de l'éclair. La dame toute en rondeurs l'accueillit avec un accent du sud à écorcher les oreilles, et des tournures de phrases pour le moins étonnantes :

— Ah, ma toute joliette, que voilà longtemps que vous étiez venue nous voir dans les légumes.

Elle lui plaqua trois baisers sonores et percutants sur les joues. Au courant de la perte de mémoire de la baronne, la femme se présenta comme Paulette, responsable du potager, des fines herbes et des arbres fruitiers des grands jardins. Elle désigna ensuite Luce et Nadia, ses jeunes aides-cuisinières. Elles saluèrent la maîtresse timidement d'une révérence gauche. *Campagnard, mais charmant !*

— Puis-je vous être utile ?

Fleur espérait qu'elle lui fournirait une tâche pour passer le temps par cette journée qui se traînait sans Albert qu'elle avait espéré revoir dès le lever.

— Vous pouvez cueillir du cresson, de la roquette et des herbes au choix. Vous possédez le secret des meilleures salades et votre mari les adore. Pourquoi ne pas dresser la table pour le repas sur le belvédère ?

— Une excellente idée par un samedi aussi paradisiaque. Luce, avisez que nous déjeunerons sur la terrasse dans une heure.

Attrapant un panier de cueillette en osier finement tressé, Fleur commença à ramasser les légumes nécessaires à la confection d'un mesclun sous l'œil ravi de la jardinière. Voilà tellement longtemps que la maîtresse ne s'impliquait plus dans la vie du château. Ce matin, elle resplendissait de joie, appréciant comme jadis, ce travail manuel.

Les femmes se remirent à parler des études culinaires de ses protégées, des vacances à la mer de sa petite dernière et des pluies torrentielles reçues dans la semaine. Puis, le silence s'installa alors qu'heureuses et détendues, elles œuvraient au grand soleil.

Concentrée, Fleur se mit à fredonner doucement une chanson d'amour traditionnelle du XVIIIe siècle. Ses compagnes continuèrent à travailler tranquillement en répétant les couplets.

Mon amant me délaisse, Ô gué, vive la rose
Je ne sais pas pourquoi, Vive la rose et le lilas

Pendant ce temps, revenu des vignobles, Albert vérifiait sa messagerie.

— Monsieur, écoutez…

Albert Forestier leva la tête de son clavier alors que la gouvernante, excitée comme une puce, pénétrait dans le bureau et ouvrait une fenêtre. La voix mélodieuse de Fleur monta jusqu'à lui. Il se rapprocha pour entendre l'ancien chant. La domestique lui apprit à voix basse que le repas serait servi sur la grande terrasse vers midi trente. Par souci de discrétion, elle laissa le maître seul.

Il va en voir une autre, Ô gué, vive la rose
Ne sait s'il reviendra, Vive la rose et le lilas
On dit qu'elle est très belle, Ô gué, vive la rose
Bien plus belle que moi, Vive la rose et le lilas

D'où il se trouvait, il ne pouvait voir Fleur. Il ferma les yeux pour apprécier les modulations de son timbre chaud, le cœur battant lourdement, comme chaque fois où il ressentait le besoin d'elle. Il fixa l'horizon pour admirer les vignes à perte de vue et les couleurs patinées de cette radieuse et suffocante journée d'été. Comme souvent aux Tourelles, une brise bienfaisante balayait agréablement les ceps.

Mardi reviendra m'voir, Ô gué, vive la rose
Mais je n'en voudrais pas, Vive la rose et le lilas

La chanson a cappella se termina trop vite et les trois femmes applaudirent. Elles reprirent leur babillage joyeux. Après un regard à sa montre, il retourna sans entrain à son ordinateur. Heureusement, bientôt, il retrouverait Fleur pour un week-end de détente.

Sur la terrasse, il s'installa sous le large parasol. La table joliment mise dégageait une simplicité de bon aloi à une journée aussi indolente. La vue d'un plateau de fruits colorés attisa sa faim. Levant distraitement les yeux, il admira sa baronne qui s'avançait avec une servante. Fleur transportait le grand saladier de bois et une carafe de vin rouge qui rejoignirent les plats de brochettes et de riz. Les immenses prunelles vertes se posèrent sur lui. Fleur avisa l'employée qu'elle pouvait disposer.

Il me semble avoir déjà vécu ce moment avec elle. Jadis, au début de notre mariage alors que tout pouvait encore se concrétiser pour nous !

Par cette chaleur intolérable, Albert avait poussé le laisser-aller à défaire les trois premiers boutons de sa chemise rayée à manches courtes. Vêtue d'un minuscule short en denim et une chemisette blanche sous laquelle elle ne portait visiblement pas de soutien-gorge, Fleur incarnait la jeunesse. Un joli chapeau de paille accentuait son faciès mutin.

— Bonjour, Albert.

Heureux du tournant que prenait la journée, il lui dédia son plus dangereux sourire. Après avoir posé la main sur son épaule, il la vit avec bonheur se pencher sur lui. Ses lèvres de femme, goûtant la pêche, pressèrent doucement les siennes et il se prêta volontiers à cette caresse aussi savoureuse qu'imprévue. L'indécise demoiselle murmura tout près de son visage :

— Oh ! Trésor, quel délice de reprendre où nous l'avions laissé…

— Bah ! Hier, nous en étions plus loin, bien que je ne t'ai retiré que tes chaussures…

Leurs regards se cherchèrent. Fleur mit ainsi fin à l'intermède romantique pour des préoccupations terre à terre. Elle prétextait de manger les brochettes brûlantes. Silencieux, il l'observait avec une attention particulière. Ses gestes précis, sa délicatesse et son allure la lui rendaient hautement féminine. Ses longues jambes dénudées stimulaient ses pensées secrètes et à l'index. L'échancrure de sa chemisette lui révélait la courbe d'un sein ferme.

Elle s'assied à ses côtés après le service et ils se délectèrent des mets et du vin. Ils jasèrent des vignes, des activités de la veille à Bordeaux et de la belle journée. Elle parla de sa lecture, de sa promenade avec Pirate et de son heure passée au potager. La paresse de mise s'emparait d'eux.

Perturbé, il tentait de ne pas lorgner son vêtement à hauteur de la poitrine.

— Tu me parais en pleine forme. J'ai toujours adoré te voir porter ce short.

— Avec cette chaleur, j'apprécie toute la fraîcheur que je puis trouver. Si mes cuisses te plaisent, je ne les cacherai pas !

— Ces derniers mois, à dessein, tu les soustrayais à mon regard affamé. Tu voulais naturellement me punir ou éviter des rapprochements intimes.

Devant la surprise de son expression, il expliqua :

— Je le présume seulement. Lorsque sa femme est couverte des pieds à la tête, la libido perd un tantinet de sa force, même chez un homme de mon âge. Enfin, je contemple cette huitième merveille du monde moderne.

Il la vit rougir et se troubler. Elle osa sur le ton de la conversation mondaine :

— Dis-moi, que devient ta libido depuis mon retour aux Tourelles ?

Il rétorqua pour la provoquer :

— En fait, elle se porte au mieux ! Je te remercie de t'en inquiéter. La sève monte et je me sens vivre.

Il éclata de rire devant son expression scandalisée.

Encore ces histoires de sève !!!

— Ne te formalise pas pour si peu, ma jolie. Je me contrôle, quand bien même tu circules sans soutien-gorge.

Rougissante, elle allait rattacher les boutons de sa blouse.

— Ne reboutonne pas ton chemisier. Laisse-moi m'émouvoir de la courbe d'un sein. Ce n'est pas bien méchant et je suis ton mari. Ces minutes d'activités connexes mettent de la couleur, et surtout de la saveur, dans une vie routinière.

Elle résista à la tentation de se couvrir et ne toucha pas à sa chemisette bien que l'embarras accentuait sa rougeur. Ils savourèrent tranquillement le reste de leur repas. Il aborda sa tournée des vignobles et elle, le rangement de sa penderie.

— Trouverais-je vraiment l'occasion de vêtir ces habits ?

— Hélas, en être humain évolué et vivant en société, nous ne pouvons pas toujours nous promener tout nus.

Elle aimait quand il la taquinait. Son sourire sincère et sa façon de la provoquer la comblaient de bonheur. Elle adorait rire avec lui. Une image de l'homme dévêtu, ne portant que sa cravate nouée de guingois, s'imposa à elle.

— Je donnerais une fortune pour savoir pourquoi tu rougis. Allez, raconte à ton vieux mari ce qui te bouleverse, fillette. Ne te fais pas prier. Je ne m'en servirai pas contre toi, ce n'est pas mon genre.

Osant l'audace, elle avoua :

— Je t'imagine avec ta seule cravate de soie prune au cou.

Le sourire bon enfant s'effaça des lèvres masculines. Troublé, il se sentit devenir cramoisi à son tour et elle haussa un sourcil surpris.

Ainsi, je peux désarçonner mon ténébreux baron ! Continuons...

— Mon cerveau utilise son logiciel de traitement d'images pour combler les vides. Hum... Tu te trouves affublé des attributs sexuels du bronze d'Hercule exposé au musée d'histoire d'Aquitaine à Bordeaux. Étrange que je me souvienne aussi spécifiquement de cette statue et non de toi !

Dégoûté, il s'exclama en se calant dans son fauteuil :

— Cet affreux truc retrouvé en une douzaine de morceaux dans les égouts dans les 1800 ? Tu m'en as parlé ! Cet Hercule fait partie du passé de la région à l'époque romaine. Tu aurais aimé participer à la restauration complète dans les années soixante.

— Mais je n'étais pas née !

Contente d'en savoir davantage sur ce qu'elle appréciait dans sa vie d'avant, elle lui sourit doucement. Il conclut :

— Nu, vêtu uniquement de ma cravate, eh bien ! Seule une femme peut penser aussi lubriquement. Je te donnerai ad vitam aeternam tout ce que tu veux, alors tu ne perds rien pour attendre. Même si Hercule accomplit ses fameux douze travaux, tu verras qu'à un point de vue, je lui dame le pion.

— Oh ! Albert ! Tu peux te montrer tellement vantard !

Fleur éclata de rire devant sa mine faussement offusquée. Depuis toujours, ce son agréable réussissait à le faire frémir de plaisir. Gênée par son silence et son sérieux, elle se détourna. Elle s'exclama que le temps s'écoulait trop rapidement et elle se levait déjà pour s'éloigner.

— Je passe un maillot pour me baigner. Ensuite, je me reposerai à la piscine. Je n'oublie pas ma sieste obligatoire. Viendras-tu me rejoindre ?

Se rapprochant d'elle, il dut s'avouer que l'idée lui agréait. Ils ne pouvaient se résoudre à rompre l'enchantement. Il posa les mains sur sa taille fine. À travers son petit chemisier blanc, il entrevit ses courbes bouleversantes. Longuement, le regard du baron fixa sa bouche vermeille et enfin, il se pencha sur elle. Elle entrouvrit les lèvres au moment où celles de l'homme prirent les siennes. Elle se colla à lui de toute la force de sa jeunesse. Albert ne sut pas résister à l'envie de la serrer étroitement.

Il la regarda s'éloigner pour regagner à regret son bureau pour rédiger un urgent mémo et travailler à son bien ennuyant guide viticole.

31.

Après la rafraîchissante baignade, Fleur retira son maillot humide pour passer une tenue de plage sur sa nudité. Dans un cabanon adjacent à l'aire de détente, elle plaça l'une-pièce à sécher sur un cintre. La robe à motifs géométriques et d'une transparence incomparable lui allait à mi-cuisse. Elle s'étendit à l'ombre sur un moelleux matelas. Elle avait avisé la maisonnée qu'elle ne voulait en aucun cas être dérangée. À la limite, un drap de bain pouvait servir de paravent si elle ressentait le besoin de se couvrir en vitesse. Elle restait convaincue que, débordé par le travail, Albert ne la rejoindrait pas. Vaincue par la fatigue, elle s'endormit à plat ventre.

Après une demi-heure, Albert regagna la piscine à des fins de baignade et de repos bien mérité. Comme il approchait, il nota que sa belle baronne dormait dans une tenue légère à l'ombre d'un immense parasol. Il s'assied à la table, à proximité d'une Fleur assoupie.

La brise audacieuse agitait le vêtement diaphane d'une légèreté bouleversante et il se troubla à la vue d'une fesse rebondie. Dans son sommeil récupérateur, Fleur avait relevé la cuisse pour appuyer son genou au matelas. Il se recula pour la voir d'un autre angle et il étouffa un gémissement devant la vue imprenable de sa féminité dénudée. Là, en plein jour, par cette chaleur étouffante, il se délectait de détails jadis trop brièvement entrevus dans des pénombres étudiées pour ménager sa timidité de vierge. Son entrejambe l'invitait, lui offrant une allée simple vers le nirvana.

Si je me levais, si je m'agenouillais, et si je la possédais enfin ?

Il adorait prendre les filles à la levrette. *Quand bien même ! Pas Fleur ! Pas pour notre première fois ensemble ! Je pourrais la caresser avec mes mains, avec ma bouche.* Il se sermonna en fixant son écran de portable sans pouvoir se concentrer sur son travail.

Il se défonça à de nombreuses longueurs pour calmer les ardeurs de son sang, oublier la vision de rêve et surtout évacuer ce trouble extrême du bassin.

Fleur se réveilla et se tourna sur le dos. Les bras au-dessus de la tête, elle entendit les bruits saccadés d'une nage rapide et entrevit l'ordinateur de son mari sur la table. Attendant qu'il sorte de l'eau, elle ne bougea pas. Enfin, le crawl énergique cessa et elle ouvrit les yeux. Elle regarda Albert s'avancer vers son drap de bain. Leurs regards se croisèrent et il la bouleversa de ce charmant sourire dont il détenait le précieux secret. Elle résista à la puérilité de réajuster son vêtement transparent.

— La baignade m'a apporté un bien fou. Il faut bien le dire, ta proximité sulfureuse élevait ma température. Joli négligé en passant, mais pour mon exclusivité, ma douce ! Je ne tolérerais pas qu'un curieux, même Henri, le majordome arthritique, se délecte de tes charmes. Tes fesses à croquer et ta vulve à boire et à dévorer me bouillaient les sangs. Tu ne dois pas oublier que chaque centimètre de ta peau m'appartient. Personne ne peut te contempler aussi dévêtue. Reste prudente à l'avenir, ma chérie.

Elle se mordit la lèvre de gêne en luttant contre l'envie de se couvrir du drap de bain alors qu'il la grondait pourtant gentiment. *Il se moquera de moi si je me cache sous cette lourde étoffe ! Qu'a-t-il vu quand je dormais ?*

Il se séchait avec énergie en évitant de la fixer. Il avait noté ses seins et son mont de Vénus à travers le voile d'une pudeur illusoire. La provocatrice ne s'empêchait pas de le détailler et son regard attentif le brûlait vif. Il portait un maillot de compétition. Très serré, le vêtement noir moulait les muscles saillants de ses cuisses et de ses fessiers. Elle pouvait apprécier, bas sur les hanches, la forte musculature et le physique de nageur de son mari. Ses pectoraux à peine poilus, ses épaules carrées, ses bras puissants et son ventre plat achevaient de la séduire.

— J'avais avisé que je ne voulais pas être dérangée, finit-elle par avouer, reprenant ses esprits. Je peux remettre les indiscrets à leurs places. Je te sais gré que tu tiennes à l'exclusivité. Pour ma part, je compte à la prérogative sur ce que je vois de toi, monsieur le baron !

Il souriait en terminant de se sécher.

— Et je te réserve la primeur sur ce que tu ne discernes pas et qui s'avère plus majestueux encore !

Elle rougit, mais elle ne détourna pas le regard du juste au corps révélateur. Il haussa un sourcil approbateur : *Pas si innocente, ma belle épouse.* Il poursuivit, narquois en jouant le fanfaron :

— Afin de protéger la prunelle si pure de tes yeux, je te prierais de te tourner, que je m'enroule de ce drap de bain.

Malgré son maillot inconfortable, l'amorce d'une érection le bouleversait.

— Eh oui, je déteste porter un vêtement mouillé, comme toi.

Son mari possédait un physique parfait, chaque muscle remarquablement sculpté témoignant de son ardeur au travail. Elle ne résista pas à l'envie de le taquiner puisqu'il ne se gênait pas.

— Tu t'attends vraiment à ce que je baisse les paupières pudiquement ? Ce serait de bonne guerre que je regarde. N'as-tu pas agi de même hier, au spa, et alors que je dormais sur ce transat ?

Il appréciait hautement ces jeux inoffensifs.

— À ta guise, ma belle !

Il lui tourna légèrement le dos pour se déshabiller. Fleur ne ratait rien du spectacle. *Voyons si monsieur a toujours le sens de l'humour les fesses à l'air !*

— Très joli, monsieur le baron.

Il acheva de se sécher en lui faisant face. Ses yeux brillants s'arrondirent de surprise devant sa nudité. Elle ouvrit la bouche, mais aucun son ne passa ses lèvres. L'indécent s'entoura nonchalamment de son drap de bain en démontrant une assurance qu'il se trouvait bien loin de ressentir :

— Je te remercie du compliment, Madame.

Il désigna le large matelas sur lequel gisait Fleur et il ordonna :

— Pourquoi protéger les sensibilités de ma jeune épouse si elle souhaite me mater ? Pousse-toi. Je veux me rapprocher et non être à une lieue de toi. Ces activités connexes me stimulent, je te l'ai dit hier. Un petit quart d'heure d'érotisme me plairait bien. Rien de bien méchant. Que de la douceur, ma belle…

Fleur lui laissa amplement de place. Elle lui fit face, la jambe repliée vers l'avant comme dans son sommeil, le vêtement dégageant jusqu'à sa hanche. Il murmura finalement après un long moment à chercher son regard :

— Tu es devenue si prude avec les années. Tu te scandalisais pour des broutilles. Jamais l'autre Fleur n'aurait pu s'étendre à la piscine en ne portant que cette fine tunique. J'ai l'impression d'être marié à une nouvelle femme, bien taquine, trop mutine.

De sa paume caressante, il longea la jolie cuisse brûlante. Elle frissonna sous la fraîcheur de sa main. *Comment se soustraire à sa caresse ? Il me plaît trop.*

Il l'hypnotisait pour entendre son souffle rempli d'espoir, qui le bouleversait :

— Et c'est mal ?

— Qu'est-ce que le mal ou le bien ? Rien à voir ici alors que nos cœurs battent à l'unisson et que le sang pulse dans nos veines.

Il se pencha sur elle et il lui ouvrit la bouche d'un baiser langoureux et entier. Elle répondit à sa caresse avec une ardeur surprenante. Il maintint sa cuisse de sa paume puissante, pour la garder contre lui. Elle longea doucement sa joue de ses doigts fins. Sa main reposait maintenant contre sa hanche. Il la toisa en souriant, mais le trouble le gagnait.

— Et toi, Albert ! Es-tu prude ou la promesse illusoire à un vieux croulant te retient-elle captif de tes pulsions de mari ?

— Les vrais mecs ne se montrent pas prudes, bien que mon titre n'impose aucun laisser-aller. Si j'arrêtais de me maîtriser, tu prendrais peur, ma belle. Je peux me transformer en bête insatiable et précise, avide aussi.

Son regard vert le remua. *M'a-t-elle déjà observé avec cette convoitise ? Comme une sucrerie qu'elle dévorerait goulûment !*

— Si j'étais un homme, je te renverserais et je te caresserais. Le contraire paraît impensable ! La prunelle de mes yeux tolère le spectacle saisissant de tes attributs virils. L'instant fut bref, surprenant. Pourquoi ne pas te débarrasser de ta serviette que je te contemple ? Je regarderai, sans toucher. Ce badinage et ces activités connexes ne mettent pas en péril ma convalescence et ta promesse faite au vieux bougon.

Sa main longea lentement ses pectoraux, ses deltoïdes, ses biceps. Affreusement consciente que sa paume solide la maintenait, elle murmura tout près de sa bouche :

— Il ne s'agit que d'un petit jeu sans conséquence, mon ange. Ne m'as-tu pas dit que tout, aux Tourelles, m'appartenait ? Et surtout toi ! J'aimerais explorer à ma guise les trésors de ton royaume.

Il soupira devant son innocence :

— Même si je demeure un animal parfaitement domestiqué, se permettre trop de libertés deviendrait vite dangereux.

Elle lui susurra en câlinant :

— Je te promets de ne pas m'empaler sur toi !

L'image bouleversante de Fleur le chevauchant lui coupa le souffle.

— Laissons ma verge sous la serviette, si tu veux bien. Évitons les divertissements érotiques qui pourraient nous mener directement en enfer. Il suffirait que je te touche et que je te découvre prête pour moi pour me rendre fou. Je veux t'aimer depuis longtemps, mais c'est trop tôt. Je dois encore patienter.

Elle lisait l'inquiétude dans son regard.

— Si je pouvais me rappeler de nous, Albert. Il me tarde de nous rapprocher. Nous sommes si bien ensemble ici. Si libres ! Pourquoi résister aux plaisirs légitimes des gens mariés ?

Il lui coupa la parole avec un baiser langoureux. De la façon dont il la tenait, elle ne pouvait plus bouger. Il la regarda ensuite longuement dans les yeux en laissant ses doigts vagabonder jusqu'à sa féminité. Son souffle féminin s'accéléra alors qu'il longeait les replis intimes sans pourtant les fouiller. Elle se crispa malgré elle et ne put s'empêcher de rougir.

Il murmura avec tant de douceur que ses larmes menacèrent :

— Chaque chose en son temps. Je veux te conquérir et te séduire. Je t'apprendrai les caresses une à une. Je risque de perdre la tête avec toi, Fleur. Et tu n'es pas encore prête… Si je te déplaisais, je me le reprocherais toujours !

Résistant à cet appel des sens, il se leva. Se fermant comme une huître, il s'assied à table sans discuter. Il se reprochait déjà sa familiarité pour s'être exposé à son regard. Sa curiosité juvénile et féminine l'avait ému, mais il n'aurait pas dû entrer dans le jeu. *Comment me prendra-t-elle au sérieux après ce laisser-aller ?*

Les pensées de Fleur s'opposaient à celles du baron. *Il souhaite nos caresses aussi désespérément que moi ! Cessons ces stupides mascarades et aimons-nous. Et tout sera merveilleux jusqu'à la fin des temps ! Mais il ne voudra pas ! Il tiendra bon. Je le connais maintenant.*

Elle se redressa sans sourire et s'entoura du large drap de bain.

— La vie s'avère un éternel recommencement, murmura-t-elle. Mais tu sais mieux que moi ce qui est le plus indiqué pour nous. Je nécessite une douche froide. Je descendrai dîner à vingt heures.

Il la regarda partir si menue sous sa lourde serviette. *Ses douces propositions, effrontées certes, restent à notre portée. Ma jolie audacieuse ! Pourquoi l'autre Fleur ne s'est-elle jamais comportée avec cet instinct libérateur ?*

Depuis cette fatidique soirée de septembre, il comprenait sa distance. *Mais avant, que pouvait-elle me reprocher ? Pourquoi n'a-t-elle jamais présenté ces sains élans ? Qu'ai-je fait pour qu'elle ne me veuille plus ? Je n'obtiendrai jamais de réponse à ces questions si Fleur ne retrouve pas la mémoire ! Malgré tout, qu'elle ne guérisse jamais !*

32.

La baronne évita tout rapprochement lors de cette soirée courtoise. *Elle a raison de se protéger de moi. Comment résister autrement ?*

Le lendemain, ils tuèrent la journée à la piscine où elle ne cessa pas de lire en fronçant les sourcils. Devant le refus de sa belle à la baignade ou au bronzage, il pianota furieusement sur son portable. Il se rappelait leur convoitise mutuelle de la veille. Il regrettait d'avoir refusé ce qu'elle suggérait mielleusement.

À cinq heures du matin, il ne trouvait toujours pas le sommeil. De la salle d'eau, il avait rejoint la chambre de Fleur. Le jour pointait à l'horizon, et il s'était avancé dans la pénombre comme un voleur. À cause de la chaleur suffocante, elle dormait nue, totalement abandonnée. Il avait bien noté la robe jetée négligemment sur une bergère et les sous-vêtements épars sur le sol. Le souffle court, il se découvrait hébété par la perfection de sa féminité. Cloué sur place et tremblant d'émotion, il ressentait son corps en totale ébullition. Il devenait une bête armée de sa virilité devant une femelle en rut. Il salivait comme un chien qui mâchouille un os. *Fleur, ange de pureté flottant dans l'innocence du rêve d'une gamine qui ne connaît plus son nom.*

— Je suis un animal.

Ces paroles à peine murmurées avaient dérangé le sommeil de l'adorable vision qui, dans un mouvement, s'offrit à son regard. Le drap avait glissé pour lui permettre de contempler le pubis invitant.

Il combattit la poussée d'un désir impérieux en se détournant. *Partir pendant que j'en possède la force, alors que je raisonne encore clairement.* Il prit une douche froide et, au petit matin, il abattit furieusement un ouvrage considérable dans les vignobles.

Fleur se réveilla vers les neuf heures. Au déjeuner, elle apprit que Pirate se trouvait aux champs avec le baron. Elle adorait apercevoir son mari revenir de son jogging en sueur, le chien caracolant à ses côtés. *Il ressemble alors à un vrai jeune homme. Exit le noble guindé et emprisonné dans un rôle pompeux d'expert-œnologue.*

Ces derniers jours, ils s'étaient souvent côtoyés. Elle aimait danser avec son époux et elle s'était juré de le faire, même aux Tourelles. Elle provoquerait de petits intermèdes romantiques, menant à des rapprochements audacieux et salvateurs. *La frustration fait partie de nos relations, mais qui ne risque rien n'a rien !* La veille, elle décidait d'éviter toute situation où ils pourraient s'embrasser et se caresser, car se voir rejetée la déchirait. Ce matin, elle changeait d'idée. *Tout rapport avec Albert s'avère délicieux et nous écrivons notre histoire au jour le jour. Qu'est-il de plus ennuyant et inutile qu'un prologue ?*

Après le déjeuner, comme elle n'avait pas à promener le chien, elle se mit à errer dans le château. Elle pénétra dans le bureau d'Albert, l'antre où il travaillait des heures durant. Elle comprenait qu'il puisse passer son temps dans cette grande pièce éclairée, agréable de dimensions et au mobilier confortable. Intéressée par la bibliothèque, elle feuilleta les nombreux ouvrages de référence sur les vins, les maladies rattachées à la culture, les nouvelles méthodes de production et la finance. Du bout des doigts, elle caressa longuement son fauteuil capitonné en cuir. Elle soupira de bonheur et d'amour à l'idée qu'elle le verrait bientôt revenir. Elle s'arrêta devant une photographie de leur mariage. La virginale mariée resplendissait au bras de son séduisant partenaire. Il incarnait la force rassurante d'un homme arrivé en société et elle s'appuyait volontiers sur lui. *Nous nous aimions. Je tenterai tout pour que notre couple traverse les années et, si notre image lui sourit chaque jour, c'est qu'il tient à nous.* Elle admira ensuite une miniature de ses parents. *Beaux, stylés. Albert leur ressemble.*

Fleur quitta le bureau alors que les bonnes en pleine corvée ménagère jasaient. Elle approcha d'une porte habituellement close. Albert lui répétait désormais que le château lui appartenait et qu'elle pouvait errer à sa guise. Chaque jour, elle découvrait cette vaste demeure ancestrale. Elle avait exploré la salle de bal, les cuisines ultramodernes et la bibliothèque où s'entassaient les premières éditions des grands classiques français. Il lui plaisait de lire dans ses confortables fauteuils de cuir. Au palier, elle avait visité des appartements pour les invités, ceux du père d'Albert laissés en l'état et nombre de locaux idéaux pour des chambres d'enfants. Le spa, le gymnase et la piscine intérieure au sous-sol avaient fait l'objet d'un avant-midi de découvertes.

Les portraits des ancêtres ornaient les murs. Des peintures des activités privilégiées par les nobles illustraient le passage du temps dans un voyage sans fin de l'histoire de l'Aquitaine : tir à l'arc, joute, dames s'adonnant à la tapisserie. L'historienne s'arrêta longuement devant une scène des vendanges et en apprécia la magie, la chaleur et la vie. *Rien à voir avec la lourde machinerie entrevue lors de mes balades ! Dommage de ne pouvoir repousser, voire refuser, le modernisme...*

Elle pénétra dans une des pièces des tours rondes. Le mobilier était recherché, mais d'emblée, elle n'aima pas la décoration surfaite. Une bibliothèque comptait des ouvrages contemporains en français, en espagnol et en anglais. Un meuble de travail en acajou croulait sous un ordinateur portable, des partitions et des livres pêle-mêle portant sur la période médiévale. Face au petit secrétaire, une armoire d'époque fermée à clé paraissait déplacée. Trois guitares, une électrique et deux sèches, étaient accrochées sur leurs socles.

Devant la section arrondie de la salle et les grandes fenêtres anciennes, elle remarqua un énorme piano à queue. Elle s'avança en traversant un espace salon où de jolies bergères faisaient face à une table basse. Elle s'installa pour plaquer ses premiers accords. Fleur se concentra sur une sonate qu'elle exécuta de mémoire. Un son sublime s'éleva et les bonnes s'arrêtèrent pour apprécier son jeu.

Finalement, elle feuilleta la partition sur le lutrin, la pièce « *Hallelujah* » de Leonard Cohen. Elle joua le morceau à plusieurs reprises pour finir par se l'approprier. Caressant les touches avec bonheur, elle comprit que cet instrument faisait partie de sa vie depuis toujours. Heureuse de découvrir sa passion pour la musique, elle ne voyait pas le temps passer. Elle attaqua une nouvelle fois cet hymne vibrant, en chantonnant les paroles avec émotion, maîtrisant la langue de Shakespeare. Intense et solennelle, la musique revenait égayer les Tourelles.

Levant la tête, Fleur sursauta en surprenant Albert, debout à ses côtés. Elle devait pianoter depuis un moment puisqu'il s'était déjà douché. Il portait le veston et la cravate. Sans raison apparente, il paraissait hors de lui, les sourcils froncés et les lèvres serrées.

Prise en défaut, Fleur se redressa comme un ressort et elle balbutia :

— Vous semblez fâché, Albert. Je suis entrée par la porte ouverte. Sans aucune arrière-pensée, je me suis installée au piano. Je ne savais même pas que je connaissais un instrument. Je sais lire les partitions et d'instinct, je joue.

Le tutoiement des derniers jours ne tenait plus. Malgré le sourire conciliant sa femme, Albert conserva un air sévère.

— Il s'agissait de ton petit salon privé, une pièce qui t'était exclusivement réservée. Tu recevais des invités ici, des hommes. Je me trouvais « persona non grata » dans ton no man's land.

Elle resta interdite devant son ton froid et ses propos déplaisants et incompréhensibles. Fleur se défendit malgré elle de l'attaque gratuite :

— Je n'ai pas voulu vous mettre en colère.

— La Fleur d'aujourd'hui ne s'évertue pas à me blesser, mais celle d'avant s'adonnait cruellement à ce jeu. Nous cherchions toujours délibérément à nous heurter. Cessons cette conversation inutile.

Leur belle entente s'évaporait comme la brume matinale. Elle se cacherait dans un coin pour pleurer d'impuissance si elle le pouvait tant Albert présentait un visage fermé. Il craignait de la perdre alors qu'il n'avait jamais été aussi proche d'elle. Elle aimait tellement la musique qu'il l'en avait gardée éloignée à dessein, de peur qu'elle se souvienne trop tôt de leur vie antérieure.

Ce matin-là, il avait failli la réveiller et la baiser. Dans son sommeil, elle avait l'air d'un ange gracieux et innocent. Il avait été bien près de consommer enfin cet hymen ! Et cet après-midi, en un instant, il avait cru tout perdu !

— Albert, je ne tiens pas à savoir ce qui s'est passé ici. Je ne connais pas ces hommes dont vous m'accusez. Ne m'avez-vous pas promis que le passé ne compte plus ? Rappelez-vous, à l'hôpital, quand je vous exhortais d'aborder nos soi-disant problèmes de couple. Nous ne sommes plus les mêmes que vous disiez ! Comment aurais-je pu aller avec ces étrangers alors que je vous appartenais ? La Fleur de jadis vous a épousé et ne voulait assurément pas salir son nom et le vôtre. Ne nous fâchons pas ! Cette pièce ne sera plus jamais fermée. Moi, je ne nécessite pas de salon privé ! Je désire vous accompagner chaque heure que Dieu nous laisse vivre ensemble.

— Gardons Dieu en dehors de nos sales histoires !

Sa froideur l'effrayait et elle réprima l'envie naturelle de se cacher dans un coin pour pleurer. Fleur caressa d'une main hésitante son revers de veston. Albert n'hésita plus et il la serra dans ses bras. Il passa tellement de désespoir dans son baiser qu'elle cessa de penser. L'entendre jouer et chanter l'avait secoué. Il avait cru sa mémoire retrouvée et sa femme définitivement perdue pour lui. Il s'imaginait posséder assez de temps pour la séduire, mais la peur éprouvée lui rappelait qu'une épée de Damoclès flottait au-dessus de sa tête. *Je dois agir vitement pour me l'attacher à jamais. Au diable les recommandations du vieux docteur ! Un mois d'attente ne convient à personne, et décidément pas à un homme sexué comme moi. Au moment opportun, je deviendrai son amant et jamais plus elle ne me repoussera.* Fort de cette décision, il se livra sans retenue. Il fouilla sa bouche de sa langue avec délectation. Elle ne lui opposa aucune résistance. Sa chaleur opéra comme un baume en effaçant ses craintes et en le comblant merveilleusement.

Après le langoureux baiser, il n'affichait plus son air sévère. Son éprouvante inquiétude disparaissait sous un sourire bon enfant. Il la tenait toujours par la taille et elle glissa ses mains sous le veston. Elle longea sa peau brûlante et appuya les paumes sur ses pectoraux.

— Albert, je ne pourrai jamais me contenter d'un quidam. Je déteste vos défauts, mais ils ne concernent pas notre couple. J'approuve votre raisonnement. Notre compatibilité ne fait aucun doute. Je me fous totalement de ce qui pouvait se passer avant entre nous ! Seul le moment présent compte pour moi ! Je vous fais confiance. Faites-moi confiance en retour et oubliez cette pimbêche qui vous faisait souffrir.

Ne résistant pas à son désir de l'embrasser encore, il interrompit les mots sur ses lèvres. Fleur s'abandonnait avec ferveur, à perdre le souffle, et il la serra contre son cœur.

Au moment du déjeuner, Albert lui offrit de visiter les caves et les installations de production. Le vignoble descendait jusqu'au garage abritant les équipements nécessaires à l'exploitation du vin. Ils croisèrent plusieurs employés, dont le régisseur. Elle ne se rappela pas l'homme au crâne dégarni et au nez aussi énorme qu'un topinambour.

Passionné par son sujet, Albert démontrait une patience exemplaire en lui exposant les techniques employées pour l'entretien du sol, l'enherbement et le désherbement, l'épamprage et l'ébourgeonnage, l'écimage et le rognage, la taille et la multiplication de la vigne, la fertilisation, les aléas climatiques et l'irrigation. Il aborda les maladies et les ravageurs. Dans son travail du matin, il vérifiait l'état des plants à travers l'immense domaine. Au garage, il conversa brièvement avec un mécanicien couvert de cambouis travaillant sur un moteur de tracteur.

— Nous vendangeons les trois quarts de nos terres mécaniquement. Deux des vignobles sont exploités manuellement.

Il lui en décrivit les lieux et les cépages.

— En période de vendange, nous nous servons de chevaux. Dès que tu seras complètement remise, nous referons de l'équitation. Tu adores chevaucher.

Elle restait perplexe. Elle ne se rappelait pas avoir chevauché. Elle n'avait aucune idée de comment faire. Ah cette amnésie… Le matin même, elle ne se souvenait même pas pouvoir jouer du piano, et pourtant…

Elle admirait les équipements modernes aux armoiries des Forestier : tracteurs en tout genre, pulvérisateur, sulfateuse et machines à récolter. Ils remontèrent l'allée pour entrer par de larges portes dans une immense salle à colonnades, le cœur de l'exploitation. Albert lui expliqua les bases des techniques de vinification, dont le foulage, l'égrappage et le pressurage. Les énormes cuves en inox comblaient la totalité du local. Dans une pièce attenante, elle remarqua des barriques en chêne. Dans la dernière cave, la machinerie de mise en bouteille et de préparation à l'expédition attendait dans un silence abbatial. La période de l'année où ces lieux déborderaient d'activité approchait. L'immensité des impeccables installations la laissa sans voix. Elle réalisa l'excellente collaboration d'Albert avec ses employés.

Ils rentrèrent après deux heures et il lui offrit de se baigner avant le repas du soir. Quand elle rejoignit la piscine, Albert nageait déjà. Il se hissa sur le rebord du plan d'eau, à ses côtés. Elle portait un bikini rouge.

— Très joli, dit-il avec un regard appréciateur à son maillot. Tu as minci depuis l'accident. Tu demeures une très belle femme.

— Est-ce que vous me préfériez ronde ? La mode privilégie les gros seins.

— Tu possèdes une poitrine à faire défroquer un moine ! Avant, tu m'aurais traité de porc d'un commentaire pareil !

Elle décida le moment indiqué pour se jeter à l'eau. Elle n'avait pas du tout envie de s'entendre raconter sa vie. *Il suffit pour aujourd'hui avec les frasques de cette maudite Fleur !*

Elle prétexta la fatigue pour monter se coucher tôt et, malgré les comprimés, elle ne trouva pas le sommeil. De trop nombreuses questions se bousculaient dans sa tête : Son existence au château comblait-elle l'ancienne Fleur ? Quels rapports partageait-elle avec Albert, son mari ? Qui étaient Albert Forestier et Fleur Des Marchais ? Détestait-il ou aimait-il sa femme ? Trompait-elle de façon illicite son ennui et son oisiveté ? Un indice indéniable, Albert se montrait jaloux des agissements secrets de Fleur Forestier dans son fameux salon.

Devenant caméléon, il l'éloignait avec ses colères irraisonnées. Même s'il avait désamorcé l'épisode du matin pendant la visite du vignoble, il ne croyait pas avoir entièrement réussi à se faire pardonner. Elle riait de ses blagues, mais seulement des lèvres. *Un sourire factice ! Elle se méfie de mes sautes d'humeur. Elle souffre à cause de mon sale caractère. Au lieu de nous rendre la vie facile, je complique la situation. Bien que Fleur ne se souvienne plus du passé, je le lui rappelle constamment...* Il avait eu tellement peur à l'entendre chanter cette chanson, la dernière jouée avant de le quitter.

Madame Jacques lui annonça un appel. Sophie, son agaçante cousine, le rejoignait encore dans l'espoir d'obtenir sa permission de voir Fleur.

Elle attaqua aussitôt le vif du sujet.

— Pourquoi ne me laisses-tu pas la rencontrer, Albert ? Tu as beau arguer sa perte de mémoire et que les médecins imposent que tu limites ses rencontres, mais c'est ridicule et abusif ! Je reste sa seule amie.

Albert lui coupa vertement la parole :

— Puisque tu y tiens tant, pourquoi ne viendrais-tu pas prendre ton petit-déjeuner avec elle, demain ? Je travaillerai dans les vignobles. Je t'avertis, Fleur se lève tôt maintenant. Présente-toi à huit heures.

— Tu deviens complètement fou ! Jamais je n'ouvre l'œil avant midi.

Entre ses dents, Albert répéta l'heure avec détermination. Il établit de nombreuses conditions à sa visite et émit des recommandations pour protéger la santé de Fleur. Il lui fallait éviter d'évoquer le passé afin de ne pas bouleverser la jeune femme.

— Je ne suis pas idiote quand même ! Je comprends.

Il raccrocha, tendu et énervé. Il se versa un double cognac. Il passa la porte-fenêtre et, taciturne, il se dirigea distraitement vers la piscine. Il s'assied dans une transat. Longuement immobile, il sursauta quand il entendit une musique s'élever en sourdine. Un mouvement sur sa gauche attira son attention. Une silhouette fantomatique approchait dans la nuit de pleine lune. Il reconnut Fleur belle et irréelle dans un vêtement blanc. S'il fermait les yeux, elle disparaîtrait et il se retrouverait de nouveau fin seul. Sans voix, il admira sa tenue de dentelle légère et ses escarpins à talons.

— Dansons ces variations sur un même thème de *« Unchained Melody »*, expliqua simplement la vision. Je vous jure que je resterai une gentille petite fille bien sage.

Elle n'osait pas le toucher. Albert se redressa prestement avec l'agilité du sportif. Il avait défait les trois premiers boutons de sa chemise aux manches relevées. Il lui parut grand et fort dans son pantalon à la coupe parfaite. Il la prit galamment dans ses bras dans une position de danse exemplaire. Ému, il murmura tendrement :

— J'adore le vêtement de nuit que tu portes.

Elle venait le retrouver pour faire la paix. Il regarda son anneau de mariage, alors qu'il tenait sa main dans la sienne :

— Tu as l'air d'une jeune mariée fragile et pure.

Le visage levé vers le sien, elle lui sourit :

— En quelque sorte, n'est-ce pas ce que je suis ?

Ils évoluèrent longuement, sans dire un mot.

— Lors du rangement de la penderie, je trouvai ma robe de mariée. Je ne pus résister à m'y glisser. Je contemplai ensuite une inconnue dans ma psyché. Cette apparition ressemblait à une reine avec sa robe à vingt-huit boutons, sept épaisseurs de jupes et une traine interminable. À n'en pas douter, que de blasphèmes la nuit venue ! Je vous visualise, défaisant une à une ces perles en fourrageant sous ces taffetas et ces tulles. Un chemin de croix !

Fleur remarqua instantanément qu'il crispait la mâchoire en la dévisageant. Il soupira en lui révélant, la mort dans l'âme :

— Furieuse contre moi, tu refusas de m'appartenir. Crois-moi, je comptais désespérément pester contre ces trop nombreuses agrafes et me perdre dans tes jupons et surtout dans ta peau. Je garde de ce rendez-vous raté un très pénible souvenir.

L'épouse resta coite. Elle n'en revenait tout simplement pas :

— Moche. Pourquoi cette fureur à notre nuit de noces ?

— Tu ne t'es jamais abaissée à me l'apprendre, maugréa Albert. Dès que nous nous retrouvâmes seuls, tu me traitas de porc et de salaud. Un sourire à une femme pendant la journée, un éclat de rire mal venu... Si je le savais…

Il paraissait si triste qu'elle s'en voulut de l'avoir forcé à se rappeler ce jour affreux qui aurait dû être le plus beau, pour lui comme pour elle.

— Je suis désolée de vous ramener à ce mauvais souvenir. Un de plus aujourd'hui ! Je n'aime pas ce que je découvre sur moi. Je préfère prétendre qu'il existe une Fleur totalement différente, dans une autre vie. Pourtant, il ne s'agit pas d'une autre. Je reste cette mégère capricieuse et égoïste. Je peux difficilement concevoir que j'eus pu vous repousser à répétition.

Elle n'en revenait tout simplement pas :

— Avais-je perdu la raison ? Se pourrait-il que je présentasse des penchants pervers et contre nature pour les femmes ?

Il rétorqua en se moquant tendrement :

— Tu te situes à des millions d'années-lumière de devenir une gouine ! Ne cherche pas de ce côté. Nous aimions tout bonnement la confrontation. Tout le temps.

La deuxième chanson rendue par Roy Orbison débuta. Elle lui murmura qu'il bougeait bien. Elle l'entendit rire avec sensualité, mais il n'osa aucune allusion. Pour la version originale, elle appuya sa tempe contre sa joue. Le parfum des églantiers montait jusqu'à eux et elle inspira la délicieuse flagrance mêlée à son eau de toilette. Rassurée par la chaleur de son étreinte, elle profita du romantisme de ce moment de détente.

— Je me sens comme une jeune mariée, toute de blanc vêtue, dans les bras de son homme !

Il la serra de plus près. Elle portait cet effluve capiteux qui lui plaisait. Silencieux, il se gava de son odeur. La musique les entraîna dans un rythme sensuel. Il pouvait flirter avec sa femme sans se priver. Habillé de pied en cap, rien d'explicite ne pouvait survenir. Seuls au monde, ils balançaient.

Il lui dit tranquillement, en bougeant contre elle :

— Quelle agréable surprise que tu me rejoignes ! Je ne croyais plus te voir ce soir. Tu sens délicieusement bon. Dans ces chaussures à talons, tes jambes me subjuguent. Je raffole de tout de toi.

— J'adore quand vous remontez vos manches de chemise et que vous retirez votre cravate et votre veston. Votre air décontracté me plaît. Cet après-midi, au contraire, votre colère m'a muselée.

— Excuse-moi. Tu as eu raison de me rappeler que ces idioties appartiennent à un passé révolu. Je ne te reproche rien, mais quand je t'ai entendu jouer, j'ai craint que tu eusses retrouvé la mémoire avant de saisir notre chance.

— La situation se présentait-elle si mal entre nous ?

En la regardant dans les yeux, il avoua sombrement :

— Plus encore que tu ne le crois. Je jalousais ces imbéciles de musiciens et tu détestais mes amies. Nous nous engueulions sans arrêt jusqu'au moment où nous avons cessé de nous parler. Mais ces hommes n'existent plus ! Je ne veux que toi, mon ange. Et je suis un démon. Savais-tu que les démons sont des anges déchus qui cédèrent à leurs pulsions inavouables ?

— Donc même les séraphins se ressentent d'envies intolérables ?

Elle souriait, se laissant mener au gré de l'inspiration de son intense sensualité. Sa main à plat dans son dos le caressait à travers sa chemise. Elle se collait à lui dans une tenue trop légère pour sa quiétude d'esprit. Il réalisa qu'elle ne portait pas de soutien-gorge et une chaleur irrésistible irradia son bassin. Il pourrait la baiser sur place tant il la désirait. Il ne se défendit pas de ses érections désormais fréquentes.

— Votre désir me flatte, Albert. Une femme qui ne sait rien de sa féminité découvre son pouvoir de séduction en comprenant qu'elle plaît à ce point à son homme.

Il la dévisagea sans pouvoir prononcer un mot. Cette Fleur différente de celle qu'il avait épousée le chavirait. Pourtant, elle ne lui était pas étrangère et lui rappelait la jouvencelle de Nice qui le câlinait et qui ne s'offusquait jamais.

— Ne crains-tu pas ma virilité, ma biche ?

— Jamais vous ne me feriez mal, Albert.

En continuant à danser, son regard fouillait le sien. Le silence revenu, elle le remercia pour ce merveilleux moment. Le baiser qu'elle déposa contre ses lèvres goûtait la tendresse.

Cette nuit-là, il rêva d'elle. Devenu démon, il déchirait avec une soif animale la dentelle et la soie de ses vêtements de nuit pour dévorer les charmes qu'elle lui offrait avec une lascivité ardente.

Rêver d'elle de cette façon le rendait fou. Mais il aimait cette folie. Il avait grand besoin de fantaisie dans sa vie trop rangée.

33.

Une semaine après son retour aux Tourelles, Fleur fonctionnait déjà selon un emploi du temps bien rodé. Depuis le premier jour, Albert lui avait expliqué le déroulement de ses journées. Le matin, il s'affairait dans le vignoble. En après-midi, il s'investissait dans les activités commerciales, à la finance, au négoce. Il rencontrait des financiers, des gens d'affaires, son régisseur et des employés de la maisonnée ou du garage. L'expert œnologue travaillait à un guide de classification des vins de la région pour le site touristique du web. Il écrivait un livre sur la culture de la vigne et ses défis au XXIe siècle.

Fleur se levait désormais vers les huit heures. Elle aimait croiser son mari de bon matin et discuter avec lui avant son départ. Le travail aux champs le rendait heureux. Elle pouvait alors à loisir l'admirer dans son jeans serré, ce dont elle ne se privait pas. En tout temps, Albert portait des vêtements sur mesure. Raffiné à l'extrême et riche comme Crésus, il se permettait même ce luxe décontracté.

Le soir, ils dînaient tranquillement en tête-à-tête et ils passaient la soirée en bordure de la piscine, sur la grande terrasse ou au salon.

À huit heures précises, guidée par l'odeur enivrante du café frais moulu, une Fleur affamée déboucha dans la verrière pour le petit-déjeuner. Dans un short noir, un T-shirt blanc sur sa peau nue et des espadrilles aux pieds, elle prévoyait une promenade avec Pirate après le repas. Elle resta complètement interdite sur le seuil de la pièce inondée par le soleil matinal. Assise à la place coutumière du maître de céans, une jolie élégante la regardait approcher en souriant tendrement. Combattant un moment d'affolement et sous la bienveillance du chaleureux regard marron, Fleur redressa les épaules et afficha un sourire de commande. *Qui est ce personnage coloré qui s'invite à notre table dès potron-minet ? J'exagère, mais à peine... il est très tôt pour recevoir ! Comment dois-je agir avec cette invitée ? À l'évidence, l'inconnue possède ses aises aux Tourelles.* Depuis son arrivée au château, Fleur ne voyait que les employés.

— Bonjour, Fleur.

Devant son manque de réaction, la dame continua doucement :

— Sophie Forestier Dupuis, la cousine germaine d'Albert.

Stupéfaite devant cette Sophie distinguée, Fleur finit par lui retourner un rictus timide. *Pourquoi Albert ne m'a-t-il pas prévenue de cette visite ? J'aurais, à tout le moins, pris soin de ma tenue.* Renforçant son air de famille avec le baron, la femme vêtue d'un ensemble Chanel rose impressionnait et en imposait. Songeuse et perturbée, la maîtresse de maison tentait désespérément de se souvenir de cette parente oubliée. Fleur avoua finalement à la nouvelle venue :

— Je suis désolée, mais je ne me souviens pas de vous, Madame.

— Quelle horreur ! À peine plus âgée que toi, ne me donne surtout pas le quolibet de madame.

La beauté en rose soupira, navrée.

— Ta perte de mémoire cause bien des soucis, mais je tenais à m'assurer de visu de ta santé. L'inquiétude me rongeait, même si Albert prétendait qu'au final, tu t'en étais bien sortie.

Fleur expliqua gentiment en s'asseyant :

— À part pour l'amnésie, je ne présente que des blessures mineures.

— Nous en remercions tous le ciel !

— La commotion cérébrale m'occasionne de légers tracas, des étourdissements et des maux de tête. J'évolue lentement vers la guérison.

Fleur aborda aussitôt un sujet plus gai que sa convalescence.

— Vous vous ressemblez énormément, avec Albert.

— Je ne sais pas s'il s'agit d'un compliment puisque ce cher Albert est très masculin et du genre commando militaire !

Le comble du chic, cette femme !

Sophie grimaça ironiquement et elle mordit ensuite dans sa brioche en haussant les épaules, perdant tout à fait son air hautain. Elle évoquait tout à coup une gamine espiègle, bien que portant des perles magnifiques. La gourmande s'extasia en dévorant goulûment sa tartine :

— Les meilleures cuisinières de la région travaillent au château. Plusieurs fois, je tentai de les recruter, hélas, leur fidélité à votre égard ne s'achète pas ! Cette confiture de myrtilles bouleverse les sens, mieux que l'amour.

Levant un sourcil interrogateur, Fleur reconnut une autre ressemblance de la brunette avec Albert : ces allusions sexuelles lancées sans façon. Assénés sous des dehors snobs et sylphides, ces commentaires n'atteignaient pas la virulence ultime des remarques précises de son mari. Ce matin, Fleur les recevait impersonnellement, et une connivence de bon aloi s'installait déjà entre elles. Après avoir commandé des croissants à sa servante, la baronne se tourna vers l'invitée.

— Albert est bel homme et vous êtes une jolie femme, avec cette même attendrissante fossette au menton !

— Je déteste cette monstruosité ! Elle m'a causé bien des déboires sentimentaux. Je faisais peur aux copains qui me trouvaient un air garçonne ! Et calamité extrême, mes frangins boxaient tous mes couards, bien que charmants prétendants. Je faillis rester vieille fille !

Ainsi, ma cousine par alliance s'extasie sur mon faciès ! Contrairement à son habitude, Fleur me semble fragile et démunie. Depuis toujours, elle la percevait pourtant comme une force de la nature. Fleur excellait dans les sports, les arts, la formation et la lignée. L'hôtesse s'enquit poliment :

— Racontez-moi vos liens de parenté avec Albert afin que je comprenne de quoi il retourne.

Couvant Fleur d'un regard protecteur, Sophie accepta volontiers de parler des Forestier tout en dévorant son petit-déjeuner.

— Mon paternel, Michel, et celui d'Albert, Louis l'aîné, étaient frères. Michel gérait avec brio les usines. Louis cultivait avec bonheur le fruit de la vigne. Ils se complétaient et s'adoraient sincèrement. Le titre de baron revenait à Louis. Albert en hérita donc. Il en va ainsi dans les grandes familles. Albert, en « gentleman-farmer », apprécie les espaces verts et il déteste les fabriques.

Attribuer à un homme aussi raffiné ce terme si désuet paraît saugrenu. Mon noble époux représente le comble de l'aisance. Ne se rendant pas compte de la moue sceptique de la châtelaine, la brune cousine continuait :

— Mes frères, Charles et Paul, aiment évoluer entre quatre murs et ne possèdent rien d'un vigneron en hautes bottes. Georges, mon mari, agit comme avocat-conseil au sein des entreprises familiales.

Nous vivons en banlieue de Bordeaux. Je préfère ma villa ensoleillée et ultramoderne à cet austère château seigneurial. L'hiver, il fait un froid de canard aux Tourelles et, à l'occasion, la route reste fermée pendant des jours à cause du microclimat et du brouillard givrant et glacé.

Fleur contempla longuement la vallée.

— J'adore déjà cet endroit, même si je le connais à peine. Ce paysage grandiose avec sa tranquille campagne et son silence monacal m'est devenu rapidement indispensable. Dites-moi mon opinion du domaine avant mon accident.

Fleur mangeait son croissant au beurre comme si sa réponse n'importait pas, mais Sophie ne fut pas dupée.

— Châtelaine née, tu te sentais ici à ta place. Tu appartiens à ce lieu depuis aussi loin que je me souvienne ! Femme du monde avec une éducation soignée, aucune ne pouvait mieux porter le titre de baronne. Une baudruche ne partagerait que le vide avec Albert.

À la demande de Sophie, Fleur lui raconta ce qu'elle avait appris par les policiers et le médecin. Sophie sirotait son quatrième café en fixant de ses prunelles intenses la belle amnésique. Amincie, plus ravissante que jamais, Fleur la toisait candidement. *Voilà des années qu'elle ne s'habille plus si jeune. Un petit T-shirt blanc sur une poitrine nue ne déplaît sans doute pas à mon macho de cousin. Et que dire de ces jambes ! Je jalouse ses attributs.*

— Albert ne trouvait plus d'excuse pour me tenir éloignée.

— Pourquoi Albert m'empêchait-il de vous voir ?

Fleur parlait doucement, mais Sophie la sentait tendue.

— Ce cher dictateur prend son rôle de nounou au sérieux. Tu ne dois pas retrouver la mémoire trop rapidement, ce qui pourrait s'avérer néfaste dans ton cas. Il me gratifia d'un discours scientifique auquel je ne saisissais que dalle ! Il filtre tes contacts. Le pandour se montrerait sans pitié si, par insouciance, un inconscient te causait du tort. Le très sévère Albert réagit toujours avec excès.

Albert me garde donc à distance de nos relations pour me protéger ! Qu'il prenne ma santé aussi à cœur me rassure.

Sophie esquissa un geste de la main distrait et sa ressemblance avec Albert s'accrut.

— Comme nous sommes amies et parentes, le potentat me permet enfin de te voir ! Pas trop tôt ! Pour un peu, je serais venue ici pour lui arracher la tête. Je déteste son attitude de despote et ses grands airs. Je ne suis sa cadette que de trois ans ; je refuse son paternalisme !

Fleur soupira, découragée.

— Albert croule sous de trop lourdes responsabilités. Il procède au mieux, en tentant de conserver son sang-froid. Mon grave accident et ma longue convalescence ont énormément chamboulé son horaire surchargé. Le pauvre met les bouchées doubles.

Interloquée, Sophie haussa les sourcils devant le ton doucereux et les commentaires bienveillants de cette fragile Fleur. *Qu'est-ce qui se passe aux Tourelles ? La baronne devient-elle sensible aux charmes du cousin ? Une belle épouse aussi mielleuse que le plus savoureux des baklavas ! Elle a vraiment reçu un coup sur la tête !* Chassant ses pensées, Sophie attaqua avec énergie :

— Albert est travaillant, droit et honnête, mais ne le plains surtout pas. S'il accumulait autant de boulot que tu le prétends, il ne mènerait pas tout le monde à la baguette ! Il déléguerait.

Sophie se radoucit devant le minois contrit de Fleur :

— Vous connaissez de grands succès avec les vignobles. À juste titre, Albert, ce snob fini, mérite le meilleur de la vie !

— Est-ce que je l'aidais dans son travail ? L'inutilité flagrante et la banale oisiveté de mon existence aux Tourelles me consternent.

— Tu aimais l'épauler, avoua Sophie, conciliante. C'était même votre seul sujet de conversation des derniers mois.

Brusquement consciente d'en avoir trop dévoilé, Sophie se mordit la langue. Fleur haussa un sourcil interrogateur devant la mine défaite de son interlocutrice.

— Vous ne m'apprenez rien. Albert a effleuré nos problèmes conjugaux.

— Je ne sais pas quoi dire. Je ne tiens pas à empirer la situation. En plus de risquer de te causer du tort, la brute m'en voudrait à mort. Il n'est pas un sire à avoir contre soi, je t'assure. Malgré ses qualités, cet homme peut se comporter cruellement. Il en va toujours comme il le décide ! Tu demeures la seule à le faire plier, mais je devrais la boucler… Des tensions subsistaient dans votre couple, mais tous les ménages connaissent des périodes douloureuses ! Je préfère ne pas aborder le sujet. Que pourrais-je t'apprendre d'ailleurs ? Albert et toi gardiez vos petits secrets.

La belle élégante soupira en repoussant son assiette :

— Pour ma part, j'aime mon cousin, un type super compliqué, mais jamais ennuyant. Dis-moi, puisqu'entre filles et que je promets de me taire jusque dans la tombe, comment perçois-tu Albert depuis ton retour ? Drôlement excitant comme contexte : comme si tu venais à peine de le rencontrer, non ?

Sophie regarda Fleur rougir :

— Une situation explosive avec un mari étranger. Au début, à l'hôpital, je lui trouvais l'air gentil et prévenant. Je bafouillais comme une écolière docile devant sa prestance. Nous nous acclimatons difficilement à la réalité des Tourelles. Et nous vivons des hauts vertigineux de sensualité et de terribles dépressions solitaires. Il devient souvent silencieux, sombre et troublé. Pendant les repas, je surprends fréquemment son regard scrutateur. Je le sens alors colérique, prêt à perdre patience et à bondir comme un lion contre les barreaux dorés de sa cage. Parfois, il se tait et il respire par le nez. Mon caractère et ma fierté me poussent à l'affronter. Cette tension et ces cruelles dissensions entre nous m'épuisent.

Après une gorgée de café, Fleur raconta d'une petite voix :

— Jour après jour, je découvre des détails de mon existence passée. Je tente de rester positive malgré mon amnésie persistante. Albert, hélas, ne souffre pas de perte de mémoire et ses réminiscences le hérissent. Je préfère le voir sourire. J'adore discuter avec lui quand il ne prend pas son air sévère. Influent et important, il impose le respect. Cet homme vrai m'attire et m'impressionne. Moi, je ne sais même pas ce qu'être femme signifie. Je demeure un fardeau, une charge pour lui.

Fleur aborda longuement son désespoir de retrouver ses souvenirs.

— Grand-guignolesque de ne rien connaître sur soi, sur son identité et sur son histoire. Les médecins ne m'aident pas. J'aimerais me rappeler de ma famille et de mes amies et aller de l'avant avec ma vie.

Sophie se montra rassurante :

— Tout vient à point à qui sait attendre !

Elles contemplèrent un moment le paysage immuable.

— Je me sens vide. Je flotte dans un état surréel, en transit dans mon existence. Arrêtée dans le temps !

— Tu sors à peine d'un terrible accident, ma chérie. Il faut te laisser guérir. Et Albert te couvera, sois au moins sure de sa protection !

— Selon toi, malgré ma maladie, avons-nous une chance au bonheur ? Pouvons-nous reconstruire une relation alors que je ne me souviens plus de nous ?

— Pourquoi pas ? Il ne semble pas te déplaire avec son attendrissante fossette ! Et tu lui as toujours énormément plu. Albert s'est marié par amour, comme tous les Forestier ! Mon cousin : le dernier amant romantique ! Cet homme souvent bourru ne me parlera jamais ouvertement de ses émotions, mais en épouse rusée et aguerrie, j'ai tout compris. Ne crains rien, tout ira bien. Tu te trouves entre des mains aimantes. Tu peux te fier au dictateur pour te protéger.

Son cœur battit à coups redoublés à l'idée que le baron l'avait assurément épousée pour les bonnes raisons. Sophie aborda longuement leurs virées dans les boutiques chics du vieux Bordeaux, le tennis et les sorties en mer à bord du voilier des Forestier.

— Tu as le pied marin. Nous partions des jours avec Georges et les frères. La dernière excursion remonte à deux ans.

Sophie perdit son sourire et Fleur s'enquit :

— Que s'est-il passé pour que nous cessions ces séjours ?

— Tu ne me l'as jamais raconté. D'ailleurs dès lors, tu as changé. Tu ne riais plus. Et plus de sports, ce que tu adorais pourtant ! Tu ne courais plus les magasins et tu t'enfermais dans ton salon. Albert s'est renfrogné. Je croyais que vous réussiriez à vous rabibocher. Ce jour pourrait survenir rapidement puisqu'il te plaît.

— Je n'ai pas dit qu'Albert me plaisait vraiment !

— Vous vous connaissez depuis si longtemps, que jamais je n'aurais pensé que vous puissiez rester fâchés. Enfants, vous vous amusiez toujours ensemble. Avant la mort de ma tante Isabelle, il te traitait comme sa petite sœur. Quand nous venions en visite, nous jouions à la poupée. Puis ton père t'a envoyée dans un collège suisse. À ton retour, Albert ne te considérait plus du tout comme sa frangine.

— Je l'espère bien, car lorsqu'il m'embrasse, je me sens vivre.

— Parce qu'Albert t'embrasse ? Quel bonheur pour toi puisque te bécoter avec lui s'avère ce que tu veux depuis l'aube des temps ! Avant, j'imagine que tu aurais aimé qu'il tente cette approche. Vous boudiez en vous crêpant allègrement le chignon, mais quelle électricité entre vous ! La vie n'est jamais ennuyante aux Tourelles ! Il te fait danser ! Tout un début ! Quelle tristesse que vous ne sortiez plus !

Sophie se versa un café dont elle but une longue gorgée. Fleur fronça les sourcils : la cousine d'Albert affichait une nervosité bien légitime avec les colombiens qu'elle ingurgitait.

— Dans les cercles du beau monde, votre sortie au Blues Bistrot se glisse dans toutes les conversations. Votre escapade n'est pas passée inaperçue ! Des images circulent déjà sur le net.

Sophie raffolait des cancans mondains et ce battage médiatique sur les allées et venues des gens riches et célèbres. Fleur ne comprenait pas cet engouement malsain.

— Des photographies sur le cloud ?

— Les enfants chéris de la région en tête-à-tête dans un bistrot, lui apprit patiemment Sophie. Albert, la sommité dans son domaine. Et, que dire de toi ? Descendante de croisés, ta famille remonte à la nuit de temps. On te connaît à travers l'Aquitaine !

— J'adore danser avec Albert, me perdre dans son regard de mer d'azur et m'évader entre ses bras puissants, solides, protecteurs.

Sophie songea que son cousin savait gérer cette douce Fleur. *Que d'étoiles dans ses yeux quand elle me raconte ce crétin !* À regret, Sophie regarda l'heure et sursauta : onze heures. Elle aurait voulu poursuivre la conversation, mais elle expliqua tragiquement.

— Je dois partir. Albert se montrerait furieux si je te fatiguais trop pour cette première visite. Je reviendrai te voir.

— J'y tiens, Sophie. J'aime t'entendre me parler d'Albert et de notre couple. J'ai finalement l'impression de me trouver à ma place, ici.

— Mais bien sûr que tu te tiens où tu le dois, au château. Puis-je te donner un conseil, Fleur ? J'accepte mon mari avec ses défauts et Dieu sait qu'il en est pourvu. Albert ne désire que ton bonheur. Amoureux de toi, il souffre de cette désagréable situation. Reste indulgente. Et puisque ce chenapan te séduit, ne t'encombre pas de souci et continue à l'embrasser. Tu en as bien le droit ! Je te partage une maxime bien différente de celle du sieur du logis : profiter des plaisirs dans une existence trop courte sans se tracasser inutilement. Mords à la vie. Et surtout, aiguise-toi les dents sur ce tendre voyou.

Sophie ne put s'empêcher de sourire devant la rougeur de sa compagne. *Fleur redevient aussi vivante que la châtelaine très courtisée, héritière du Fief-de-la-rose d'avant son mariage à mon abruti de cousin. Très intéressant !*

Fleur replaça une boucle de cheveux derrière son oreille :

— Albert ne laisse rien au hasard. S'il ose avancer d'un pas vers la facilité, par culpabilité, il en recule de deux. J'ai tenté plusieurs rapprochements sentimentaux, mais il se rebiffe, prétextant que c'est trop tôt pour nous !

Fleur rougissait. Elle venait d'admettre, à un tiers, se sentir frustrée par la distance que mettait son mari dans leur couple ! Bien que parente d'Albert, Sophie représentait une étrangère pour elle. Un lien profond les liait dans le passé, mais aujourd'hui, devait-elle se méfier de la ravissante inconnue ?

Son instinct lui recommandait de faire confiance à Sophie Forestier. Si elle avait constitué une influence négative, Albert ne la laisserait pas l'approcher. Contre toute attente, l'invitée comprit fort bien ce que la baronne voulait lui signifier.

— Reviens à la charge avec Albert ! Il reste un homme, une victime consentante de la faible chair.

— Sa virilité ne fait aucun doute, mais Albert a promis à mon médecin de retarder le moment où nous deviendrons intimes. Il n'est pas du tout comme les autres. Aurais-je épousé un sire ordinaire ?

Fleur attendait une réponse. Sophie revivait un souvenir et elle raconta finalement avec une douce sincérité :

— La cérémonie de votre mariage fut à la fois simple et grandiose. Très chic ! Haute société. Petite chapelle fleurie ! La bouquetière et tout le tra-la-la. Par contre, rien ne me paraissait aussi vrai que les regards que vous échangiez et votre sage baiser sur le maître-autel. Tu aimes mon cousin. Hélas ! Tout, et surtout toutes, ont réussi à vous séparer. Vous demeurez très courus…

Sophie s'arrêta brusquement de parler comme si elle en avait trop dit. Rouge de confusion, elle prétexta l'heure tardive pour s'enfuir après une bise amicale. Elle espérait anxieusement que Fleur n'accorderait pas trop d'importance à cette évocation des nombreuses femmes dans la vie d'Albert.

Alors qu'elle s'engageait dans l'allée bordée de grands chênes au volant de sa Mercedes, dans le rétroviseur elle aperçut Fleur qui caressait gaiement son monstrueux cabot. Sophie Forestier s'en fut alors totalement rassurée.

34.

Restée seule, la baronne promena le chien. Par la marche rapide, elle fut rapidement en nage. Après une douche, elle lut au salon. Fleur déposa son livre sur ses genoux et flatta distraitement Pirate, qui dormait à ses pieds. Elle repensa aux paroles de Sophie. La cousine d'Albert ne semblait pas trop inquiète à propos de leur mariage. Ils se chamaillaient tout le temps avant, mais ce couple n'existait plus. Ils s'embrassaient maintenant. Ce changement signifiait beaucoup. *Quand il me serre dans ses bras, le monde est plus coloré et, oh combien vivant ! Il me revient d'aller chercher ce que j'aime chez Albert : sa gentillesse, sa protection, sa tendresse passionnée et ses baisers fougueux.*

À cause de la chaleur, Fleur portait un léger cardigan bleu sur une robe paysanne fluide boutonnée sur le devant. En sortant du salon, elle demanda à madame Jacques où se trouvait son mari.

— Comme à son habitude, le pauvre travaille dans son cabinet en attendant le déjeuner. Un sacrilège par ce soleil ! Vous devriez improviser un piquenique. Proposez-lui, Madame ; à moins que vous soyez trop fatiguée ! J'ai oublié ma place ; pardonnez-moi.

Intimidée, la gouvernante battait en retraite en bafouillant :

— Merveilleuse idée ! Une épouse attentionnée réussira à convaincre le baron de participer à cette escapade champêtre. Préparez un repas à emporter.

En route vers le bureau d'Albert, Fleur sentit sa joie fondre comme la neige aux premières chaleurs de mars. *Et si mon bourreau de travail ne voulait pas se soustraire à ses obligations ? Parfois, la bête féroce préfère se terrer dans son antre !* Elle respira profondément pour évacuer sa soudaine nervosité et elle frappa au battant. Péremptoire, l'énergique voix masculine l'invita à entrer. Albert se dressa comme un ressort quand il la reconnut et, avec empressement, il l'aida à s'asseoir dans le fauteuil capitonné devant son imposant pupitre.

— Je suis content de te voir. Tu étais si belle hier au moment de notre danse, que j'oubliai de t'aviser de la visite matinale de ma cousine, cette chipie détestable, mais bien attachante ! Comment as-tu trouvé cette tornade sophistiquée ? T'es-tu souvenue d'elle ou de ses larges chapeaux ?

— Non, mais j'ai rencontré une femme charmante. Un boute-en-train ! Elle parle énormément, et ensuite elle se mord la lèvre de peur d'une gaffe commise malencontreusement ! Une fille spontanée et drôle en diable ! Je pourrais facilement me lier d'amitié avec elle.

Qu'est-ce que cette maudite fêlée a encore dit ? Ses fâcheuses indiscrétions ne me surprennent plus et, si elle perturbe Fleur, je lui défendrai carrément l'accès au château. Je me fous bien que cette mijaurée m'en veuille et me taxe de dictateur, son insulte suprême et consacrée à mon égard. Quoi de nouveau à me voir traiter comme un fermier sauvage par cette citadine inutile ? Je déciderai de qui entre chez moi pour côtoyer ma tendre épouse ! Et plusieurs ne seront plus les bienvenus !

Fleur se sentait contrariée qu'il ait mis entre eux son énorme pupitre. Par cette conduite impersonnelle, il agissait comme avec son banquier à monocle. Elle lui dédia tout de même un sourire étudié et annonça finalement après son petit laïus sur Sophie :

— Je fais préparer un piquenique. Par un temps aussi radieux, pourquoi ne pas m'emmener à la campagne, dans un paysage de carte postale pour que je découvre enfin mon Aquitaine natale ? Au menu : le plein de soleil et de victuailles.

Avec son charme naturel et heureux de cette escapade estivale imprévue, il accepta de bon cœur en se levant.

— Excellente idée !

Déjà, elle sautait sur ses pieds. Contente, Fleur lui jeta les bras au cou. Elle se serra très fort contre lui, ravie de s'évader en sa compagnie. Elle l'entendit rire gaiement, et elle l'entraîna par la main, complètement survoltée.

Séduit à la vue du noble couple, Henri demanda la voiture. Quand Albert se tourna vers sa femme, elle affichait le visage d'une enfant qui visite la foire pour la première fois. Il la trouva ravissante de joie de vivre, malgré sa vulnérabilité toujours palpable. Il ne put s'empêcher de porter amoureusement ses doigts à ses lèvres.

La cuisinière apportait les victuailles et le vin et s'arrêta saisie d'attendrissement. Albert prit enfin le panier en osier et un serviteur transporta le coffret réfrigéré tandis que Marie leur remettait un immense piqué à carreaux ainsi qu'un sac de plage contenant de la lotion solaire, un livre de poésie et le roman de Fleur.

Le chauffeur avançait la BMW décapotable. Idéale pour une escapade dans la campagne aquitanienne, la voiture rouge 1979 ressemblait aux grandes vacances. Cheveux au vent, ils roulèrent sur un air d'Elvis jouant à tue-tête.

— Parfaite journée pour un piquenique romantique, dit le baron avec un sourire comblé. Quelle merveilleuse idée vraiment !

Elle ne put s'empêcher de frémir d'excitation à entendre ainsi qualifier leur virée bucolique.

— Je ne demande rien de plus : une belle bagnole, le soleil radieux, un délicieux gueuleton, Elvis et une compagne éblouissante. Je paierai pour tant de bonheur. Rien n'est jamais gratuit dans la vie.

Il le savait bien, et ce, depuis trop longtemps. Elle vit une ombre passer sur son visage viril. Puis, il chassa ses sombres pressentiments en les cachant sous son masque d'homme heureux.

Quand *« Burning Love »* débuta, la voiture avala plus aisément la route sinueuse. Ils bifurquèrent sur un chemin privé et ils roulèrent en direction de la côte jusqu'à un coin de paradis terrestre.

Le galant s'empressa de l'aider à descendre en prenant sa main dans la sienne. Émue, Fleur le remercia avec un sourire dévastateur. Immobiles, les yeux se perdant dans le regard de l'autre, ils oublièrent l'heure et le lieu. Ses pensées masculines bien anticonformistes l'entraînaient aux antipodes de la bienséance et il repoussa l'envie pressante de l'embrasser.

Confus, il finit par se détourner sans oser la toucher. Ils contemplèrent longuement le paysage. L'astre du jour réclamait d'étendre leur couverture à l'ombre.

— Installons-nous au pied de ce chêne centenaire !

Ils furent rapidement prêts à déguster leur repas. Albert examina la robe du vin et commenta sa couleur. Il en huma les différents arômes. Il prit enfin le liquide en bouche pour s'extasier. Fleur accepta volontiers la moitié d'une coupe de rouge. Comme toujours, Albert supportait bien l'alcool. Il lui parlait du fruit de la vigne et de ses qualités. Il tentait de lui faire saisir la robe, le nez, les notes et l'aspect en bouche. Ce faisant, il finit quand même par enlever son veston. Elle écoutait avec un ravissement entier cet excellent orateur en verve et passionné par son sujet. Il aurait pu tenir le même discours à la table du maire ou en frayant avec des financiers, des importateurs, des viticulteurs et des éditeurs.

Noble et châtelain, maître en sciences et en économie, il demeurait son mari. Devant lui, elle ne représentait qu'une page blanche.

Achevé d'imprimer au Québec, Canada
Troisième trimestre 2017

MIXTE
Papier issu de
sources responsables
FSC® C100212